바다여 바다여 2

The Sea, The Sea

Iris Murdoch

바다여 바다여 2

아이리스 머독 | 안정효 옮김

문예출판사

로즈메리 크램프에게

| 차 례 |

현재의 역사

넷

앞 사건 이후와 직전에 있었던 일들은 날짜가 훨씬 지난 다음에 기록했다. 그러니까 앞에 적은 글은 계속해서 일기를 적었을 경우보다는 깊이 새겨보고 기억을 더듬어 질서 있게 써놓은 것이다. 그런 사건들은 따라서 내가 일기를 쓸 만한 시간을 별로 주지 않았어도, 그 후에는 (긴장을 풀어준다고도 할 만한) 어떤 막간(幕間) 분위기가 뒤따랐다. 이제는 소설체 회고록이 되어버린 이 글은 그래도 (제임스라면 진실이란 과연 무엇이냐고 따지겠지만) 진실에 있어서는 정확하고 충실하게 기록했다. 직업 덕택이겠지만 나는 특히 대화에 대한 기억력이 기막히게 좋으며, 촛불을 켜놓고 하틀리와 내가 나눈 대화를 녹음했다 하더라도 여기 적은 것과 별로 차이가 없으리라. 내 기록은 다듬기는 했지만 중요한 내용은 하나도 빼놓지 않고, 실제로 한 얘기를 충실하게 서술했다. 이 책에 기록하는 과거와 미래의 수많은 대화들은 내 마음과 가슴 속에 정말로 깊이 파고들어 새겨졌다!

앞에 얘기한 사건이 있던 날 밤에 집으로 돌아온 다음 나는 지칠 대로 지쳐 잠이 들었다. (한국 대합조개는 먹지 않고 나중에 그냥 버렸다.) 이튿날 아침 9시가 넘어서 잠에서 깨니 비가 내렸다. 영국 날씨답게 또 변덕을 부린 것이다. 바다는 두꺼운 커튼 같은 비와 회색빛으로 뒤덮였다. 비는 조명을 받은 쇠창살처럼 빛을 받아서 빗방울은 저마다 내 구슬 커튼의 구슬들처럼 따로따로 보였다. 눈부신 회색 대기 속에 파르르 떨면서 빗방울이 걸렸고, 줄기차게 퍼붓는 빗발에 집은 기계처럼 소음을 내었다. 몸을 일으켜 부엌에서 비틀거리며 돌아다니고 차를 끓이면서 심통이 난 짐승처럼 머리를 떨구고는 지난 일은 조금도 염두에 두지 않으려고 애썼다. 내가 온 다음 니블레츠에서 무슨 일이 있었는지는 궁리를 해보지 않았다. 그 모두가 곧 과거의 역사가 되리라. 그러고는 작고 빨간 방에 앉아 아직도 음울한 기분으로 비 내리는 아침빛을 보지 않으려고 머리를 떨구고는 상황을 위기로 몰고 갔기 때문에 내가 무언가 해놓은 일이 있다는 느낌이 들었다. 사실 현재로서는 기다리기만 하면 된다. 그녀는 틀림없이 올 것이다. 그리고…… 만일 오지 않으면…… 조용히 벌써부터 준비해온 다른 계획들이 있다. 나는 속수무책이 되지는 않으리라. 기다려야지. 그런 생각을 하면서 나는 괴이하게 불안한 마음의 평화를 찾았다.

얼마 후에, 그러니까 sursis〔유예〕 상태로 하루인가 이틀이 지난 다음에, 반쯤은 예상했던 대로 유령처럼 길버트 오피안이 나타났다. 아침나절에 초인종이 겁먹은 듯 짧막하게 울린 다음 나타나서 초조하게 미소를 짓던 길버트와 그의 등 뒤 둑길 끝에 세워놓은 노란 자동차를 보고도 왜 나는 놀라지를 않았을까? 이상한 일이지만 나는 벌써부터 길버트 같은 사람이 필요한 계획을 세웠던 터였는데, 길버트라면 틀림없이 쓸 만했다. 오래간만에 운명이 내 편을 든다.
"리지 때문이야?"
"아녜요."
잘되었다. 아직도 비가 내리는 중이었다.

나는 놀라고 짜증스러운 체했다.

"그럼 뭐야?"

"들어가도 되겠어요? 빗물이 목덜미로 흘러내려서요."

나는 소화가 잘되는 초콜릿 비스킷을 먹고 오발틴〔영국의 유명한 음료수〕을 마시던 부엌으로 앞장을 서서 다시 들어갔다. 이 공백 기간 동안에는 아침 10시 반이 지나고 나면 계속해서 간식을 규칙적으로 하는 버릇이 들었다. 작고 빨간 방에서는 장작불이 타올라서 열린 문으로 팔락거리는 그림자들이 보였고, 비가 커튼처럼 두른 부엌까지 비추었다.

길버트 몸에서 빗물이 뚝뚝 떨어졌다.

"그럼?"

"리지가 날 버렸답니다."

"그래서?"

"그래서 이곳으로 오고 싶은 충동을 느꼈어요. 리지 얘기를 꼭 해드려야 할 것 같아서요. 그 여잔 병자랍니다. 마음에 병이 들었어요. 그러지 않아도 걱정을 했지만, 옛 병이 되살아나 그 여잔 다시 미친 듯 당신을 사랑해요. 그런데 그 증상의 하나는 그녀가 날 지겨워한다는 거예요. 글쎄요, 하기야 우리의 동거는 아슬아슬한 기적이나 마찬가지였어요. 어쨌든 이제는 다 끝났고, 전원시곡(田園詩曲)도 끝났고, 우리 작은 집은 산산조각이 났어요. 난 망했어요, 그녀가 가버렸으니까요. 어디로 갔는지조차 모르겠어요."

"여기로 왔다고 생각한 모양인데, 여긴 없어."

"아니 뭐 그게 아니고요……."

"그것이 내 탓이라고 생각해서, 그 말을 하려고 찾아온 거지?"

"아뇨, 아녜요, 난 누구도 탓하지 않아요. 운명, 신이랄까, 나 자신 때문이죠. 인생의 싸움과 그 전투 방법. 날 징집한 자는 누구인지 몰라도 큰 실수를 했죠. 가버리고 나니까 그녀가 나를 보살펴주고, 진짜 사람답게 같이 물건들을 사고 그 집을 꾸몄다는 게 믿어지지가 않아요. 아녜요, 그냥 오고 싶었어요. 나에게는 당신이 항상 자석이나 마찬가지였고, 이제는 늙고 보니 남들이 뭐라고 생각하고 아무리 날 윽박질러도 아무렇지도 않고, 노력이란 항상 보람이 있어서, 젊었을 때보다 적극적이지 못했다는 게 오히려 불만예요. 내가 당신을 어떻게 생각하는지는 아실 텐데, 좋아요, 당신은 그런 얘길 싫어하고, 경멸하고, 속이 뒤집히겠지만, 사실 누구에게라도 사랑을 받는다는 건 복된 일이어서 고맙게 생각해야 하는데, 어쨌든 지금은 일자리도 없고 해서 당신을 찾아오면 혹시 함께 지내게 해주고 내가 도움이 될 일이라도 있을지 모른다고 생각했고, 그녀가 없이 집에 혼자 있으면 무얼 봐도 머리에 떠오르는 건……."

"도움이 되다니?"

"그래요, 난 요리나 청소나 허드렛일들을 할 수 있잖겠어요? 난 항상 누구에겐가 소속이 되어, 그러니까 진짜 법적으로 일종의 소유가 되어, 전혀 귀찮은 존재가 아니라, 아무런 권리도 내세우지 않는, 단순한 부동산 같은 존재가 되어야 한다고 생각했죠. 나에겐 노예근성이 있다는 기분이 항상 들어요. 아마 난 전생에서 러시아의 농노였는지도 모르는데, 아늑함과 자질구레한 일들의 보호를 받으며 주인님의 어깨에 키스를 하고 스토브 위에서 잠을 자며 농노로 살았다고 믿고 싶어서요."

"자넨 내 하인이 되고 싶어?"

"예, 제발, 나으리. 원하신다면 저 개집에서 살겠어요."

"좋아, 자넬 쓰겠어."

13

그래서 그토록 무서운 폭풍 직전의 죽은 듯한 고요함이나 마찬가지였기 때문인지는 몰라도, 이상하게도 그럴듯한 향수를 느끼며 나중에 회상하게 될 묘하고 짤막한 내 인생의 한 시기가 시작되었다. 심지어는 노예의 역할을 맡은 길버트가 내 마음에 들기까지 했다. 비록 노예근성 때문에 신통치 않게 여겨지기는 했지만 나에 대한 그의 충성심은 그래도 그가 건전한 사상을 좀 지녔음을 증명했다. 그리고 이 단계에서는 그가 도움이 되었고, 나중에는 필수적인 존재가 되었다. 내 생활의 수준이 높아졌다. 길버트는 집 안을 청소하고, 심지어는 목욕탕에서 얼룩도 벗겼다. 요리는 두 사람의 스타일을 절충한 식으로 해주었다. 나처럼 단순하게 만들도록 그를 가르칠 수는 없었으며, 그것은 오히려 잔인한 짓일는지도 모른다. 토스트에 얹어 구운 정어리와 바나나와 크림이라면 길버트의 생각에는 전혀 훌륭한 점심 식사가 아니었고, 마찬가지로 나는 그가 만든 기름기가 많고 너무 푸짐한 프랑스 요리는 생각이 없었다. 우리는 솜씨를 부려 버무린 채소 샐러드와 내가 좋아하는 요리인 햇감자를 먹었다. (상점에는 요즈음 상추와 감자를 갖다 놓았다.) 나는 그에게 채소로만 만드는 수프와 스튜를 만들게 하고, 일본식 튀김 만드는 방법도 가르쳤는데, 튀김 솜씨는 당장 나보다 훌륭해졌다. 케이크도 굽게 했다. 그는 내 대신에 가게를 다녔고, 내 시종이라고 뽐내가면서 레이븐 호텔에서 스페인 포도주를 사왔다. 밤이면 그는 아래층 가운데 방 장작들 속에서 커다랗고 밑이 터진 소파에서 잤다. 소파는 눅눅했지만 뜨거운 물병을 쓰게 해주었다.

나는 날마다, 해가 났을 때나 비가 내릴 때나 수영을 했고, 바닷물이 살갗을 뚫고 들어오듯 함빡 젖는 기분을 느꼈다. 태양이 빛나면 바위에 나가 시간을 보냈다. 길버트는 앞문을 지켰고 편지를 찾아보러 나갔지만, 찾아오는 사람이 없었고 하틀리도 편지를 보내지 않았다. 나는 돌멩이를 모으는 버릇이 되살아나서, 파도에 씻긴 바위틈과 물구덩이에서 건져 풀밭에 갖다 놓으면 길버트가 풀밭 언저리에 늘어놓는 일을 도와주었다. 무늬가 오밀조밀하게 여러 가지로 장식이 되고 저마다 독특한 돌멩이들을 보면 다정한 가족을 거느린 기분이었다. 어떤 돌들은 어느 예술가도 흉내 내지 못할 만큼 소박한 아름다움을 지녀서, 분홍빛 줄무늬를 이룬 엷은 회색이거나, 하얀 십자 무늬가 새겨진 까만빛이거나, 자줏빛 타원들이 그려진 갈색이거나, 반점이나 점이나 띠가 있었으며, 아기자기하게 매끄러운 형태가 오랜 세월에 걸쳐 바닷물이 씻어내고 홈을 파들어간 예술품들이었다. 점점 더 많은 돌들이 이제는 집 안까지 들어와 자단(紫檀) 탁자나 침실 창턱에 놓였다.

길버트도 돌멩이를 모으거나 꽃을 꺾고 싶었지만, 가죽으로 바닥을 댄 런던 구두를 신고 바위로 나가기만 하면 곧 넘어졌다. 어부들의 가게에서 고무창을 댄 운동화를 샀어도 고꾸라지기는 마찬가지였다. 물론 바다에는 감히 들어가지도 못했다. 하지만 나무를 톱으로 잘라 집 안으로 들여왔는데, 어떤 면에서는 상징적인 이 일에서 그는 상당히 만족감을 얻었다. 그는 하루 종일 스스로 생각해낸 하인 일거리로 계속 바빴다. 구슬 커튼은 빔〔세척제〕으로 닦아 광채를 내었고, 내 눈에 익숙해진 약간 끈적끈적하고 더러운 표면을 닦아냈다. 이렇게 얼마 동안 우리는 저마다 그 나름대로의 환상에 젖어 함께 살았고, 원시적인 소박함과 미신에 가까운 개인적인 집념을 지닌 삶으로 함께 복귀했다.

돌을 찾아다니기에 싫증이 나면 나는 밑에서 성난 파도가 민의 가마솥으로 들락날락하는 바위 구름다리에 앉아 솟아오른 물보라의 무지개속으로 다리를 내려뜨리고는 한참씩 시간을 보냈다. 깊고 신비롭게 매끄러운 구멍으로 몰려 들어가 마주 달려나오며 끓어오르는 분노의 바닷물과 미친 듯 휘몰아치는 거품 속에서 무너지는 파도를 지켜보며 나는 음울하고 숙명적인 쾌감을 맛보았다. 파도가 물러나면 가마솥은 마찬가지로 격노하여 빨아들이는 소용돌이가 되어, 둥글고 좁다란 돌파구로 서둘러 결사적으로 빠져나가려는 바닷물이 휘저어 돌며 거품을 일으키고는 바람이 셀 때면 파도가 바위를 철썩철썩 때리며 울부짖고는 바위틈으로 꾸르륵거리며 드나들었는데, 마음이 초조하고 불안했던 터라 나는 그 소리를 들으면 기운이 빠졌다. 바다의 소리가 싫어지리라고는 상상조차 한 적이 없었지만 때로는, 특히 밤에는, 정신적으로 부담이 되었다.

저녁이면 나는 작고 빨간 방의 장작불 앞에서 시간을 보냈다. 길버트는 가끔 부엌에 앉아서 하인 노릇을 즐겼다. (그가 하녀처럼 옷을 입고 싶어 했을지는 모르겠지만, 그랬다면 틀림없이 나는 기분이 나빴으리라.) 가끔 그는 내 앞에 앉아 강아지처럼 말없이 나를 물끄러미 쳐다보고 눈알을 굴려서 나를 불안하게 했다. 가끔 우리는 간단한 얘기를 나누었다. 등불에 비친 그는 때때로 윌프레드 더닝과 소름 끼칠 만큼 닮아 보였는데, 그가 영웅으로 섬기던 더닝의 특징 있는 표정을 무의식적으로 길버트가 습득했기 때문에 생겨난 유사함이었다. 하지만 주의 깊고 감정이 위험할 만큼 예민했던 내 눈에는 그의 혼령이 정말로 찾아온 것처럼 보였다. 그렇다면 길버트는 영매 역할을 한 셈이었다. 우리는 과거에 대해서, 윌프레드와 클레멘트와 옛 시절에 대해서 얘기했다. 과거를 함께 나눈다는 것, 그것은 의미 있는 일이었다. 그리고 나는 클레멘트 생각을 했다. 어떻게 보면 내 인생을 지배하고 나를 빚어놓은 인간은 클레멘트였고, 이 책은 그녀에 대해서 써야 옳은 처사이리라.

16

하지만 그런 일에서는 옳고 그름을 따질 수가 없고, 정의란 오히려 냉혹하다.

"찰스."

"응."

"하나 물어봐도 될까요? 정말 클레멘트를 사랑하셨나요, 아니면 클레멘트만 당신을 사랑했나요? 궁금하게 생각한 사람들이 많았죠."

"물론 난 클레멘트를 사랑했지."

글쎄, 나중에는 그녀를 사랑하게 되었다. 처음에도 사랑을 했을까? 나는 그녀의 아름다움과, 명성과, 재능과, 찬사와 도움을 사랑했다. 클레멘트의 소유가 되지 않았더라면 내가 하틀리를 찾아낼 수가 있었을까? 클레멘트는 오랫동안, 죽음만이 갈라놓은 하나뿐인 영원한 존재였다. 나는 그녀의 아이 같은 연인이었고, 그녀의 창조물이었으며, 동업자였고, 그녀에게는 남편에 가장 가까운 상대자였으며, 마지막으로는 절대로 거리가 멀어지지 않았던 중년의 아들이었다. 클레멘트에 대한 내 사랑의 변모, 그 변천 과정은, 그토록 여러 번 실패를 할 뻔했지만 한 번도 별로 실패를 하지 않았던 그 사랑은 내 인생에서의 중대한 과업이요, 업적이었다. 나는 하틀리와 불가에 앉아 클레멘트 얘기를 할 수가 있으려나? 그녀는 이해를 하거나, 알고 싶어 할까? 사람들에게 자신에 대해서 설명하고, 변호하고, 겪은 사랑을 추억으로 삼으며 살아간다는 것이 얼마나 중요하게 여겨지는가.

"찰스."

"그래."

"오늘 술집에서 이상한 얘기를 들었어요."

"뭔데."

"당신이 부리던 운전사 프레디 아크라이트가 술집 남자와 형제 간이라는데, 성신 강림 축일에 와서 여기서 지낼 거라대요."

"아."

수치심, 죄의식, 또 다른 악마의 발자취.

"살아가다 보면 사람들이 자꾸만 다시 나타난다는 거, 신기하죠."

"그래."

"찰스."

"응."

"만일 당신이 리지와 살았다면 난 시종이 될 수도 있었어요. 술 한 잔 드시겠어요?"

"아니, 고마워."

"제가 한 잔 들어도 상관없겠죠? 술이란 인간이 노예라는 증거이고, 타락의 상징이기 때문에 끊고 싶어요. 사랑을 한다는 건 또 하나의 노예 상태이고, 생각해보면 사실은 광증이죠. 또한 사람을 신으로 만들게 되니까요. 그건 옳지 않아요. 난, 그 함정에서 빠져나왔으니 다행예요. 참된 사랑은 자유롭고 건전해요. 집념, 낭만, 인간이 그런 것들로 성숙하나요? 리지와 나는 가끔 그 얘기를 했습니다. 참된 사랑이란 매력이 사라진 다음의 결혼 생활과 마찬가지예요. 알고 싶지도 않으시겠지만 당신에 대한 내 사랑은 나이를 먹었을 때의 사랑 같은 거죠. 옛날의 갈망과 얼마나 다른지를 깨닫고 나면 마음이 흐뭇해요. 꼭 나 자신을 위해서는 아무것도 원하지 않는다는 얘기가 아니라, 그런 방향으로 노력한다는 거예요. 사랑. 우린 극장에서 그 말을 너무나 자주 했으면서도 사랑에 대해서는 별로 생각을 한 적이 없어요."

"프레디가 와서 술집에서 지낸다는 얘긴가?"

18

"아뇨, 아모른 농장에서 묵는데, 아크라이트 집안의 다른 식구들은 거기서 살아요. 정말 착한 애였죠. 그가 동성애를 했다는 걸 아세요?"

"아니."

"내가 젊었을 때 동성애를 하면 정말 문제가 복잡했죠."

그리고 물론, 길버트에게 얘기를 하거나 클레멘트를 회상하거나 가마솥 속에서 무너지는 파도를 지켜보는 동안에 나는 줄곧 하틀리 생각을 하고 기다리면서, 얼마나 빨리 내 충동이 머리를 들지 궁금하게 생각했다. 그녀가 반응이 없으면 다음에 어떤 행동을 취할는지 이미 대충 윤곽을 잡기는 했지만, 세상을 강제로 바꿔놓을 때가 되었다고 느끼기 전에는 자세한 계획을 세우기를 주저했다. 나는 끊임없이 하틀리의 존재를 의식했으며, 어린 시절에 예수가 그랬듯이 그녀는 내 곁에 항상 있었다. 그리고 그녀를 강렬하게 의식하면서도 역시 일부러 추상적으로 존경심을 느끼며 생각했다. 먼 옛날의 추억들을 부담 없이 마음속에서 되새겼다. 하지만 무서운 현실과 괴로웠던 오랜 세월에 대해서는 생각하지 않으려고 애썼다. 나는 그녀의 고민에 사로잡히고 싶지가 않았을 따름이었다. 나는 그 남자를 미워하느라고 정력을 낭비하기를 바라지 않았다. 그것은 곧 상관이 없어질 일이었다. 그래서 그녀가 내 순진한 사랑의 티 없이 깨끗한 초점이었던 과거로 되돌아가서, 내 미래이며 내 모든 인생, 이미 빼앗겨버렸지만 아직도 어딘가 도둑맞은 꾸러미처럼 가능성으로서 존재하는 듯싶었던 삶으로서 그녀를 생각했다.

하지만 결국은 그녀의 침묵 속에서 기다리다 못해 내가 행동을 취하기 전에, 예기치 못했던 상당히 놀라운 사건이 발생했다.

길버트와의 묘하고도 조용한 t te- ㅓt te〔단둘의〕 생활이 몇 주일 계속된 것처럼 묘사를 했지만, 사실은 며칠 동안뿐이었다. 그 생활이 갑자스럽게 끝나던 마지막 날 아침에 나는 이상할 정도로 초조했다. 길버트를 피하려고, 나는 새를 구경할 생각으로 쌍안경을 목에 걸고 바위로 나갔다. 길버트가 물개를 본 것 같다는 얘기를 했어서 물개를 볼지도 모른다는 생각도 들었다. 하지만 일단 밖으로 나가서 작은 절벽의 꼭대기로 올라간 나는 생소한 두려움에 사로잡혔다. 처음에는 마치 4미터 밑에 있는 바다가 3백 미터는 되는 듯 어지러워서 자리에 앉아야만 했다. 다음에는 쌍안경으로 바다의 수면을 자세히 살펴보려는 불안한 욕구를 느꼈는데, 그것은 물개를 찾기 위해서가 아니었다.

하루하루가 지나가는 동안에 물론 나는 두려운 그 무엇이, 구출이라고 생각되던 일을 시작하려는, 아직 그 원인을 따져보고 싶지는 않았지만 하틀리의 무서운 침묵에 대해 무엇인가를 시작하려는 필연성이 점점 가까워옴을 느꼈다. 총잡이로부터 인질을 구출하려고 집으로 달려간다면 총잡이는 어떤 행동을 하고, 인질은 어떤 행동을 할까? 거대하고 공허한 공간을 채우기로 결심한 까닭은 그 두려움 때문이었는지도 모른다. 서늘하고 맑은 날이었고 바람이 좀 불었다. 바다는 파도가 일고 담청색이었으며, 수평선 바로 위에 기다란 비단 조각처럼 담황색 구름이 걸려 반짝이는 하늘은 새하얗게 보였다. 나는 도리스가 준 에이레 스웨터를 입고 있었다. 쌍안경으로 바다를 둘러보기 시작했다. 점점 더 초조해지는 마음으로 하얀 반점들이 얼룩얼룩한 수면을 살피던 나는 목이 뱀 같은 바다 괴물이 나타나기를 기다리며 찾고 있음을 깨달았다. 쌍안경을 내려놓으니 월리스 컬렉션의 음산하고 희뿌연 화랑에서 마지막으로 들어본 효시기의 소리처럼 가슴이 점점 빠르게 마구 두근거렸다.

물론 아무것도 눈에 띄지 않음을 알고는 짐짓 스스로 마음을 진정시키면서 뛰노는 바닷물을 다시 살펴보기 시작했다. 시커먼 반점 한두 개는 떠다니는 해초였고, 나무토막 하나가 끝이 벌떡벌떡 일어섰고, 눈이 유리알 같은 갈매기 몇 마리가 떠 있었으며, 가마우지 한 마리가 환히 펼쳐진 시야를 가로지르며 지나갔다. 그러자 아무런 이유도 없이 나는 마술에 걸린 듯 확대된 시선을 바다에서 육지 쪽으로 돌렸다. 탑 밑 노란 바위에서 부서지는 파도와 바위틈이나 도랑에서 거품을 일으키며 다시 쏟아져 나오는 바닷물이 보였다. 젖은 바위들, 그리고 마른 바위들, 그리고 선인장처럼 두툼한 풀, 그리고 바람에 쓸리는 하얀 종이 같은 석죽. 그리고 탑 옆의 편편한 풀밭. 그리고 탑의 밑과, 황토빛 이끼와 시커먼 틈바구니들이 얼룩지게 한 커다랗고 모난 돌멩이들. 그리고 탑의 윗부분에 허름한 운동화를 신은 사람의 발.

그 발을 보자 나는 쌍안경을 떨어뜨리고는 눈이 부셔 손으로 이마를 가리고 바위에 개구리처럼 걸터앉아서, 탑의 중간쯤에서 손으로 매달리고 발로 짚어가며 내려가는 사람의 모습을 똑똑히 볼 수가 있었다. 사실 민첩한 사람에게는 탑을 기어 내려가기가 불가능할 만큼 힘들지는 않았지만, 나는 순간적으로 심한 두려움을 느껴 다시 쌍안경을 집어 들었다. 그 사이에 그는 더 내려가서 나머지 거리를 땅바닥까지 뛰어 내려갔고, 내가 다시 초점을 맞췄을 때 그는 몸을 돌려 바위에 몸을 기대고 양쪽으로 두 팔을 벌리고는 나를 빤히 쳐다보았는데, 갑자기 나는 자동차의 불빛에 잡힌 바위에 달라붙은 모습이 연상되었다. 쌍안경에 잡힌 그는 다 자라기는 했지만 성인이 되기 직전의 설익은 성숙함을 지닌 소년이었다. 그는 갈색 바지를 무릎까지 걷어 올렸고, 목을 둥글게 판 하얀 티셔츠에는 무슨 글자가 적혀 있었다. 얼굴은 야위었으며, 하얀 피부에 주근깨가 앉았고, 입술은 발그레했다. 약간 붉은빛이 도는

21

금발머리는 헝클어져서 어깨 위로 늘어졌고, 그가 몸을 찰싹 붙인 거친 바위까지도 덮었다. 그는 잔뜩 긴장해서 나를 마주 쳐다보았다. 내 작은 영토에 침입자가 나타난다는 것은 별로 이상한 일은 아니었다. 하지만 그는 평범한 침입자가 아니었다.

나는 서둘러 몸을 일으켜 바위를 건너가기 시작했다. 웬일인지 그가 오기를 기다릴 것이 아니라 내가 그에게로 가야 할 것만 같았다. 쌍안경이 거추장스러워서 걸음을 멈추고 바위 위에다 놓고는 소년이 시야에서 사라질 때까지 더 내려갔다. 나는 민의 다리를 건넜다. 도랑에서 마지막으로 한번 더 위로 올라가려면 힘이 무척 들어서 풀밭으로 올라갔을 때는 숨이 차서 헐떡이며 주저앉고만 싶었다. 소년은 풀밭 언저리로 자리를 옮겨 바다를 등지고 섰다.

내가 먼저 입을 열었다.

"혹시…… 자네 이름이…… 타이투스 아냐?"

"그렇습니다, 선생님."

그러지 않아도 충격을 받기는 했지만, '선생님'이라는 말에 또 놀랐다. 내가 앉았고 그는 가까이 다가와서 무릎을 꿇고 앉아 나를 쳐다보았다. 나는 숨을 몰아쉬고, '리즈대학교'라는 글자를 박아 넣은 더러운 티셔츠를 입고, 축축하고 분홍빛인 입술의 홈집에서 쭈뼛쭈뼛 수염이 돋아난 그를 살펴보았다. 무의식적으로 예의를 차리느라고 그는 한 손을 가슴에 얹었다.

"당신은 애로우비 선생님…… 찰스 애로우비시죠?"

"그래."

그의 눈은 크다기보다는 길고 가늘었으며, 돌멩이들처럼 회색빛이 도는 축축한 푸른빛이었다. 주근깨가 앉고 표정이 강한 이마는 초조하게 주름을 지었다. 물론 나는 첫 순간에 윌프레드 더닝의 표정이 길버트의 얼굴에 서리듯이, 유령처럼 내비치는 하틀리와의 닮은 모습을 그에게서 보았다. 그리고 언청이 입술도 보았다.

다음에 그가 한 말은 "당신이 나의 아버지인가요?"였다.

나는 발을 옆으로 빼고는 무릎을 끌어안고 앉아 있었다. 이제는 다시 벌떡 일어나 가슴을 치고, 그 질문에 대답을 하기보다는 축하라도 하려고 감정의 어떤 절대적인 선언을 하고 싶은 욕망을 느꼈다. "그렇다"는 말을 하려는 충동도 뚜렷이 느꼈지만, 이 소년에게는 절대로 거짓말을 하지 말라는 거부가 훨씬 더 강했다. 하지만 이것을, 이런 출현을, 이 질문을 왜 예상하지 못했던가? 갑자기 당한 일이라 당황해서 나는 뭐라고 대답을 해야 할지를 몰랐다.

"아니, 그렇지 않아."

말은 힘이 없었고, 찌푸린 그의 표정은 변하지 않았다. 나는 그를 당장 납득시키는 일이 무척 중요함을 알았다. 지금은 어떤 오해도 무서운 결과를 초래할 수가 있다. 나는 그와 마주 쳐다보려고 꿇어앉는 자세로 바꾸었다.

"아냐. 날 믿어. 그렇지 않아."

그는 눈을 내리깔고 입술을 빼물면서 떨었다. 순간적으로 어린애 같은 표정이 스쳐 지나갔다. 그는 아랫입술을 깨물었다. 그러더니 재빠른 동작으로 일어섰고, 나도 놀라서 일어섰다. 우리는 가까이 섰다. 그는 나보다 키가 약간 컸다. 엄청난 환상들이 내 머릿속에서 펼쳐졌다.

그는 엄숙한 표정으로 얼굴을 찌푸리고는 길고 가느다란 목을 늘이며 머리를 뒤로 젖혔다.

"미안해요. 저, 방해를 해서 미안하다는 얘깁니다."

"아, 타이투스, 네가 와서 난 정말 기뻐!"

그에게 하고 싶으면서도 벌써 마음속으로 정리를 하며 간추린 수많은 말들 가운데 이것이 가장 절박한 얘기였다. 나는 손을 내밀었다.

약간 점잖게 놀란 표정을 보이며 그는 공손히 악수를 하더니 한 발자국 뒤로 물러섰다.

"미안합니다. 바보 같은 질문을 했어요. 그리고 좀…… 건방진 질문이기도 했고요."

약간 머뭇거리던 그의 태도는 말이라면 이상할 만큼 빨리 전달될 만한 이지적인 인상을 전했다. 이제는 젊은이들의 특성이 되었고 풋내기 배우들이 포기하기를 아쉬워하는 리버풀식 밋밋한 목소리로 얘기를 했어도 그의 말투는 명확하고 명상에 잠긴 것처럼 또렷했다.

내가 말했다.

"아냐, 천만에……." 그러고는 그에게 물었다. "학생인가? 리즈대학교에 다녀?"

그는 다시 눈살을 찌푸리면서 홈집을 긁었고 입술이 팽팽해졌다.

"아뇨, 난 대학교에 다니지 않아요. 이건 돈 주고 그냥 산 거죠. 이런 건 학생이 아니더라도 가게에 가면 구할 수 있어요." 그는 설명조로 얘기를 계속했다. "플로리다, 캘리포니아…… 그런 글자를 박은 미국 것들도 있어요. 아무나 살 수 있죠."

"그렇구면."

소용돌이를 치던 내 머릿속에서는 당연하고도 거북한 의문이 떠올랐다.

"만났어?"

"누구요?"

"아버지와 어머니."

그의 얼굴과 목덜미가 당장 빨개졌다.

"피치 부부 말인가요?"

"그래."

가엾고 어린 새 같은 그의 마음에 상처 주기가 겁이 나서 나는 어색하고 두려운 기분을 느꼈다.

"그들은 내 부모가 아녜요."

"그래, 그건 알지만, 널 양자로 맞았으니까……."

"난 부모를 찾아다녔어요. 하지만 기록이 없어서…… 뜻을 못 이루었죠. 나도 알 권리가 있으니까 기록이 있어야 해요. 하지만 하나도 없어요. 그래서 차라리 내가 바라던 바는……."

"내가 네 아버지이기를 바랐나?"

그는 근엄하고 어른답게 말했다.

"어떻게 해서든 사실을 밝히고 싶어요. 하지만 사실은 전혀……."

"저기, 방갈로에 사는 그들은 만나봤어?"

그는 움츠러들고 딱딱한, 젖은 돌처럼 차가운 눈으로 날 노려봤다.

"아뇨. 당신만 만나려고 왔어요. 이젠 가겠습니다."

나는 전율에 사로잡힌 마음을 가다듬었다. 소년은 사라지고, 행방불명이 되고, 다시는 만나지 못하리라.

"가서 왔다고 알려주지 않겠어? 너 때문에 무척 걱정을 하니까 만나면 반가워할 거야."

"아녜요. 귀찮게 해드려서 죄송합니다."

"내가 여기 사는 걸 어떻게 알았지?"

"내가 보는 잡지에서—음악 잡지에서 봤어요." 그는 덧붙여 말했다. "당신은 유명하니까 사람들이 알죠."

"네 얘기 좀 해. 지금 뭘 하지?"

"아무것도 안 해요. 실업수당을 받죠. 무직자니까. 다들 그러잖아요."

"한데 공부는 끝냈는지…… 전기였던가?"

"아뇨. 대학이 문을 닫았어요. 다른 학교엔 들어갈 수가 없었고요. 뭐, 난 애를 쓰지도 않았죠. 실업수당을 받았어요. 다들 그러지만요."

"여긴 어떻게 왔지?"

"차를 얻어 타고요. 시간을 빼앗고 귀찮게 해드려서 미안합니다. 이젠 가겠어요."

"아, 그러지 않았으면 좋겠는데. 이쪽이 편하니까 길까지 내가 같이 가지. 하지만 우선 내 쌍안경 좀 가져다주지 않겠어? 저 바위 위에다 두었는데."

그런 부탁을 받으니 타이투스는 기분이 좋은 것 같았다. 내가 그토록 고생을 하며 오르던 가파른 경사를 그는 단숨에 미끄러져 내려가서 다리 쪽으로 염소처럼 이 바위에서 저 바위로 뛰어갔다. 나는 잠깐 생각할 시간이 필요했다. 아, 그는 자존심과 감수성이 강하고, 잡기가 어려웠다. 그를 조심스럽게, 부드럽게, 단단하게, 잡아놓아야 하고, 그 방법을 알아야 한다. 모두가, 모두가, 이제는 타이투스에게 달렸고, 그는 세계의 중심이었으며, '열쇠'였다. 내 마음속에는 기쁘고 괴로운 감정이 가득했고, 그 감정을 철저히 숨길 필요가 있었다. 자칫하면 놀라고, 기분이 상하고, 역겨워할지도 모른다.

그는 아주 빨리 되돌아와서 가파른 바위에 위험스럽게 긁히며 뛰어 올라와 쌍안경을 내주었다. 아직 애티가 나고 의심에 차고 조심스러운 얼굴에 처음으로 미소가 떠올랐다.

26

"여기 있어요. 저기 바위틈에 꽤 쓸 만한 탁자가 있던데, 아세요?"

나는 탁자를 잊고 있었다.

"아, 그래, 고마워. 네가 나중에 그걸 가져오게 도와주었으면 좋겠구나. 이봐, 얘기를 하고 싶으니까 가지 마. 여기 있다가 점심 식사 하지 않겠어? 배가 고플 텐데. 배고프지 않아?"

그가 배고프다는 사실이 당장 분명해졌다. 나는 찬란한 비밀의 순간이 오기를 참고 기다리듯 위험할 만큼 즐겁고 강렬한 모든 감정이, 걱정과 연민이 터져나옴을 느꼈다.

그는 머뭇거렸다.

"고맙습니다. 글쎄, 좋아요, 간단히 먹고 가죠. 갈 곳이…… 또 있어서요."

또 갈 곳이 있다는 얘기는 별로 믿어지지 않았다.

편한 길을 따라온 우리는 이때쯤 도로에 거의 다다랐다. 마지막 남은 거리를 올라간 우리는 훨씬 잔잔하고 얕은 바다가 청록색인 레이븐 만을 쳐다보며 잠깐 서 있었다.

"멋진 고장이야. 이곳을 잘 아나?"

"아뇨." 그러더니 그가 갑자기 손을 뻗으며 말했다. "아, 바다, 바다, 바다요……. 정말 좋죠."

"알아, 나도 그렇게 생각해. 난 잉글랜드의 중부에서 자랐어. 너도 그랬지?"

"예." 그는 나에게로 얼굴을 돌렸다. "보세요."

"응?"

"왜 선생님은 — 내 얘긴 — 어머니를 데리러 여길 찾아오셨나요?"

알아야 할 것도 너무나 많고, 설명이 되어야 할 것도 너무나 많았으며, 그것도 아주 조심스럽게 올바른 순서에 따라 해야 한다.

"네가 어머니라고 부르니까 기쁘구나. 양자라고 해도 어머니는 어머니야. 그것도 진실과 현실이지. 그들은 네 부모이니까, 그걸 부정하는 건 옳지 않아."

"그래요, 그건 압니다. 하지만…… 다른 것들이……."

"나한테 얘기를 해보지그래?"

이것은 너무 심하고, 너무 성급한 실수였다.

그는 얼굴을 찌푸리며 거듭 물었다.

"어머니를 데리러 오셨나요, 아니면 뭔가요?"

말투가 준엄한 비난 같았다.

어깨를 끌어안고 싶은 충동을 억누르며 나는 그를 쳐다보았다.

"아냐, 내 말을 믿어. 네 말처럼 그녀를 데리러 온 건 아니란다. 내가 이리로 온 건 단순히 우연이었어. 정말 묘한 우연이었지. 그녀가 여기 산다는 걸 몰랐으니까. 어디에 사는지도 몰랐어. 네 어머니와는 아주 오래전에 완전히 연락이 끊어졌지. 그녀를 다시 만나서 나는 깜짝 놀라고 정신이 나갈 지경이었는데…… 정말 우연이었어."

"우연치고는 이상도 하군요."

"내 말을 안 믿어?"

"믿어요. 그런 것 같아요. 예, 좋아요. 어쨌든 내가 알 바 아니죠."

"난 너한테 진실을 얘기했어."

"좋아요, 좋습니다. 상관없는 일이에요. 그들은 상관이 없으니까."

"그들이라니?"

"벤과 메리요. 상관없는 사람들이죠. 친절하게도 식사를 제공하셨으니 치즈나 샌드위치만 조금 들죠. 그러곤 길을 서둘러야 해요."

벤과 메리라는 말도 충격적이었다. 우리는 천천히 집 쪽으로 다시 걸어가기 시작했다. 타이투스는 길가 바위에 놓아두었던 플라스틱 가방 두 개를 집었다.

"네 세간이야?"

"그렇지도 않아요."

우리가 둑길로 접어들려니까 길버트가 앞문으로 나오더니 놀라서 우뚝 멈춰 섰다. 타이투스의 존재에 대해서 리지와 길버트에게 한 번도 얘기를 하지 않았다는 사실이 머리에 떠올랐다. 길버트는 리지에게 얘기를 들어 '옛사랑의 불꽃'은 알고 있었지만, 꼬치꼬치 물으려고 하면 내가 말을 가로막았다. 하틀리가 스스로 한 얘기에서도 유령처럼만 느껴지던 타이투스여서, 내가 한 얘기에서는 등장도 하지 않았다. 그러던 터에 지금 가까이 가면서 나는 길버트에게 낭랑한 목소리로 말했다.

"아, 여긴 타이투스 피치인데, 자네도 아는 마을의 내 친구들 피치 부부의 아들이야. 그리고 여긴 내 집안일을 도와주는 오피안 씨이고."

아무튼 당장만이라도 길버트가 분명히 밝히지 않은 어떤 장벽의 너머에 있는 존재임을 알리려는 말투로 내가 설명했다. 길버트의 눈은 벌써 황홀해서 게슴츠레해졌다. 나는 그런 종류의 문제는 원하지를 않았고, 벌써부터 타이투스에 대한 소유욕을 느꼈다.

"이리 와."

내가 말했다. 타이투스를 문으로 밀어 넣으면서 나는 막연히 경고를 하는 뜻에서 발로 길버트의 발목을 찼다.

"길버트, 빨간 방에서 나하고 타이투스가 식사를 하게 준비를 해주겠어? 타이투스, 술은?"

그는 맥주를 마셨고 내가 백포도주를 마시는 동안에 앞치마를 두른 길버트는 재빨리 차분하게 대나무 식탁에 두 사람이 먹을 식사를 차려 놓았다. 길버트는 날마다 그런 식으로 식탁을 차리고 싶었겠지만, 그런 얘기를 꺼냈다가 내 비위를 건드릴까 봐 두려워했다. 꼼꼼하고 훈련이 잘된 그의 '시종' 역은 어떤 고상한 희극이라도 빛내주었으리라. 한 번 타이투스의 머리 너머로 눈길이 마주치자 그가 윙크를 했다. 나는 싸늘한 눈으로 노려보았다. 우리는 길버트의 요리법에 따라 흑설탕으로 요리한 햄과, 이탈리아의 토마토 통조림과 허브로 준비한 샐러드를 먹었다. (훌륭한 토마토는 차갑게 해서 먹어야 가장 좋다. 데워도 좋지만, 끓이면 독특한 맛을 잃으니까 안 된다.) 다음에는 버찌와 길버트가 만든 레몬 카스텔라를 들었다. 다음에는 길버트가 오븐에다 다시 구운 아주 딱딱한 비스킷과 글로스터 치즈였다. 눈치가 빠른 시종은 곧 자리를 비켜주었다. 우리는 백포도주를 곁들여 식사를 했다. 타이투스는 게걸스럽게 먹어대었다.

길버트가 아직 같이 있을 때 나는 점잖고 하찮은 대화로 서두를 꺼냈다.

"대부분의 젊은이들이 그러니까 너도 무척 좌익이겠구나."

"아, 아닙니다."

"정치에 관심이 있어?"

"정당 정치요? 아뇨."

"하지만 무슨 정치엔가는 관심이 있겠지?"

그는 고래의 보존에 대해서 관심이 있다고 했다. 우리는 그 얘기를 나누었다.

"그리고 난 공해를 반대하고, 방사능이 심각한 문제라고 생각합니다."

우리는 그 얘기도 나누었다.

다음에 잠깐 얘기가 중단되자 내가 말했다.

"그러니까 그들을 만나러 오지는 않았구먼?"

"그래요, 당신을 만나러 왔죠."

"아까 그걸 물어보려고?"

"예, 대답을 해주셔서 고마워요. 보아하니 다시는 당신을 귀찮게 할 필요가 없겠어요."

"아, 그런 소리는 마. 하지만—그러니까—그들을 찾아가서 왔다는 걸 알려주지 않을 생각이구먼?"

"그래요."

"그러면 안 되잖아? 물론 싫어한다는 건 잘 알지만. 난 부모들과 아주 행복한 사이였지만……"

"난 아주 불행한 사이였어요."

술기운에 그는 말이 헤퍼졌다. 분주하게 여러 가지 생각이 내 머릿속에서 오갔다. 어떤 계획이, 명확한 계획이 모습을 드러냈다.

"두 사람하고 다?"

"예. 하지만 그녀 잘못만은 아니었어요. 그는 내가 못마땅했죠. 그녀는 그의 편을 들었고요. 불가피한 입장이었다고 생각돼요."

"겁이 났으니까."

"한심한 처지였죠. 그는 어머니가 나에게 얘기를 못 하게 했어요. 그리고 어머니는 편하게 살아가기 위해서 거짓말을, 하찮은 거짓말들을 해야 한다고 생각했어요. 난 그것이 싫었습니다."

"어머니에게 탓을 돌리면 안 돼."

그것은 중요한 얘기였다.

"그는 나쁜 사람은 아니었던 것 같아요. 하지만 무슨 일에서도 성공을 하지 못해서 좌절감을 느꼈고, 그래서 성격이 좀 모질어진 모양인데, 그 분풀이를 우리한테 했어요. 어머니는 어쩔 도리가 없었죠. 글쎄요, 내 말은 과장이겠죠. 좋았던 시절, 좋았던 듯싶은 시절도 있었지만, 나쁜 시절은 너무나— 결정적이었어요."

또다시 머뭇거림. 어떤 다른 사람의 말투인가? 누구의?

"알겠어."

"언제 또 터질지 전혀 알 수 없었어요. 말조심을 해야 했고요."

어린아이의 자존심을 짓밟고 멍들게 한 것은 말할 수 없을 만큼 소름 끼치는 일이었으리라. 나는 하틀리가 가지고 있던 얼굴이 하얗고 조용한 소년의 사진이 생각났다. 가엾은 하틀리! 그녀는 무기력하게 그 모든 것을 목격한 증인이었다.

"너를 위해서, 너와 함께 어머니는 무척 고통을 받았을 거야."

그는 의심스럽게 얼굴을 찌푸리고 잠깐 나를 노려보았지만 더 따지지는 않았다. 더 자세히 보니 그는 덜 미남이고, 훨씬 더 더럽고 지저분해 보였다. 혈색은 창백했지만, 길고 헝클어진 머리카락은 오랫동안 감지를 않아 끈끈했다. 얼굴은 야위고 약간 잔인했고, 뺨은 움푹 꺼졌다. (내가 주운 어느 돌멩이처럼 약간 얼룩이 지고 반점이 있는) 두 눈은 차갑고 밝은 잿빛을 머금은 푸른 빛깔이었고 항상 가늘게 떴다. 근시인지도 모른다. 입은 예쁘고 작았으며, 입술은 거의 제 모습을 갖추었고, 곧고 작은 코는 젊은 여자가 부러워할 만큼 단단했다. 말끔히 면도를 해서 턱수염은 불그레한 황금빛 점들처럼 빛났지만, 흠집 근처에서 자라는 이상할 만큼 검은 수염은 거꾸로 붙인 작은 콧수염 같았다. 그는 흠집에 신경을 쓰며 자꾸만 손으로 매만졌다. 손은 아주 더럽고 손톱은 물어뜯겨 있었다.

"그리고 내 문제도 있었겠지."

심각한 태도로 얘기를 하지는 않았어도 나는 그의 관심이 다른 것으로 쏠리기를 원하지 않았다.

"아, 글쎄요, 예, 가끔 얘기가 나왔죠. 하지만 혹시 생각하시기를……."

"젊었을 때 내가 네 어머니를 무척 사랑했다는 걸 알고 있으리라고 생각해. 그 후 한 번도 못 만났다가 여기서 갑자기 만나……."

"상당히 사람이 달라졌겠죠."

"난 아직도 그녀를 사랑해. 하지만 육체관계는 한 번도 없었어."

"그건 나하고 상관없는 얘기예요. 미안하지만 내가 바라던 말은 그게 아니고, 나 취하는가 봐요. 내 얘긴, 난 관심이 없으니까……. 그런 얘긴 말아요. 나의 아버지가 아니라는 말은 믿겠고, 그러니 그만이죠. 그렇기는 해도 왜 여길 오셨는지 잘 모르겠어요. 그들을 만나거나 뭐 그래요?"

"아, 가끔."

"상관없으시다면 그들에게 이 얘기는 하지 말았으면……."

"네 얘기 말이지? 그래, 좋아. 아까 말했지만 난 아직도 네 어머니에게 무척 마음이 끌리고, 걱정도 많이 하지. 난 그녀를 돕고 싶어. 별로 재미있게 살지는 못한 것 같아."

"산다는 건 다 그렇죠."

"그건 무슨 뜻이지?"

"알게 뭐예요. 대부분의 인생은 거지 같아요. 젊었을 때만 그렇지 않게 생각되죠. 대부분의 여자들이 다 그렇겠지만 어머니는 꿈이 있고 환상을 좋아하는 그런 사람예요. 이젠 가야겠어요. 식사 고마워요."

"이런, 아직 보내줄 수가 없는데!" 웃으면서 내가 말했다. "너에 대한 얘기를 더 듣고 싶어. 다니던 대학이 문을 닫았다고 했는데, 선택의 자유가 있다면 넌 뭘 하겠니?"

"동물을 좋아하니까 동물과 관계 있는 무슨 일을 하고 싶어요."

"다시 전기를 공부할 생각은 없고?"

"그건 집에서 나가기 위한 핑계였죠. 장학금을 타서요. 아뇨, 뜻대로 할 수 있다면 배우가 되고 싶어요."

여기에 행운의 기미가 보였다. 나는 기뻐서 소리를 지르고 싶었다.

"배우라고? 그렇다면 내가 도와줄 수 있지."

당장 얼굴이 붉어지며 그는 도전적으로 또박또박 말했다.

"그것 때문에 내가 찾아온 건 아녜요. 당신에게 부탁이나 구걸을 하거나 하기 위해 오지는 않았어요. 그저 물어보고 싶어서 왔죠. 쉬운 일은 아니었습니다. 당신은 유명인이죠. 오래전부터 생각을 해봤어요. 양자회 사람들을 만나 다른 방법으로 해결을 하려고 했지만 제대로 되지가 않았어요. 난 당신의 도움을 얻거나 거추장스럽게 해드리고 싶지가 않아요. 당신이 아버지였더라도 그건 마찬가지죠."

그는 떠나겠다는 태도로 몸을 일으켰고, 나도 일어섰다. 나는 그를 끌어안고 싶었다.

"좋아. 하지만 아직 가지 마라. 수영을 하지 않겠어?"

"수영요? 아…… 그래요."

"그래, 좀 쉬고, 나중에 수영을 한 다음 차를 마시고……."

"지금 수영을 하고 싶은데요."

우리가 부엌을 지나가자 공손하게 일어선 길버트를 못 본 체하고 풀밭으로 걸어나간 우리는 바다 쪽으로 바위를 기어 올라가서 작은 절벽의 꼭대기로 나왔다. 물이 더 들어와서 이제는 겨우 발밑 3미터 거리에 있었다. 아침보다 잔잔해진 바닷물은 환한 햇빛을 받아 반쯤 투명했고, 짙은 녹색이었다.

"여기서 수영을 하세요? 기막힌 곳이군요. 뛰어들어갈 수가 있네요. 난 뛰어들지 않으면 싫어요."

으스스한 경고를 할 만한 때가 아니었다. 나는 바다에 대한 어떤 두려움이나 어려움도 타이투스 앞에서 인정을 하기가 싫었다.

"그래, 여기가 제일 좋은 곳이지."

타이투스는 어서 물로 들어가려고 야단이었다.

"수영복이 없는데요."

"아, 그건 상관없어. 보는 사람이 없어서 난 아무것도 걸치지를 않으니까."

타이투스는 어느새 리즈대학교 티셔츠를 벗어 던지고는 곱슬거리고 불그레한 황금빛 털을 잔뜩 노출시켰다. 그는 바지를 질질 끌며 깡충거렸다. 즐거운 마음에 갑자기 웃고 싶어진 나는 마찬가지로 서둘러 옷을 벗기 시작했지만, 아직 셔츠 단추를 풀고 있는데 그가 첨벙 뛰어들어 발밑에서 반짝이는 바위에 물이 튀었다. 곧 뒤따라 들어간 나는 물이 차서 숨을 몰아쉬었지만, 잠시 후에 따뜻하고 미친 듯 들뜬 기분을 느꼈다.

오피안이 수건을 가지고 나왔다. 점잖게 물러나는 듯싶었지만, 근처의 바위 너머로 타이투스를 훔쳐보는 그의 모습이 내 눈에 띄었다. 소년은 솜씨를 보이느라고, 하얗고 재빠르고 곡선을 이루는 몸으로 우아하고 장난스럽게 돌고래처럼 수영을 하면서, 물에 젖고 해초가 달라붙은 힘차고 웃는 얼굴과, 하얀 엉덩이와, 어깨와, 손과 발을 얼핏얼핏 드러내었다. 바닷물에 젖어 거무스레해진 머리카락은 그의 목덜미와 어깨에 달라붙고 얼굴로도 내려와 그의 모습을 소녀처럼 바꾸어놓았다. 그것을 의식했던지 그는 매력 있게 머리를 젖히고는 눈과 이마에 달라붙은 젖은 머리카락을 쓸어내었다. 그는 내가 여태껏 제대로 익히지 못한 자유형을 힘도 안 들이고 했으며, 수직으로 물 속으로 들어가서는 다른 곳에서 불쑥 나타나 의기양양하게 소리를 질러대며 즐거워했다. 나도 마찬가지로 미친 듯한 기쁨에 들떴으며, 바다는 즐거웠고 찝찔한 바닷물의 맛은 희망과 기쁨의 맛이었다. 나는 자꾸만 웃고, 입 안에서 물을 그르렁거리고, 내뿜고, 맴을 돌았다. 바다를 섬기는 친구를 만난 나는 소리를 질렀다.

"날 찾아오니 즐겁지 않아?"

"그래요, 예, 그래요!"

물론 그는 작고 가파른 절벽을 아무 힘도 들이지 않고 올라왔다. 탑에서 처음 보았을 때도 날렵해 보이지 않았던가? 나는 약간 고생을 했지만 그에게 내색은 하지 않았다. 늙은 티를 내거나 체면을 잃기는 때가 너무 일렀다. 그가 나를 동지로 받아주기를 원했기 때문이다. 그다음에 그는 바위 그늘에서 잠을 잤다. 그다음에 우리는 간식을 들었다. 그러고는 하룻밤만 지내고 이튿날 일찍 떠나겠다고 그가 동의를 했다. 그가 갑자기 몰래 가버릴까 봐 나는 그의 가방 두 개를 빼앗아 감춰버렸다. 가방을 뒤져보니 세면도구와, 속옷과, 줄무늬가 진 깨끗한 셔츠와, 넥타이와, 구두와, 많이 구겨지고 접어놓은 무명 저고리 따위가 들어 있었다. 벨벳 상자에 담은 비싼 커프스단추. 이탈리아어와 영어로

된 risqu 〔외설스러운〕 삽화를 곁들인 호화판 장정 단테의 사랑의 시. 마지막 두 가지를 보고 나는 좀 생각에 잠겼다.

손님의 정체를 이제는 잘 알게 된 길버트는 물론 흥분과 호기심을 걷잡을 수 없는 상태였다.

"저 청년을 어떻게 하시겠어요?"

"두고 봐야지."

"나 같으면 이러겠어요!"

"제발 끼어들지 마."

"좋아요, 내 본분은 나도 아니까요!"

내가 시키는 대로 타이투스는 머리를 감았다. 말리고 빗어놓으니 곱슬거리는 머리카락은 적갈색 넝쿨처럼 부풀어올라서 훨씬 보기 좋았다. 저녁에 그는 깨끗한 셔츠를 입었지만 커프스단추는 달지 않았다. 길버트는 무슨 속셈이 있는지 리즈대학교 티셔츠를 빨았다.

타이투스와 난 촛불을 켜놓고 저녁 식사를 했다. 그가 불쑥 말했다.

"이건 정말 낭만적이군요?"

우리는 요란하게 웃어대었다.

타이투스는 너무 말끔하게 일을 하는 길버트를 묘한 눈으로 보았지만 아무것도 묻지를 않았다. 내가 막연하게 "운이 다한 늙은 배우야"라고 얘기를 해주었는데, 지금 당장으로서는 그만하면 설명이 충분했다.

저녁때 우리는 연극과 텔레비전 얘기를 나누었다. 그는 런던 연극을 굉장히 많이 본 것 같았고, 배우들도 무척 많이 알았다. 그는 학교에서 〈장한 크라이턴〉〔〈피터팬〉의 작가 제임스 베리가 쓴 희곡〕을 연출하던 얘기를 했다. 그는 야망이 크지도 않았고 자신도 없었다.

"그냥 해본 생각예요."

나는 이 문제나 어떤 문제에 있어서도 내 주장을 앞세우지 않았다. 우리는 실컷 웃었다.

타이투스는 아래층 앞방에서 책들에 둘러싸여 방석을 몇 개 깔고 일찍 잠이 들었다. 그는 책에 대해서 무척 관심을 보였지만 촛불을 일찍 꺼버렸다. (나는 층계에서 지켜보았다.) 아침 식사 때는 점심 식사까지 머물기로 동의를 했다. 아침에는 아양을 떨던 길버트를 불러 대화에 끼어들게 해주었다. 나는 길버트가 신비한 관심거리가 되기를 원하지 않았다.

아침을 먹고 나서 나는 '집필' 때문에 바쁘리라는 얘기를 하며 타이투스가 수영을 하고 바위들을 돌아다니며 구경하도록 풀어놓아주었다. 나는 너무 같이 붙어 있어서 부담을 느끼게 하고 싶지가 않았으며, 아무튼 생각할 시간도 필요했다. 타이투스는 어린애처럼 혼자 놀면서 무척 즐거워 보였다. 나는 애정과 부러움이 뒤섞인 강렬한 감정을 느끼며 창가에 앉아 재빨리 나타났다 사라지곤 하는 그를 지켜보았다. 마침내 그는 내가 떨어뜨린 탁자를 한 팔로 머리 위에 여봐란듯이 들고 돌아왔다. 그는 탁자를 풀밭에 놓더니 바깥에서 식사를 하자고 했지만, 내가 거부했다. (나는 al fresco〔야외〕 식사에 대해서는 나이틀리〔제인 오스틴의 소설 《엠마》의 등장인물〕와 같은 견해를 가지고 있다.) 그 사이에 길버트는 가게에 다녀와서 내 지시를 받으며 얼린 콜리로 멋진 케저리〔인도 요리의 일종〕를 만들었다.

다시 타이투스와 나 단둘이만 남은 점심 식사 때 나는 진지한 얘기를 나눌 때가 왔다고 단정을 내렸다. 그에게 두려움을 주지 않고 믿게 만드는 것도 그만하면 충분했다. 어쨌든 기다릴 만큼 기다렸으니까 내 운명을 이제는 알고 있었다.

"타이투스, 중요한 얘기가 있으니까 들어봐."

그는 놀란 표정으로 당장이라도 벌떡 일어나 도망치려는 듯 한 손으로 식탁을 짚었다.

"당분간만이라도 네가 여기서 살았으면 좋겠어. 그 이유를 설명하지. 난 네가 어머니를 만나길 바라."

눈을 더 가늘게 뜨며 그는 예쁜 입술에 냉소를 비쳤다.

"난 거긴 안 가겠어요."

"그러라는 얘기가 아냐. 그녀가 이리로 올 테니까."

"그럼 당신이 얘기를 했군요. 그러지 않겠다고 약속을 해놓고선."

"얘기는 안 했어. 그저 제안을, 부탁을 하는 거야. 네가 여기 있다는 걸 알면 어머니가 찾아오겠지. 벤에게는 얘기를 할 필요가 없어."

"어머니가 얘기를 할 거예요. 항상 그러니까요."

"내가 설득하면 이번에는 안 그래. 난 그녀가 또 여기로 찾아오기를 바랄 뿐야. 어쨌든 알아낸다고 해도 벤이 어쩌겠어? 기뻐하는 척할 수밖에. 무서울 건 하나도 없지."

"난 무섭지 않아요."

시작이 나빠서 나는 당황하고 더듬거렸으며, 얘기를 하는 동안에도 문간에서 벤이 으르렁대는 모습을 상상했다.

타이투스가 생각에 잠겨 말했다.

"어떻게 보면 벤이 불쌍해요. 당신이 한 말을 빌면, 별로 신통치 않게 살아왔으니까요."

"네가 한 말을 빌면, 인생이란 다 그렇고 그런 거야. 그가 불쌍하다면 그녀는 더욱 불쌍하게 생각해야지. 그녀는 너 때문에 무척 슬퍼해. 만나서 기쁘게 해주고 싶지 않아?"

"그녀를 행복하게 해줄 수는 있는 건 하나도 없어요. 하나도요. 절대로."

그 대답의 거침없는 단호함에 소름이 끼쳤다.

"그래도 노력은 해야지." 나는 화가 나서 말했다. "네가 어떻게 되었는지를 모르면 그녀의 심정이 어떻겠어?"

"그럼 좋아요. 날 만났다고 그러세요."

"그걸로는 모자라. 네가 직접 만나야지. 그녀는 이곳으로 와야 해."

타이투스는 부드럽고 깨끗해서 훨씬 말끔해 보였다. 흉측한 티셔츠는 벌써 말랐지만 그는 목이 터진 줄무늬 셔츠를 입고 있었다.

"보세요, 가끔 그들을 만나신다고 그러셨죠. 듣자하니 묘한 얘기군요. 오래전부터 당신은 악마 같은 존재였어요. 당신 이름이 나올 때마다 메리의 눈에 서리던 절망적인 표정이 생각납니다. 그들이 당신을 용서했을 리야 없겠죠? 좋아요, 당신은 아무 잘못도 없겠지만, 내 얘기가 무슨 뜻인지 알 거예요. 가서 브리지놀이를 하거나 뭐 그러나요?"

"아니, 물론 그렇지는 않아. 벤은 아직도 나를 혐오하고, 그가 무엇을 믿고 있는지는 정말 모를 일이야. 아마 자기도 모르겠지. 하지만 그는 별로 문제가 아니라는 생각이 들기 시작해."

"왜요?"

"내 생각엔 어머니가 그와 헤어질 것 같아."

"절대로 안 그래요. 절대로요. 어림도 없죠."

"상황에 따라서는 그럴지도 몰라. 가능하다는 생각만 들면 그럴 거야. 그녀가 가능하다고만 생각하게 되면, 간단한 일이라는 것도 알게 되겠지."

"하지만 어머니가 어디로 가나요?"

"나한테로."

"그럼 ― 그녀를 원하시나요?"

"그래."

"그러니까 나더러 아버지와 헤어지라고 어머니를 설득하란 얘기로 군요? 농담이시겠죠! 점심과 저녁을 먹여주고는 바라는 게 꽤 많군 요."

"아침과 차도 주었는데."

"뻔뻔하십니다."

나는 뻔뻔스러운 기분이 아니었다. 그 대화에서는 어설프고 꼴사납 게 모든 얘기가 튀어나가 일이 잘못되기만 했다. 나는 너무 음산한 어 조로 얘기를 해서 그가 어떤 갑작스러운 반응을 나타내지 않게 하려고 조바심을 했다. 그는 내 진지함을 고맙게 여겨야 한다. 미칠 노릇은 이 제 나는 모든 해결 수단을 갖추었지만, 그 수단을 사용할 수 있느냐 하 는 것이었다.

"타이투스, 물론 난 네가 어머니에게 아무것도 설득하기를 바라지 않아. 나는 그러면 그녀가 마음이 퍽 놓일 테니까 너더러 어머니를 만 나라는 거야. 그리고 여기서 만나라는 이유는 이곳만이 가능한 장소이 기 때문이고."

"난 미끼가 ― 일종의 ― 인질이 되겠군요."

그것은 사실이나 마찬가지였는데, 나는 처음에 미리 했어야 할 무척 중요한 얘기를 빠뜨렸음을 깨달았다.

"아냐, 아냐. 잘 들어. 너한테 할 얘기가 또 있어. 널 보내지 않고 머 물라고 한 이유가 무엇이라고 생각해?"

"나 때문에 어머니가 당신에게로 오기를 바란다는 생각이 들어요."

그 말을 듣고 또다시 아니라는 얘기를 할 엄두가 나지를 않았다. 어떻게 보면 그 말은 사실이었지만, 그것은 해가 없고, 어쩌면 훌륭하기도 한 진실이었다. 서로 노려보는 동안에 나는 그가 그런 각도로 새삼스럽게 이해하기를 바랐다. 하지만 일부러 그랬는지는 몰라도 그는 의심하는 표정을 그대로 짓고 있었다. 그의 눈에서 시선을 떼지 않고 짐짓 얼굴을 찌푸리며 내가 말했다.

"그래, 내가 원하는 건 그거야. 하지만 네가 이제는 모든 것의 일부이니까 너 때문에, 너를 위해서 그러기를 바라기도 해. 넌 필수적이지."

"그게 무슨 소리예요?"

"난 네가 좋기 때문에 여기 머물라고 했어."

"저런, 고맙기도 하군요!"

"그리고 넌 나를 좋아했기 때문에 머물렀어."

"그리고 먹을 것 때문에도요. 그리고 수영도 하고요. 좋아요!"

"원한다면 가정이라고 해도 좋으니 이런 식으로 생각해봐. 넌 아버지를 찾고 있어. 난 아들을 구하고 있지. 우리가 타협을 하는 게 어때?"

그는 놀라거나 감동을 하는 기색을 보이지 않았다.

"아들 얘기는 방금 지어낸 얘기라고 생각합니다. 어쨌든 난 필요하거나 원해서가 아니라 평생 나를 괴롭혀온 비참하고 끈질기고 악착스러운 호기심을 없애버리기 위해서 진짜 아버지를 찾고 있어요."

내가 왜 미련퉁이를 기대했었는지 모르겠지만, 그렇다, 그는 내가 생각하던 그런 사람이 아니었다. 그에 대해서 하틀리가 한 절망적인 얘기를 들었기 때문에 그런 생각을 했는지도 모른다. 그는 영리하고 매력

42

있는 소년이었고, 그를 붙잡으려면 무척 힘이 들겠다. 그를 붙잡고, 다음에는 그의 어머니를 붙잡고.

"그래, 잘 생각해봐. 이건 제안이고, 나에게 있어서는 무척 심각한 문제야. 말이지—좀 묘하지만—네 어머니와의 옛날 관계 때문에 난 네 아버지 역을 맡게 되었어. 말도 안 되는 소리인 줄은 알지만, 넌 그런 것도 이해할 만큼은 똑똑해. 넌 내 아들일 수도 있어. 난 그저 흔한 사람이 아냐. 운명이 우리를 함께 묶어놓았지. 그리고 난 널 많이 도와줄 수 있어."

"난 당신의 돈이나 거지 같은 영향력은 원하지 않고, 그걸 바라고 여길 찾아온 것도 아녜요!"

"벌써 그 얘긴 네가 했고, 그 단계는 지났으니까 이제 그런 소린 집어치워. 난 네 어머니를 데려오고, 드디어 그녀를 행복하게 해주고 싶은데, 넌 그것이 불가능하다고 생각하지만 난 달라. 그리고 난 너를 끌어넣고 싶어. 그녀를 위해서. 나를 위해서. 끌어넣는단 말야. 그 이상은 제안하지 않겠어. 넌 마음이 시키는 대로 해."

"그럼 우리 두 사람을 다 데리고 가서 프랑스 남부의 별장에서 살기라도 한다는 얘기예요?"

"그래. 네가 원한다면! 안 될 것도 없잖아?"

그는 갑자기 신음을 하더니 연극에서처럼, 이제는 훨씬 깨끗해진 두 손을 벌렸다.

"당신은 메리를 사랑해요?"

"그래."

"하지만 당신은 어머니를 몰라요."

"묘한 건, 애야, 난 그녀를 알아."

"좋아요." 드디어 존경하는 표정을 지으며 타이투스가 말했다. "그 냥 해본 생각인데…… 당신이 어머니더러…… 나를 만나러 오라고 하면……."

나는 분홍빛 보드라운 꽃을 피우며, 높이 자란 감미로운 푸른 풀밭에 엎드렸다. 풀은 시원하고 물기가 없었으며, 내가 몸을 움직이면 경쾌하게 바스락거렸다. 나는 오솔길의 끝 니블레츠 정원과 높이가 같은 숲의 언저리에 엎드려 있었다. 나는 휴대용 거울을 손에 들었다. 하틀리가 방금 정원으로 나왔다.

타이투스는 앞으로 어떻게 하겠다는 약속이 전혀 없었다. 그는 표면적으로 비꼬기만 했고, 틀림없이 속에 숨어 있을 감정을 나에게 전혀 내비치지 않았다. 그는 모든 일을 농담이나 장난으로 취급하는 척했으며, '무슨 일이 벌어지는지 보려는' 마음에서 내 멋대로 하게 내버려두겠다는 생각이었다. 따로 할 일도 없고 어머니에게 인사라도 해야 하니까 그는 나하고 지내기로 동의를 했었다. 하지만 보나 마나 그녀가 오지 않으리라고 그는 무척 음울하게 덧붙여 말했다.

그것은 두고 봐야 할 일이었고, '별 도리가 없었기 때문에' 그녀가 벤과 '그럭저럭 살아온' 그 오랜 세월 동안에 그가 그녀를 어떻게 생각했었는지도 나로서는 확실치가 않았다. 그런 상황에서 용서란 어떤 형태를 갖추는가? 자비, 충성, 사랑? 혹시 나는 어떤 무서운 일에 끼어들고 있지나 않나? 확실히 어떻게 될지 모를 일이었다. 나로 하여금 더 무모하게 희망을 걸도록 만들었던 것은 타이투스 자신이 프랑스 남부에서 우리 세 사람이 행복하게 살리라는 엉뚱한 상상을 나에게 불어넣었다는 점이었다. 그가 나에게 붙어 있기만 한다면 그녀가 올 터이고, 그러면 타이투스와 내가 바다에서 경험했던 갑작스러운 황홀감 같은 벅찬 정신적인 해방감이 우리 모두에게 있으리라. 나는 꼭 그녀를 행복하게 해주겠다. 그리고 나는 그를 행복하고, 자유롭고, 성공하게 해주리라.

타이투스가 비꼬아 '인질'이 되겠다고 동의를 한 다음 또 다른 문제가 생겨났다. 마음이 내키면 '당분간' 머물기로 그가 동의를 한 다음 나는 태연하게, 무모하게 물었다.

"어디서 기다리는 사람은 아무도 없겠지? 여자나 뭐, 누가?"

그는 상당히 뻣뻣하게 말했다.

"아뇨. 누가 있기는 했죠. 하지만 다 끝난 일예요."

그렇다면 그는 좌절을 해서, 외로워서 나를 찾아왔을까? 만일 그랬다면 내 사랑을—내 접근을 그는 그만큼 더 서슴지 않고 받아들일 수가 있지 않았을까?

같은 날 저녁이었다. 더는 기다릴 필요가 없었다. 비록 부분적으로는 타이투스에게도 알리지 않았지만, 나는 계획의 윤곽을 길버트에게 알려주기까지 했다. 전에 생각했던 대로 이제는 중요한 역할을 하게 된 길버트는 모든 사태를 점잖게 즐기고 있었다. 숲 속에 숨어서 거의 한 시간을 기다리고 난 다음에 하틀리가 나타났다. 남자는 자취도 보이지 않았다.

나는 잠깐 동안 조용히 그녀를 지켜보았다. 그녀는 갈색 꽃무늬를 놓은 노란 드레스를 입고 그 위에 헐거운 푸른 작업복을 걸쳤다. 그녀는 어깨를 구부리고, 머리를 숙이고, 손은 작업복 호주머니에 푹 찌르고 약간 어색하게 걸었다. 그녀는 정원 끝으로 내려와서 짐승처럼 멍하니 잔디밭을 응시하며 서 있었다. 그러더니 머리를 들고, 이루지 못할 자유의 상징인 바다를 쳐다보았다. 그러더니 한 손을 호주머니에서 꺼내 얼굴을 매만졌다. 틀림없이 울고 있었다. 나는 견딜 수가 없었다.

조심스럽게 휴대용 거울을 꺼낸 나는 몸을 앞으로 내밀며 거울을 햇빛에 비추었다. 작고 생동하는 생물체처럼 눈부시게 반짝이는 빛이 정원 바로 밑의 풀밭에 나타났다. 집 가까이 그 빛이 비추지 않도록 조심을 했다. 작고 눈부신 빛을 나는 천천히 그녀의 발을 향해 끌고 올라갔고, 그것이 무엇인지를 그녀는 당장 깨달았다. 우리는 어릴 적에 여름이면 이런 장난을 자주 했다. 나는 빛을 잠깐 그녀 얼굴에 비추었다가 풀밭을 지나 숲 쪽으로 직선을 그으며 방향을 알려주었다.

하틀리는 가만히 서서 내가 있는 쪽을 응시했다. 나는 몸을 일으켜 무릎을 꿇고 양딱총나무의 크림빛 꽃이 핀 가지를 가볍게 흔들었다. 하틀리는 목으로 손을 가져가며 무슨 시늉을 했다. 그러더니 그녀는 돌아서서 집으로 향해 걸어갔다. 나는 화가 나서 소리를 지를 뻔했지만, 벤이 어디서 무엇을 하고 있는지 확인을 하러 가는지도 모른다는 생각이 들었다. 그는 도자기에 대갈못을 박고 있는지도 모른다. 불안하게 잠깐 기다리고 나니 작업복을 벗고 다시 나타난 그녀가 울타리로 달려가서 허리를 굽히고는 풀밭을 건너 나에게로 왔다.

나는 양물푸레나무 밑의 작은 빈터로 조금 물러났다. 겨울 바람에 커다란 나뭇가지 하나가 뒤틀려 벌어졌고, 그 틈으로 하얀 꽃이 핀 들장미 덤불과, 빛이 바랜 소미나리와 미나리아재비들을 햇빛이 비추었다. 나는 하틀리와 관련된 희미한 어릴 적 추억을 되불러 일으키는 매끄럽고 잿빛인 양물푸레나무의 옆으로 비켜섰다. 양딱총나무의 커다랗고 납작한 꽃을 옆으로 밀어젖히는 그녀의 모습이 보였다. 곧 그녀는 나에게로 왔는데 햇빛이 비추는 부분을 그녀가 본능적으로 피하고 있음을 눈치채었다.

내가 끌어안았더니 그녀는 약간 뻣뻣하게 머리를 떨구었지만 저항은 하지 않았다. 목덜미를 잡고 그녀를 가까이 끌어당기며 나는 따스함을 느꼈고, 두 사람의 무릎이 마주 닿았다. 그녀는 한숨만 짓고 머리를 옆으로 돌렸지만 팔은 그래도 축 늘어진 채였다. 얇은 드레스 밑으로 느껴지는 그녀의 체온에 나는 눈을 감고 내 계획이나 긴박함을 잊어버리다시피 했다.

"아, 하틀리, 내 사랑, 내 여인."

"오시면 안 되는 걸 그랬어요."

"난 당신을 사랑해요."

나는 나무 밑에 앉아 몸을 기대 그녀를 내 옆에 끌어 앉혔다. 나는 그녀가 내 가슴에 머리를 얹고 편히 눕기를 바랐다.

"그래요. 우린 전에 자주 이러지 않았던가요. 생각나요?"

하지만 그녀는 말을 듣지 않았다. 환한 햇빛이 던진 그늘 속에서 그녀의 드레스 단추는 젖가슴으로 팽팽했고, 숲속의 마술이 그녀를 다시 젊게 해놓은 듯 옛날처럼 훨씬 더 아름다워 보였다.

한쪽 손을 꼭 잡고 내 옆에 꿇어앉아 그녀는 커다랗고 그늘진 눈으로 나를 물끄러미 쳐다보았다. 그러더니 갑자기, 부드럽게, 그녀는 내 손을 들어 키스를 했다.

이 동작에 너무나 감동하고 당황한 나머지 정신을 차리게 되었다. 그녀를 데리고 가는 일이 급했는데, 그 얘기를 미처 꺼내지도 않았다.

"하틀리, 당신이 날 사랑한다니, 아, 난 정말 기뻐요! 하지만 할 얘기가 있으니 들어봐요. 벤은 어디 있나요?"

"외출했어요. 확인을 하고 나왔죠. 하지만 아, 당신이 이렇게 찾아오면 안 되는 건데……."

"어디로 갔고, 언제 올 건가요?"

"개 때문에 사람을 만나러 갔어요. 시간이 좀 걸리겠죠."

"개요?"

"예. 아모른 농장까지 가야 하니까 시간이 꽤 걸려요. 그런데다 날씨가 너무 좋다고 그인 걸어서 갔답니다."

"걸어서요? 다리를 다쳐— 불구인 줄 알았는데……."

"다리가 뻣뻣해서 오래 걸리기는 하지만 운동이 된다고 걷기를 좋아해요. 웨일스 콜리 종, 강아지가 아니라 다 큰 개가 있는데, 주인이 안 나타나면 처분해버린다는 광고가 가게에 나붙었어요. 양 떼는 돌보지 못한데요. 하지만 구경이라도 하기로 했죠. 전화를 걸었더니 친절한 사람들 같던데, 아크라이트 집안이라더군요."

"아— 아크라이트요. 하지만 당신은 가지를 않고 내가 찾아올 경우를 생각해서 집에 남기로 했군요."

"개를 보면 내가 흥분을 할 터이고, 벤은 혼자 결정을 내리고 싶어서 내가 같이 가지 않는 게 좋겠다고 생각했어요. 다 큰 개를 구하면 항상 문제가 있을지도 모를 일이라……."

"하틀리, 이봐요, 타이투스가 돌아왔어요. 내 집에 왔죠."

그녀는 내 손을 놓고 풀밭으로 옆걸음질을 쳤다.

"그럴 리가……."

"맞아요. 벤은 싫고 당신만 만나겠다는데— 당신을 무척 보고 싶어하죠. 가요, 어서 갑시다."

"타이투스가…… 하지만 그 애가 왜 당신을 찾았나요? 아, 정말 이상하고 정말 끔찍해라."

"기뻐할 줄 알았는데!"

"하지만 당신을 찾아가다니—아, 어쩌나, 어쩌면 좋아······."

그녀는 갑자기 얼빠진 아이처럼 칭얼거렸다.

"가서 그 애를 만나요. 어서 일어서요." 나는 그녀를 일으켜 세웠다. "왜 그래요? 아들이 돌아왔는데 반갑지도 않고, 만나고 싶지도 않아요?"

"그래요, 반가워요. 하지만 난 여기 있어야 하니까 그 애더러 이리 오라고 하세요. 당신과 같이 있었다는 얘기는 하면 안 되고······."

"이리 오지 않겠다니까 문제죠! 가요, 하틀리, 그만 몽유병환자처럼 굴고 행동을 해요! 그 애가 절대로 이곳으로 오지 않으리라는 건 알잖아요. 우릴 기다리고 있으니까 어서 갑시다. 벤이 돌아오기 전에 그 애를 만날 시간은 많이 있어요. 언덕 밑에 차를 대기시켜 놓았어요."

내가 풀밭과 오솔길 쪽으로 끌어당겼지만, 그녀는 저항을 하며 다시 땅바닥에 주저앉았다.

"하지만 얘기해줘요. 타이투스가, 그 애가······?"

"어서 서둘러요! 나를 만났다는 얘길 타이투스가 하지 않기를 바란 다며 같이 가서 그 애한테 직접 그렇게 얘기를 해두는 게 좋을 테니까요!"

어설프기는 했어도 이 얘기에 어쨌든 그녀는 마음이 움직였거나, 적어도 두려움 때문에 반응을 보이기는 했다.

"좋아요, 잠깐 갈 테니까, 곧 나를 데려다줘야 해요!"

"예, 그래요, 그래요."

나는 다시 그녀를 일으켜 세웠다.

"그리고 누가 볼지 모르니까 우린 숲을 벗어나면 안 돼요."

"여기선 아는 사람이 하나도 없다더니! 자, 어서 갑시다."

우리는 숲길을 따라갔다. 곳에 따라 너무 무성하고 컴컴한 곳도 있었으며, 우리는 고꾸라지기도 하고, 휜 나뭇가지에 얻어맞기도 하고, 가시나무에 뜯기고, 오솔길 한가운데서 자라는 작은 어린 나무들에 발을 채였다. 바보처럼 허우적거리며 나아가다가 짜증이 나서 소리라도 지르고 싶은 심정이었다. 내 옆에서 따라오던 하틀리는 끌려가는 통나무처럼 거추장스럽게 처져서 가끔 낚아채야만 했다.

우리는 지저분해진 꼴에 숨을 헐떡이며 바닷가 길로 나왔다. 길버트가 풀밭 언저리에다 폭스바겐을 대놓았다. 우리가 나타나는 것을 보자 그는 시동을 걸고 차를 뒷걸음질시켰다.

바닷가에서 며칠 쉬고 난 길버트는 사람이 달라졌다. 그는 훨씬 젊어지고 살도 빠져 보였고, 백발 곱슬머리까지도 자연스럽게 늘어졌다. 그는 어부들의 가게로 가서 고무창을 댄 운동화와 가벼운 캔버스천 바지와 지금 하얀 셔츠 위에 걸친 커다랗고 헐렁헐렁한 무명 저고리를 짝 맞춰 구했다. 한심한 얼굴 화장도 집어치웠다. 길버트에게는 멋진 한때였다. 그는 필요한 사람이 되었다. 그는 리지가 아닌 다른 여자를 구하도록 나를 도왔고, 매력 있는 소년이 주인공인 모험에 얽혀들었다. 그의 눈은 생명감과 호기심으로 불타올랐다. 하틀리를 뒷자리에 밀어 넣고 차를 탄 나는 불현듯 두 사람을 서로 상대방의 눈을 통해 보려고 했다. 길버트는 미남이고 건강했으며 돈 많고 한가한 신사처럼 보였다. 시종 노릇은 끝났다. 지금 그는 요트를 가진 남자 역을 해내는 중이었다. 하지만 그렇다, 나는 길버트가 내 사랑을 어떻게 보고, '하나뿐인 사랑'이 어떤지 이해를 하리라고는 상상도 하지 못했다.

"이 사람은 내 친구 오피안이에요. 이쪽은 피치 부인. 가세, 길버트."

자동차가 바닷가 길을 따라 달려나가자 하틀리는 나에게로 시선을 돌렸지만 아무 말도 하지 않았다. 무의식적인지는 몰라도 그녀는 한 손으로 내 저고리 소매를 움켜잡았다. 그녀의 손가락과 무릎의 감촉을 느끼며 나는 만족해서 느긋하게 앉아 있었다. 그녀의 눈에는 자줏빛이 감돌았고 젊었을 때 그토록 매력 있게 야성적으로 보이게 했던 긴장하고 죽음이 서린 듯한 표정이 얼굴에 나타났다. 그 표정이 지금은 그녀를 미친 사람처럼 보이게 했다. 나는 자동차의 폐쇄되고 안전한 분위기와 속력에 기뻐서 나도 모르게 미소를 지었다. 도망에 성공한다는 의식에 벅찼다. 나는 미친 사람처럼 그녀에게 미소를 지었다.

둑길에서 차가 멈추었을 때 그녀는 내리려고 하지를 않았다.

"내가 오는 걸 그 애가 알아요? 여기 차로 나올 수가 없을까요?"

"하틀리, 시키는 대로 해요!"

그녀를 내려놓자 길버트는 지시를 받은 대로 차를 몰고 가버렸다. 자동차는 길모퉁이를 돌아 레이븐 호텔 쪽으로 사라졌다.

타이투스더러 부엌 안에 있으라고 말해두었지만, 우리가 둑길을 반쯤 건너자 그는 앞문을 열고 나타났다.

나는 머릿속에서 내 계획의 사소한 세부 사항에 너무 몰두해서 이 만남이 어떠할지는 사실 생각도 해보지 못했다. 내 뜻이 현실을 뛰어넘었고, 희망이 가득 차니 미래는 훨씬 덜 어정쩡했다. 하지만 이제는 다시 현재로 끌려 되돌아왔고, 내가 벌여놓은 사태에 대해서 놀라움과 혼란을 느꼈다.

타이투스를 보자마자 하틀리는 걸음을 멈추었고, 무서울 정도로 표정이 달라졌다. 울음을 터뜨릴 듯 입은 벌어져 흉측하게 늘어졌고, 눈은 반쯤 감았고, 이마는 전에 내가 봤을 때처럼 깊은 주름이 잡혔는데, 그것은 충격이나 슬프고 벅찬 기쁨이 아니라, 죄의식과 애원을 나타내는 표정이었다. 동시에 그녀는 무의식적으로 팔을 벌렸는데, 그것도 포옹이 아니라 간청을 위해서였다.

재빨리 이 모두를 눈치챈 나는 순식간에 좌절을 해서 그러지 말아요, 그러지 말아요! 라고 소리치고 싶었다. 나는 상대가 되지 않는 두 무사의 싸움을 말리는 듯 자비롭게 그들을 떼어놓고 싶었다. 하지만 나는 이미 그 장면에서 제거되었다. 타이투스는 침착하고, 딱딱한 태도에 감정을 드러내지 않겠다고 마음을 먹고는 눈을 부릅뜨고 얼굴을 찌푸리며 어른스럽게 앞으로 나섰다. 하지만 그는 감정을 감출 수가 없어서 모든 동작과, 심지어는 걸음걸이에까지도 어머니에 대한 마음이 나타났다. 그는 하틀리에게로 가서 좀 거칠게 그녀를 잡더니 문 쪽으로 걸었다. 그는 손으로 등을 밀어 그녀를 집 안으로 들여보냈다. 나는 서둘러 뒤따라 들어갔다.

들어가보니 그들은 벌써 얘기를 시작했고, 어머니와 아들 같지가 않다는 기분이 들어 자리를 비켜주었다. 하지만 그럴 수도 있지 않을까? 가족 관계란 모두 어색하고 이상하다. 아니면 하틀리는 전혀 그의 어머니가 될 수가 없는 환경이었던가?

"네가 어딜 가 있는지 알 수도 없었고, 너를 찾으려고 무척이나 애를 썼는데……."

타이투스가 자기를 찾지 못했다고 못마땅해했기 때문에 나온 말이었으리라.

"그래요, 그래요, 난 별일 없이 아주 잘 있었어요."

묻지도 않은 질문에 대한 대답이었다.

"그럼 넌 잘 있었고 취직이라도 했는지 아니면— 지금 어디 살지?"

"직장도 없고 거처도 없어요."

"네가 잃어버렸거나 돌아오는 경우를 위해 사람들에게 우리 주소를 알려놓았단다. 그리고 난 편지도 써서……."

"됐어요, 메리, 됐어요."

(그녀를 '메리'라고 불러가며 그가 안심을 시켜주는 것이 듣기가 싫어서) 왠지 거북스러웠던 그 대화를 가로막기 위해 내가 말했다.

"부엌으로 들어가지 그래요? 술이라도 한잔 들고."

나는 술이 필요했고, 내가 그들의 입장이라면 미친 사람 같았겠지만 그들은 그럴 필요성은 느끼지도 않은 듯싶었으며, 내 얘기는 못 들은 체했다.

타이투스가 부엌으로 들어갔고 하틀리가 뒤를 따랐으며, 그들은 식탁을 잡고 서서 겁먹은 눈초리로 서로 빤히 쳐다보았다. 하틀리의 표정은 소심한 애원과 두려움을 나타내었고, 그는 굴욕적이고 역겨운 연민을 보여주었다. 방 안에는 고통이 가득해서 앞을 가로막은 그 고통이 만져질 것만 같았다. 나는 끼어들어 돕고 싶어서 그들을 지켜보며 서 있었다.

"저녁 좀 안 들겠어요? 저녁 좀 먹죠. 얘기도 하고……."

타이투스가 말했다. "물론 난 주소를 잃어버리지는 않았어요."

하틀리가 말했다. "난 가야 해. 집으로 안 가겠니? 하지만 여기 있었다는 얘긴 하면 안 돼. 가겠어?" 타이투스가 머리를 저었다.

그녀가 말을 이었다.

"벤은 개를 알아보려고 농장까지 걸어간다고 외출을 했으니까 네가 온 걸 몰라."

"개요?"

"그래, 개를 한 마리 키울 생각이란다."

"무슨 개인데요?"

"웨일스 콜리야."

"개를 데리고 돌아올 건가요?"

"모르겠어."

그나마 이것은 대화다웠다.

나는 무시를 당하는 것을 더는 참지 못하겠어서 소리를 질렀다.

"술도 들고, 저녁도 먹어요!"

쳐다보지도 않고 내 쪽으로 손을 저으면서 타이투스는 하틀리에게 말했다.

"이리 들어오세요."

그녀가 작고 빨간 방으로 뒤따라 들어간 후 그가 문을 닫아버렸다.

늦기는 했지만 나는 그들끼리만 있게 해야겠다고 마음을 먹었다. 더구나 하틀리가 이곳에 와 있으니까 나는 위험하고도 결정적인 다음 단계를 위해 훨씬 더 자세하게 계획을 세워야 했다. 나는 잠깐 동안 홀에 서서 생각에 잠겼다. 그런 다음에 위층 거실로 달려 올라가 종이를 좀 꺼냈다. 서랍에서 '슈러프 엔드'라고 글자를 새긴 종이를 찾아내었는데, 틀림없이 초니 부인의 소유였을 매끄러운 그 종이에다 편지를 적었다.

친애하는 피치 씨,

메리가 나와 함께 여기 있고, 타이투스도 와 있다는 걸 알려드리겠습니다.

찰스 애로우비

편지를 봉투에 넣고 나는 집 밖으로 달려 나갔다.

여름 저녁 날씨가 점점 더워지고 있음을 알고 나는 약간 놀랐다. 집 안이 추웠거나, 내가 추위를 느끼고 있었거나, 평범한 시간이 끝났다는 기분이 들었기 때문인지도 모른다. 길의 다른 쪽 풀밭은 에메랄드빛으로 뒤덮였고, 여기저기 솟은 바위들은 작은 다이아몬드로 장식을 한 듯 눈부실 만큼 광채가 났다. 흙과 풀과 꽃 냄새가 물씬한 더운 공기가 파도처럼 밀려왔다.

나는 뛰어서 둑길을 건너 탑과 레이븐 쪽으로 길을 따라 가다가 만이 보이는 모퉁이에 이르렀다. 내가 명령한 대로 길버트는 차를 그곳에 세워두었다. 나중에 하틀리에게 거짓말을 해야 할 경우를 생각해서 나는 차가 눈에 띄지 않기를 바랐다.

길버트는 찬란하게 빛나는 푸른 바닷물을 쳐다보며 바위에 앉아 있었다. 그는 바위에서 뛰어내려 나한테로 달려왔다.

"길버트, 지금 당장 이 편지를 길의 맨 끝에 있는 방갈로 니블레츠에 갖다 전해줘."

"좋습니다, 주인님. 집 안에는 일이 어떻게 돌아가죠?"

"괜찮아. 이젠 가. 그리고 돌아오면 여기서 기다려."

"저녁 식사는 어떡하고요? 집에 들어가면 안 돼요?"

호기심을 걷잡을 수 없던 길버트는 한몫 끼고 싶어서 어쩔 줄을 몰랐다. 나는 그런 꼴을 보기 싫다.

"아냐, 아직 안 돼. 블랙 라이언에서 샌드위치나 사 먹고 와. 무슨 일이 일어날지 나도 모르니까."

"난폭한 일이야 안 벌어지겠죠?"

"나도 그러길 바라. 그럼 가봐."

"하지만……."

"가."

"술 생각이 나서 죽겠는데, 술집에서 한잔 하면 안 될까요?"

"좋아. 하지만 오래 있으면 안 되니까, 4분 동안만 마셔."

일그러진 길버트의 얼굴을 보자 나는 프레디 아크라이트가 생각나서 기분이 나빴다. 아크라이트는 어디에나 있었고 이제는 벤에게까지도 손을 뻗쳤다.

나는 되돌아 뛰어갔고 차는 둑길에서 나를 지나쳤다. (추운) 집으로 들어간 나는 부엌으로 가서 드라이 셰리를 반 잔 따랐다. 빨간 방의 문에서 엿듣지도 않았다. 나는 풀밭으로 나가 바다가 보이는 바위로 조금 기어 올라가 셰리를 천천히 마시기 시작했다.

지금까지는 좋다. 하지만 내가 나사를 죄기 시작하면 하틀리는 어떤 행동을 할까? 그리고 내 편지를 받으면 벤은 어떻게 할까? 그는 언제 편지를 읽을까? 아모튼 농장까지 걸어서 갔다고 오고, 개 때문에 반 시간을 보낸다면, 니블레츠에는 9시 반쯤에 돌아오리라. 지금은 8시가 조금 넘었다. 배가 고팠다. 셰리를 마셨더니 머리가 가벼워졌다. 하지만 망할 놈의 아크라이트 사람들이 차로 집까지 태워다준다면 8시 반이 조금 넘어 돌아오리라. 그렇지만 개를 데리고 걸어서 돌아온다면 10시가 다 되어야 돌아올 것이다. 한데 왜 갑자기 개는 구하려고 했을까? 나를 물도록 개를 훈련시킬 계획인가? 어쨌든 오늘 밤에는 어떤 행동도 하지 않을지 모르니까 벤이 언제 집으로 돌아오느냐 하는 것은 별로 상관이 없다는 생각이 들었다. 처음에는 하틀리와 타이투스가 나타나기를 기다리겠지만, 나중에는 이를 갈겠지. 점점 격해지는 분노에서 그가 혼자 음흉한 만족감을 느낄지도 모른다. 나쁜 사람.

셰리를 다 마신 다음에 안으로 들어갔다. 작고 빨간 방에서 웅얼거리는 목소리가 계속되었다. 그들이 얘기를 오래 할수록 더 좋다는 생각이 들었다. 시간이 흐를수록 그들은 더욱 사이가 가까워지고, 시간이 그만큼 더 흘러가게 된다. 배가 고파지면 그들은 밖으로 나올 것이다. 하지만 너무 마음이 산란해서 배고픔을 느끼지 않을지도 모른다.

걱정이 되기는 했어도 나는 배고픔을 느꼈다. 얼마 동안 앉아서 비스킷과 올리브를 먹은 다음에 남은 케저리를 접시에 긁어 담아 백포도주 한 잔과 함께 다시 밖으로 가지고 나가 바다 경치를 구경했다. 흥분하고, 초조하고, 약간 취하고, 무척 기분이 아리송했지만 머릿속은 말짱했다.

그런데 바로 그 순간에 타이투스가 외치는 소리가 들려왔다. "찰스!"나 "애로우비 씨!"라고 부를 엄두는 나지가 않았던지 "여보세요!"라고 몇 번 소리치더니 황급하게 여러 가지 고함을 질렀다.

벤이 오려면 아직 멀었기 때문에 그 소리를 못 들은 체하려고 했지만 대꾸를 해주기로 마음먹었다. 나는 접시와 술잔을 들고 조심스럽게 잔디밭으로 되돌아갔다.

타이투스와 하틀리는 문밖에 서 있었는데, 그녀는 이제 내 눈에 꽤 익숙해진 겁에 질리고 낙심한 표정이었다.

"보세요, 메리가 돌아가야겠다는군요. 시간은 많다고 내가 그랬지만 지금 가고 싶다는데, 괜찮겠죠?"

타이투스가 말했다.

"어서 차를 대주시겠어요?"

하틀리는 화라도 난 듯 딱딱한 어조로 말했다.

"앞쪽을 살펴보니 차가 없더군요. 어머니는 무척 걱정이 되나 봐요."

타이투스가 말했다.

"걱정할 건 없어요."

내가 말했다. 나는 부엌으로 들어갔고 그들이 뒤따라왔다.

"저녁은 안 들겠어요?"

"난 가야 해요."

하틀리가 말했다. 어쨌든 타이투스와 보내는 시간은 지났고 그녀를 노예로 만드는 잔인한 남편이 지배하는 시간이 되찾아와서 그녀는 타이투스까지도 안중에 없었다. 오랜 전율이 되찾아왔다. 그녀의 사납고 무자비하기까지 한 표정을 나는 얼마나 싫어했던가. 그 표정은 그녀를 흉측하게 만들었다. 숲속에서 내 손에 키스를 할 때 그녀는 아름다워 보였다.

타이투스가 말했다.

"자, 집으로 보내야 할 텐데, 차는 어디 있죠?"

타이투스는 분명히 하틀리를 슈러프 엔드에 잡아두어야 하는 것이 그의 의무임을 잊었다. 오히려 그는 그녀의 두려움에 휩쓸렸다. 나는 타이투스에게 너무 조심스럽게, 너무 막연하게 설명을 했었다. 그가 어떤 반응을 보일지 몰라서 나는 마음속에 있는 얘기를 다하지 못했다. 하틀리가 여기 있기를 원하며, 그의 설득은 부수적이라고 말했었다. 하지만 지금 생각하니 더 노골적으로 얘기를 했어야 옳았다.

"갈 필요는 없어요."

내가 말했다.

"벌써 생각했던 것보다 너무 오래 있었어요. 9시 반쯤에 돌아온다고 했지만 그이는 더 빨리 올지도 몰라요. 그러니까 지금 당장 보내주셔야 해요."

"그럴 필요가 없어요. 당신이 타이투스와 여기 있다는 편지를 오피안을 통해 보냈으니까 벤은 걱정을 하지 않고 이리로 찾아올 겁니다. 그러면 길버트가 함께 데려다주겠죠."

타이투스가 한숨을 지었다. 그는 내가 얼마나 엄청난 짓을 저질렀는지 당장 깨달았다.

하틀리는 시간이 좀 걸려서야 사태를 파악했다.

"그러니까—그러니까—당신은 일부러 그이에게 알려주었고— 아, 나쁜 사람— 아, 바보 같으니라고— 당신은 몰라요—. 당신은 몰라요."

분노와 절망의 눈물이 눈에서 솟았고, 그녀는 화가 난 얼굴로 나를 노려보았다. 나는 뒷걸음질을 쳤다.

일단 내세웠던 태도를 바꾸지는 않았지만 진지하게 내가 말했다.

"하틀리, 그를 그렇게 무서워하면 안 돼요! 그 한심한 남자에 대한 당신의 태도에는 신물이 나요. 왜 항상 그에게 거짓말만 해야 된다고 생각하죠? 아주 자연스럽고 옳은 일인데 왜 당신이 타이투스와 같이 있으면 안 되나요!"

타이투스는 흥미 깊고 걱정스러운 눈으로 하틀리를, 그러고는 묘한 표정으로 나를 쳐다보았다.

"그래, 당신이 그를 이곳으로 불렀나요? 맙소사!" 그가 덧붙여 말했다. "물론 그는 집에 도착하지 않았을 테니까 아직 편지를 못 봤을 거예요."

시계를 보고 하틀리도 그 사실을 깨달았다.

"아, 그래요, 그이가 보면 안 돼요, 편지를 보면 안 돼요! 지금 당장 가면 그이가 보기 전에 편지를 처리할 수 있겠죠. 그러면 아무 일도 없을 거예요. 그이가 편지를 보면 안 돼요. 당장 가야 하니까, 차요, 차를 대줘요!"

짜증스러울 만큼 차분하게 내가 말했다.

"굉장히 미안하지만, 차가 없어요. 엔진이 고장 나서 레이븐 호텔의 정비소로 보냈으니까요."

"언제 돌아오죠?"

타이투스가 물었다.

"모르겠어. 곧 오겠지."

"전화로 부르면 되겠군요."

"난 전화가 없어."

하틀리가 소리쳤다.

"난 가야 해요, 난 가야 해요, 난 가야 해요. 뛰어가면 제시간에 도착할 수 있어서……."

"내가 대신 뛰어가죠."

타이투스가 말했다.

"아냐, 그러면 안 돼."

그에게 눈을 부라리며 내가 말했다.

"자, 하틀리, 미친 사람처럼 그러지 말고 식탁에 앉아요. 차가 당장이라도 돌아올지 모르니까. 하지만 당신이 그곳으로, 그에게로, 그의 집으로 돌아가기를 난 바라지 않아요. 난 당신이 여기, 타이투스와 나하고 함께 있기를 바라요."

나는 타이투스에게 뜻 깊은 눈짓을 했다. 나는 그녀의 머릿속에 지각을 불어넣는 기분을 느꼈다.

하틀리가 앉았다. 그녀는 겁먹은 짐승처럼 나와 타이투스를 번갈아 쳐다보았다. 나는 그녀 옆에 앉았다. 그녀는 떨었고, 겁에 질린 그녀의 눈에서 나는 이해하는 기미를 눈치채었다. 갑자기 위기의 분위기가 감돌았다.

타이투스가 말했다.

"메리는 가고 싶어 해요. 그리고 나도 같이 가겠어요. 그러기로 작정했습니다."

아직도 시간을 벌려고 하면서 내가 말했다.

"아냐, 아냐, 둘 다 여기 있어. 하틀리, 당신이 물에 빠져 죽지 않고 여기 있다는 걸 그는 알게 되겠지. 그는 타이투스를 보러 이리로 찾아올 거야. 타이투스는 여기서 머물고, 여기서 살아. 타이투스, 정말 그 집으로 갈 생각은 아니겠지?"

낙심한 빛이 역력한 타이투스가 다시 말했다.

"메리는 돌아가고 싶어 해요. 벤이 편지를 보기를 원하지 않고요. 아직 시간은 있어요. 난 20분이면 거기까지 뛰어갈 수가 있습니다. 마을만 지나면 되잖아요?"

"아, 가거라, 제발." 하틀리가 소리쳤다. "문은 잠그지 않았으니까 지금 가면……."

"아니면 호텔로 뛰어갈까요? 어디가 더 가깝죠?"

나는 타이투스에게 말했다.

"난 그가 편지를 읽기를 바라. 그리고 두 사람 다 여기 있어야 해. 우리가 그 사람의 노예야? 너의 어머니를 그 우리에서 풀어주고 싶어."

하틀리가 구슬픈 비명을 질렀다.

"왜 벤이 편지를 보기를 바라나요?"

타이투스가 말했다.

"무슨 계략 같은 이 일을 나는 도무지 이해를 못 하겠어요. 메리가 날 여기서 만나기를 당신이 바랐다는 건 알아요. 하지만 그녀에게 못된 짓을 하리라고는 생각하지 않았어요."

"안 돼, 안 돼!"

하틀리는 벌떡 일어나서 문으로 달려갔다.

나는 고꾸라지며 그녀를 뒤따라가서 어깨를 움켜잡았고, 그녀의 드레스가 목덜미에서 조금 찢어졌다. 옷이 찢어지자 그녀는 멈추었다. 그러자 그녀는 식탁으로 되돌아와서 두 손에 얼굴을 파묻고 주저앉았다.

타이투스가 말했다.

"이봐요, 난 이러는 건 마음에 들지 않아요. 원하지도 않는데 메리를 여기 잡아두면 안 돼요."

"난 어머니가 자유롭게 결정을 내리기를 원해."

"자유롭게요? 그럴 수가 없어요." 타이투스가 말했다. "어머니는 오래전에 자유를 잊어버렸죠. 더구나 여기 잡아두면 그녀는 너무 겁이 나서 갈피를 잡지 못하죠. 어머니가 미칠지도 모른다는 걸 당신은 알지 못해요. 내가 오해를 한 것 같군요. 당신이 얘기는 안 했어도 두 사람 사이에 난 무슨 타협이 이루어진 줄 알았어요. 뭐랄까, 어머니가 각오라도 된 줄 알았죠. 하지만 오랫동안 같이 살아온 두 사람을 당신이 갑자기 떼어놓을 수는 없어요."

"왜 안 돼? 그것이 유일한 해결 방법이라면 오랫동안 같이 살던 사람도 갑자기 헤어질 수가 있어. 난 어머니가 원하지만 도움이 필요한 일을 도와주는 거야. 그래도 모르겠어?"

"잘 모르겠는데요."

"마음을 진정시키면 어머니는 곧, 내일이면 따져볼 수가 있지."

"내일요? 여기서요?"

"그래."

"밤새도록 여기 잡아둘 생각예요?"

"그래."

"벤이 찾아오면 어쩌죠?"

"그럴 것 같지는 않아. 아까 질문에 대한 대답인데, 나는 그를 오라고 부르지는 않았어."

"아, 세상에. 벤이 뭐라고 생각할까?"

"그가 뭐라고 생각하든 내가 알 바 아냐. 그가 나쁘게 생각할수록 더 좋지. 그 못된 마음에 멋대로 상상하라고 해."

"그럼 그건…… 모든 일을 궁지로 몰아넣으려는 계획의 일부였나요?"

"그래."

"맙소사." 타이투스가 말했다. 그러더니 말을 이었다. "그건 추한 짓이라고 생각됩니다. 그리고 메리를 어린아이나 정신병자처럼 이런 식으로 다루는 게 싫어요. 난 헤엄을 치러 가겠어요."

"타이투스, 날 너무 나쁘게 생각하지 마. 알겠지만……."

"아, 난 당신을 나쁘게 생각하지 않고, 어떤 면에서는 숨찰 만큼 당신을 존경하죠. 그저 난 그런 짓은 할 수가 없다는 것뿐예요."

"편지를 가지러 뛰어갈 생각은 아니겠지?"

"아뇨. 어쨌든 너무 늦었을 것 같아요."

"나한테서 도망을 가는 것도 아니고?"

"당신한테서 도망을 치지는 않겠어요."

그는 뒷문으로 나갔다.

저녁 시간이 늦어 바깥은 희끄무레해졌고 바위들은 길고 긴 그림자를 풀밭에 던졌다. 나는 시계를 보지 않았다. 나는 하틀리 옆에 앉았다.

그녀는 얼굴에서 손을 떼고 축 늘어져 앉아서 식탁을 물끄러미 쳐다보았다. 드레스는 내가 잡아당긴 부분이 삼각형으로 조금 찢어졌다. 목에서 밑으로 햇볕에 탄 검붉은 흔적이 보였다. 브래지어와 그 속에 담긴 동그란 젖가슴도 보였다. 몰아쉬듯 빠른 그녀의 숨결.

사실은 추한 짓이었다. 머릿속에 이 계획이 떠올랐을 때부터 나는 필요하다면 강제로라도 하틀리를 이곳에 잡아둘 생각이었지만, 세밀한 부분까지는 짜두지를 않았고, 내 집에서 타이투스를 보면 당장 그녀가 정신적인 도약을 해서, 타이투스와 나와 함께 산다는 가능성과 자유 의식을 터득하리라고 막연히 바랐다. 그리고 일단 그녀가 자유만 생각하게 되면 비록 타이투스의 존재와 그의 자유를 저버리더라도 나에게로 오리라는 강렬하고 합당한 희망을 지녔었다. 하지만 아마도 소년의 고마운 출현에 힘을 얻어서였든지, 나는 너무 빨리 행동을 취하려고 했다. 마지막 반 시간 동안의 공포가 내 결심을 어찌나 뒤흔들어놓았던지, 나는 그녀를 집으로 데려다줄 생각도 했다. 하지만 지금은 어떤가? 그는 거의 틀림없이 돌아와 편지를 읽었고, 내 계획은 나까지도 함정에 몰아넣을 만큼 성공적이었다. 그제서야 나는 시계를 보았다. 9시 25분이었다.

나는 그녀의 손을 포개놓고 그 위에 내 손을 얹었다. 그러고는 그녀 얼굴을 내 쪽으로 돌렸다. 그녀는 울고 있지 않았다. 나로서는 형언할 수 없을 만큼 마음이 놓일 일이었는데, 그녀는 내가 그토록 두려워하던 사납고 초조한 눈초리가 아니라 부드럽고 생각에 잠긴 조용하고 새로운 표정이었으며, 비록 슬퍼보이기는 했어도 옛날처럼 훨씬 젊어진 듯,

휠씬 생기가 돌고, 덜 냉담하고, 휠씬 총명한 것 같았다. 나는 자신감을 되찾았다. 아마도 결국은 그녀의 자유 의식이 태동하는 모양이었다. 아마도 내 계획이 옳았나 보다. 문제는 치료, 정신적인 치료였다. 그리고 그 순간에는 어떤 나약함을 보여도 치명적이다. 나는 절대적이고, 타이투스가 숨찰 만큼 존경하도록 만든 알찬 인간이어야 한다.

"보내주지 않겠어요, 하틀리. 오늘 밤도, 언제라도. 어쨌든 오늘 밤엔 돌아갈 수도 없어요. 그 편지를 회수하기에는 너무 늦었죠. 이제는 편지를 읽었을 겁니다. 멋대로 생각하게 내버려두세요. 당신은 왜 무서워하고 그에게 거짓말을 해야 하나요? 그러면 난 무척 마음이 아픕니다. 난 참을 수가 없고, 타이투스도 참을 수가 없어요. 타이투스는 당신을 원하지만 벤을 원하지는 않아요. 그 얘기를 들으니 뭔가 느끼는 게 없나요? 난 타이투스를 좋아하고, 타이투스는 날 좋아합니다. 왜 타이투스가 내 아들이고 당신이 내 아내이면 안 되나요? 이건 숙명적이죠, 하틀리, 숙명예요. 왜 타이투스가 지금 나타났고, 왜 하필이면 나를 찾아왔을까요? 나는 왜 여기에 와 있나요? 얼마나 빤한 일인지 당신은 알아야 합니다. 타이투스는 당신과 함께 있기를 그토록 바랐을 터이지만, 절대로 그 집으로 찾아가지는 않았을 거예요. 그리고 당신도 그 애를 만나서 기뻤죠? 그리고 그 애하고 그 얘기를 할 수도 있었고요. 무슨 얘기를 했나요?"

"개요!"

"개라뇨?"

"그 애가 어릴 때 집에서 기르던 개들을 회상했는데, 타이투스는 동물을 좋아하죠."

"아, 그랬군요. 하틀리, 그저 마음을 놓고, 잊어버려요."

"무얼 잊어버려요?"

"있잖아요, 부담을, 그 쓸모없고 소용도 없는 충성, 의미 없는 희생. 당신은 그의 삶도 비참하게 만들고 있으니까, 그 삶을, 그를 잊어버려요. 당신은 반쯤 죽은 사람이죠."

"그래요." 그녀가 생각에 잠겨 말했다. "예— 난 자주— 반쯤 죽었다고 느꼈어요. 꽤 많은 사람들이 그러는 것 같아요. 하지만 반쯤 죽어 살면서도 삶의 즐거움을 누릴 수는 있어요."

그녀 목소리의 반성하는 듯한 어조에 나는 기뻐 노래라도 부르고 싶었다. 나는 그녀의 마음에 닿고 있었다. 그녀는 본심을 얘기한다. 나는 잠든 공주를 깨우고 있었다.

"배가 고프겠죠. 포도주를 좀 들어요. 조금 남았으니 케저리를 먹어요."

"포도주만 조금 마시겠어요. 그리고 그 빵 조금하고요."

"그리고 치즈도요. 그리고 올리브하고요."

"올리브는 싫어한다고 전에 말했잖아요."

그녀는 빵과 치즈를 몇 입 먹더니 옆으로 밀어놓았다. 포도주도 조금 마셨다. 나도 조금 마셨다. 나는 식사를 할 수가 없었다.

"하틀리, 내 생각에 당신은 이미 발을 내디뎠어요. 앞에는 무엇이 기다리고 있나요? 자유와 행복이죠."

"분명히 무슨 일인가 일어나기는 했어요."

그녀는 훨씬 차분해진 표정으로 이마를 손으로 쓰다듬었다. 그러더니 뺨을 매만져 얼굴의 근육을 폈다. 내 마음을 움직이는 힘이, 능력이 그 얼굴에 있었다. 그녀의 '광포함'이 일종의 차분함이기도 함을 나는 깨달았다.

"하지만 당신이 생각하는 그런 게 아녜요. 행복과는 아무 상관도 없죠. 난 당신과 싸우지를 않겠어요, 찰스. 힘으로 싸운다거나, 당신을 쫓아버린다거나, 마음속으로는 울고 비명을 지르고 있어도 겉으로 울고 소리를 질러대지는 않겠어요. 가만히 있어야 할 때도 있다는 걸 난 배웠어요. 난 당신이 무엇을 왜 하려는지 알 것 같아요. 당신은 내 결혼 생활이 깨어지고 터져버리길 바라죠. 하지만 그렇게는 안 될 거예요. 파괴할 수가 없으니까요."

"그것이 마치 감옥인 것처럼 얘기를 하더니만요."

"사람들은 감옥 속에서 살죠."

"그건 벗어날 수가 없기 때문입니다."

"벗어날 수 있어도 때로는 그냥 살죠. 하지만 — 아, 당신은 이해를 못 해요. 당신은 일을 그르치기만 해요. 오늘 밤에도 그랬어요."

그녀의 말과 어조는 사형선고를 하는 침착한 재판관처럼 무섭게 들렸다. 그렇지만 만일 절망적으로, 절대적으로 돌아가기를 원했다면 그녀는 내가 포기를 할 때까지 울고 소리를 질렀으리라는 생각이 들었다. 따라서 비극적으로나마 차분한 것을 보니 그녀는 강제로 잡혀 있다는 사실이 조금쯤은 기쁜 모양이었다. 그녀의 감정이 마구 뒤엉키고 혼란에 빠졌음이 틀림없었다.

부엌 안이 조금 어두워졌다. 타이투스가 바깥문으로 들어와서 스토브로 갔다. 그는 우리를 쳐다보지 않았다. 그는 케저리를 남겨둔 접시를 찾아내었다. 나는 아직 바깥에 세워둔 길버트가 갑자기 생각났다. 나는 케저리를 들고 홀로 사라지는 타이투스를 불렀다.

"가서 길버트더러 들어오라고 해. 탑 근처에 차를 세워놓고 있으니까. 그리고 앞문을 잠가."

나는 그녀에게 포도주를 조금 더 주었다. 자포자기를 한 그녀의 조용한 태도는 어딘가 위험스러운 면이 있었다. 결국 내가 그녀를 갑자기 집으로 데려다주리라고 생각하는가? 그런 기대를 했기 때문에 무서워서 저렇게 잠잠해졌을까?

나는 그녀의 말을 얼른 알아듣지를 못했다. 나는 몸을 일으켜 바깥문을 잠그고는 열쇠를 호주머니에 넣었다. 오늘 밤에는 벤이 찾아오지 않으리라는 막연한 생각이 들었다. 이제는 힘이 생겨 그가 오거나 말거나 개의치 않을 정도가 되었다. 길버트가 타이투스에게 크게 불평을 하는 소리와 앞문을 여는 열쇠 소리가 들렸다. 바깥은 웬슬리데일 치즈 빛깔의 커다랗고 미련한 달이 떠서 아직 환했지만, 나는 커튼을 닫고 촛불을 켰다. 시간에 조급하게 쫓기지 않고 하틀리와 같이 있기는 이때가 처음이었다. 단 두 사람만의 고즈넉함과 한없는 시간이 엄습했다. 나는 황홀하고도 비현실적인 기분을 느꼈다. 포도주를 조금 더 마셨다.

"하틀리, 난 당신이 떠난 다음에 아주 행복했던 적이 전혀 없었어요. 그때 내가 얼마나 괴로워했는지를 당신은 몰라요. 그때 우린 행복했죠? 자전거를 타고 돌아다니던 시절에요. 즐겁고, 완전했던 젊은 시절이었어요. 난 다른 여자를 하나도 사랑하지 않았습니다. 그러니까 지금 내가 심한 행동을 하더라도 당신이 이해를 해줘야 해요."

그녀에게서 부드러운 반응을 끌어내기 위해 가벼운 어조로 말했다. 그리고 나는 생각했다—아, 하느님, 만일 내가 그녀를 전쟁 동안에 발견하고, 리스터 거리에서 만났더라면 얼마나 좋았겠습니까. 그리고 영화처럼 펼쳐지는 환상 속에서 내가 그녀를 만나고, 그녀가 실패한 결혼 얘기를 하거나, 벤이 이미 전쟁터에서 죽었고…… 하는 장면을 상상했다. 심지어는 클레멘트에게 설명을 하는 상상까지 하고 있었는데, 하틀리가 다시 말했다.

"내가 너무 조용하니까 이상하겠죠. 이것도 일종의 평화로움예요. 가끔 난 더는 꼼짝도 할 수 없다고 느껴요."

"그게 무슨 뜻이죠?"

"가끔 난 그이가 —."

"어떻다는 건가요? 벤이 당신에게 위협을 했나요?"

"아뇨, 아녜요. 내가 하려던 얘기는 그게 아녜요."

"그럼 무슨 뜻이죠? 이봐요, 당신은 그에게로 돌아갈 수가 없고, 나하고 같이 있기 싫다고 하더라도 난 보내주지 않겠어요."

그렇다면 나는 어떻게 할 생각이었나? 꽃집에 그녀를 들어앉히나?

"하틀리, 여기가 당신이 살 곳이니까, 타이투스와 나와 함께 있어야 해요. 다른 건 다 제쳐놓더라도, 타이투스가 날 찾아왔다는 사실은 그가 내 아들이라는 벤의 생각을 확인시켜줄 거예요."

"당신은 그 생각만 했나요?"

"아, 하틀리, 그렇게 멀어지려고만 하지를 말고 나한테 부드럽게 대해줘요. 나 이외에는 아무도 사랑하지 않았기 때문에 끝내 날 찾아왔노라고 말을 해요. 내가 자동차 불빛에 잡힌 당신을 본 그날 밤, 당신은 이곳으로 왔고, 오지 않을 수가 없었죠. 날 사랑하고, 아무 문제도 없고, 우리가 행복해지리라는 얘기를 해요. 당신을 사랑하고 아끼며 당신의 얘기를 믿어주는 사람과 함께 살게 되어서 마침내 행복해지고 싶지 않아요? 하틀리, 나를 봐요. 아니, 이 거지 같은 식탁에 무엇하러 앉아 있어야 하는지 모르겠으니까 이리 들어와요."

나는 촛불을 집어 들고는 구슬 커튼을 젖히고 그녀를 작고 빨간 방으로 끌어들였다. 나는 안락의자에 앉아 그녀를 무릎에 앉히고 싶었지만, 그녀는 바닥으로 미끄러져 내려가 앉아 내 손에 매달렸다. 나는 아주 천천히 조심스럽게 그녀에게 키스를 하고는 젖가슴을 매만지기 시작했다. 우리는 청춘 시절의 아이들 같았다. 나는 순수한 사랑과 분간이 되지 않는, 경건하고, 강렬하고, 한껏 보호를 하려는 욕망을 느꼈다. 그리고 내 욕망은 무능력하고, 기술이 없고, 겸손한 소년의 욕망이기도 했다. 나는 어떻게 해야 그녀의 메마른 입술이 반응을 보이고, 어떻게 그녀를 안아야 할지를 몰랐다. 결국 나도 마룻바닥으로 내려가 그녀를 내 옆에 길게 눕히고는 어설프게 그녀의 얼굴을 쳐다보며 꼭 껴안았다.

"하틀리, 당신은 날 사랑해요, 그렇죠, 그렇죠?"

"아, 그래요. 하지만 그게 무슨 소용이 있나요?"

"우린 서로 이해하고, 가까워요."

"그래요, 이상한 일이지만 당신을 이해하고, 그렇게 가까운 사람은 또 없어요. 우리는 젊었고, 그때가 지나면 우린, 난 사람들을 이해할 수가 없기 때문인가 봐요."

"당신은 날 이해해요. 난 당신을 이해하고."

"난 세상에서 멀리 떨어져 보이지도 않고 존재하지도 않는 듯한 기분을 느꼈어요. 평생 내가 얼마나 홀로였는지를 당신은 상상도 못 해요. 그건 누구의 잘못도 아니죠. 내 잘못예요."

"당신은 여기 있고 존재하니까, 하틀리, 난 당신을 볼 수가 있어요. 난 당신을 사랑하고. 타이투스도 당신을 사랑해요. 우린 모두 함께 살게 될 거예요."

"타이투스는 오래전부터 날 사랑하지 않아요."

"울지 말아요. 그 애가 당신을 사랑한다는 걸 난 알아요. 나한테 그렇게 말했죠. 그 가증할 남자에게서 당신이 벗어났으니 이제는 다 잘될 거예요."

나는 그녀의 뺨에 흐르는 눈물을 자꾸만 쓰다듬었고, 마침내 나를 반쯤 밀어젖히며 그녀는 내 얼굴을 어루만지기 시작했다.

"아, 찰스— 찰스— 너무나 이상해요."

"우린 숲속에 눕던 옛날로 돌아왔어요. 하틀리, 오늘 밤 드디어 나하고 같이, 조용히 함께 지내겠어요? 밤새도록 여기 이렇게 누워 있을 필요는 없잖아요?"

그녀는 몸이 뻣뻣해지더니 일어나 앉았다.

"포도주 때문예요. 자주 마시지를 않아서…… 나 취했나 봐요. 취했어요……."

"이제 와서 나더러 집으로 데려다달라는 소리는 말아요! 아무리 봐도 너무 늦었으니까요!"

그녀는 무릎을 꿇고 앉았더니 어정쩡하게 일어섰다. 나는 그녀를 마주 보며 일어서서 손가락으로 그녀의 팔꿈치를 살며시 만졌다.

"찰스, 당신은 자기가 무슨 짓을 벌여놓았는지를 몰라요. 물론 난 내일 돌아가요. 이제 난 자야 하고, 혼자서 자고 싶고, 자다가 죽어버리고 싶고, 바다로 뛰어나가 빠져 죽고 싶어요."

"허튼소리 말아요. 헤엄칠 줄 알아요?"

"아뇨."

"밤에 도망치지 않겠다고 나한테 약속하고, 위층으로 올라갑시다."

"내일 난 꼭 돌아가야 해요. 이건 또 내가 저지른 바보 같은 짓이고, 아, 난 항상 너무나 어리석어서, 집을 나서지 않는 건데 그랬어요. 난 당신 때문에 화가 나지는 않았어요. 이건, 모두가 내 탓이죠. 그래요, 난 당신을 사랑하는 것 같고, 당신을 잊은 적이 없고, 다시 당신을 보자 옛 감정이 모두 되살아났지만, 다 어린애 같은 짓이어서, 현실 세계의 일부가 아녜요. 이 세상에는 우리의 사랑이 발붙일 곳이 전혀 없었어요. 그렇지 않았더라면 우린 그 터전을 찾고, 헤어지지 않았을 거예요. 나 때문만은 아니고, 당신이, 당신이 멀리 가버렸는데, 그 기분을 모르실 거고 그때를 기억하지도 못하시겠죠. 그리고 지금은 그 사랑이 발붙일 곳이 세상 어디에도 없고, 부질없고 소용없는 꿈이어서, 우린 꿈나라에 와 있으며, 내일 아침이면 그곳을 떠나야 하죠. 숙명이라고 하셨지만 아닐지도 몰라요. 그건 나쁜 운명이고, 내 숙명이어서, 이 공포와 곤경을 내가 만들어낸 셈예요. 왜 여길 오셨나요? 무슨 좋은 일이 있어서가 아니라, 재앙과 죽음만을 불러오는 사람들처럼 내가 당신을 끌어온 거죠. 난 평생 가정이나 아이가 아니라, 공포만 낳았어요."

나는 하틀리가 약간 환상 속에서 사는 여자라던 타이투스의 말이 생각났다. 그리고 그녀는 분명히 꽤 술이 취했다. 지금 그녀의 미친 사람 같은 얘기를 놓고 따질 필요는 없었다. 나는 그녀를 힘차게 끌어안았다.

"그만해요, 하틀리. 난 그렇게 당신을 버리고 떠난 게 아니고, 그건 당신이 지어낸 핑계에 불과해요. 두고 보면 알겠지만 우리의 사랑은 이 세상에서 발붙일 곳을 찾아내고, 당신이 여기 와 있으니까 그건 아주 쉬운 일예요. 아침이 되어 날이 밝기만 하면 당신은 용감해질 거예요. 나하고 위층으로 올라가서, 당신은 마음대로 아무 데서나 자요."

나는 촛불을 들고 그녀를 데리고 부엌을 지나 나왔다. 층계에 다다르자 타이투스가 자는 앞방 문 밑으로 불빛이 보였고 웅얼거리는 목소리가 들렸다. 촛불을 켜놓고 타이투스와 길버트가 방석에 앉아 있는 광경을 상상하고 나는 발작적인 질투를 느꼈다. 하틀리와 나는 위층으로 올라갔다.

그녀에게 화장실을 가르쳐주었다. 나는 그녀를 기다렸다. 내 침실로 데리고 갔지만, 나하고 같이 자지 않으리라는 사실이 빤했다. 어쨌든 지금은 그녀를 혼자 내버려두는 편이 더 좋았다. 무의식을 미칠 듯이 갈망하는 형태의 어떤 미신적인 공포가 그녀를 사로잡았다.

"난 자고 싶어요, 난 자야 해요, 잠이, 오직 잠만이 중요하고, 난 자 겠어요."

나는 이런 상황을 예상했기 때문에 긴 의자의 깔개로 위층 가운데 작은 방 마룻바닥에 잠자리를 마련해두었다. 초와, 성냥과, 심지어는 요강도 갖춰놓았다. 내가 잠옷을 한 벌 내주었지만 그녀는 드레스를 입 은 채로 그냥 눕더니 스스로 몸을 덮는 시체처럼 담요를 머리 위로 끌 어올렸다. 그리고 그녀는 당장 잠이 들어서, 만성적으로 불행한 사람처 럼 망각 속으로 재빨리 도피했다.

나는 그녀를 남겨두고 나왔다. 소리 없이 밖에서 문을 닫고는 채웠 다. 나는 절망한 여자가 바다로 달려가 몸을 던지는 악몽 같은 장면을 쫓아버릴 수가 없었다. 나는 내 방으로 가서 구두를 차 벗어던지고 침 대로 기어 들어갔다. 완전히 지쳤지만 너무 흥분해서 잠이 안 올 것 같 았다. 그렇지가 않았다. 나는 순식간에 잠이 들었다.

이튿날 아침 잠이 깬 나는 전쟁이 터진 첫날처럼 완전히 달라지고 두렵기까지 한 세상을 의식했다. 기쁨과 희망도 찾아왔지만 처음에는 두려움을, 그리고 우주의 심오한 원리가 갑자기 어긋난 듯 음산한 혼란 을 느꼈다. 내가 그토록 확신하고 자신을 가졌던 것은 무엇이었을까? 정확히 나는 무엇을 할 생각이었나? 술에 취해서 저질렀다가 정신이 든 다음에야 깨달은 범죄처럼 어제 나는 무시무시한 미친 짓을 범했을까? 그리고 벤이 찾아올 것도 예상해야 했다.

집 안에 하틀리가 있다는 사실도 꿈처럼만 여겨졌고, 밤사이에 그녀가 죽지나 않았는지가 긴급한 문제였다. 나는 죽어버린 새 애완동물을 보게 될 것을 두려워하며 우리로 달려가는 어린아이 같은 기분이 들었다. 속이 울렁거리고 가슴은 두근거리면서 복도로 뛰어나가 구슬 커튼을 밀치고 조심스럽게 문의 손잡이를 돌리고는 두드려보았다. 대답이 없다. 갇힌 동물처럼 죽어버렸나, 아니면 빠져나가 바닷물에 몸을 던졌을까? 문을 열고 살며시 들여다보았다. 그녀는 잠이 깨어 방 안에 있었다. 그녀는 베개를 벽으로 밀어 올리고는 머리를 떨구고 깔개에 앉아 담요를 입까지 끌어올려 가렸다. 축 늘어진 눈으로 그녀는 나를 노려보았다. 떨고 있어서 그녀의 머리가 가볍게 흔들렸다.

"하틀리, 별일 없이 잘 잤어요? 춥지는 않았고요?"

그녀는 담요를 조금 내렸고 입이 움직였다.

"하틀리, 당신은 영원히 나하고 함께 있게 되는 거예요. 오늘은 우리의 새로운 세계의 첫날이죠. 안 그래요? 아, 하틀리—."

그녀는 아직도 담요로 몸을 가리고 벽에 몸을 기대면서 아주 어색하게 일어서기 시작했다.

그녀는 나를 쳐다보지 않으면서 알아듣기 힘든 소리로 중얼거렸다.

"난 집에 가야 해요."

"또 그러지 말아요."

"난 가방도, 아무것도 갖고 오지 않았고, 화장품 같은 것도 없어요."

"세상에, 그런 게 무슨 상관예요!"

하지만 그녀에게는 상관이 있음을 나는 깨달았다. 거실로 열리는 창문으로 스며드는 침울하고 엷은 아침 빛이 비춘 그녀는 몰골이 사나웠다. 얼굴은 푸석푸석하고 개기름이 끼었으며, 이마엔 주름이 졌고, 입가엔 주름살이 초라했다. 윤기가 없고 헝클어진 곱슬머리는 낡은 가발처럼 보였다. 그녀를 물끄러미 쳐다보면서 나는 연민과 다정함이 뒤엉킨 어떤 새로운 힘을 느꼈다. 그리고 무기력한 그녀의 초라함을 내가 얼마나 개의치 않는지 보여주기 위해서 그녀가 훨씬 더 추하기를 내 엄청난 사랑은 바랐는지도 모른다.

"자, 일어서요." 내가 말했다. "밑으로 내려가 아침 식사를 해요. 그러고 나면 길버트를 니블레츠로 보내서 당신 물건들을 가져오게 하겠어요. 아주 간단한 일이죠."

적어도 그녀에게는 그렇게 여겨지기를 바랐다.

그녀는 천천히 몸을 일으키더니 힘들어하며 일어섰다. 노란 드레스는 엉망으로 구겨져서 그녀가 잡아당겨봐도 소용이 없었다. 그녀의 온몸은 무척 고생을 한 사람처럼 약간 흉한 어수룩함을 지녔다.

"참, 아주 좋은 것이 있으니까 내 가운을 한 벌 주죠."

나는 침실로 뛰어가서 빨간 장미꽃 장식이 있는 까만 비단 가운을 가져다주었다. 그녀는 구슬 커튼을 물끄러미 쳐다보며 방의 문가에 서 있었다.

"저게 뭐예요?"

"물어볼 만도 하죠. 구슬 커튼예요. 자, 이걸 입어요. 화장실이 어디 있는지는 알죠?"

그녀는 가운을 입는 것을 내가 도와주도록 가만히 있다가 천천히 화장실로 걸어갔다. 나는 층계에 앉아서 기다렸다. 밖으로 나온 그녀는 늙은 여자처럼 비척거리며 방으로 다시 올라갔다.

"빗을 가져다줄 테니까 기다리든가, 아니면 방이 훨씬 환하니까 거기 내 거울을 사용해요."

그녀는 자기 방으로 돌아갔다. 나는 빗과 손거울을 가져왔다. 그녀는 거울을 보지 않고 머리를 빗은 다음에 깔개에 앉았다. 타이투스가 바위에서 다시 꺼내온 탁자는 아직도 아래층에 있었으므로 가구라고는 하나도 없었다.

"내려가지 않겠어요?"

"싫어요. 여기 있을래요."

"먹을 걸 갖다 주겠어요."

"난 속이 불편해요. 포도주 때문에 뱃속이 이상해졌어요."

"차나 커피를 들겠어요?"

"속이 불편해요."

그녀는 다시 눕더니 담요를 끌어올렸다.

나는 낙심해서 그녀를 쳐다보다가 밖으로 나왔다. 문을 닫고 잠갔다. 그런 냉담한 순간을 거친 뒤여서 그녀가 갑자기 집에서 달려나가 바위들 사이로 사라져 바다에 몸을 던지리라는 가능성을 나는 배제할 수가 없었다.

밑으로 내려가자 길버트가 식탁에 앉아 있었다. 내가 들어서자 그는 공손하게 일어섰다. 타이투스는 사용하는 요령을 잘 알게 된 스토브 옆에 서서 달걀을 요리했다. 그는 여기가 완전히 자기 집인 것처럼 보였다. 그것이 나는 기쁘기도 하고 불쾌하기도 했다.

"안녕히 주무셨어요, 주인님."

길버트가 말했다.

"안녕, 아빠."

타이투스의 장난이 싫지는 않았다.

"그렇게 친하게 굴고 싶으면 날 찰스라고 불러."

"미안해요, 애로우비 씨. 오늘 아침엔 어머니 기분이 어때요?"

"오! 타이투스, 타이투스!"

"달걀부침을 드시죠."

길버트가 말했다.

"어머니에겐 내가 차를 갖다 주지. 우유나 설탕을 치던가?"

"생각이 안 나는데요."

나는 차와, 우유와 설탕, 빵, 버터, 마멀레이드를 작은 쟁반에 담았다. 그것을 가지고 올라가 한 손으로 받쳐 들고는 문의 자물쇠를 열었다. 하틀리는 아직도 담요를 쓰고 누워 있었다.

"멋진 아침 식사예요. 보세요."

그녀는 연극배우처럼 비참한 표정을 지으며 나를 노려보았다.

"기다려요. 탁자와 의자를 가져올 테니까."

나는 아래층으로 달려 내려가서 작은 탁자와 의자를 하나 가지고 돌아왔다. 나는 쟁반을 탁자 위에다 풀어놓았다.

"자, 식기 전에 차를 들어요. 그리고 예쁜 돌멩이를, 바닷가에서 가장 아름다운 것을 선물로 가지고 왔어요."

나는 맨 처음으로 발견했고, 내가 모은 것들 가운데 가장 소중하며, 주먹만큼 크고, 얼룩덜룩한 분홍빛 바탕에 클레나 몬드리안이 보면 땅에 엎드려 절을 할 만큼 멋지게 하얀선이 아무렇게나 얼기설기 무늬를 그린 타원형 돌멩이를 쟁반 옆에다 놓았다.

하틀리는 기어오다가 천천히 몸을 일으켜 식탁 옆에 서더니 가운을 여미었다. 돌멩이는 거들떠보지도 않았다. 나는 잠깐 그녀를 끌어안고는 가발 같은 따스한 머리에 키스를 했다. 그런 다음에 그녀만 남겨두고 문을 잠갔다. 아무튼 돌아가겠다는 얘기가 더는 없었다. 분명히 그녀는 두려워했고, 지금 돌아가기가 두렵다고 생각했다면 여기에 잡아두는 만큼 내 뜻은 그만큼 더 이루어지는 셈이었다. 하지만 그녀의 냉담하고 참혹한 태도가 섬뜩했다. 그녀가 차만 조금 마시고 식사를 전혀 하지 않았음을 나중에 알게 되었어도 나는 놀라지 않았다.

시계를 보았다. 아직 8시가 안 되었다. 언제 어떤 태도로 벤이 들이 닥칠지 궁금했다. 그가 군용 권총을 간직하고 있다는 하틀리의 말이 생각나서 불안해졌다. 나는 지시를 하려고 부엌으로 내려갔다.

길버트는 지진 달걀과, 지진 빵과, 구운 토마토를 먹고 있었다.

"타이투스는 어디 갔지?"

"수영하러 갔어요. 하틀리는 어때요?"

"아…… 엉망이지. 아니, 별일 없다는 얘기야. 이봐, 길버트, 먼저 아침을 먹고, 잘 알아서 해."

"망을 보라는 얘긴가요?"

길버트가 의심스러운 표정으로 말했다.

"둑길의 끝이나 길에 나가 앉거나 서 있거나 마음대로 하다가 그가 오면 들어와서 알려줘."

"그 사람을 내가 어떻게 알아보죠? 채찍이라도 들고 올까요?"

"보면 알 수 있지."

나는 벤을 자세하게 묘사했다.

"나한테 덤벼들거나 하면 어쩌죠? 그 사람 기분이 별로 좋지 않을 테니까요. 뭐 깡패처럼 험악한 사람이라고 그러셨죠. 난 당신을 사랑하지만, 싸움은 못 하겠어요."

"싸움은 안 벌어져."

그러기만 바란다.

"차 속에 앉아 있어도 나는 괜찮지요?" 길버트가 물었다. "문을 잠그고 차 속에 앉아서 길을 지켜보겠어요. 그러다가 그가 나타나면 경적을 울리죠."

그것도 묘안 같았다.

"좋아. 하지만 어물어물하지 마."

나는 뒤쪽으로 가서 풀밭을 건너 작은 절벽이 있는 곳까지 바위를 올라가서 마침 초록빛 물로 뛰어드는 타이투스의 하늘로 뻗친 길고 하얀 다리를 보았다. 그는 브뤼겔(플랑드르의 화가)이 그린 이카루스를 연상시켰다. Absit omen(제발 그런 불길한 일이 없기를).

나는 수영을 할 마음이 내키지를 않았고, 바지를 입지 않은 꼴을 벤에게 보여주고 싶지도 않았으며, 나올 때 힘이 들 정도로 물이 불었다. 물론 타이투스는 별일이 없으리라. 층계에다 잊지 말고 '밧줄'을 하나 더 매어야겠다.

태양은 이미 높이 솟았고, 바닷물은 바위가 가까운 곳에서는 투명한 초록빛이었으며, 더 밖으로 나가면 담청색으로 반짝이고, 하얗고, 널따란 판들이 수면에 떠다니듯 번쩍이며 흔들렸다. 수평선은 황금빛 선이었다. 상당히 크지만 아주 매끄럽고 느린 물결이 나에게로 밀려오더니 바위들 사이에서 거품을 일으켰고, 우아하면서도 기계적인 힘을 지닌 힘차고 규칙적인 움직임은 조용한 위협을 머금고 있었다.

나는 어린 타이투스가 어서 수영을 끝내기를 초조하게 기다렸다. 위기의 순간에 장난을 하고 있다니 말도 안 되었다. 그는 나를 보고 손을 흔들었지만 서두르는 기색이 없었다. 그는 나더러 들어오라고 소리를 질렀지만 나는 머리를 저었다.

부엌에서 우리가 나눈 바보 같은 얘기의 어설픈 인상을 지워버리기 위해서라도 나는 타이투스가 어서 땅으로 나오기를 원했다. 나는 또한 옷을 입고 제정신을 차린 유능한 타이투스가 벤이 나타날 때 옆에 있기를 원했다. 그가 와서 우리를 모조리 죽여버리리라곤 사실 상상하지 않았지만, 힘을 과시하는 뜻에서라도 나를 후려칠지 모를 노릇이었는데, 비록 내가 체격이 좋고 힘이 세더라도 싸움을 잘하는 재주는 없었다. 전쟁터에서 사람들이 어떻게 다른 사람들을 마주 보고 죽일 수가 있는지 나는 가끔 궁금해했다. 훈련이, 그리고 공포의 힘이 크리라. 그런 처지를 여태껏 당하지 않았던 것을 나는 다행으로 생각한다.

돌고래처럼 묘기를 보이는 타이투스를 음울하게 쳐다보던 나는 그가 어떤 반응을 보일까 하는 걱정에 사로잡혔다. 그는 의붓아버지에 대한 혐오를 상당히 보여주었다. 하지만 젊은이의 마음이란 알쏭달쏭하다. 벤을 대하게 되면 그는 주눅이 들거나 갑자기 동정심을 느낄지도 모른다. 아니면 저항을 하지 않던 옛날의 깊은 충성심을. '타이투스의 마음이 달라질까?' 타이투스 자신은 알고 있을까?

마침내 그는 가파른 바위로 헤엄을 쳐 돌아와서 거침없이 매달리더니 힘차게 굽이치는 파도에서 몸을 솟구쳐 올렸다. 그는 기어 올라가서 가장자리로 몸을 밀어 올리더니 숨을 헐떡이며 누웠다.

"타이투스, 수건이 여기 있으니까 어서 옷을 입어."

그는 내 눈치를 살피며 시키는 대로 했다.

"왜 그래요? 어디 갈 곳이 있나요?"

"아냐, 하지만 네 아버지가 언제 나타날지 모르니까."

"어머니를 찾으러 말이죠. 글쎄, 올지도 모르죠. 어떻게 하시겠어요?"

"모르겠어. 벤이 어떻게 나올까? 이봐, 타이투스, 너한테 하고 싶은 얘기가 너무 많으니까, 내가 어리석게 서둘러도 용서를 해줘. 타이투스, 너하고 나, 우린 함께 뭉쳐야 해……."

"아, 그렇죠, 난 아주 소중한 재산이고, 미끼이고, 인질이죠!"

"아냐. 내 얘긴 이거야. 내 얘기를 너한테 하려고 난 이리 나왔어. 그게 아냐. 널 위해서. 내 얘긴, 난 너를 원하고, 네 아버지가 되기를 원하고, 무슨 일이 있어도 네가 내 아들이 되기를 원해. 그러니까 어머니가 나하고 같이 있지 않는다고 해도 말야. 하지만 그녀가 같이 있기를 바라고, 그렇게 되리라고 믿어—하지만 그러지 않더라도 네가 나를 아버지로 받아주기를 바라."

"우스운 상황이군요." 그가 말했다. "어른이 다 된 다음에 아버지를 맞다니 말예요. 난 어찌 해야 할지 정말 모르겠어요."

"어떻게 해야 할지는 시간이 알려주겠지. 넌 마음만, 뜻만 있으면 돼. 부탁이야. 난 우리 사이에 유대가 있고, 그것이 당연히 더 강해지리라고 느껴. 난 너를 이용하는 게 아니니까 그런 생각은 말아. 난 너에게 사랑을 느끼니까. 내 말이 엉뚱해서 미안하지만, 고상한 연설을 생각해 둘 시간은 없었어. 내가 느끼기엔 운명이나 신이나 무엇이 우리에게 서로를 보내준 것 같아. 우린 어리석게 이 기회를 저버리면 안 돼. 상상력이나 희망이 없거나, 어리석은 자존심이나 의심 때문에 이 일을 그르칠 수는 없어. 앞으로 우리는 하나가 되는 거야. 아직 두고 봐야 할 일이니까 그것이 정확히 무엇을 의미하거나, 어떤 부수적인 일이 일어날지는 신경 쓰지 마. 하지만 받아들이고, 노력을 하지 않겠어?"

그토록, 정열적인 애원을 미리 준비했거나 예상하지도 않았다. 내 말이 감동을 시켰기 바라면서 나는 그를 쳐다보았다.

이제 그는 옷을 다 입었고, 물 위의 높다란 바위 위에 같이 섰다. 그는 얼굴을 찌푸리며 가늘게 뜬 눈으로 나를 쳐다보았다. 그러더니 시선을 피했다.

"좋아요……. 글쎄— 예— 좋아요. 사실 난, 글쎄요. 사실은 어리둥절합니다. 다른 이유 없이 나를 원한다는 그 얘기가 기뻐요. 난 확실히 알지를 못했죠. 당신을 믿죠. 그러고 싶어요. 우스운 일이지만 난 항상 당신 생각을 너무나 많이 해서, 언젠가 당신을 찾아가 만나려고 했지만, 겁이 나서 자꾸 뒤로 미루었어요. 내 생각에 만일 당신이 나를 거절하면— 그러니까, 돈이나 원하는 거짓말쟁이 사기꾼이라고 나를 생각하면, 글쎄요, 왜 그렇게 생각하지 않으셨는지 이상하지만요, 그랬다간 타격이 너무 심할 것 같았죠. 난 너무 모욕을 당하고 창피하게 생각해서 그 후 영원히 그 충격에 사로잡혀 다시는 벗어나지를 못했겠죠. 너무나 부담이 컸어요."

"그래, 컸겠지. 하지만 적어도 여기서는 다 괜찮아. 우린 서로 오해를 하지 않을 테니까. 우린 서로 잃지 않을 거야."

"모든 일이 너무 갑작스럽게 벌어졌어요."

"옳은 일이고, 쉬운 일이니까, 빨리 진행이 된 거지."

"그렇다면 당신 말마따나 어떻게 될지 아무도 모를 일이니까 난 노력을 하겠어요. 수락하고, 적어도 노력은 하겠어요."

그가 손을 내밀자 내가 마주 잡아주었고, 얼마 동안 우리는 감격하고 당황해서 멀거니 서 있었다.

그때 길에서 길버트가 요란하고 황급하게 경적을 울리는 소리가 들려왔다.

"오는구나!"

나는 벌떡 일어나서 집 쪽으로 달려갔다. 타이투스가 나를 앞질러 풀밭을 건너 뛰어갔다. 내가 부엌문에 다다랐을 때 길버트는 타이투스를 붙잡고 매달려 있었다.

"그 사람이 왔는데, 길을 따라 걸어오다가 둑길에서 차를 탄 나를 보고 걸음을 멈추었지만 경적을 울리니까 다시 걷기 시작했어요."

"집을 지나서 걸어갔어?"

"그래요. 아마 뒤쪽 바위 너머로 돌아오려나 봐요."

길버트는 잔뜩 겁이 난 표정이었다.

나는 홀을 지나 둑길로 나가 도로로 올라갔다. 벤은 자취도 보이지 않았다. 도망칠 준비를 갖추느라고 둑길을 가로질러 세워놓은 자동차는 바리케이드처럼 보였다. 틀림없이 그랬기 때문에 벤은 그곳을 지나쳤으리라. 내가 아직 머뭇거리며 사방을 살펴보고 있는데, 집의 다른 쪽에서 타이투스가 지르는 소리가 들려왔다.

뭐라고 문간에서 입속말로 중얼거리는 길버트를 지나쳐 나는 부엌을 지나 다시 밖으로 달려나갔다. 타이투스는 손가락으로 가리키며 아주 높은 바위 꼭대기에 올라가 있었다.

"저기 있어요! 저기요! 여기선 보여요. 탑 쪽에서 와요."

이제는 타이투스가 누구 편인지 확실히 알 만했다. 하느님 덕분이다.

나는 타이투스에게 소리쳤다.

"내가 가서 만날 테니까 넌 거기서 기다려. 네가 필요하면 소리를 지르겠어."

나는 탑에서 시선을 떼지 않고 바위를 넘기 시작했으며, 집 쪽에서 놀랄 만큼 민첩하게 기어 올라오는 벤이 곧 눈에 띄었다.

우리의 두 길이 만나며, 집에서 탑으로 오기가 정말 쉬운 길은 바닷물이 밑을 지나 가마솥으로 들어가는 바위 반달문인 민의 다리였다. 저절로 만나는 이곳을 향해 우리는 둘 다 미끄러지고 비틀거리며 가서 다리 위에 이르러 3미터쯤 떨어진 거리에서 서로 마주쳤다. 나는 높다란 바위로부터 타이투스의 시야에 들어오는 자리에 우리가 아직 있기를 약간 초조하게 바랐다. 나는 재빨리 사방을 둘러보았다. 그렇지가 않았다.

벤은 어부들의 가게에서 산 듯한 무릎이 닳아빠지고 거무스름한 코르덴 바지와 하얀 셔츠 차림이었다. 아침 날씨가 아직 쌀쌀했어도 저고리는 안 입었다. 무기를 지니지 않았음을 나에게 확인시키려고 그렇게 간편한 옷차림을 했을까, 아니면 싸움을 벌이기 위해서였을까? 바지가 꼭 끼고 덩치가 커 보였지만 그는 빈틈이 없었다. 나는 하지 못했지만 그는 면도를 했다. 거울을 쳐다보며 혼자 무슨 생각을 했는지는 모르겠지만, 그는 갑자기 텅 비어버린 집에서 혼자 면도를 했으리라. 짧은 고수머리와, 커다랗고 소년 같은 머리와, 널찍한 어깨와, 땅딸막한 몸집은 작지만 공격적인 숫양 따위 동물을 연상시켰다. 두툼하고 묵직한 그와는 대조적으로 나는 두드러지게 흐늘흐늘하고 늘어지고, 지저분해 보였으며, 줄무늬 진 잠옷 저고리를 그대로 입고 있음을 갑자기 깨달았다.

나는 다리로 조금 나아갔고 그도 앞으로 나섰다. 파도가 밀려 들어왔고 거센 물결이 쏟아져 들어와서는 깊고 매끄러운 가마솥의 내면을 마구 씻어대었다. 얘기에 방해가 될 만큼 시끄럽지는 않게 나지막하고 소란한 소음이 났다. 나는 잠옷 단추를 매만지면서 그가 얘기를 시작하기를 기다리며 서 있었다. 우렁찬 소리에 나는 마음이 좀 놓였다. 벤에게는 그 소리가 불안하기를 바랐다. 소음은 항상 내 친구였다.

나는 지금 처음으로 환한 곳에서 벤의 얼굴을 자세히 보았다. 전에 상상했던 것보다 훨씬 미남이었다. 눈썹이 길고 눈은 갈색이었으며, 지금은 약간 냉소를 머금고 신경질적으로 보이지만 입도 잘생겼다. 턱은 두툼한 목 속으로 파묻혔다. 그가 지극히 화가 났으면서도 지극히 불안해하고 있음을 한눈에 알아챈 나는 긴장이 풀렸다. 혹시 나를 조금쯤 두려워하고 있는 것은 아닐까? 죄의식? 죄의식은 두려움을 자아낸다.

"내 아내 어디 있죠?"

"여기, 그녀가 머물기를 원하는 내 집에 있어요. 내 아들이 아니라는 건 당신도 빤히 알고 있겠지만 내가 양자로 받아들였으니 지금은 아들이 된 타이투스도요."

"뭐라고요?"

"그래요!"

"뭐라고 그랬죠?"

나는 벤이 약간 귀가 먹었고, 적어도 어쨌든 나보다는 잘 듣지를 못하며, 소음이 신경에 거슬린다는 사실을 깨닫고는 더욱 만족했다. 내가 얘기를 어물어물한 것도 사실이다. 나는 모욕을 주느라고 커다란 목소리로 또박또박 말했다.

"그녀는— 여기 있어요. 타이투스도— 여기 있어요. 두 사람은— 여기서 살아요."

"난 아내를 집으로 데려가려고 왔어요."

"이봐요, 당신은 타이투스가 정말 내 아들이라고는 생각하지 않죠? 그렇지 않다는 걸 내가 장담합니다."

"아내를 내놔요."

"난 당신이 흥미 있어 할 얘기를 하고 있어요. 타이투스는 내 아들이 아녜요."

"다 끝난 일이니까 그 얘긴 관심이 없고, 난 메리를 원한답니다."

"그녀는 여기서 살겠대요."

"난 당신을 안 믿어요. 당신이 그녀를 강제로 잡아둔 거죠. 당신이 그녀를 납치했어요. 그녀가 스스로 남았으리라고는 믿지 않아요."

"당신이 목공 강습을 받으러 나갔던 그날 밤처럼, 그녀는 또다시 날 찾아서 도망을 쳤어요. 내가 강제로 그녀를 당신 집에서 끌고 왔을 것 같아요?"

"아내는 손가방을 두고 나왔어요."

"당신은 그녀를 사랑하지 않고, 그녀도 당신을 사랑하지 않고, 그녀가 당신을 무서워한다는 걸 왜 스스로 인정하지 않나요? 그 무서운 거짓된 생활을 왜 계속하죠?"

"메리를 내놓지 않으면 경찰을 부르겠어요."

"경찰은 당신을 보고 비웃을 거예요. 경찰이 이런 종류의 일에는 간섭을 않는다는 건 당신도 잘 알죠."

"내 아내를 내놔요."

"그녀는 신물이 난다고 당신에게는 돌아가지 않겠대요. 그녀의 물건들을 가지러 내가 차를 보내겠어요."

"아내가 무슨 거짓말을 했나요?"

"그건 당신 즐겨 하는 말이죠? 그녀를 헐뜯고, 그녀에게 죄를 덮어씌우고! 정말 빤합니다!"

"메리는 온전치를 못하고, 헛된 상상을 잘하는 발작적인 여자예요."

"당신의 잔인성을 신물이 나도록 겪었다는 사실은 확실히 잘 알죠. 어서 경찰에 신고를 하시고 어떻게 일이 돌아가나 한번 봐요."

"당신은 이해를 못 하니까 어떤 일에 끼어들고 있는지도 모릅니다. 그녀는 내 아내이고, 난 그녀를 사랑하니까 그녀가 있어야 할 곳이고 있고 싶어 하는 집으로 다시 데려가겠어요. 당신은 왜 불쑥 나타나서 우리의 삶에 간섭을 하고, 왜 여기 와서 살며 귀찮게 굴려고 해요? 우린 당신을 원하지 않아요, 당신을 원하지 않는다고요. 신문을 봐서 아는데, 당신은 썩어빠진 인간이고, 파괴자이고, 똥처럼 더러운 인간예요. 메리는 당신이 거친 연예계의 갈보들하고는 달라서, 당신이 감히 손을 댈 수 없는 얌전한 여자예요. 크게 다치고 싶지 않으면 우리를 가만히 내버려둬요. 경고합니다. 우리를 내버려둬요."

분노를 풀 만큼 적당한 말을 두서없이 찾으면서 커다랗고 황소 같은 머리를 앞으로 내밀고 벤은 침이 잔뜩 묻은 힘센 이빨을 드러내었다. 기계처럼 힘찬 파도의 규칙적으로 울부짖는 함성에 잠깐 동안 황홀했던 나는 밑을 내려다보지 않고도 바위 구덩이 속의 소용돌이를 느낄 수가 있었다. 나는 재빨리 앞으로 달려가서 그 가증할 인간을 밀어 던지기만 하면 끝장이라는 생각을 했다. 힘은 그가 더 세겠지만 내가 훨씬 민첩하다. 그는 수영을 못 하고, 헤엄을 잘 치는 사람이라도 그 들끓는 가마솥 속에 빠지기만 하면 당장 죽는다. 우리를 보는 사람은 아무도 없다. 그가 나를 공격했다고 말하면 된다. 그를 밀어 넣기만 하면 내 고민은 모두 끝난다.

그런 생각을 하면서 나는 눈초리로 벤을 꼼짝 못 하게 했다. 틀림없이 실제로는 눈에 띌 만큼 움직이지 않았겠지만 나는 몸의 태동하는 힘을 느꼈다. 하지만 눈만으로도 충분해서 그는 분명히 내 의도를 눈치채었는데, 물론 그것은 절대로 행동으로는 옮기지 않을 터였으므로 의도라고 할 수도 없었으리라. 그는 다리의 끝으로 물러났고, 나는 주먹을 풀고는 눈을 떨구었다. 나도 물러섰다.

"아내를 내놔요."

바닷물 소음이 우리 사이에 벽처럼 솟자 언성을 높여 그가 말했다.

"오늘 아침에 돌려보내요. 그러지 않으면 무슨 수를 써서라도 당신을 파멸시킬 테니까. 경고해요. 정말입니다."

나는 아무 말도 하지 않았다.

목에 무엇이 걸려서 갑자기 당황이라도 한 듯 그가 말했다.

"그녀 생각을 해줘요. 그녀는 집으로 오고 싶어 해요. 그 마음을 난 알아요. 당신은 이해를 못 합니다. 자꾸 이러지 말아요. 그녀에게 더 나쁘니까. 결국은 그녀는 집으로 와야 해요. 모르겠어요?"

나는 들리지 않게 작은 소리로 말했다.

"지랄하네."

그는 물러가기 시작했다. 그러더니 다시 돌아서서 소리쳤다.

"어젯밤에 개를 데리고 왔다고 전해요. 좋아할 것 같아서요."

이제는 불구자처럼 보이는 몸으로 훨씬 천천히 바위를 넘어 나타났다 사라졌다 하며 길로 가는 그를 지켜보았다. 나는 정신을 가다듬고 걸음을 서둘러 집으로 향했다. 나는 그가 정말로 가는지를 확인하고 싶었다.

아직도 높다란 바위에 앉아 있던 타이투스가 벌떡 일어나 따라왔다. 길버트는 잔디밭에 있었다. 그들은 당장 질문을 퍼붓기 시작했지만 나는 그냥 지나쳤다. 그들은 내 뒤를 따라 뛰어왔고, 우리 세 사람은 모두 길버트의 차를 세워 둔 둑길까지 나갔다. 우리는 차 뒤에 줄을 지어 섰다. 벤은 길을 따라 우리를 향해 걸었다. 타이투스는 잠깐 그를 쳐다보더니 몸을 돌려 길을 등지고 섰다. 의미 있는 암시였다. 벤은 음울한 얼굴로 아무 말도 없이 쳐다보지도 않고 우리를 지나쳐 마을 쪽으로 한가하게 걸어갔다.

"어떻게 되었어요?"

이제는 겁이 나서 놀란 표정으로 타이투스가 물었다.

"아무 일도 없었어."

"아무 일도 없다뇨, 어째서요?"

"벤은 하고 싶은 말을 했지."

"무슨 말을 했는데요?"

"거짓말. 그녀가 발작적이고, 헛된 상상을 잘한다고."

"발작적이기야 하죠." 타이투스가 말했다. "한번 성미를 부렸다 하면 한 시간은 가니까요. 정말 겁나죠."

"그래도 그가 네 아버지라는 생각이 들면 가도 좋아. 말리지는 않을 테니까."

"그런 소리 마세요. 난 메리가 불쌍할 따름이니까요."

"어머니를 보러 올라가지 않겠어?"

"아뇨. 지금 같아서는 싫어요."

"아……!"

나는 격렬하고 사람을 죽일 듯한 분노를 느꼈다. 나는 집으로 뛰어들어가 층계로 올라가서 하틀리의 방문을 열었다.

그녀는 벽에 몸을 기대고 무릎을 올려 세우고는 검정 가운을 입은 채 깔개에 앉아 있었다. 그녀는 퉁퉁 부은 눈으로 나를 쳐다보더니 내가 미처 들어서기도 전에 웅얼거리는 목소리로 말을 했다.

"제발 날 집으로 보내줘요. 갈 데가 없고, 집으로 가야 하니까, 제발 보내줘요."

"여기가 집이고, 나하고 같이 있는 곳이 집이고, 당신 자신 집이에요!"

"지금은 가게 해줘요. 어떻게 나한테 이럴 수가 있나요? 오래 있을 수록 나한테는 더 나빠요."

"그 한심한 곳엘 왜 돌아가려고 그래요? 뭐 홀리기라도 했어요?"

"죽어버렸으면 좋겠고, 곧 죽을 것 같은 기분이 들어요. 잠이 들 때 죽기를 바라면 정말 죽으리라는 기분을 가끔 느꼈지만 난 항상 다시 산 채로 깨어났죠. 아침마다 난 그대로 변함이 없으니 지옥 같아요."

"그럼 그 지옥을 벗어나요! 문은 열렸고 내가 기다리잖아요!"

"안 돼요. 내가, 나 자신이 지옥인 걸요."

"아, 하틀리, 일어서요! 밑으로 내려가 햇볕을 받으며 나하고 타이투스하고 얘기를 해요. 당신은 포로가 아닙니다. 그렇게 비참한 꼴을 해서 사람 미치게 만들지 말아요! 난 당신에게 자유와 행복을 제공하고, 난 당신과 타이투스를— 파리로, 아테네로, 뉴욕으로, 어디든지 당신이 원하는 곳으로 데려가고 싶어요!"

"난 집으로 가겠어요."

"왜 그래요? 어제는 그러지 않았는데."

"난 꼭 죽을 것 같은 기분예요."

내 눈길을 피하던 그녀의 눈은 희망을 상실하기로 결심한 사람처럼 몸을 도사리는 냉정함을 지녔다.

내가 기억하기로는 가장 이상했던 나날이 며칠 뒤따랐다. 하틀리는 아래층으로 내려오기를 거부했다. 그녀는 병든 동물처럼 방 안에만 처박혀 있었다. 나는 그녀가 물에 빠져 죽을까 봐 문을 잠갔고, 분신자살을 하지 못하게 초와 성냥도 남겨놓지 않았다. 나는 그녀의 안전과 건강을 걱정했으면서도 같이 있으면 몸 둘 바를 몰랐기 때문에 섣불리 많은 시간을 같이 보낼 수가 없었다. 밤이면 그녀를 홀로 내버려두었고, 그녀가 일찍 잠자리에 들어 곧 자버렸기 때문에 밤은 길기만 했다.

그녀가 코를 고는 소리를 들을 수가 있었다. 그녀는 밤이나 오후면 잠을 자며 많은 시간을 보냈다. 그 망각만큼은 그녀를 당장 찾아주는 친구였다. 그러는 동안에 나는 감시를 하고 기다리면서 내가 등장할 적당한 간격을 궁리했다. 나는 말없이 그녀를 화장실까지 데려다주었다. 나는 바깥 복도에 앉아 오랫동안 망을 보며 지냈다. 초니 부인이 나타나 집을 도로 내놓으라는 꿈을 꾸었던 비밀의 문이 있는 텅 빈 벽감 속에다 방석을 몇 개 놓았다. 방석을 깔고 앉아 하틀리의 방 문을 지켜보며 귀를 기울였다. 그녀가 코를 골면 나는 가끔 잠을 잤다.

물론 자주 그녀와 방 안에서 같이 앉아 얘기를 하거나 침묵을 지키기도 했다. 나는 그녀 옆에 무릎을 꿇고 앉아서 머리와 손을 쓰다듬고 작은 새를 어루만지듯 그녀를 어루만졌다. 발과 다리에는 아무것도 걸치지 않았지만 그녀는 내 가운을 드레스 위에 걸치겠다고 고집을 부렸다. 그러면서도 조금씩 접촉을 해서 나는 그녀의 몸과 은근히 익숙해졌고, 부피와 중량, 멋지고 동그란 젖가슴, 통통한 어깨, 허벅지를 만져보았으며, 같이 자고 싶기도 했지만 그녀는 내가 옷을 벗기려고만 하면 저항을 했다. 그녀가 화장 때문에 안달을 하기에 나는 길버트를 마을로 보내 그녀가 원하는 것을 사 왔고, 그녀는 내가 있는 자리에서 화장을 했다. 허영심에 대한 이 작은 굴복이 나에게는 희망을 불어넣었다. 하지만 그녀가 걱정스럽기는 마찬가지였다. 그녀를 보내주지 않으려는 내 말없는 무자비함만 해도 폭력인 셈이었다. 더 압력을 가했다가는 어떤 광포한 반발이나 그녀 못지않게 나도 미치게 만드는 훨씬 극단적인 대결을 자아낼지도 모를 일이었는데, 나는 그녀가 지금은 미치지는 않았다고 생각했다. 이렇듯 우리는 신비하고, 미친 듯하고, 아슬아슬하게 서로 참는 상태를 유지했다. 가끔 한 번씩 그녀는 집으로 가고 싶다는 말을 되풀이했지만 내 단호한 거부를 수동적으로 받아들였는데, 그것은 용기를 북돋아주는 일이었다. 물론 시간이 흐를수록 집으로 돌아가지 못하리라는 그녀의 두려움은 커지겠고, 그만큼 나에게는 희망이 커진다. 두려움을 견디다 못해 그녀가 내 것이 될 순간이 오지 않겠는가?

우리는 사실 두서없이 불쑥 얘기를 나누기는 했다. 옛 시절을 회상시키려고 하면 그녀가 항상 반응을 보이지 않았던 것은 아니어서, 때때로 그녀를 어루만지며, 그토록 강렬하게 그녀를 사랑하고 동정하던 순간이면 나는 조금 진전이 있다고 느꼈다. 언젠가는 그녀가 불쑥 물었다.

"에스텔 아주머니는 어떻게 되었죠?"

삼촌의 가족은 절대로 입에 올리기를 꺼렸던 터라 나는 그녀에게 언제 에스텔 숙모 얘기를 했는지 생각이 나지 않았다. 또 언젠가 그녀가 말했다.

"필립은 당신을 조금도 좋아하지 않았어요."

필립은 그녀의 오빠였다.

"지금 필립은 뭘 하나요?"

"전쟁터에서 죽었어요." 그녀가 말을 덧붙였다. "당신이 나에게는 진짜 오빠였죠."

그녀는 연극계 생활에 대해서는 전혀 묻지를 않았고 나도 얘기를 하려고 하지 않았다. 그녀는 정말로 거기에는 관심이 없었던 듯싶다. 어쨌든 유명한 남자와 결혼하지 못했다고 해서 그녀가 전혀 또는 거의 실망을 하지 않았으리라는 생각이 내 머리에 어렴풋이 떠올랐다. 어느어느 유명한 배우를 만나봤느냐고 한두 번 묻기는 했지만 분명히 그녀는 연극을 거의 몰랐고 내 얘기를 귀담아듣지도 않았다. 언젠가 그녀가 물었다.

"클레멘트 메이킨이라는 여배우를 아세요?"

잠깐 생각에 잠겼다가 내가 말했다.

"그래요, 잘 알았죠. 그녀는 날 사랑했고, 우린 얼마 동안 같이 살았어요."

"그럼……?"

"그녀는 내 전부였죠."

"하지만 그 여자는 당신보다 훨씬 나이가 많았을 텐데요."

"그래요, 하지만 그건 별로 중요하게 생각되지가 않더군요."

"늙은 여자였을 텐데."

잠시 후에 하틀리는 울기 시작했고, 내가 어깨를 끌어안아도 저항을 하지 않았다. 그녀는 클레멘트 얘기를 다시는 꺼내지 않았다. 그런 순간이면 연민과 사랑에 힘입어 희망이 나를 찾아주는 듯싶었다. 그리고 나는 하틀리가 나 못지않게 커다란 의식과 긴 역사를 지녔겠지만 나는 그 내적인 존재에 영원히 접근을 하지 못하고, 알지도 못하리라는 신비를 생각해보았다. 물론 나는 초조했다. 나는 그녀가 절망을 겪고 나면 다른 의지할 곳이 없으므로 완전히 나에게로 돌아설 필연성을 느끼게 되리라고 기대했었다. 그녀가 뜻대로 움직여주지를 않았기 때문에 나는 너무나 당혹하고 말았다.

여기에서 타이투스가 나를 돕기를 바랐지만 그는 마음이 내키지 않았고, 할 수도 없는 일이었으리라. 그는 하틀리와, 그녀의 처지와, 갇힌 신세와, 참혹한 무기력과, 그녀 마음속에서 오고 갈 생각이 두려웠다. 그는 그녀의 굴욕을 싫어했다. 그는 끼어들고 싶지가 않았다. 그는 모든 일에 대해서, 그가 '계략'이나 '장난'이라고 부르던 것에 대해서 혐오감과 공범자로서의 죄의식이 뒤섞인 감정을 느꼈다. 그리고 틀림없이, 적어도 겉으로 보기에, 그는 벤을 두려워했다. 그는 하틀리의 방에서 나는 악취에 대해서 불평을 하고는 그곳에서는 숨도 못 쉬겠다고 그랬지만, 그녀더러 나오라고 설득하기 위해 애를 쓰지는 않았다. 그녀와 애기를 할 때면 나더러 곁에 있어달라고 부탁을 했고, 그녀와 단둘이만 남겨놓으면 그는 당장 달려나왔다. 내 생각에는 그들이 벤에 대한 얘기를 할 수가 없었고, 그 남자와 얽히지 않은 얘기가 별로 없었기 때문에 문제가 난처했던 것 같다. 또한 타이투스는 집을 나간 이후로 무엇을 했는지에 대해서 숨기려고 했으며 그런 것을 물어보면 그는 대답하기를 무척 꺼렸고, 이런 회피가 화제의 가능성을 또 하나 배제했다. 사실 하틀리는 그가 한 일들에 대해서는 아무런 성급한 호기심도 보이지를 않았다. 그들은 공손할 정도로 얘기를 나누었다. 적어도 첫날에는 그랬다. 그 후로 타이투스는 점점 더 그녀를 만나기 꺼렸으며 그녀는 더욱 낙심을 했고, 나는 그에게 부탁하기가 훨씬 꺼림칙해졌다.

나는 그가 그녀를 '메리'라고 부르는 소리를 듣기가 거북했다.

"메리, 여긴 추우니까 밖으로 나가 햇볕을 쬐지그래요."

"아냐, 괜찮다."

"기분은 좀 어때요?"

그녀가 아프다는 가정이 어디에선가 편리하게 튀어나왔다. 하찮은 만족을 나타내며 그들은 니블레츠 얘기를 했다. 하지만 그들은 멋모르고 그러는지도 모를 일이었다.

"그리고 정원이 멋있었죠? 34번지에 살 때는 제대로 정원도 없었어요. 마당이라고 해야지."

"그래, 34번지에는 기껏해야 마당 정도였지."

"난 그곳 헛간의 낡은 압착기를 한 번도 잊은 적이 없어요. 그 낡은 압착기 생각나요?"

"그래……."

"그리고 이젠 장미도 가꿀 수 있죠. 항상 그러기를 원하셨죠?"

"그래, 온갖 빛깔의 장미를 잔뜩."

"그리고 우리가 무척이나 바랐듯이 창문에서는 곧장 바다가 내다보이지 않아요?"

나는 이것이 하틀리에게 어떤 영향을 줄는지 알 수가 없었다. 어머니와 아들이 서로 부둥켜안고 당장 사랑의 언어를 찾아내리라고 생각했던 내가 너무 순진했다. 하기야 이것이 사랑의 언어인지도 모른다. 사랑이 있었음을 의심할 나위가 없지만, 그들 두 사람은 이상할 만큼 어색하고 서로 말문이 막혔다. 대화는 대부분 타이투스가 억지로 끌고 나갔다. 방갈로의 매력에 대한 얘기가 곧 바닥이 나서 나는 마음이 놓였다. 그 뒤를 이은 대화는 타이투스의 어릴 적 집들과 정원들에 대한 무의미하고 자질구레한 얘기들이었다.

"67번지에 살 때 내가 자주 내다보던 울타리의 구멍이 생각나요?"

"그래."

"난 상자 위에 올라섰었죠. 안 그래요?"

"그래. 상자 위에."

그들은 왜 얘기를 하지 못하는가? 타이투스에 대한 그녀의 공감이, 그리고 그녀에 대한 그의 공감이 정말로 깨어졌는가? 끔찍한 생각. 그리고 나중에 나는 물론 모든 상황이 그들로 하여금 말문이 막히게 했으며, 그 상황을 만들고 이끌어나가는 장본인이 나였음을 깨달았다.

하틀리가 감금당했던 이 무렵은 내 기억 속에서 광범위한 발전과, 변화와, 통제와, 놀라움과, 진전과, 격변과, 위기와, 정신적인 드라마의 모든 역사를 내포할 만큼 길게 펼쳐졌다. 사실은 겨우 4, 5일밖에 안 되는 기간이었다. 역사와, 드라마와, 변화는 정말로 내포되어 있었다. 이상하게도 첫날이 지난 다음, 나는 벤에 대해서 별로 걱정하지 않았다. 물론 그를 잊지는 않았고, 찾아오리라고 예상은 했다. 나는 밤이면 문을 빈틈없이 채웠다. 그가 집에 불을 지를지도 모른다는 생각에 좀 섬뜩했던 것도 사실이다. 누가 뭐래도 그는 직업이 소방관이었다. 이제는 정신적으로 자신을 가눌 수가 있게 되었으며 벤의 위험이 훨씬 더 현실적이라고 느껴졌기 때문인지는 몰라도, 나는 그에 대한 집요한 생각을 그만하게 되었다. 왜 그는 꼼짝도 않는가? 그가 타이투스를 두려워할 가능성도 있을까? 치밀한 계획을 세우는 중이거나, 기다리며 자신을 괴롭힘으로써 분노에 부채질을 하고 있는 것일까? 나는 곧 그런 잡다한 생각을 집어치웠다.

한편 타이투스와 길버트는 하틀리와 나에게서 벗어나기만 하면 당장 휴일이라도 맞은 것처럼 행동했다. 타이투스는 어머니나 아버지 얘기를 꺼렸다. 그는 그런 문제들에서 빠지기를 원했다. 그는 항상 작은 절벽에서 날마다, 어떤 날은 두세 번이나 수영을 했다. 그는 온몸에 선탠 로션을 바르고는 알몸으로 바위에 누웠다. '걸식'에 대한 어떤 머뭇거림도 이제는 완전히 사라진 것 같았다. 그는 내 호의를 당연하게 받아들였고, 그 대가로 어떤 도움이나 따뜻함도 되돌려주지 않았다. 물론 그것은 옳지 못한 속단이었다. 위층에서 벌어지는 일을 '알고 싶어 하지 않는다'고 해서 타이투스를 탓할 수는 없는 노릇이었다. 그는 추측조차 하지 않았고, 추측은 사실 하기가 어렵기도 했다. 더구나 나는 그에게 신경을 쓰는 시간이 별로 없었고 그는 내 무관심이 상당히 섭섭했는지도 모른다. 타이투스는 처음에 상상했던 것보다 훨씬 단순하다는 생각이 들었는데, 공포를 맞게 되니까 단순한 쪽을 택했는지도 모를 일이었다.

길버트는 훨씬 더 호기심이 강했고 (심지어는 하틀리의 방에 꽃을 갖다 놓겠다고 나설 만큼) 착한 마음으로 돕겠다고 나섰지만 내가 멀찌감치 그를 따돌려버렸다. 그는 물론 필수적인 존재였다. 그는 요리를 했다. 타이투스가 일광욕을 하는 동안이면 가게를 다녀왔다. 하지만 위쪽 층계참에는 내가 접근을 못 하게 했다. 그 무렵에 있었던 기묘하고 지금까지도 생생하게 기억되는 것은 길버트와 타이투스가 둘 다 노래를 잘 부른다는 사실을 서로 알아내었다는 점이다. 길버트는 꽤 훌륭한 바리톤이었고 타이투스는 나중에 보니 쓸 만한 테너에 가성으로 노래를 할 줄 알았다. 그뿐 아니라 그들은 굉장히 많은 곡들을 같이 알고 있었던 같다. 바위로 나가라고 내가 사납게 소리를 지르기 전에는 그들의 노랫소리에 집 안이 시끄러웠다. (가수들이란 하나같이 허영심이 있어서) 그들은 물론 나를 앞에 앉혀놓고 실력을 뽐내고 싶어 했으며, 밤이 새도록 노래를 불러대고 내 포도주를 마시며 보내기를 원했다. (그들은 둘 다 술을 상당히 마셨고, 나는 길버트를 레이븐 호텔로 보내 더 구해다 놓아야 했다.) 서로 재능을 과시하느라고 너무 즐겁게 내는 목소리가 지나치게 커서 멀리 떨어진 바깥에서도 그들의 목소리가 들렸다. (하틀리는 노래 얘기를 한 번도 하지 않았는데, 아마도 신경조차 쓰지 않았든가, 아니면 남편처럼 가는귀가 먹었는지도 모른다.) 그들은 오페라와 뮤지컬 코미디의 노래들과, 마드리갈과, 팝송과, 민요와, 돌림노래와, 음란한 가요와, 사랑의 소가곡들을 영어, 프랑스어, 이태리어로 시끄럽게 불러대었다. 이 무렵 그들은 음악에 확실히 취해 있었는데, 집 안의 긴장에 대한 자연스러운 반응이 아니었을까 생각된다.

처음에 생각했던 것보다 타이투스가 훨씬 단순함을 알게 되었다는 얘기를 조금 아까 내가 했다. 어머니와 자신의 문제가 관련된 면에서는 그랬다. ('단순'하다는 내 말은 '애매하다'거나 '관심이 적다'는 뜻일지도 모른다.) 어쨌든 분명히 눈에 두드러졌으며, 길버트 역시 타이투스가 겉으로 드러난 바로는 전기 기술을 배우려고 일찍 학업을 중단한 소년치고는 예상 밖으로 교양이 있음을 깨달았다. 지난 한두 해 동안 타이투스는 어디에 가 있었을까? 그것은 아직도 알쏭달쏭한 일이었다. 나는 커프스단추와 단테의 사랑의 시집이 생각났다. 그가 연상의 여인과 같이 살았다고 나는 추측했다. 사람들이 아이 낚아채기라고 그러지만, 내가 클레멘트에게 납치를 당한 것도 그 나이 때였다. 누가 타이투스를 낚아챘다가 최근에 버린 것이나 아닐까? 놀랄 일도 아니었지만 길버트의 추측에 의하면 타이투스는 남자와 살았다는 것이다. 이 문제에 있어서 타이투스 자신은 입을 다물었다. (프리치 아이텔과 나 사이의 관계를 페리가 물론 잘못 알았다는 얘기도 여기에서 해놓아야 될지도 모르겠다.)

나는 역사와 변화에 대한 얘기를 했다. 그리고 사실 나는 그 무렵에 하틀리에 대한 내 사랑의 역사를, 옛날뿐 아니라 중간 과정까지도 모두 거치고 있는 듯싶었다. 날마다, 시간마다, 나는 더 기억을 해내었다. 이틀째 되던 날 저녁쯤에 하틀리는 얼마 동안 말이 훨씬 많아졌고, 한참 생각을 해본 결과를 얘기하는 것처럼 여겨졌다. 그 대화는 가장 맥이 풀리는 결론으로 이어졌다.

그녀는 깔개에, 나는 마룻바닥에 둘 다 다리를 뻗고 거실 쪽의 기다랗고 높다란 창문을 향해 앉아 있었다. 보통 때면 침침한 가운데 방은 저녁 빛이 희미하고 따스한 광선을 넣어주었어도 이제는 어둑어둑했다. 나는 하틀리의 손을 만졌다. 나는 머리끝부터 발끝까지 그녀와 한 몸이 된 기분이었다.

"내 비단 가운이 좋기는 하겠지만, 가끔 벗지는 않겠어요?"

"난 추워요."

"여기서 산다는 기분이 들기 시작하지는 않고요?"

"내가 당신과 결혼하지 않았다는 게 무슨 커다랗고 중요한 실수라고 내가 생각하는 줄 아시는군요."

"잘못이기는 하죠. 그 잘못을 제거하는 건 더 중요해요."

"당신은 과거를 같이 회상할 누군가가 필요할 따름예요."

"난 미래에 대해서 무척 얘기를 하고 싶은데 싫다니, 그건 아주 불공평해요!"

"내가 달아났기 때문에 당신은 기분이 좋지 않아요."

"그럼 달아났다는 건 인정을 해요?"

"그랬겠죠. 너무 오래전 일이지만."

"당신은 나더러 성실치 못하리라고 그랬어요."

"내가요? 생각이 안 나요."

나는 그녀의 말들을 되새기며 평생을 보냈는데, 이제 와서 그녀는 기억조차 못 한다는 얘기다!

"아마 난 죄의식을 느꼈기 때문에 달아났을 거예요."

"나를 상심시켰다는 데 대한 죄의식요?"

"그래요. 사실 난 항상 죄의식을 느꼈고, 당신이 나를 탓하리라고 생각했어요. 그리고 우스운 일이지만, 당신이 나를 미워한다고 생각함으로써 나 자신을 보호해야 했고요."

"그게 도대체 어떻게 당신을 '보호'하나요?"

"마을에서 당신을 봤을 때 난 당신이 날 보고도 미워서 못 본 체한다고 생각했어요."

"하지만 난 단 한 순간도 당신을 미워한 적이 없어요!"

"난 그렇게 생각할 수밖에 없었어요."

"왜요?"

"당신이 정말로 사라졌고, 모든 것이 정말로 끝났다는 걸 확인하기 위해서였죠. 뭐랄까, 마음속에서 그걸 죽여버리기 위해서요."

"아, 하틀리. 나에게는 절대로 끝나지를 않았고, 마음속에서 죽지도 않았어요. 하니까 당신은 나를 원했고, 그리워했고, 내 생각을 하기가 두려웠군요? 그건 날 사랑한다는 증거가 아닌가요?"

"하지만 당신은 억울한 마음에 날 정말로 미워한다고 생각해요."

"지금 말예요? 돌았군요."

"그렇지 않고서야 나한테 그토록 매정할 수가 없겠죠."

"하틀리, 당신은 미친 사람처럼 머리가 돌아가는데, 그런 식으로 날 괴롭히지 말아요."

"아니면 나를, 내 삶을 관광객처럼 찾아와서 보고 우월감을 느끼려는 호기심이겠죠."

"하틀리, 그만해요. 날 괴롭히려고 일부러 그러는 거예요? 매정한 사람은 당신이죠. 당신도 알겠지만, 우리 사이에 영원한 유대가 있다는 건 이 세상에서 무엇보다도 분명한 얘깁니다. 난 마침내 당신이 내 아내가 되고, 내 안에서 쉬기를 바라요. 난 죽을 때까지 영원히 당신을 돌보고 싶어요."

"당신이 죽어버렸으면 좋겠어요."

"아니 그게 무슨 소리예요……."

"나에게는 내 인생이 있었으니까, 모두 끝장이 났으면 좋겠어요. 누가 날 죽여버렸으며 좋겠어요……."

"그럼, 그가 당신을 죽인다고 위협했나요?

"아뇨, 아녜요, 다 나 혼자 생각한 건데……."

"날 원하지 않는다고 해도 보내주지는 않을 테니까 당신은 이제 돌아갈 수가 없어요. 아주 간단한 일인데 당신이 모두 복잡하게 만들죠."

"당신도 당신 멋대로 문제를 복잡하게 만들고, 뱀장어처럼 요리조리 틀고 빠져 다녀요. 난 당신의 그런 면을 알아요."

"그러니까 난 이제 뱀장어가 되었구먼. 당신이 관련된 문제에선 난 요리조리 틀거나 꼬리를 뺀 적이 없어요. 난 항상 당신 이외에는 누구도 원하지 않았어요. 성실한 사람은 오히려 나였어요. 난 절대로 결혼을 하지 않았죠."

"그래요, 하지만 당신은 여자들하고 살았고, 그 늙은 여배우하고도 같이 살았어요."

"좋아요, 하지만 난 당신을 찾을 수가 없었잖아요! 난 당신을 찾으려고 무척이나 애를 썼고, 정말로 한 번도 희망을 버리지 않고 수소문을 계속했는데─ 아마 그랬기 때문에 지금 당신을 찾아내었는지도 몰라요."

"난 벤에게 잘 해주지를 못했어요."

"아, 맙소사, 벤은 끝난 얘기니까 잊어버릴 수 없을까요?"

"타이투스가 행방을 감춘 다음에 그이는 회개라도 하듯 타이투스에 대해서 무척이나 괴로워했어요."

"그랬겠지만, 그가 타이투스를 쫓아버린 셈이니까 괴로워해야 당연하죠. 속으로는 아마 기뻐했을 것 같아요."

"아뇨, 아녜요, 그이는 내가 얘기한 것처럼 그렇게 심하게 타이투스를 괴롭히지는 않았어요. 그이는 엄격해서……."

"난폭한 사람이었죠. 당신한테도요. 그 사람 편을 들려고 하지 말아요. 아, 그 형편없는 사람 얘기는 하지 맙시다."

"아동 보호회 사람들은 한 번도 온 적이 없어요. 내가 왔다고 그랬지만 사실은 안 왔어요."

"그 망할 놈의 아동 보호회 사람들이 왔건 말건 내가 알게 뭐예요?"

"하지만 난 왔다고 말했는데 사실은 오지를 않았어요."

"비록 오지는 않았지만 왔어야 옳았어요."

"그렇지가 않아요."

"왜 그 잔인하고 악한 인간을 두둔하려고 애를 쓰나요? 타이투스는 그를 미워해요. 그만하면 증거는 충분하지 않아요? 내가 보기엔 충분하군요."

"벤에게는 이 세상에 나 이외에는 아무도 없어요. 그이에게는 이 세상에서 아무것도 없어요."

"그 사람은 견뎌낼 거예요. 나는 어떻죠? 내가 가엾다는 생각은 왜 안 해요? 난 무척 오래 기다렸어요. 늙은 배우처럼 처량한 것도 없어요. 추억 이외에 나한테 뭐가 남았나요? 무언가를 위해서—나는 모든 권력과 영광을 그 무엇인가를 위해 다 버렸는데, 그 무엇이 당신이라는 건 모르고 있었죠. 이제 와서 당신이 날 저버릴 수는 없어요."

"하나님을 믿으세요?"

"아뇨."

"난 예수 그리스도를 믿어요. 당신은 뭔가 믿고 의지를 해야 해요. 하나님이 없으면 사람들은 미쳐버리고 말아요. 우린 그런 얘기를 했었죠."

"그런 얘기를 잊지 않았다니 기쁘군요. 우리가 견진을 받았을 때 생각이 나요? 무척 뜻 깊은 일이 아니었던가요. '성령께서 강림하셔 우리 영혼을 일깨우고…….'"

"난 죄가 용서를 받을 수 있다고 믿어요."

"우린 누구나 다 그런 위안이 필요하죠."

"사랑이 구원을 가져다준다는 것, 그건 무척 커다란 의미를 지니죠. 안 그래요?"

"사랑으로 벤을 구원하겠다는 얘기는 말아요. 난 벤이라면 신물이 납니다. 나를 구원하는 건 어때요?"

"다른 사람은 누구도 그를 구원하거나 사랑하지 않을 거예요."

"예수가 사랑하겠죠."

"아녜요, 벤에게는 내가 예수가 되어야 해요."

"이건 정말 미친 소리예요. 생각을 좀 해봐요. 당신이 헤어져준다면 그가 안도의 한숨을 쉬리라는 걸 모르겠어요? 제기랄, 당신은 벌써 그와 헤어졌어요. 당신은 뭐 꼭 그토록 필요한 존재가 아니죠. 그는 당신을 쫓아버리고 싶지는 않았을지 모르지만, 당신이 뛰쳐나오고 나니까 이제는 기분이 좋을 겁니다."

"당신은 그이를 비현실적인 존재로 만들려고 하지만, 그이는 현실이에요."

"진실의 세계로 들어가면 현실이 비현실로 됩니다."

"우리 사랑은 현실이 아니었고 어린애 같은 장난이어서, 우리는 남매나 마찬가지였고, 그때는 사랑이 무엇인지도 몰랐어요."

"하틀리, 우리가 서로 사랑했다는 건 당신도 알아요."

"그래요. 하지만 우린 제대로 육체관계도 없었는데, 차라리 그랬더라면 더 좋을 뻔했겠어요."

"난 그러고 싶었지만 당신이 싫어하는 것 같아서…… 아, 맙소사!"

"우린 어린애들이었어요. 당신은 내 참된 삶에서 결코 한 부분이 되지를 못했고요."

"당신이 참된 삶이라고 하는 건 이 땅의 지옥처럼 생각되는군요! 제기랄, 당신이 스스로 그랬잖아요. 행복한 여자는 죽음을 얘기하지는 않는답니다."

"공연히 당신한테 쓸데없는 얘기들을 한 게 후회가 되는군요. 물론 한심한 상황이지만, 그건 내가 살아가는 상황이고 나 자신이에요. 벗겨낸 껍질처럼 난 그것을 아무렇게나 버려두고 도망쳐버릴 수는 없어요."

"그렇게 할 수 있어요! 벗어나고, 도피하고, 다 떨쳐버려요! 고통이 멈출 수 있다는 걸 알아야죠!"

"그럴까요? 고통이 멈출 수 있을까요?"

어리둥절해서 갑자기 말을 멈추며 눈을 크게 뜨고 쳐다보는 그녀를 보고 나는 그녀가 미쳤을까, 마음이 완전히 갈팡질팡하는가, 그녀는 초라하고 좌절한 여인인가, 아니면 고통으로 순화된 어떤 정신적인 존재일까, 여러 가지 생각을 했다. 남들이 모르는 이상한 운명을 타고난 성자들이 있다. 하지만, 아니다. 그녀는 부러진 나뭇가지처럼 불쌍하게 좌절한 인간이며, 그녀로 하여금 타이투스를 버리게 한 잔인한 힘이 그녀의 순수성과 마지막 주체성을 파괴해버렸다. 하지만 그녀가 무엇이

든지 간에 나는 그녀를 사랑했고, 그녀와 결속이 되었고, 이 세상과 황금빛 하늘이 서서히 우주의 겉과 속을 뒤집어놓았던 그날 밤 바위에 누워 보았던 별들의 뒤에 있는 별들의 뒤에 있는 그 별들, 그 별들의 너머에서도 나는 그녀와 인연이 맺어졌었다.

"예, 그래요, 멈출 수가 있어요."

내가 손으로 만져 그녀의 마음을 해방시킬 수만 있다면 얼마나 좋으랴! 나는 그녀가 희망을 지니고, 희망이나 욕망이 움트고, 행복한 삶이나 아끼려는 욕망을 간직하게 되기를 바랐다. 하지만 그녀는 난처한 표정으로 얼굴을 찡그리고는 벤에게로 돌아갔다.

"난 그이한테 제대로 잘해주지를 못했어요."

"틀림없이 당신은 성녀, 오랫동안 괴로웠던 성녀처럼 살아왔어요."

"아녜요, 난 나빴어요."

"아 좋아요, 원한다면 나빴다고 해두죠. 어쨌든 그것은 다 끝난 일이니까요."

그러자 과거에 남자들이 수도원에 틀어박혀 사는 여자들을 보고 '우리는 짐승이지만 그들은 우리처럼 때가 묻지 않고 순수한 천사들'이라고 생각했듯, 나는 그녀를 순진한 존재로 보게 되었다. 마음이 소탈하고, 어리석고, 아무것도 이해를 못 하는 아름답게 순수한 그녀는 허황되고 이기적인 남자들과 건방지고 잘난 척하는 여자들 사이에서 평생을 살아온 나에게는 꾸짖음이나 마찬가지였다. 그러면서도 그녀의 죄의식은 진짜 실패에 대한 진짜 죄의식 같았다. 그럴 수밖에 없지 않겠는가? 그리고 아무리 터무니가 없더라도 죄의식을 느끼는 쪽이 다른 사람의 노예가 되며 정신적으로 열등하다던 페레그린의 말이 생각났다. 그녀는 자신의 조그마한 과오들만으로는 모자라는지 그의 죄의식까지도 떠맡았다. 그녀는 자기와 타이투스에 대한 그의 죄에 대해서 대신 죄의식을 느꼈다. 나는 그것을 다 알 수가 있었다. 그리고 죄의식을 떠맡아 자신의 것으로 뜯어 맞춘 다음에는 죄가 있는 사람을 숭배하고 성스럽게 떠받들었다. 아, 처참하고 끔찍한 죄의식과 그 헛된 흠모로부터 그녀를 해방시킬 수만 있다면 얼마나 좋으련마는! 세상에, 그녀는 나에 대해서까지 죄의식을 느꼈고, 내가 자기를 증오한다고 생각함으로써 자위를 하려고 했다! 그녀는 더럽고 미치광이처럼 질투가 심하고 윽박지르는 놈과 결혼을 했다는 가혹한 고통으로부터 자신을 보호하기 위해 오랜 세월에 걸쳐 발달시킨 자아 보호의 마력에 홀렸고 사로잡혔다. 그녀는 그에 대한 두려움으로, 그녀의 잘못, 항상 그녀의 잘못이라고 거듭거듭 되풀이되는 똑같은 말을 듣는 사이에 세뇌가 되었다. 그런 장면들에 대한 얘기를 들으니 차라리 바위로 올라가 노래를 부르기로 했던 타이투스의 마음이 이해가 간다.

그녀는 조금 울었다. 늙은 사람의 눈물은 젊은이의 눈물과 다르다.

"그만 울어요, 하틀리. 그러니까 《앨리스》의 아기 돼지 같아요. 옛날처럼."

"내가 추하고 흉하다는 건 알지만……."

"아, 어서요, 어서 잊어요, 그 악몽을 어서 잊고……."

그녀는 내 손수건으로 두 눈을 찍어내고는 잠깐 동안 마주 잡은 내 손을 뿌리치지 않고 다시금 생각에 잠기기 시작했다.

"왜 내 결혼이 그렇게 불행했다고 생각해요?"

내가 무슨 대답을 하든지 무자비한 반발을 당장 퍼부으려는 듯, 교활할 정도의 표정으로 그녀는 나를 응시했다.

"하틀리, 당신은 정신이 나간 상태예요. 불행하다고 인정을 했고,

금방 고통에 대한 얘기를 했잖아요!"

"고통은 달라서, 어떤 결혼 생활에나 고통이 있고, 삶은 고통이지만—아마 당신은 달라서—그 모두가 당신을 비켜갔는지도 모르죠."

"하느님 덕분에 그랬는지도 몰라요."

"조용히 집에 앉아 수많은 밤에 난 노동수용소에 있는 사람들 생각을 자주 했어요."

"적어도 노동수용소에는 갇히지 않았다는 생각을 해서 기분을 돋울 정도였다면 당신은 별로 행복했을 리가 없어요!"

"하지만 무엇 때문에 당신은 내 결혼 생활이 나빴다고 생각하고, 어떻게 당신이 판단을 할 수가 있나요? 당신은 알지도 못하고 이해도 못 해서……."

"난 판단할 수 있어요. 난 알아요."

"하지만 개념적인 건데 당신이 어떻게 알아요? 당신은 여자들하고 같이 살기만 했을 뿐이니까 문제가 다르고 증거도 없어서 결혼 생활은 이해를 못 해요."

"당신과 그 사람에 대해서라면—그래요, 증거가 있어요."

"그럴 리가 없죠. 당신은 최근에야 우리를 만났고, 아무도 모르기는 하지만 우리를 아는 사람을 하나도 모르니까 증거가 있을 리 없어요."

"아녜요, 있어요. 둘이서 어떤 식으로 얘기하는지 들었으니까요."

나는 참다못해 화를 터뜨리며 이 말을 했는데, 마음을 아프게 하려는 의도도 있었음을 고백한다. 차분하고 고집스러운 끈질김과 얕잡아 보려는 교활한 표정이 나를 미치게 만들었다.

"무슨 소리예요?"

"난 창밖에 숨어서 당신과 그가 하는 얘기를 들었는데, 그는 거친 목소리로 깡패처럼 윽박지르며 소리를 질렀고, 당신은 견디다 못해 '미안해요, 미안해요' 소리를 자꾸 했죠. 그때 창문을 부수고 들어가 그의 목을 분질러놓는 건데 그랬어요. 난 그 남자를 죽이겠어요. 그를 바닷물로 밀어 넣는 건데 그랬어요."

"얘기를 들었다는데…… 언제였죠?"

"아, 생각이 안 나는데, 한 주일, 두 주일쯤 전인가―머릿속이 뒤죽박죽이라 언제가 언제인지 다 잊어버렸죠. 그러니까 당신이 그를 두둔하면서 행복한 결혼 생활이었다는 거짓말을 다시는 내 앞에서 할 수 없어요. 난 진실을 알고 있으니까요!"

"진실이라니…… 아, 당신은 이해를 못 해요! 얼마나 오랫동안 들었죠?"

"무척 오랫동안, 한 시간, 아녜요, 생각이 안 나요. 서로 소리를 지르고 아주 끔찍했는데, 아무튼 그는 소리를 지르고 당신은 울고, 속이 뒤집힐 노릇이었어요."

"어쩌면 당신이…… 그럴 수가 없어요. 어떻게 몰래 들어와서 우리를 그렇게 염탐질을 해요. 당신하고는 관계도 없는 일인데……. 이해도 할 수 없을 비밀스러운 문제에 당신이 그렇게 끼어들다니…… 나한테 그토록 더럽고, 악하고, 가슴 아픈 짓을 한 사람은 아무도 없었어요."

"하틀리, 당신을 도우려고, 확실히 알아야 했기 때문에 그랬다는 건 당신도 알잖아요."

"마치 뭐나 알기라도 하는 것처럼 그러시네요. 아, 너무나 내 마음을 상하게 해줘서 절대로, 난 절대로 당신을 용서하지 못하겠고, 그건 살인이나 죽이는 것이나 마찬가지여서― 당신은 이해를 못 해요. 아,

너무나, 너무나 가슴이 아파요."

"미안해요, 미안해요, 그러리라고는 상상도……."

(우는 여자를 많이 보기는 했지만) 벽에 기대어 꼿꼿이 앉은 그녀처럼 우는 여자는 한 번도 본 적이 없었다. 눈물이 펑펑 쏟아졌고 축축한 입이 벌어지더니 고통스러운 짐승처럼 목이 멘 비명이 새어나왔다. 그러더니 나지막하게 전율하는 신음을 하고는 옆으로 쓰러져 목을 움켜잡고 숨이 막히는 듯 드레스를 잡아당겼다.

나는 놀라서 벌떡 일어나 그녀를 쳐다보았다. 그제서야 나는 타이투스가 얘기했던 무시무시하고 끝장을 본다는 그녀의 발작을 이해하게 되었다. 내 영혼과 내 정신이 가장 격렬한 공격을 받고 있었다. 전에도 발작적인 비명은 보았지만, 한 번도 이렇지는 않았다. 나는 다시 무릎을 꿇고 그녀를 잡아 흔들어보았지만, 그녀는 갑자기 너무나 강해지고 나는 너무나 약해진 것처럼 느껴졌고, 그녀를 만지기도 끔찍한 생각이 들었다. 무서울 만큼 파괴적인 충격을 주며 그녀는 벌벌 떨고 빳빳해졌다. 그녀의 얼굴은 눈물로 뒤범벅이 되어 새빨개졌고 입에서는 침이 줄줄 흘러내렸다. 억세고 찢어지는 듯한 그녀의 목소리가 겁에 질리고 분노한 사람이 욕설을 퍼붓듯이, 광분하고 전율하는 비명처럼, "아아아"라고 길게 소리를 지르더니 숨차게 "오― 오― 오―" 하는 흐느낌으로 바뀌고는 거의 속삭이는 것처럼 "오오오" 소리로 길게 내려가다가 다시 비명이 나왔고, 외부의 악마 같은 기계에 휘말린 인간처럼 그 과정이 기계적으로 저절로 계속되었다. 나는 나 자신에 대해서, 그녀에 대해서 공포와, 두려움과, 역겨운 수치심을 느꼈다. 나는 격렬한 이 슬픔의 발작을, 그 소름 끼치게 반복되는 소리를 타이투스와 길버트가 듣기를 원하지 않았다. 나는 그들이 멀리 바위에 나가 노래를 부르고 있기를 바랐다. 나는 "그만해요, 그만해요, 그만해요!"라고 소리를 질렀다. 조금만 그대로 더 계속되었다가는 내가 미쳐버릴 것만 같았고, 그녀를 죽이는 한이 있더라도 그 소리를 멈추게 하고 싶어서 나는 그녀를 흔들어대고 소리를 질렀고, 문으로 달려갔다가 다시 그녀에게로 달려갔다. 나는 그 얼굴, 그 가면과, 그 비명의 무자비하고, 잔인하고, 거듭되는 분위기를 절대로 잊지 못하리라……

　비록 죽음이 유일한 방법이더라도 모든 무서운 일은 끝나게 마련이어서, 마침내 그 발작도 끝이 났다. 내 존재와 고함 소리는 그녀에게 아무런 영향도 주지 못했고, 어떻게 보면 그녀는 내 존재를 인식했기 때문에 나를 그 격렬한 감정을 쏟아낼 대상으로 삼았다는 생각조차 들게 되었다. 그녀는 기진맥진해서 기절을 하듯 갑자기 벌렁 자빠졌다. 나는 그녀의 손을 잡았다. 싸늘했다. 나는 공포에 사로잡혀 밖으로 달려나가 의사라도 부르고 싶었지만, 너무 겁이 나서 그녀를 혼자 내버려둘 수가 없었고, 너무 지쳐서 어떤 결정도 내릴 힘이 없었다. 나는 옆에 누워 그녀를 껴안고 이름을 자꾸만 불렀다. 그녀는 잠이 든 듯 숨결이 깊고, 규칙적이 되었다. 그래서 보았더니 그녀는 눈을 뜨고 있었다. 그녀는 '발작'의 효과를 측정하려는 듯 그 이상하고 교활한 표정으로 나를 쳐다보았다. 그러더니 나중에 그녀는 다시 무척 차분하고, 아까보다도 합리적으로 얘기를 하기 시작했다.

　"아, 찰스, 정말 미안해요."

　"미안해요. 난 몰인정한 바보였어요."

　"아뇨, 아녜요. 그렇게 흥분해서 소란을 피운 거 미안해요. 아마 난 충격을 받았나 봐요."

　"정말 미안해요."

"괜찮아요. 그런데…… 내가 여기, 이 집에서 얼마나 있었나요?"

"이틀요."

"그이가, 남편이 왔었나요? 아니면 편지를 보냈어요?"

이런 질문을 하기는 그때가 처음이었다.

"편지를 보냈다면야 당신한테 전해주었죠. 당신이 여기로 온 이튿날 아침에 찾아오기는 했어요."

"뭐라고 그러던가요?"

"당신더러 집으로 오라고 했고, 또…… "

"또 뭐죠?"

나는 너무나 선량하고 마음이 혼란한 기분에서 어리석게도 얘기를 계속했다.

"개를 데리고 왔다더군요."

"아— 개— 개를— 난 그만 잊고 있었어요."

또 눈물이 솟아 얼굴을 알아볼 수 없을 만큼 울어서 퉁퉁 부어오른 뺨으로 흘러내렸지만 그녀는 자제를 했다.

"아 저런— 아 저런— 개를 데리고 왔을 때 내가 있었어야 하는데."

"이봐요, 하틀리." 내가 말했다. "당신은 이 문제에 대해서 생각을 할 능력이 없는 것 같으니까 내가 대신 생각을 해보겠어요. 우린 계속 이렇게 지낼 수가 없습니다. 난 폭력주의자 같은 기분이 들기 시작했어요. 당신은 내가 가장 혐오하는 역할인 무뢰한 노릇을 하도록 만들어놓았죠. 좋습니다. 난 당신의 결혼 생활이 어떠했는지 모르고, 혹시 그 정도로 형편없거나 그가 그토록 나쁜 사람이 아닐지도 모르지만, 분명히 성공은 아니었고, 그럴 필요도 없는데 불쾌하고 난폭한 남자를 당신이 왜 참고 견디며 같이 살아야 하는지 모르겠어요. 당신은 떨쳐버리고 나올 수 있습니다. 갈 곳이 있었다면 벌써 떨치고 나왔어야죠. 이제는 갈 곳이 있어요. 런던으로 갑시다. 이곳 상황은 날 미치게 만들어요. 난 당신에게 강요를 하기가 싫고, 나중에 당신의 뜻에 따른 결정이 아니었다는 얘기를 듣는 것이 싫어서 가만히 있는 겁니다. 난 피치 못해 당신에게 강요를 하기가 싫어요. 내 생각을, 그리고 타이투스 생각을 좀 해줘요. 난 타이투스를 무척 좋아하고, 그래요, 내 아들처럼 생각해요. 그리고 타이투스는 그를 미워하고, 만일 당신이 그에게로 돌아가면 타이투스는 다시는 만나지 못할 거예요. 당신은—표현이 나빠서 미안하지만—그 소름 끼치는 결혼 생활과 나 사이에서 선택을 하는 것이 아니라, 타이투스도 걸려 있어요. 우리 셋이서 함께 런던으로 갔다가 나중에 어디로, 아무 데로나 가요. 우린 이제 한식구니까요. 부모의 집을 떠난 이후로 난 처음으로 가족을 가지게 된 거예요. 당신 마음대로 아무 곳이나 가서 행복을 찾도록 합시다. 타이투스가 행복해지는 걸 보고 싶지 않아요? 그 애는 배우가 되고 싶어 하는데, 내가 도울 수 있죠. 그 애가 행복해지는 걸 보고 싶지 않아요?"

그녀는 내 말에 귀를 기울였지만 얘기가 끝날 때쯤에는 머리를 젓기 시작했다. 그녀가 말했다.

"나를 죽이고 싶지 않으면 제발, 제발 나를 어디로 데리고 가지 마세요. 난 집으로 가야 해요. 내가 가야 하고, 여기 있고 싶어 하지 않는 건 아시잖아요. 당신이 바라는 건— 그건— 상상 속의 기적이나 마찬가지여서, 어디에도 없어요."

"아, 그래요, 하틀리, 그 기적을, 사랑이라는 그 기적이 일어나기를 기다려봐요."

"아녜요, 사랑의 기적은 일어나지 않았고, 앞으로도 일어나지 않을 거예요. 이러다간 당신이 날 파멸만 시킨다는 걸 모르겠어요? 이제 그이는 절대로, 절대로 날 믿지 않을 거예요. 그리고 그건 당신 탓이고, 당신 죄예요. 그건 살인이나 마찬가지죠. 절대로, 절대로, 절대로 안 돼요."

그러더니 곧 그녀는 무척 피곤하니 잠을 자겠다고 말했고, 나는 그녀를 혼자 남겨두었다.

나는 불현듯 잠이 깨었다. 깜박 잊고 창가리개를 내리지 않아서 달빛이 내 침실로 스며들었다. 바다가 철썩거리는 소리와, 가마솥에서 파도에 끌려나가며 긁히는 돌멩이들의 희미한 딸그락 소리가 들려왔다. 물이 나가는 중이었다. 나는 침묵의 황량한 공간을 의식했고, 가슴이 놀랄 만큼 빨리 뛰었다. 숨이 막히는 기분을 느껴 벌떡 일어나 앉아서 호흡을 가다듬었다. 잠이 깨면 항상 그러듯이 지금도 나는 하틀리가 집 안에 있다는 고뇌와, 사랑과 두려움이 뒤섞인 강렬한 아픔을 느꼈다. 동시에 아주 무서운 두려움을, 어떤 재난에 대한 불길한 예감을, 그 재난이 벌써 닥쳤다는 어떤 공포, 아니, 확신을 느꼈다. 나는 부들부들 떨면서 침대에서 빠져나와 초를 더듬어 찾았다. 나는 촛불을 켜고 서서 귀를 기울였다. 공허하고 어두운 집은 불길하게 고요했다. 침실 문을 서둘러 열고는 층계참을 내려다보았다. 벽감에서 빛이 스며나오는 것 같았지만, 달빛의 장난이었으리라. 귀를 기울이니 아주 멀고 먼 곳에서 깊고 묵직한 소리가 점점 빨라지며 들려오는 것 같았다. 널빤지가 삐걱거리지 않도록 조심스럽게 한 발자국씩 천천히 앞으로 나아갔다. 하틀리의 방 문과 꽂혀 있는 열쇠가 환히 보였다. 나는 손을 뻗어 열쇠를 잡고 싶었지만 서두르기가, 그 무서운 방으로 들어가기가 두려웠다. 열쇠를 쥐고 돌려서 촛불을 들고 문을 들어섰다. 들어갈 때마다 내가 꼭 쳐다보는 깔개가 텅 비었고 이부자리가 흩어져 있었다. 하틀리가 없어졌다—나는 놀라고 두려워서 두리번거리며 비명을 지르고 싶었다. 그러자 그녀가 눈에 띄었는데— 한쪽 구석에 서 있었다. 그녀가 저렇게 키가 크다는 걸 내가 모르고 있었다니 묘하다는 기분이 들었다. 그러고는 그녀가, 정말 이상하지만, 의자나 책상에 올라 서 있음을 알게 되었다. 곧 그녀가 등잔 까치발에 매달려 있음을 보았다. 그녀가 목을 매단 것이다.

나는 퍼뜩 정신이 들었다. 순간적으로 꿈을 꾸었음을 깨달았다. 나는 침대에 누워 있었다. 내가 하틀리의 방으로 가서 책상에 기어 올라가 주철 등잔 까치발에 스타킹으로 목을 매고 몸을 늘어뜨린, 그녀의 시체를 발견한 것은 아니었다. 나는 깊은 안도감을 느꼈지만, 그것이 사실이면 어쩌나 하는 생각도 들었다. 속이 울렁거리는 가운데 몸을 일으키고는 촛불을 켜 들고 조용히 침실 문을 열었다. 촛불은 앞을 막은 구슬 커튼 이상은 아무것도 비추지를 못했다. 문틈으로 새어 들어온 바람에 커튼이 조용히 딸그락거렸다. 나는 조심스럽게 구슬 줄들을 젖히고는 하틀리의 방으로 살금살금 가서 아주 조용히 열쇠를 돌렸다. 문간으로 몸을 내밀고 안을 들여다보았다.
촛불을 비춰 보니 그녀는 담요를 덮고 손으로 얼굴을 가린 채 깔개에 쪼그리고 누워 있었다. 그녀의 숨소리는 조용하고 규칙적이었다. 나는 소리 없이 나와서 다시 문을 채웠다. 너무 흔들리지 않게 조심하며 구슬 커튼을 지나 풀이 죽은 기분을 느끼며 거실로 들어갔다. 거실에는 하틀리의 방이 들여다보이는 기다란 창문이 있기 때문에 어쩐지 점잖지 못하다는 생각이 들어 나는 하틀리가 감금된 이후로 거실을 피해왔다. 물론 아무도 없었지만, 그 안에 누가 없는지 확인하겠다는 막연한 생각으로 나는 거실로 들어갔다. 나는 촛불을 들고 서서 반짝이는 새까만 거울 같은 기다란 안쪽 창문을 쳐다보았는데, 내가 거실을 피했던 참된 이유는 점잖지 못해서가 아니라, 내다보는 하틀리와 시선이 마주칠지도 모른다는 소름 끼치는 가능성 때문임을 언뜻 깨달았다. 그러자 검은 유리창을 통해 나를 쳐다보았던 얼굴이 갑자기 생각났고, 그 얼굴이 너무 높이 있었다는 생각도 났다. 그것은 마룻바닥에 서 있는 사람의 얼굴은 아니었다. 하틀리가 정말로 목을 매달았더라면 그녀의 얼굴이 있었을 그런 높이였다.

그러자 촛불이 비추는 그녀의 방에서 귀신 같은 소리가 희미하게 들려온다는 생각이 들었다. 가엾은 포로, 그녀는 밤중에 잠이 깨면 얼마나 무섭고 두려웠을까? 그녀는 의자에 올라서서 희미하게 달빛이 비친 텅 빈 거실을 들여다보았을까? 그녀는 소리를 죽여 잠긴 문을 돌리면서 아래층으로 기어 내려가 어두운 밤 속으로 도망칠 수 있기를 바랐을까? 나는 서둘러 침실로 돌아가 문을 잠갔다. 부들부들 떨며 침대에 앉아 시계를 보았다. 새벽 2시 반이었다. 나는 무슨 짓을 했으며, 나에게는 어떤 일이 벌어지고 있는가? 나는 얼굴을 두 손에 파묻었다. 나는 철저히 무기력하고 나약한 상태였다. 나는 내 삶과, 내가 끼어든 사람들의 삶에 대한 지배력을 상실했다. 나는 공포와 무서운 숙명을 느꼈고, 아주 오래전 하틀리가 떠나버린 이후로 평생 느껴보지 못했을 만큼 깊은 슬픔을 느꼈다. 잠든 어떤 악마를 깨워 무서운 일을 저지르게 했으니, 어떤 일이 벌어져도 나는 어쩔 도리가 없다.

이튿날은 커다란 사건이 있었으니, 로시나가 나타난 것이다.

무서운 밤을 지내고 나서 나는 겨우 잠이 들었다. 숙명론적인 결론을 얻었기에 잠이 든 모양이다. 벤이 찾아와서, 집에다 불을 지르고, 나를 죽여도 그만이다. 나는 죽어 마땅하다. 아침에 잠이 깨었을 때는 훨씬 더 숙명론적이고 더욱 불안했다. 어서 결정을 내려야 할 필요성을 느꼈지만, 결정을 내릴 근거가 될 자료나, 증거가 없었다. 나는 런던이나 어디로라도 하틀리를 데리고 가기를 강렬하게 원했고, 지금 행동에 옮길 수 있을 만큼 그 욕망이 강렬해지기를 원했다. 하지만 그녀가 바라지 않는데 내가 그럴 수가 있겠는가? 비명을 지르며 저항하는 여자를 길버트의 차에 밀어 넣고 달아날 수가 있으려나? 그녀를 집으로 데려다준다고 속일 수가 있을까? 길버트가 가만히 있을까? 타이투스가 가만히 있을까? 강제로 끌고 간다면 그녀는 나에게 심한 반발을 느끼고, 내가 그토록 초조하게 기다리는 그녀의 결심을 방해할지도 모른다.

하지만 이 상태가 계속될 수가 있는가? 그러지 못한다면 어떤 결과가 뒤따르려나? 하틀리가 이제는 그녀를 절대로, 절대로 믿지 않으리라고 어제 얘기한 그 남자에게 나는 그녀를 돌려보낼 생각은 감히 할 수도 없었다. 그녀가 돌아가고, 그가 그녀를 죽이라고 그냥 내버려둔다면? 그러면 내가 그녀를 죽이는 셈이다. 내가 문을 열어주며, 좋아요, 난 포기했으니까 집으로 가도 됩니다라고 말할 수가 있겠는가? 아니다. 내가 기대를 걸 만한 소중하고 합리적인 대화라고는 하틀리가 아직 일어나지 않은 마음속의 기적에 대해서 한 말뿐이었다. 말이나마 그렇게 했다는 사실은 그녀의 마음이 갈등을 일으켰으며, 내가 원하는 바를 그녀 스스로 원하게 되게끔 조금이나마 바라서, 나에게 유리한 희망이 한 톨이라도 있음을 뜻하지 않겠는가? 하지만 모든 사람과 마찬가지로 그녀는 자유롭고 행복해지기를 원해야 한다. 괴로워하는 그녀의 영혼한구석에서는 불쌍하고 가련한 생각이 들어 내가 그녀를 데리고 가기를 원하고 있으리라. 그녀는 타이투스와, 그에 대한 사랑의 속죄와, 새로운 가족과, 새로운 세계라는 생각에 마음이 틀림없이 움직였으리라. 그녀는 눈을 뜨고 손을 내밀면서 좋다고 말하기만 하면 된다. 어디엔가 엄청난 자유의 힘이 갇혀 있어서 언젠가는 터져버리고 말 터였다. 그녀를 여기 붙잡아두고 그녀가 스스로 깨닫기만 기다리면 된다.

나는 그녀에게 아침을 주고 방금 여기에 적은 것을 설명하려고 했지만, 그녀는 집으로 가고 싶다는 얘기만 거듭했다. 기미가 낀 눈과 푸석푸석한 얼굴과 맥이 풀린 태도를 보고, 나는 혹시 그녀가 정말로 병이 났으며 의사를 불러야 하지 않을까 궁금한 생각이 들었다. 그러자 불쌍히 여기기보다는 오히려 화가 난 나는 퉁명스럽게 행동하는 것이 내 목적에 더 보탬이 되지 않을까 생각해서 갑자기 그녀를 남겨놓고 나왔지만, 곧 미안한 생각이 들었다. 구슬 커튼을 만지작거리며 다음에는 어떻게 할까 우물쭈물하고 있는데, 아래층에서 갑자기 터져나온 웃음소리와 이어서 여자 목소리가 섞인 노래 비슷한 소리가 들렸다.

나는 부엌으로 달려 내려갔다. 로시나는 식탁에 앉아 다리를 흔들었고 길버트와 타이투스는 그녀를 숭배하고 있었다(숭배라고밖에는 달리 표현할 길이 없다). 그녀는 아주 곱고 짙은 회색 바둑무늬의 가볍고 멋진 저고리와 치마에다 하얀 비단 블라우스를 입고, 주름을 잡고, 아주 기다랗고, 굽이 높은 하얀 장화를 신었다. 매끄럽게 반짝이는 검은 머리는 잘라서 솜씨 좋은 미용사가 복잡하면서도 자연스럽게 둥그런 형태로 말아 올렸다. (호레이스가 좋아할 머리였다.) 그녀의 강렬하고 동물적인 얼굴은 건강과 활력과 야성적인 호기심으로 이글거렸다. 그녀가 완전히 주도를 했고, 다른 두 사람은 오랫동안 긴장을 했던 다음이어서인지 이제는 미친 사람들처럼 킬킬거리며 fou rire(억제할 수 없는 웃음)을 웃어대었다. 내가 나타나자 약간 신경질적인 웃음이 또다시 터져나왔고, 그들은 동시에 다시 노래를 부르기 시작했다. 그들은 돌아가며 노래를 불렀고, 멈출 기색을 보이지 않았으며, 지난 며칠 동안 타이투스와 길버트가 줄기차게 불러대던 이탈리아 돌림노래도 나왔다. 그 노래는 타이투스가 길버트에게 가르쳐주었고 이제는 로시나도 배웠다. 그 노래의 내용은 Eravamo tredeici, siamo rimasti dodici, sei facevano rima, e sei facevan' pima-poma-pima-poma(우리는 열셋이 었는데, 지금은 열둘, 여섯은 노래를 부르고, 여섯은 쿵작쿵작 장단을 맞춘다)였다. 그것이 무슨 뜻인지는 도대체 알 수가 없었다. 노래는 물론 공격의 한 형태였다. 노래하는 사람들의 축축한 벌린 입과 반짝이는 이는 노래를 듣는 희생자를 당장이라도 집어삼킬 기세였다. 짐승이 먹이를 노리듯 노래하는 사람들은 듣는 사람들을 호시탐탐 노린다. 그들은 자신의 목소리에 도취되어 길버트의 걸쭉한 바리톤과, 타이투스의 사이비 나폴리 테너와, 로시나의 힘차고 억센 콘트랄토가 꼬리에 꼬리를 물었다. 내가 소리를 질렀다.

"그만해! 그만해! 이 소동은 그만 끝내!"

하지만 그들은 반짝이며 웃음을 잔뜩 머금은 눈으로 나를 응시하고 박자를 맞추느라고 손을 휘저어가며 노래를 계속했고, 결국은 지친 다음에야 멈추고는 또다시 발작적으로 웃어대었다.

나는 의자에 앉아 그들을 쳐다보았다.

마침내 정신을 가다듬고 눈을 닦아내며 로시나가 말했다.

"찰스, 당신은 너무나 우습고, 친구들에게 끝없는 웃음의 샘 노릇을 하지. 듣자 하니 사랑하는 여자를 위층에 숨겨두었다네! 당신 정말 기찬 사람이야!"

"도대체 왜 그 얘길 했지?"

나는 길버트와 타이투스에게 말했다.

얼굴에서 웃음을 지워버리려고 애를 쓰기는 했지만 마음대로 되지가 않았던 길버트는 내 시선을 피했다. 그는 두리번거리며 눈알을 굴려대기 시작했다.

타이투스가 뚱한 목소리로 말했다.

"얘기하지 말라는 소린 하지 않았잖아요."

그러더니 로시나와 눈이 마주치자 그는 미소를 지었다.

길버트는 물론 전에 로시나를 가끔 만난 적이 있어서 좀 아는 사이였다. (리지처럼 다정다감한 여자들과는 아주 잘 지내지만) 무척 여성적이면서도 사나운 여자들에 대해서는 동성애를 하는 남자들이 본능적으로 느끼는 지나치게 얌전한 악의를 그는 지금까지 그녀에 대해서 느껴왔다. 하지만 지금은 어느새 마음이 달라진 듯싶었다. 타이투스는 단순히 유명한 여배우를 직접 만났는데, 그녀가 자기에게서 젊음이 지닌 매력을 느끼고 있음을 알고는 잔뜩 흥분한 상태였다. 길버트나 마찬가지로 타이투스는 태양과 바다 덕택에 보기가 좋았다. 그의 불그레한 금발은 가느다란 철사처럼 다듬어져 후광을 이루면서 생기가 돌았으며, 셔츠는 단추를 거의 채우지 않아 반들거리는 피부와 가슴의 타오르는 듯한 붉은 털이 드러났다. 바지는 걷어 올려 길고 우아한 구릿빛 다리를 노출시켰다. 그는 맨발이었다. 흠집이 난 입술은 예쁜 입에 뒤틀린 남성적 힘을 부여했다. 로시나는 자신의 힘이 미치는 영향에 기분이 좋아서 지극히 부드럽게 굴었다. 그녀는 즐겁고 황홀해지는 두 남자에게 계속해서 번갈아가며 사팔뜨기 눈으로 용기를 북돋아주는 시선을 던졌다. 그들은 그녀의 매력에 무척 얼이 빠진 듯싶었다. 점점 더 납골당만 같아지던 슈러프 엔드의 분위기가 확실히 달라졌다.

"바라는 게 뭐야, 로시나?"

"'바라는 게 뭐야'는 무슨 소리야? 손님에게 그런 인사가 어디 있어. '바라는 게 뭐야'라니!" 그녀는 내 말투를 흉내 냈다. "뭘 그런 걸 물어?"

두 사람이 요란하게 웃었다. 그들은 로시나가 하는 모든 말이 굉장히 재미있고 이지적이라고 생각했다.

"무엇 하러 여길 왔어?"

"옛 친구에게 좀 예의를 지킬 수는 없겠어?"

"난 사교적인 기분이 아냐."

"보아하니 그렇겠어. 당신은 벌써 두 사람, 사랑하는 여인을 합치면 세 사람의 멋진 손님이 있으니까. 좋아, 난 묵으라는 초대를 낚아낼 생각은 없어. 여태껏 이렇게 더럽고, 치사하고, 불쾌한 집은 처음 보니까."

"트릿한 데가 있죠."

타이투스가 말했다.

"그 말이 맞아."

길버트가 말했다.

그들은 한패가 되어 나와 맞섰다.

"괴상한 당신 여자 친구가 정말 위층에 있어? 도대체 그 여자를 어떻게 할 셈이지? 흥미진진한 당신의 사랑에 대해서 나한테 얘기를 해 주겠다고 약속을 했지만, 지금 보니 당신은 약속을 안 지키려는 속셈이 빤해. 어쨌든 당신이 어떻게 지내는지 와서 봐야겠다는 생각이 들더군. 난 열심히 일을 했고, 좀 쉬어야겠다는 생각이 들었지. 난 다시 레이븐 호텔에 들었는데, 만과 기막힌 바위들이 마음에 들어. 그리고 당신이 만드는 것과는 달라서 음식도 기막히고."

"레이븐 호텔에서 재미있게 지내기를 바라."

"런던에서는 당신에 대한 아주 놀라운 소문들이 나돌아."

"보나 마나 모두들 황홀하겠지."

"글쎄, 꼭 그렇지는 않아. 당신에 대한 기억을 새롭게 하기 위해서 나도 몇 가지 소문을 퍼뜨렸지. 사람들은 벌써 당신을 잊었어. 당신은 우리와 같이 지낼 때도 꽤 고물이었고, 이제는 고대 역사나 마찬가지야. 젊은 사람들은 당신 이름도 몰라, 찰스. 당신은 터져버렸고, 신화도 아냐. 당신이 늙었다는 걸 난 이제 알겠어, 찰스. 우리가 떠들어대던 그 매력은 다 어디로 갔지? 사실은 권력 이외에 아무것도 아니었어. 지금은 권력을 잃었으니 매력도 없어졌지. 수염 난 여자한테 당신이 매달리는 것도 무리가 아냐."

"어서 꺼질 수 없어, 로시나?"

"한데, 무슨 일이지, 찰스? 난 궁금해서 미치겠어. 이 두 사람한테 얘기를 들으니 그 여자는 죄수나 마찬가지라대. 올라가서 철창으로 내가 그 여잘 들여다봐도 될까?"

"로시나, 제발……."

"어쩌자는 거야, 찰스? 내가 알기로는 남편도 있는 여자라던데! 하기야 당신은 남편들이야 안중에도 없는 사람이지만. 하지만 그녀를 끌고 가서 결혼할 생각이야 없겠지! 당신 정말 웃길 셈이구먼. 옛날에는 그렇게 웃기지 않았는데. 당신은 멋과 위엄이 있었지."

별로 재미가 없었던 타이투스와 길버트는 당황한 표정으로 부엌 마룻바닥의 큼직한 판석을 내려다보고 있었다.

121

"길까지 바래다주겠어, 로시나. 차는 바깥에 있겠지?"

"난 아직 가고 싶지 않아. 노래를 좀 더 부르고 싶어. 저 미소년은 누구지?"

로시나가 타이투스를 가리켰다.

"내 아들 타이투스야."

타이투스는 얼굴을 찌푸리고는 흠집이 난 입술을 만지작거렸다. 길버트는 눈썹을 추켜올렸고, 로시나는 안색이 달라지며 독살스럽게 나를 노려보고는 웃어버렸다.

"그래, 그래. 좋아, 가겠어. 차는 밖에 있지. 거기까지 날 바래다줘도 좋아. 노래 즐거웠어. 두 사람 다 잘 있고."

그녀는 손가방을 흔들며 부엌에서 뚜벅뚜벅 걸어 나갔고, 내가 뒤를 따랐다.

로시나는 곧장 앞문으로 가서 뒤도 돌아보지 않고 둑길을 건넜다. 나는 흉측한 빨간 차가 있는 곳까지 그녀를 따라갔다.

여우 같은 얼굴에 분노를 머금고 그녀는 나를 향해 돌아섰다.

"그 애가 정말 당신 아들이야?"

"뭐 그렇지는 않아. 뭐랄까, 내가 받아준 셈이지. 난 줄곧 아들을 원했어. 그 애는 하틀리와 남편이 — 그들이 양자로 얻은 아들이지."

"알겠어. 바보 같은 농담이라는 걸 내가 눈치채었어야 하는데. 순간적으로 생각하기를 난⋯⋯ 그 여자 어떻게 할 거야? 이제 와서 반쯤 미친 그 여잘 당신이 거둘 수는 없겠지. 쇠사슬에 채운 미친 사람처럼 가둬둘 수는 없어. 아니면 내가 전부 잘못 생각한 건가?"

"그 여잔 죄수가 아냐. 그녀는 날 사랑해. 세뇌를 당했을 뿐이지."

"결혼이란 세뇌야. 꼭 나쁘다고 할 수는 없는 일이지만. 아, 맙소사,

난 너무 지쳤어. 너무 오래 차를 몰았더니만…… 당신, 보아하니 노망이 들어서 정신이 나갔고, 거지 같은 꿈나라에서 노는 것 같아. 정신이 들 만한 얘기를 내가 하나 해줄까?"

"그만두지."

"당신은 항상 아들을 원했다고 그랬어. 그건 감상적인 거짓말이고, 당신은 말썽만 피울 생각이었지 알려고 하지를 않았어. 당신은 진짜 아들을 둘 상황에 얽혀들기를 전혀 원하지 않았어. 아들이란 환상 속에만 있어야 다루기가 더 쉬웠지. 저기 있는 교육도 받지 않은 사춘기 소년을 정말 아들로 받아들일 수 있을 것 같아? 당신이 현실을 붙잡으려고 하지 않으니까 다른 모든 것처럼 그 애도 당신 삶에서 사라지고 말겠지. 그 애도 나중에 보면 역시 꿈속의 아이여서—당신이 잡으려고 하면 사라질 테니까—두고 보라고."

"좋아, 할 말 다 했으면, 가."

"아직 얘기는 시작도 안 했어. 그때도 얘기를 안 했지만, 난 절대로 당신한테 얘기를 안 하려고 했어. 난 당신 아이를 가졌었지. 그 아이를 내가 지워버렸어."

나는 자동차의 냉각 장치에 손가락으로 멍하니 동그라미를 그렸다.

"왜 그런 얘기를 여태 하지 않았지?"

"리지인지 누군지 모르겠지만, 다음번 꿈속의 여자와 함께 당신이 없어져버렸기 때문에 얘기를 할 수가 없었어. 맙소사, 남자들의 한심하고 거침없는 잔인성—뒤에 남은 여자들은 홀로 기막힌 결정을 내려야 하고, 난 혼자 그 결정을 내렸지. 정말 그러지 말았어야 하는데. 난 미쳤었어. 난 당신을 미워했기 때문에 그랬는지도 몰라. 그 아이를 내가 왜 안 낳았는지 모르겠어. 지금쯤은 다 컸을 텐데."

"로시나……."

"아, 섭섭해하는구먼. 나만 당한 것도 아닌 것 같아. 당신은 내 결혼 생활을 고의적으로, 계획적으로, 열심히 머리를 짜서 파탄으로 몰고 갔어. 그러고는 아무것도 남겨주지 않고, 그것도 모자라는지 내가 스스로 저지른 끔찍한 죄만 남겨주고 가버렸고— 난 몇 달 동안, 몇 년 동안 그래서 끊임없이 울었어."

그녀의 검은 눈에는 잠깐 눈물이 가득했지만, 곧 마술로 그 눈물을 그녀가 없애려는 것 같았다.

그녀는 차의 문을 열었다.

"아, 로시나……."

"난 당신을 증오하고, 혐오하고, 당신은 그 후 줄곧 내 마음속에서 악마였어."

"이봐, 좋아, 난 당신을 버렸지만, 당신이 그렇게 만들었으니까 당신 잘못도 있어. 여성해방운동은 기분이 내킬 때 모든 잘못을 여자들이 우리에게 씌우는 버릇을 없애지는 못했어. 이제 와서야 당신이 그 참혹한 얘기를 하는 이유란……."

"아, 입닥쳐. 그년 이름이 뭐지?"

"하틀리 말야……?"

"그게 성이야?"

"아냐. 성은 피치야."

"피치라. 좋아, 피치 선생, 내가 갑니다."

"도대체 그건 무슨 소리지?"

"그 사람 여기 살겠지? 어디 사는지 알아내서 내가 위로를 하러 찾아가겠어. 늙은 쭈그렁 바가지보다 싱싱한 여자를 만나면 그 사람에겐"

더 좋겠지. 여자들이 정말로 어떤지를 그는 아마 잊어버렸을 거야. 난 그 사람 마음을 아프게 하지 않고, 기분만 돋우어서 당신이 그녀에게 저지르는 것보다 피해는 덜 주겠어. 휴가를 왔으니 나도 재미를 봐야지. 미소년을 유혹할까 생각했지만 그건 너무 쉬워. 아버지가 훨씬 더 재미있는 대상이겠지. 어쨌든 인생이란 놀라운 일투성이니까. 철저히 한심해진 것이라고는 당신뿐이야, 찰스. 한심하지. 잘 있어."

그녀는 차로 들어가 문을 쾅 닫았다. 차는 빨간 로켓처럼 마을 쪽으로 내달렸다.

나는 그녀의 뒤꽁무니를 물끄러미 쳐다보았다. 얼마 후 길에는 먼지 구름과 그 위의 새파란 하늘만 남았다. 잠깐 동안 나는 과거에 무슨 일이 있었는지 로시나가 한 얘기를 너무 염두에 두었다가는 미쳐버리고 말리라는 생각이 들었다.

그날은 (저녁에 또 다른 일이 있기 전까지) 열병 환자처럼 들뜬 가운데 지나갔다. 내 기분을 눈치라도 채서 영향을 받았는지 날씨는 더 무더워졌고, 천둥과 폭우를 몰고 올 기세였다. 구름 한 점 없는 하늘에선 태양이 이글거렸어도 빛은 어두워졌다. 독감이 들려는지 나는 힘이 없고 으슬으슬했다. 하틀리는 병이 난 것만 같은 인상이 짙어졌다. 그녀는 눈에서 광채가 났고 손이 뜨거웠다. 악취가 나고 후덥지근한 그녀의 방은 환자의 병실 같았다. 그녀는 신경질적이 아니고 정신이 말짱했으며 나와 조리 있게 따지기도 했다. 나는 그녀더러 아래층으로 내려와 바깥으로 나가서 햇빛과 바람을 쐬라고 애원을 했지만 그녀는 그런 생각만 해도 피곤한지 다시 눕기만 했다. 그녀의 합리성까지도 말없는 정신병자의 추리나 단순히 일방적인 주장처럼 어딘가 답답했다. 그녀는 다른 방법이 없으니까 집으로 가겠다는 따위 얘기만 끊임없이 되풀이했는데, 내가 보기에는 정말 가야만 되겠다는 결단력도 없는 듯싶었다. 나는 그 의지력의 결여를 바람직한 요소라고 여기려 했지만 웬일인지 걱정이 되기도 했다.

그리고 벤의 침묵도 마음에 걸렸다. 그 침묵은 무엇을 뜻했을까? 생각을 해보고는 하틀리를 되찾고 싶지 않다는 결론을 얻었을까? 개와 함께 행복한 독신 생활을 보낼 각오였나? 아니면 몰래 숨겨둔 여자가 있어서 이제는 안심을 하고 같이 도망을 쳤나? 그녀를 구출하거나 나에게 무서운 복수를 할 복잡한 계략을 꾸미고 있을까? 옛날 군대 시절의 친구 같은 깡패들을 불러 모아 지금 당장이라도 나를 때려주려고 몰려 올 것인가? 변호사를 찾아갔을까? 아니면 내가 견디다 못해 그를 찾아가기를 기다리며 미묘한 심리전을 펴는 중일까? 아니면 무엇을 해야 하고, 무엇을 원하는지 모르겠어서 그 또한 얼이 빠지고 신경이 날카로운 냉담한 상태에 빠졌을까? 나도 이런 신경을 곤두세우는 가능성들의 허망한 상태보다는 비록 경찰이 나타나더라도 어떤 행동을 내가 억지로나마 하게 되기를 바랐다.

지금 나는 하틀리를 차로 끌고 가서 집으로 보내주마고 속이고는 런던으로 데려갈 철면피한 용기를 내려고 무척 애를 쓰는 중이었다. 옳은 행동이라고는 전혀 확신을 하지 못했어도 나는 그럴 때가 되었다고 느꼈다. 슈러프 엔드는 타이투스의 말마따나 '트릿한 데'가 있는지는 모르겠지만 그래도 나에게는 낯익은 집이었다. 그리고 여기서라면 나는, 특히 과거에 대한 얘기를 나눌 때면, 하틀리와 어렴풋하게나마 순수한 대화의 소통이 조용히 이루어졌다. 우리는 어떤 묘한 면에서 함께 있으면 편했다. 틀림없이 머지않아 어떤 타개책이, 어떤 발전적인 변화가

126

있어야만 했다. 도대체 그릇도 풀어놓지 않고 탁자 위에다 의자들을 쌓아놓은 그 한심하고 작은 아파트먼트로 낙심해서 우는 하틀리를 데리고 가서, 런던에서 무엇을 한다는 말인가? 런던에서 누구를 찾아가나? 아무리 도움이 된다고 하더라도 돌아서서 하틀리를 비웃을 사람들에게 그녀를 노출시키고 싶지가 않았다. 사실 나는, 어쩌면 우리 두 사람은 다 누군가 다른 사람이 우리를 돌봐주거나, 적어도 어떤 보호를 해주기를 원했다. 타이투스와 길버트는 별로 도움이 되지 않을지 몰라도 같이 있기만 해도 훨씬 처지가 견딜 만할 듯싶었다.

하지만 로시나가 찾아온 이후로 타이투스와 길버트는 억제된 반란의 상태였다. 각도가 다르기는 했어도 벤의 침묵은 역시 그들을 불안하게 만들었다고 생각된다. 그들은 대결을, 해결을 원했다. 그들은 이런 상황이 끝나고 마음이 편해지기를 바랐다. 길버트는 벤이 싸움이나 난장판을 벌일까 봐 겁이 났다. 타이투스가 무엇을 느꼈는지는 확실히 모르겠다. 타이투스가 무슨 생각을 하고 있을지 가끔 나는 두려웠다. 하틀리가 온 이후로 나는 그와 제대로 얘기를 나누지 못했다. 그랬어야 하고, 그러고 싶었지만 나는 얘기를 못 했다. 타이투스가 긴장하고 어정쩡한 마음이어서 아버지에게로 달려가 화해를 하거나 심지어는 벌을 받더라도 어머니와 나로부터 벗어나고 싶기도 하고 그렇지 않기도 한 상태일 가능성도 있었다. 소년의 심리 상태가 그럴지도 모르는 일이라서, 그렇지 않아도 계획과 판단을 해야 할 다른 일도 많은 터라 나는 섣불리 그에게 캐묻지를 않았다. 그러는 사이에 그는 위축이 되고 심술도 좀 났으며 달래주기를 바랐다. 달래주기는 하겠지만 지금으로서는 그럴 만한 기운이나 마음이 없었다. 그리고 나는 그에게 실망을 했다. 나는 하틀리 문제에 있어서 그의 도움과, 사랑이 담긴 뒷받침과, 순수성과, 협조가 필요했다. 하지만 이 괴이한 상황 때문인지는 몰라도 그는 어머니 문제를 포기했다는 태도를 노골적으로 나타내었다. 그녀가 감금되었다는 어처구니없고 추악한 사실을 그는 생각하기도 꺼렸다. 그는 동지로서 나와 힘을 모으기가 싫었다. 그것은 이해가 갔다. 하지만 그가 즐거워하는 꼴은 못마땅했다. 그는 길버트와 함께 바위에 올라가 노래를 하고, 수영을 하고, 백포도주와 (최근에는) 까막까치밥나무 주스를 마셔대었다. 잘난 체하며 자기는 절대로 그렇지 않다고 해놓고도 그는 남을 등쳐 먹는 사기꾼처럼 행동했다. 길버트가 이제는 혼자서 물건을 사러 가기가 무섭다고 하자 타이투스가 같이 갔고, 그들은 내 돈으로 비싼 음식과 술을 마구 사들였다. 그들은 벤과 마주치지를 않았다. 그러면 벤이 멀리 가버렸나? 어디로? 누구에게로? 그런 알쏭달쏭한 일들이 나에게는 조금도 도움이 되지 않았다.

반항의 한 형태로서 길버트와 타이투스는 나더러 벤을 어떻게 해야 되지 않겠느냐는 제안을 하기 시작했다. 제안은 길버트가 했지만, 보나마나 타이투스도 관련이 있었다. 내가 무엇을 할지는 분명치가 않았지만 그들은 내가 앞장을 서기를 원했다. 이제는 노래가 줄어들고 부엌에 앉아 음모를 짜는 일이 더 많아졌으며, 다른 걱정과 고민이 많기는 했어도 나는 머리를 맞댄 그들이 내가 들어가면 초조하게 입을 다물 때마다 질투를, 어리석고 어색한 질투를 느꼈다. 그들은 편지가 왔는지 보려고 자꾸만 달려나갔다. 심지어 길버트는 도착한 편지가 하나라도 젖거나 바람에 날아가지 않도록 커다란 바구니를 사서 개집 속의 돌멩이에 얹어놓기까지 했다. 타이투스가 니블레츠로 사태를 알아보러 가겠다는 제안을 할까 봐 무척 두려웠던 나는 얘기도 피했다. 타이투스가 니블레츠로 가서 돌아오지를 않으면 어쩌나? 생각해보니 약을 올리려는 단순한 의도에서 한 것 같은 로시나의 어처구니없는 큰소리에 대해서 물론 나는 그들에게 얘기를 하지 않았다. 머릿속에서 그녀를 지워버리려고 무척 애를 쓰기는 했지만 그녀가 한 다른 얘기도 자꾸만 생각이 났다. 나는 그녀가 런던으로 돌아갔기를 바랐다.

그날 저녁이 되자 나는 어떤 해결 방법이 있을지 별로 알 수는 없었지만 만일 벤이 행동을 취하지 않는다면 내가 이튿날 결정적이고 깨끗한 행동을 개시해야겠다는 생각까지 하기에 이르렀다. 하틀리와 타이투스를 런던으로 데리고 가는 것이 가장 좋은 듯싶었다. 하틀리가 결심을 내리기를 기다릴 만큼은 기다렸고, 나는 그녀가 나에게 강제로 끌려가기를 바란다고 믿게 되었다. 결심을 할 만큼 절망적이 되었다는 기분이 들 정도가 되자 나는 좀 마음이 놓였다. 하지만 내가 결정을 내려야 할 내일은 내가 예상했던 것처럼 오지 않았다.

태양이 용감히 빛나고 하늘에는 티 하나 없었어도, 저녁 6시 반쯤 되자 짙푸른 대기는 점점 어두워지며 음산해지기 시작했다. 마치 태양이 하늘에 가득 찬 검푸른 물보라로 이루어진 안개 속에서 빛나는 것 같았다. 생동하는 검은빛과, 찬란하게 진동하는 바위들의 색깔과, 길 건너편의 풀밭과, 길버트의 노란 자동차—나는 그날 저녁의 으스스한 분위기가 생각난다. 바람 한 점 없었고, 산들바람조차 불지 않았다. 바다는 스산하게 고요하고, 아주 잔잔하고, 반짝이고, 유리처럼 매끄럽고, 전체가 한결같이 담청색이었다. 그리고 괴이한 핵실험이나 까마득히 멀리서 벌어지는 거창한 불꽃놀이처럼, 수평선 전체를 이상할 만큼 밝히며 소리 없이 섬광이 번쩍였다. 구름도 없고, 천둥 소리도 없이, 노르스름하고 하얀 광선만 마구 빠른 속도로 뛰놀 따름이었다.

나는 점점 더 깊어지고 넓어진다고 혼자 믿게 된 순수하고 마음 편한 대화를 나누며 하틀리와 과거 얘기를 하던 중이었다. 우리가 대화만 통할 수 있다면 그 맛이 독특하고 아늑함이 놀라울 정도라는 것은 사실이었다. 서서히 납득을 시키리라는 희망과 사랑의 깃발을 거기에 꽂을 수가 있었다. 그녀를 사랑한다는 것은 그렇게, 그녀를 아껴주고 상처를 아물게 하고, 행복에 대한 욕구를 불러일으켜서 자라게 하려는 절대적인 욕망과, 동정과, 연민의 형태로 나타났다. 그 목적을 위해서 나는 집으로 돌아간다는 생각이 '이제는' 불가능하다고 자연스럽게 납득시키며 그 가능성을 교활하게 배제했고, 한편으로는 집으로 돌아간다는 것이 얼마 안 있으면 더는 바라지도 않고 생각조차 못 할 일이지만 하틀리로 하여금 돌아간다는 환상에 젖어 안심을 하도록 만들었다. 나는 교묘하게 압력과 설득을 증가시켰다. 서서히 납득시키겠다는 내 계획은 옳았고, 머지않아 성공하게 될 터였다. 하틀리는 남편에게 돌아가야 한다는 말을 계속했지만, 꽤 차분한 태도였고, 점점 공허하게 들리던 그 말의 횟수도 줄어드는 것 같았다.

결국 나는 그녀를 혼자 남겨두었다. 이제는 구태여 낮에 문을 잠그지도 않았다. 길버트와 타이투스로부터 몸을 숨기려는 욕망이 낮에는 결과적으로 그녀를 가두어두었다. 어쨌든 도망을 쳐도 얼마 못 가서 그녀는 들키고 말지 않겠는가? 밤의 절망은 다른 문제였다.

앞문의 초인종이 울렸다. 현관으로 내려가다 보니 종이 흔들렸고 곧이어서 부엌의 종이 얌전하게 울리는 소리가 났다. 나는 벤이라고 생각했다. 그리고 혼자 왔을까 궁금했다. 재빨리 문으로 가면서 나는 조심성도 없이 두려움을 잊어버렸다. 문에 쇠사슬을 채우기는커녕 당장 활짝 열었다. 바깥에 서 있는 사람은 사촌 제임스였다.

제임스는 가끔 그러듯이 차분하고, 공허하고, 혼자 만족해하는 미소를 지었다. 그는 옷가방을 들고 있었다. 그의 벤틀리(자동차 이름)가 길버트의 폭스바겐 옆에 서 있었다.

"제임스! 도대체 웬일로 왔어!"

"잊어버렸나? 성신 강림 축일 주말이야. 날 초청했잖아."

"제 발로 찾아와놓구선. 그리고 물론 난 잊어버리기도 했고."

"내가 가기를 바라?"

"아니 ─ 아냐 ─ 들어와 ─ 아무튼 잠깐만이라도 말야."

나는 당황하고, 화가 나고, 무척 놀라기도 했다. 사촌은 항상 나로 하여금 안절부절못하게 하는 불길한 존재였다. 그가 집에 있으면 주전자 하나 남기지 않고 모두 달라지는 것 같다. 나는 제임스가 이곳에 왔다는 사실을 참거나 주체할 수가 없었고, 이런 처지에 그가 끼어들면 일을 꾸려나가기도 어려웠다.

그는 안으로 들어와서 옷가방을 내려놓고는 신기한 눈으로 두리번거렸다.

"이곳 위치가 마음에 들어. 그리고 둥근 바위들이 있는 만도 꽤 쓸만하고. 물론 난 바닷가 길로 왔지."

"그랬겠지."

"바다오리들로 뒤덮인 바다 한가운데 있는 커다란 바위 ─ 어딘지 알아?"

"아니."

"그걸 못 봤어? 그건…… 그래, 그만두지. 원형 포탑이 있더군. 그것도 찰스의 소유야?"

"그래."

"여기가 어떤 곳인지를 알겠어. 이 집은 언제 지었지?"

"글쎄, 1900년 그 전이나 후, 모르겠어. 제길."

"왜 그래? 이것 봐, 미리 편지로 알리지 않아서 미안해. 전화라도 할까 했더니 여긴 전화도 없더군. 2, 3킬로미터쯤 전에 꽤 근사한 호텔을 지나쳤는데, 난 여기 머물지 않아도 좋아. 별일 없어, 찰스?"

"부엌으로 들어와."

괴이한 빛 때문에 부엌 안은 상당히 어둑어둑했다. 우리가 들어서자마자 길버트와 타이투스가 밖에서 들어왔고, 이상하고 소리 없는 한여름 번갯불이 그들 뒤에서 번쩍였다.

소개가 불가피했다.

"아, 여기 봐. 내 사촌 제임스인데 잠깐 들렀어. 여긴 길버트 오피안이고. 그리고 여긴 내 젊은 친구 타이투스야. 여기 있는 사람들이 다 모였지."

이 말을 하면서 나는 우연히 그런 것처럼 입술에다 손을 대었다. 그들이 보지 못할 만큼 너무 어둡지 않기를 바랐다.

"타이투스라니." 제임스가 말했다. "그럼 자넨 돌아왔구먼그래. 잘했어."

"무슨 소리야?" 내가 제임스에게 물었다. "두 사람이 혹시 전부터 아는 사이는 아니겠지?"

나는 타이투스가 아는 사이 같은 눈으로 제임스를 쳐다본다고 생각했다.

"아냐. 하지만 저 애 이름을 나한테 얘기한 거, 생각 안 나?"

"아, 그렇지. 그래, 한잔 마시겠어, 제임스? 자기 전에 말야."

"아무 거라도 고맙겠어. 저기 백포주를 따놓았구먼."

"우린 그걸 까막까치밥나무 주스와 함께 마셔요."

타이투스가 말했다.

"아버지 쪽 사촌 간인가요, 어머니 쪽인가요?"

그런 일들을 밝히기를 좋아하던 길버트가 물었다.

"아버지 쪽이죠."

"찰스는 항상 가족이 없는 척한답니다. 너무너무 비밀이 많죠."

상냥하게 눈알을 굴려가며 길버트가 포도주를 네 잔 따랐다. 그는 새로 산 신발을 신고 바위를 올라다녀서 체중이 좀 줄어 보였다. 훨씬 젊고 여유가 있어 보이기도 했다. 타이투스가 까막까치밥나무 주스를 탔다. 그는 미소를 짓고 있었다. 물들지 않은 바깥 사람이 하나 더 나타나서 얘기를 나누고 분위기를 바꿀 수도 있는 데다가 병력도 늘었다고 생각해서인지 그들은 둘 다 이 변화를 즐거워했다.

"그래, 집이 참 묘하고 재미있구먼."

제임스가 말했다.

"기분 나쁜 진동을 못 느끼겠어?"

제임스가 나를 쳐다보았다.

"전에는 누가 주인이었지?"

"초니 부인이라는 여자였어. 그 여자에 대해서 난 아무것도 몰라."

"위층 창문에서는 바다가 보이나?"

"그래. 하지만 바위에 나가서 봐야 경치가 더 좋아. 시간이 있다면 내가 안내를 좀 하지. 무슨 신발을 신었지? 여긴 자칫 헛디뎠다간 발목 삐기가 십상이야."

나는 제임스를 집에서 몰아내고 싶었다. 서둘러 그를 풀밭으로 끌고 나갔고, 그는 나를 따라 바위를 조금 넘어가 바다가 보이는 따스한 바

133

위에 앉았다. 바다는 그 사이에 빛깔이 달라져서 약간 회색빛이 돌며 반짝이는 연한 쪽빛이었고, 조용한 소리를 내면서 조금씩 움직였다.

"정말 후텁지근하구먼. 제임스, 그 호텔에서 지내게 되었다고 섭섭해하지 않았으면 좋겠어. 레이븐 호텔이라고 하는데, 네가 좋다던 그 만이 잘 내다보이지. 그리고 바닷가를 따라 차를 몰면 갈매기나 그런 것들을 구경할 수도 있고. 사실은 침대가 더 없어서 널 받아주지 못하겠어. 꽉 찼지. 타이투스는 마룻바닥에서 자야 할 정도니까."

"처지는 잘 알겠어."

제기랄, 알긴 뭘 알아, 이 녀석아, 나는 생각했다. 조금 있으면 차로 데리고 갈 수 있겠지 하는 생각도 했다.

무서울 만큼 선명하게 모든 윤곽을 드러내는 환하고도 어두운 빛 속에서 이제는 모습이 뚜렷해진 사촌을 쳐다보았다. 바위로 포도주 잔을 가지고 나온 제임스는 바다를 구경하며 사람을 미치게 할 만큼 만족스럽고 차분한 태도로 천천히 술을 마셨다. 그는 가볍고 검은 바지에 목이 터진 연한 자줏빛 셔츠와 하얀 여름 저고리 차림이었다. 그는 옷을 아무렇게나 입었지만 그래도 그 나름대로 멋이 있는 사람이었다. 매부리코인 얼굴은 걷잡을 수 없이 돋아나는 수염과 항상 위에 걸려 있는 듯한 몽롱한 갈색 눈 때문인지는 몰라도 이상한 구름이라도 낀 것처럼 거무스레했다. 갈색 머리는 다듬지를 않아서 쭈뼛쭈뼛했다.

지금은 군대에 적을 두지 않았다면 왜 차가 잔뜩 길을 메우는 축제일 주말에 나를 보러 왔을까 하는 의문이 불현듯 들었다.

"뭐, 하는 일이라도 있어?" 내가 물었다. "혹시 다른 일자리를 얻거나 한 거 아냐?"

"아냐. 한가한 신세지."

묘하다. 그러자 퍼뜩 제임스가 사실은 군대를 떠나지 않았으리라는 생각이 들었다. 그는 숨어버린 것이다. 티베트로 돌아가야 하는 무슨 극비 임무를 위해 준비를 하고 있나 보다. 그의 방에서 이상한 동양인을 내가 보았을 때 왜 그는 그토록 불쾌해했을까? 사촌은 비밀 첩보원이 된 것이다.

내가 눈치를 채었음을 알려주기 위해 어떤 교묘하고 효과적인 방법을 생각하고 있는데 그가 다시 입을 열었다.

"그런데 메리 하틀리 스미스는 어떻게 되었지?"

"메리 하틀리 스미스?"

"그래. 첫사랑 말야. 남편과 여기서 산다고 그랬잖아. 아까 그 소년이 아들이지. 내가 그 애 이름이 뭐냐고 물었더랬잖아. 타이투스. 그것도 잊어버렸나?"

이상한 일이지만 그 얘기를 제임스에게 했다는 사실을 나는 까맣게 잊고 있었다. 왜 제임스는 타이투스의 이름을 알고 싶어 했을까?

"내가 미쳤나 봐." 내가 말했다. "잊어버렸었는데 이제는 생각 나. 너한테 좋은 충고를 들었지."

"그 충고를 따랐어?"

"그래. 물론 네 말이 옳았지. 난 헛된 꿈만 꾸고 있었어. 그녀를 만난 충격에 옛 추억들이 한꺼번에 되살아났었나 봐. 이제는 정신을 차렸고, 물론 그녀와 말도 안 되는 사랑도 하지 않아. 어쨌든 그녀는 이제 따분하고 늙은 할망구야. 아들은 가끔 들러. 그 애 역시 아주 따분한 존재이고."

"알겠어. 끝이 좋아야 다 좋다더니만."

"넥타이 가지고 있어?"

"넥타이? 그래."

"레이븐 호텔에서는 식당에 들어가려면 넥타이가 있어야 하지. 차가 있는 곳까지만 바래다주지."

부엌에서 더 얘기를 나누지 않게끔 나는 집의 옆으로 돌아 그를 데려다주었다.

"근사한 차로구먼. 새 거야?"

"그래, 잘 달리지. 어디서 차를 돌리나?"

"저 바위 바로 뒤에서. 정말 어둡구먼. 헤드라이트를 켜야 할 지경이야."

"그래, 이상한 날이야. 폭우가 쏟아지려는지. 아무튼 술 고맙고 몸조심해."

그는 빈 술잔을 나에게 주었다.

"운전 조심해서 잘 가."

검정 벤틀리가 움직이더니 방향을 돌려 쏜살같이 길을 내려갔다. 제임스가 손을 흔들고는 길모퉁이를 돌아 사라졌다. 그는 돌아올 것인가? 그럴 것 같지는 않았다.

나는 천천히 둑길을 건너 집으로 들어가 문을 닫았다. 그 얘기를 했다는 것을 잊어버리다니 얼마나 희한한가. 술이 취했었나 보다. 어쨌든 내일은 운명의 날이다. 내일 나는 행동을 감행할 터였다. 나는 하틀리를 런던으로 데리고 가겠다고 생각했다. 여기에는 웬일인지 액운이 끼었다.

잠깐 동안 현관에 서 있었다. 혼자 있고 싶어서였다. 제임스의 술잔을 층계에 내려놓았다. 부엌에서 음모를 짜는 길버트와 타이투스의 목소리가 들렸다. 내일 타이투스에게 얘기를 해야지. 다른 곳에서 타이투스와 하틀리와 나, 세 사람만 함께 살리라. 내 행동, 내 의지가 새 가족을 탄생시킬 것이다.

조심스럽게 긁어대고 바스락거리는 소리가 들렸다. 위를 올려다보니 앞문 초인종 끈이 흔들렸다. 곧 요란한 소음이 마구 울렸다. 벤일까? 나는 재빨리 몸을 돌려 문을 활짝 열었다.

페레그린 아르빌로우가 옷가방을 들고 바깥에 서 있었다.

"어이, 찰스, 정말 희한한 곳이로구먼."

"페리!"

"'페레그린'이라고 불러주면 좋겠어. 그 얘길 내가 몇 번이나 했지? 천 번?"

"도대체 여긴 뭣 하러 왔어?"

"도대체 여긴 뭣 하러 왔냐니. 자네가 초청을 했고 난 그 초청을 수락한 거야. 성신 강림 축일 주말이라는 거 잊었어? 운전을 너무 오래 했더니 피곤하구먼. 마지막 백 킬로미터는 자네가 팔 벌려 소리치며 환영하는 장면을 기대하며 왔는데."

페레그린의 하얀 알파 로미오는 제임스의 벤틀리가 아까 있던 자리에 세워져 있었다.

"페레그린, 굉장히 미안하지만 침대도 없고 해서 자넨 여기 묵을 수가 없으니까……."

"이봐, 그냥 비비고 들어갈 틈도 없어?"

그러더니 정말로 그는 비비고 안으로 들어갔다.

페레그린의 커다란 목소리를 부엌의 음모자들이 들었다.

"페레그린!"

"길버트! 이게 웬일이야. 찰스, 난 길버트의 침대를 쓰겠어."

"어림도 없지. 난 내 소파를 수호하겠어."

"자네의 멋진 미소년 친구를 소개하게, 길버트."

"타이투스야. 안타깝게도 내 소유가 아니지만."

"안녕! 타이투스. 난 페레그린 아르빌로우야. 길버트, 술 좀 가져다 주게. 착하지."

"좋아. 하지만 여기는 포도주와 셰리뿐이야. 찰스는 독한 술을 안 마셔."

"에이, 씹할, 그걸 잊어버리고 술을 안 가져왔어."

"페레그린." 내가 말했다. "자넨 여기 있으면 즐겁지가 않을 거야. 마실 술도 없고 잘 곳도 없으니까. 날짜를 잊어버렸다면 미안한 일이지만, 사실은 자넬 초청했다고는 생각지 않아. 길을 내려가면 기막힌 호텔이 하나 있는데……."

그 순간 초인종이 다시 울렸다. 페레그린이 돌아서서 문을 열었고 그의 어깨 너머로 사촌 제임스가 눈에 띄었다.

"어서 오세요." 페레그린이 말했다. "찰스 애로우비가 주인인 '친절의 왕국'을 찾아주셔서 대단히 고맙습니다만, 마실 것도 없고 잘 곳도 없으며……."

"안녕하세요." 제임스가 말했다. "또 찾아와서 미안하지만, 찰스, 레이븐 호텔은 방이 다 차서 혹시 여기서……."

"보아하니 나를 처박아두려던 곳도 아마 그곳이었겠지."

페레그린이 말했다.

"부엌으로 들어갑시다."

길버트가 말했다.

길버트가 앞장을 섰고, 타이투스와, 페리와, 제임스가 차례로 뒤따

라 들어갔다. 나는 잠깐 그대로 서 있다가 층계에서 술잔을 집어 들고
는 따라갔다.

"난 페레그린 아르빌로우입니다."

"들어본 이름 같군요."

제임스가 말했다.

"아, 그러셨나요……."

"내 사촌 애로우비 장군이야."

내가 말했다.

"장군이란 얘기는 한 번도 안 하셨잖아요."

길버트가 말했다.

"난 사촌이 있는 줄은 전혀 몰랐어."

페레그린이 말했다.

"반갑습니다."

나는 제임스의 말끔하고 하얀 저고리 소매를 잡아 다시 현관으로 끌
어내었다.

"이봐, 여기 묵을 수가 없으니까, 내 생각에는……."

그 순간에 제임스는 눈이 휘둥그레지며 내 어깨 너머로 쳐다봤고,
나는 하틀리가 층계에 나와 있음을 깨달았다.

우리가 갑자기 잠잠해지자 다른 세 사람이 밖으로 나왔다. 모두들
멀거니 서서 하틀리를 올려다보았다.

그녀는 아직도 빨갛고 작은 장미꽃 무늬를 놓은 검정 비단 가운을
입고 있었다. 가운은 자락이 발까지 닿았고 옷깃은 위로 올려 머리카락
을 감싸서 야회복 같은 인상을 주었다. 놀라서 휘둥그레진 눈은 자줏빛
이 감돌았으며, 백발 머리가 헝클어져 늙고 미친 여자처럼 보이기는 했

어도, 그 긴장된 순간에 그녀는 여왕 같았다.

나는 곧 정신을 가다듬고 층계로 갔다. 나를 보더니 하틀리는 몸을 돌려 달아났다. 맨발과 발목이 얼핏 보였다. 나는 층계 모퉁이에서 그녀를 잡아 위쪽 층계참으로 서둘러 끌고 올라갔다.

우리는 뛰다시피 층계참을 지나갔고 나는 그녀를 방으로 밀어 넣었다. 그녀는 말을 잘 듣는 강아지처럼 당장 깔개로 가서 앉았다. 언뜻 생각해보니까 감금되어 지내는 동안 나는 그녀가 의자에 앉는 것을 한 번도 보지 못한 것 같다.

"하틀리, 어디로 가려고 그랬어요? 날를 찾으러 내려오던 길이었나요? 아님 벤이 찾아왔다고 생각했나요? 아님 도망칠 생각이었나요?"

그녀는 가운을 여미고는 몇 차례 머리를 저을 따름이었다. 그녀는 흥분해서 숨이 막힐 지경이었다. 그러더니 갑자기 아버지를 연상시키는 구슬프고 소심한 표정으로 나를 올려다보았다.

"아, 하틀리, 난 당신을 너무나 사랑합니다!"

나는 의자에 앉아 두 손을 얼굴로 가져갔다. 나는 손에 파묻은 얼굴을 찡그렸다. 나는 너무나 무기력했고, 다시 어린아이가 된 듯 마음이 약해졌다.

"하틀리, 날 버리지 말아요. 당신이 가버리면 난 어떻게 해야 할지 모르겠어요."

하틀리가 말했다.

"그 남자 누구죠?"

"어떤 남자요?"

"내가 층계에 있을 때 당신과 같이 있던 사람요."

"내 사촌 제임스예요."

"아, 그렇군요······. 에스텔 숙모의 아들요."

예기치 못했던 기억력에 나는 속이 울렁거릴 만큼 충격을 받았다.

아래층 부엌에서는 신이 나서 웅얼거리는 목소리들이 들려왔다. 하틀리가 모습을 나타내었으므로 말조심을 할 필요성에서 해방된 길버트와 타이투스는 보나 마나 멋대로 보태가면서 제임스와 페레그린에게 얘기를 하는 중이었다.

나는 두 손에 얼굴을 파묻은 채로 신음을 했다.

그날 밤 우리는 이런 식으로 잤다. 나는 침실에서 잤고, 하틀리는 가운데 방에서 잤고, 길버트는 소파에서 잤고, 페레그린은 서재에서 방석을 깔고 잤고, 제임스는 작고 빨간 방에서 의자를 두어 개 놓고 잤고, 타이투스는 풀밭에 나가서 잤다. 밤은 무척 무더웠지만 폭우는 쏟아지지 않았다.

이튿날 아침에 손님들 사이에는 휴일 같은 분위기가 감돌았다. 타이투스는 여느 때처럼 절벽에 가서 수영을 했다. 제임스는 탑을 둘러보고 온갖 역사적인 추측을 해본 다음에 탑의 층계에서 수영을 했다. (내가 잊어버리고 아직도 밧줄을 매놓지 않았지만 밀물 때여서 상관이 없었다.) 허연 고깃덩어리 같은 페레그린은 풀밭에서 반쯤 벌거벗고 일광욕을 해서 몸을 홀랑 태웠다. 길버트는 차를 몰고 마을로 가서 가게에다 내 이름으로 외상을 달아놓는 위스키 몇 병과 먹을 것을 잔뜩 사가지고 돌아왔다. 나중에 제임스는 《타임스》를 구하려고 마을로 갔지만, 그냥 돌아왔다.

내가 '뉴스'를 모르면서 살아갈 수 있다는 데 대해서 모두들 놀란 눈치였다. 페리가 요약한 바로는 '누가 죽고, 누가 납치되고, 누가 파업을 일으켰다'는 것이 뉴스였다. 그는 트랜지스터 라디오를 가지고 왔지만, 나는 내 눈에 띄지 않게 하라고 일러두었다. 제임스는 레이븐 호텔로 가서 국제 크리켓 경기 결승전을 텔레비전으로 보자는 제안을 해서 관심을 끌었지만, 이번에는 페레그린의 부탁으로 선탠 로션을 사러 다시 가게를 다녀온 길버트가 전기가 고장 나서 이 지역 텔레비전이 나오지 않는다는 보고를 했다. 길버트와 타이투스는 함께 노래를 부를 사람을 다시 찾다가 거칠고 껄끄러운 베이스로 노래하는 페리와 어울렸는데, 제임스는 노래 솜씨가 형편없어서 빠졌다. 어제 저녁에 나는 겨우 타이투스와 길버트더러 로시나가 찾아왔었다는 얘기를 페레그린에게 하지 못하게 경고를 해두었다. 아침에는 내가 제대로 정신을 가다듬을 수도 없을 지경이었으므로 미리 해두기를 잘한 셈이었다. 뇌종양이 터지기라도 했는지 머리가 어떻게 잘못된 기분이 들었다.

내 절망적인 상태는 다른 세 사람의 관심을 자력처럼 끌었던 제임스가 있었기 때문이기도 하다. 그들은 제각기 제임스를 얼마나 좋아하는지를 나에게 얘기했다. 보나 마나 그러면 내가 좋아하리라고 생각했기 때문이었으리라. 타이투스가 말했다.

"틀림없이 그렇지 않은데, 전에 어디서 꼭 만난 사람 같아서 참 이상해요. 아마 꿈속에서 본 모양예요."

나를 반쯤 미치게 만든 또 다른 사실은 하틀리의 달라진 말투였다. 그녀는 집으로 가겠다고는 그랬지만 최근에는 마치 그것이 불가능해짐을 아는 듯 거의 맥풀린 것처럼 말했다. 지금은 진심에서 그런 소리를 하는 것 같았고, 거의 합리적인 추리가 그 말을 뒷받침했다.

"이것이 나한테 친절하게 하는 거라고 생각하신다는 건 나도 알아요."

"친절이라니! 난 당신을 사랑해요."

"이것이 최선의 방법이라고 당신이 생각한다는 것도 알고 고맙게 생각하지만······."

"고맙다니! 세상에!"

"하지만 다 부질없고, 우연한 사건이어서, 우린 같이 살 수가 없고, 그런 건 말도 안 돼요."

"난 당신을 사랑해요. 당신은 날 사랑하고요."

"나도 당신 생각은 하지만······."

"그런 종잡을 수 없는 얘긴 그만둬요. 당신은 날 사랑합니다."

"좋아요, 하지만 비현실적으로, 꿈속에서, '그랬더라면 좋았을걸' 해가면서 그러죠. 정말이지 이건 다 오래전에 끝난 일이고 우린 꿈을 꾸고 있는 거예요."

"하틀리, 당신은 현재에 대한 감각이 없고, 현재에 살 수가 없나요? 정신을 차리고 노력을 해요!"

"난 갑작스러운 현재의 순간들이 아니라 긴 세월 속에 산다는 걸 모르시겠어요? 난 결혼한 몸이고, 내가 있어야 할 곳으로 돌아가야 해요. 얘기하던 대로 당신이 정말로 날 런던으로 끌고 갔다면 난 당신한테서 도망을 치고 말았겠죠. 당신은 이해를 조금도 못 하고, 사태를 점점 곤란하게만 만들어요."

"좋아요. 당신이 결혼을 했더라도, 그게 무슨 상관이죠? 당신은 행복하지 않았어요."

"상관없는 일예요."

"난 상관이 많다고 하고 싶어요. 더 중요한 건 없다고 생각됩니다."

"난 있다고 생각해요."

"날 사랑한다고 시인했잖아요."

"사람이란 꿈을 사랑할 수도 있어요. 그것이 어떤 추진력을 자아낸다고 당신은 생각하는데……."

"그렇죠, 동기요!"

"그것이 꿈이기 때문에 그러지를 못해요. 그건 거짓으로 이루어졌죠."

"하틀리, 우리에게는 미래가 있어요. 그건 우리가 꿈을 실현할 수 있다는 걸 뜻하죠."

"난 돌아가야 해요."

"벤이 당신을 죽일 겁니다."

"나에게는 그것이 유일한 길이니까 난 그 문을 거쳐야 해요."

"내가 가만히 있지 않겠어요."

"부탁예요."

"타이투스는 어쩌고요? 그 애는 나하고 살 겁니다. 당신은 타이투스와 같이 살고 싶지 않아요?"

"찰스, 난 집으로 가야 해요."

"아, 그만해요. 더 좋은 것을 생각하고 원할 수는 없나요?"

"사람이란 마음대로 그럴 수가 없어요. 당신은 나나, 우리나, 다른 사람들을 이해하지 못해요. 당신은 하늘을 날아다니는 새나 바다에서 헤엄치는 물고기와 같아요. 당신은 돌아다니고, 사방을 둘러보고 이것저것 원하죠. 땅에서만 살고, 조금만 돌아다니고, 둘러보지 않는 사람들도 있죠."

"하틀리, 날 믿고, 나하고 가서 내 등에 올라앉아요. 당신도 돌아다니며 볼 수가 있게 될 테니까."

"난 집으로 가고 싶어요."

나는 그녀를 남겨두고 문을 잠근 다음에 집 밖으로 뛰쳐나갔다. 바위를 두어 개 넘어간 나는 가마솥 위 다리에 서 있는 사촌을 보았다.

"찰스, 저 물의 힘이 얼마나 놀랍고 무시무시한지 봐."

쏟아져 나가는 파도의 요란한 소리 때문에 그의 목소리가 겨우 들렸다.

"그래."

"이건 숭고해, 그래, 참된 의미에서 숭고하지. 칸트가 봤다면 좋아했겠지. 레오나르도가 봤으면 좋아했을 거야. 호쿠사이[19세기 일본의 화가]가 봐도 좋아했겠고."

"그랬겠지."

"그리고 새들 ─ 저 셰그가마우지들을 봐."

"북양가마우지인 줄 알았는데."

"셰그가마우지야. 그리고 붉은부리까마귀와 검은머리물떼새도 보았어. 만에서는 마도요가 우는 소리도 들었고."

"언제 떠날 생각이지?"

"네 친구들이 마음에 들어."

"그들도 너를 좋아하더군."

"소년은 착해 보여."

"그래……."

"저런, 저 물이 휘몰아치는 걸 봐!"

우리는 집으로 되돌아가기 시작했다. 그런 관습이 지금도 존재하는지 모르겠지만 아무튼 점심 식사 시간이 다 되었다.

보아하니 바닷가에서 휴가를 보낼 준비를 다 갖춰 온 듯싶은 제임스

는 아주 낡은 카키빛 무명 바지를 자락을 걷어 올려 입었고, 깨끗하지
만 낡아빠진 파란 셔츠는 단추를 풀고 헐렁헐렁하게 걸쳐 가느다란 털
이 드문드문 난 분홍빛 가슴의 윗부분을 드러내었다. 거기다가 샌들을
신어서, 어렸을 때 내 눈을 자주 끌던 길고, 앙상하고, 쥐는 힘이 강한
발가락이 달린 하얗고 야윈 발이 드러났다. (나는 비밀스러운 그의 불
구가 된 부분을 찾아내기라도 한 듯 어머니에게 "제임스는 발이 손 같
아요"라고 알려주었다.)

집이 가까워오자 그가 말했다.

"어떻게 할 생각이야?"

"무얼?"

"그 여자."

"모르겠어. 언제 떠날 생각이지?"

"내일까지 묵어도 될까?"

"좋아."

우리는 부엌으로 들어갔고, 나는 기계적으로 하틀리를 위해 길버트
가 마련한 쟁반을 집어 들었다. 그것을 위층으로 가지고 올라가 문을
열고 들어가서는 여느 때처럼 탁자에 쟁반을 놓았다.

울고 있던 그녀는 나에게 얘기를 하려고 하지 않았다.

"아, 하틀리, 그런 슬픔으로 날 파멸시키지 말아요. 당신이 그러면
내가 어찌 되는지를 알잖아요."

그녀는 아무 말도 없고 반응도 없이 벽에 기대어 멍한 눈으로 울기
만 하면서 흐르는 눈물을 가끔 손등으로 천천히 닦았다.

나는 얼마 동안 말없이 그녀 곁에 앉아 있었다. 나는 의자에 앉아서
내가 그렇게 가만히 있기만 하면 그녀가 마음의 위안을 느끼기라도 하

는 듯 두리번거리기만 했다. 천장의 축축한 얼룩과 기다란 유리창에 금이 간 것이 눈에 띄었다. 틀림없이 초니 부인의 가구 때문이었겠지만 마룻바닥에는 보랏빛 보풀이 있었다. 결국 나는 몸을 일으켜 그녀의 어깨를 가볍게 만져주고는 나왔다. 그녀가 식사를 할 때까지 나는 방 안에 눌러 있었던 적이 한 번도 없었다. 나는 문을 잠갔다.

부엌으로 돌아가서 보니 네 사람이 다 모여 길버트가 제임스를 위해 삶은 계란과 채소 샐러드와 찐 감자를 곁들여 햄과 혓바닥 살로 마련한 점심 식사를 차린 식탁에 빙 둘러 서 있었다. 이 무렵에 물론 나는 그들의 식사는커녕 내 식사에도 별로 관심이 없었다. 마개를 딴 백포도주 두 병을 싱크에다 시원하게 물에 담가놓았다. 옷을 입으니 보기가 좀 나아진 페레그린은 트랜지스터 라디오로 크리켓 경기 중계 방송을 듣고 있었다. 내가 들어가자 그들은 잠잠해졌다. 페리는 라디오를 껐다. 무슨 일이 곧 벌어질 분위기가 감돌았다.

나는 포도주를 한 잔 따르고 햄 한 조각을 집었다.

"어서들 먹어. 난 바깥에서 먹을 테니까."

"할 얘기가 있으니까 도망은 치지 말게."

페레그린이 말했다.

"난 자네하고 얘기를 하고 싶지가 않은걸."

"우린 당신을 돕고 싶어요."

길버트가 말했다.

"헛소리 그만둬."

"잠깐만 있어." 제임스가 말했다. "타이투스가 할 말이 있다니까. 안 그래, 타이투스?"

얼굴이 새빨개진 타이투스는 내 시선을 피하며 우물쭈물 말했다.

"내 생각에 당신이 어머니를 집으로 가게 그냥 놔둬야 할 것 같아요."

"여기가 그녀의 집이야."

"하지만, 여보게, 진지한 얘긴데……."

페레그린이 말했다.

"자네 충고는 필요 없어. 내가 청해서 여기 온 사람은 아무도 없고."

제임스가 자리에 앉자 나머지 세 사람도 뒤따라 앉았다. 나는 그냥 서 있었다.

"공연히 간섭하고 싶지는 않지만……."

제임스가 말했다.

"그렇다면 간섭하지 마."

"그리고 사실 우린 너한테 어떤 일에 있어서도 강제로 이래라저래라 할 생각이 없어. 우린 어떤 상황인지도 모르고, 그걸 알 수도 없잖아? 난 너도 잘 알지 못한다는 인상을 받았어. 우린 설득을 해서—."

"그런데 왜 타이투스한테 방금 그런 말을 시켰지?"

"그것이 증거의 일부이기 때문이지. 그것이 타이투스가 생각하고 있으면서도 두려워서 얘기를 못 하던 바야."

"허튼소리 마."

"내 보기에 찰스는 어렵고도 상당히 절박한 결정을 내려야 할 처지인데, 우리와 얘기를 나누겠다고 동의만 한다면 우린 네가 합리적인 결정을 내리고, 그 결정을 역시 합리적으로 실천하게끔 도와주겠어. 넌 도움이 필요하고, 그 도움이 필요하다는 걸 알아야 해."

"나한테 필요한 건 운전사야. 다른 건 필요 없어."

"도움이 필요하지. 너한테는 친척이 나 하나뿐이야. 길버트와 페레그린은 네 가까운 친구이고."

"가깝지도 않아."

"타이투스는 널 아버지로 여긴다고 그랬어."

"내 얘기를 신나게들 한 모양이구먼."

"화는 내지 말게, 찰스." 페레그린이 말했다. "우리가 이 난장판에 끼어들 줄은 몰랐어. 우린 휴가를 즐기려고 이곳으로 왔지. 하지만 자네 입장이 난처한 걸 보니 돕고 싶어."

"나를 도와줄 일은 하나도 없어."

"있지." 제임스가 말했다. "내 생각엔 꼭 자세한 얘기는 아니더라도 무슨 전략 같은 걸 우리하고 의논을 하면 상당히 도움이 될 것 같아. 불신을 사지 않고도 그렇게 할 수가 있지. 대충 추려 얘기하면 그녀를 잡아두느냐, 아니면 돌려주느냐 두 가지 가능한 길이 있어. 됐지? 그럼 우선 그녀를 돌려주면 어떻게 될지 생각을 해보지."

"난 그녀를 돌려줄 수가 없어. 그녀는 빈 병이 아냐."

"타이투스에게서 들은 얘기로는 그녀가 가고 싶어 해도 데려다주지 못하는 이유 가운데 하나는……."

"그녀는 돌아가고 싶어 하지를 않아."

"남편이 그녀에게 난폭한 행동을 할까 봐 두렵기 때문이라던데."

"그런 이유라면 백 가지도 넘어."

"하지만 그의 난폭한 행동이 오해에서 야기된 것이니까 그 오해를 제거할 수만 있다면……."

"제임스, 뭔지는 몰라도 내가 지금까지 한 행동에 대해서는 어떤 설명이나 변명도 있을 수가 없다는 걸 잘 알 테니까, 그런 바보 같은 소리는 하지 마."

"이것 봐." 제임스가 말했다. "난 두 가지 얘기를 하고 있어. 첫째, 만일 그녀를 다시 데려다주려면 머리를 써야 해. 힘을 과시하기 위해서 이기도 하지만 네 진술을 뒷받침하는 뜻에서 우리가 모두 너하고 같이 가겠어."

"내 진술이라니?"

"그리고 둘째로, 폭력에 대한 두려움이 그녀를 돌려보내지 못하는 한 가지 이유인데, 만일 그 두려움을 줄일 수 있다면 그것이 네 결정에 반영이 되어야 해."

"무슨 얘긴지 알겠나?"

페레그린이 물었다.

"그래! 하지만 제임스가 시인했듯이 아무도 이 상황을 이해할 수 없어! 설명하고 진술을 한다고 얘길 하지만―차라리 들소를 설득하는 게 낫지. 어쨌든 두 가지 가능성은 없으니까 이 얘긴 다 소용이 없어. 그녀를 남편에게 돌려보낸다는 가능성을 난 인정하지 않아."

"좋아, 그렇다면 다른 길을 따져보지……."

제임스가 말했다.

"따져볼 건 아무것도 없어! 모두들 이 문제를 놓고 왈가왈부하는 게 난 못마땅해. 그런 건방진 행동이 난 아주 불쾌해! 하지만 이왕 얘기가 나온 김이니까 말인데, 왜 어머니를 보내야 한다고 생각하는지 타이투스에게 묻고 싶어."

(배가 고팠던지) 햄을 줄곧 물끄러미 쳐다보고 있던 타이투스는 대답을 하기가 거북한 듯 낯을 붉히고는 눈을 들지 않았다. 그가 말했다.

"그건 말이죠 ― 아시겠지만 ― 내 탓이라는 생각도 드는데……."

"도대체 어째서 그렇지!"

"사람들은 아버지와 어머니에 대해서—감정이랄까—편견이 워낙 많게 마련이죠. 사실 비참하기는 했지만 아마 난 훨씬 더 비참하게 생각될 만큼 얘기를 심하게 했는지도 모릅니다. 그리고 메리는 머릿속이 상상과 환상으로 가득 차서 과장도 하죠. 모르겠어요. 아마 그녀는 벤과 같이 있고 싶을지도 모르고, 난 사람들에게 강요하는 것이 싫고, 사람들이 자유로워야 한다고 생각해요. 당신은 단숨에 몽땅 처리를 하려고 서둘러요. 하지만 메리가 당신에게로 오기를 원한다면, 생각할 여유를 거친 다음이라야 더 잘 올 수가 있을 것 같아요."

"말 잘했어, 타이투스."

제임스가 말했다.

타이투스는 내가 끊임없이 신경을 곤두세우고 질투하게 만드는 그런 눈초리로 제임스를 쳐다보았다.

페레그린이 말했다.

"자넨 결혼 생활을 이해하지 못해, 찰스. 자넨 경험하지 못했지만, 그건 깊은 거야. 사소한 말다툼을 자넨 파멸이고 끝장이라고 생각하지만, 그렇지가 않아."

내가 말했다.

"우선, '자유'라는 말은 여기 적용되지가 않고, 우린 겁에 질린 죄수를 놓고 따지는 게 아냐. 그녀는 뿌리째 뽑혀서 절대로 일어서지도 못해. 그러니까 지금 끝장을 봐야지. 만일 다시 돌아간다면 그녀는 다시는 그를 떠나지 못하고 도망치지도 못해."

제임스가 말했다.

"그래, 그것도 중요한 문제가 아닐까? 그건 그녀가 돌아가야 한다는 사실을 시인하는 게 아냐? 그녀가 마음이 내켜서 여기 머무르기 전에는? 사람들은 네가 생각하는 것보다 훨씬 자주, 원하기 때문에 어떤 행동을 하지."

"그녀는 머물지도 몰라. 하지만 '마음이 내켜서'라고? 이건 '사소한 말다툼'의 문제가 아니고, 그런 멍청한 말을 사용한 걸 보면 페리는 뭐가 뭔지 전혀 모르고 있어. 그녀는 그 남자가 윽박질러 주눅이 들어서 전혀 행복하지 못했고, 그녀도 스스로 그렇게 말했어."

"그녀의 결혼 생활은 행복하지 못했을지도 모르지만 오랜 세월 동안 지속이 되었어. 넌 행복에 대해서 너무 많은 생각을 해, 찰스, 그건 그렇게 중요한 것만도 아냐."

"그녀도 그런 얘기를 했지."

"그것 봐."

"타이투스." 내가 말했다. "행복은 중요해?"

"예, 물론 그렇죠."

마침내 나를 쳐다보면서 그가 말했다.

"그것 봐." 나는 제임스에게 말했다. "젊은 사람다운 대답이지."

제임스가 말했다.

"분명히 해두고 싶은 게 있는데……."

"전에도 내가 말했지만, 찰스, 자넨 여자를 경멸하고 노예처럼 취급하는 게 탈이야." 아직도 위스키를 마시고 있던 페레그린이 말했다. "자넨 이 여자를 노예로 생각해서……."

"문제가 또 있어. 이 상황은 아주 빨리 진전이 되었고, 감정과 생각들이 온통 뒤죽박죽이지. 자넨 오랜 세월 동안 순수한 첫사랑이라는 개념을 간직해왔다고 했지. 그것을 실패한 모든 사랑의 기준이며, 숭고한 미덕이라는 생각도 할 수 있겠지……."

"그래."

"하지만 이 기준이 되는 개념을 비판해봐야 되지 않을까? 난 그걸 허구라고는 하지 않겠어. 꿈이라고 하지. 물론 우린 꿈속에서, 꿈에 의해 살아가고 엄격한 정신적인 삶에서도, 특히 어떤 특별한 면에서는, 꿈과 현실을 분별하기가 힘들어. 평범한 인간사에서는 하찮은 상식이 도움이 되지. 대부분의 사람들에게는 상식이 도덕 의식이야. 하지만 찰스는 이 겸손한 광명의 원천을 일부러 배제한 것 같아. 그 오랜 세월에 걸쳐 어떤 사람들 사이에 어떤 일이 실제로 있었는지 혼자 생각해봐. 넌 그걸 얘기로 꾸몄고, 얘기란 거짓이야."

(이때 타이투스는 참다못해 햄과 빵을 슬쩍 집어 들었다.)

"그리고 넌 먼 옛날의 이 사건을 기준으로 삼아 앞으로 중요하고 되돌이키지 못할 결정을 내리려고 해. 넌 위험한 귀납적 결론을 내리는데, 귀납적인 추리는 아무리 훌륭해도 뿌리가 흔들리게 마련이어서 러셀의 병아리를 보면……."

"러셀의 병아리라니?"

"농부의 아내가 날마다 병아리들에게 모이를 주지만, 어느 날엔가는 나가서 목을 비틀어버리지."

"이해를 못 하겠으니 병아리 얘기는 집어치우지."

"내 얘긴, 내가 보기에 넌 학교를 다니던 낭만적인 시절의 추억 따위 아주 추상적인 근거를 바탕으로 삼고, 만일 그녀를 데리고 간다면 그녀를 행복하게 해주고, 그녀도 널 사랑하고 행복하게 해줄 수 있으리라고 생각하지. 그런 상황이란 상당히 희귀하고, 달성하기가 어려워. 더구나 네가 그토록 탐내는 행복과 떼어놓을 수 없는 문제로 여겨서, 그녀의 동의가 없더라도 그녀를 구출하는 것이 도덕적으로 분명히 옳다는 생각을 하지. 만일 그렇다면……."

"제임스, 제발 그런 거창한 추측으로 날 그만 모욕해. 네가 얼마나 한심한지 알기나 해? 네 말마따나 이 사건은 빨리 진전이 되어서 기막힌 골칫거리가 되고 말았지. 그리고, 좋아 그 책임은 나한테 있어. 하지만 그 내면에는 어떤 완벽한 도덕성도 존재하지 않아. 평범한 인간의 삶이란 그런 거야. 아마 갇혀 사는 군인들은 그런 것들을 모르겠지."

제임스는 미소를 지었다.

"'갇혀 사는 군인들'이란 표현이 마음에 들어. 그러니까 이 구출이 꼭 좋은 것인지 확실히는 모르겠다고 시인을 하는 거야?"

"내가 어떻게 확실히 알겠어? 하지만 넌 이 상황에 걸맞지 않은 추론으로 날 억지로 끌어들이려고 애를 쓰지. 네가 하는 얘기는 모두가 사족이고, 추상적인 해설이나 마찬가지야. '얘기를 지어내는' 사람은 바로 너야. 나는 실제로 사건들이 벌어지는 상황의 한가운데 있고."

"그럼 어떤 것이 상황에 걸맞은 추론이지?"

"내가 그녀를 사랑한다는 것. 그녀는 날 사랑해. 그녀가 그렇게 말했어. 그리고 사랑이란 '근거'나 '귀납적 추론'에는 의존하지 않아. 사랑은 그냥 알아. 그녀는 무척 불행했고, 난 이제부터 더욱 잔인해질 깡패 같은 자에게로 그녀를 돌려보내지는 않겠어. 더 곤란해질 테니까. 좋아, 그것이 내 탓이라고는 해도 사실에는 변함이 없어. 비록 증인이 증언하기를 꺼리는 것 같기는 하지만, 그의 잔인상에 대한 증인이 여기 있어."

"그건 추론이 아냐." 제임스가 말했다. "차라리 혼란한 의사 표시에 가깝지."

"어쨌든 난 거기에 의거해서 행동하기를 바라. 내가 어쩌다가 이렇게 웃기는 바보 같은 토론에 끌려 들어갔는지 모르겠구먼."

"좋아. 내 개인적인 견해는 이미 드러난 셈이고, 물론 너한테는 전혀 관심이 없는 것이겠지. 하지만 덧붙여 말해주고 싶은 건, 내 견해로는 현명치 못하지만 네가 정말로 그녀를 데리고 가겠다는 결정을 내린다면 우린 가능한 한 널 돕고 싶어. 안 그래요?"

"그래요."

페레그린이 말했다.

"어떤 점에서는 나도 찰스와 의견이 같아요."

길버트가 말했다.

"예를 들면 어디로 그녀를 데리고 가겠어? 자세하게 생각해봐야지. 그 여자가 하루 종일 무얼 하지?"

"그 문제만 해도 어떤 남자라도 섣불리 결혼할 마음이 없어지지."

페레그린이 말했다.

"찰스, 내가 건방지다거나 더구나 매정하다고는 생각하지 마. 난 이 문제로 난처하게 되는 꼴을 가만히 서서 구경만 할 수는 없어. 이건 합동 작전이 필요해. 한 번만이라도 잠깐만 내가 그녀와 얘기를 나누게 해 줄 수 없을까?"

"네가? 그녀와 얘기를 나눠? 미쳤구먼!"

그 순간에 사실은 내가 위태위태한 모험을 벌여놓은 이후로 줄곧 두려워하던 소리가, 무서운 소리가 들려왔다. 위층에서 하틀리가 갑자기 비명을 지르며 문을 요란하게 두드리기 시작했다.

"날 내보내줘요! 날 내보내줘요!"

나는 부엌에서 뛰어나가 문을 쾅 닫아버리고 위층으로 올라갔다. 하틀리의 방에 이르렀을 때 그녀는 아직도 소리를 지르며 문짝을 박차고 있었다. 그녀가 이런 짓을 하기는 처음이었다.

"날 내보내줘요! 날 내보내줘요!"

나도 소릴 지르고 싶었다. 나는 미친 듯이 주먹으로 문을 두드렸다.

"그만해요! 그만해요! 닥쳐요! 소리 좀 그만 지르지 못하겠어요?"

침묵.

나는 다시 아래층으로 달려 내려갔다. 부엌에서도 침묵이 흘렀다. 나는 앞문으로 뛰어나가서 둑길을 건너 길을 따라 탑 쪽으로 천천히 걷기 시작했다.

저녁이 가까워올 때 나는 제임스와 같이 바위에 앉아서 이제 불가피하게 여겨지기 시작하는 사실들에 별수 없이 하나씩 동의를 하기에 이르렀다.

"찰스, 이건 한심한 상황이야. 그러니까 끝장을 내야지. 그리고 끝장을 내는 방법이 꼭 하나 있어. 이제는 그걸 알겠지?"

"그래."

"그럼 편지를 쓰겠어?"

"그래."

"내 생각엔 편지가 무척 중요해. 편지라면 사태를 확실하게 설명할 수가 있으니까."

"벤이 읽지도 않을 텐데. 찢어서 짓밟아버리겠지."

"글쎄…… 아니면 너에게 불리한 증거로 삼기 위해 보관할지도 모르지만 그런 모험은 해볼 만해. 궁금해서라도 편지는 읽을 거야."

"그는 궁금해할 만한 수준도 못 되는 인간이야."

"그리고 우리가 같이 가는 것도 동의하겠지?"

"네가 가는 것만 동의하겠어."

"사람이 많을수록 더 좋을 텐데."

"하지만 물론 타이투스는 안 돼."

"아냐, 타이투스도 가야 해. 아버지에게 5분만 공손하게 군다면 그녀에게도 도움이 되고, 타이투스에게도 도움이 될 거야."

"공손하게? 다과회에라도 가는 줄 알아?"

"다과회 분위기에 가까울수록 그만큼 더 좋겠지."

"타이투스가 싫다고 그럴 거야."

"벌써 좋다고 그랬어."

"그랬구면."

"그럼 지금 페레그린이 마을로 가서 전화를 걸어도 되겠지?"

나는 주저했다. 지금이 마지막 순간이었다. 만일 좋다고 하면 모든 상황은 내 손아귀에서 빠져나간다. 나는 완전히 새롭고 예측이 불가능한 미래를 받아들이는 셈이 된다.

"좋아."

"됐어. 여기 있어. 내가 가서 페레그린에게 간단한 설명을 하지."

오후에 나는 하틀리와 얘기를 나누었다. 제임스에게 그렇다고 인정을 하지는 않았지만 그의 얘기는 나로 하여금 어떤 사실들을 훨씬 확실하게 파악하거나, 억지로나마 납득을 하고, 어쨌든 절망의 결정적인 단계에 이르렀음을 깨닫게끔 도와주었다.

"날 내보내줘요, 날 내보내줘요"라던 그 무서운 비명은 내 신념과 희망을 깨뜨려버렸다. 그녀에게 정말로 집에 가고 싶으냐고 물었다. 그녀는 그렇다고 말했다. 나는 좋다고 말했다. 나는 더는 애원을 하거나 따지지 않았다. 그리고 단호하게 주고받은 말 외에 두 사람 다 섣불리 어떤 얘기도 덧붙이지 않으며 서로 말없이 쳐다보고 있는 동안에, 나는 우리 사이를 가로막는 새로운 장애물을 의식했다. 전에는 우리 사이에 의사소통이 어렵다고 생각했다. 지금은 그때만 해도 얼마나 가까웠나 하는 생각이 들 정도였다.

계획에 따르면 페레그린이 마을로 가서 벤에게 전화를 걸고 애로우비 씨와 그의 친구들이 '메리'를 데리고 가겠다는 얘기를 하기로 되어 있었다. 벤이 '이젠 그 여자가 필요 없으니 멋대로들 해요'라고 할까? 아니다. 어림도 없다. 궁극적으로 원하는 바가 무엇인지는 몰라도 그는 그런 식으로 내 소망을 성취시켜주지는 않으리라. 하지만 혹시 그가 멀리 떠났거나, 행방을 감추었거나, 마지막 순간에 하틀리의 마음이 달라진다면……. 하지만 이제는 희망을 걸 만한 근거가 없었다.

제임스가 바위에서 껑충껑충 뛰며 다시 나타났다.

내 심장이 격렬하게, 슬프게 뛰었다.

"일이 잘되어서 그녀를 데려오라고 그랬는데, 오늘 밤은 안 되고 내일 아침에 오라더군."

"그거 이상한데. 오늘 밤엔 왜 안 되지?"

목공 강습 때문일지도 모르지!

"무관심한 척하느라고 그래 본 거야. 모욕을 줄 수 있는 한 가지 방법이니까. 우리가 자기 편한 대로 해줘야 한다는 걸 분명히 해두고 싶었겠지. 마침 잘됐어. 그 편지를 쓸 시간이 더 생겼으니까. 우리가 도착하기 전에 보내면 그가 편지를 읽을 확률이 더 많아지지."

"아, 제임스……."

"걱정 마. Sic biscuitus disintegrat."

"뭐라고?"

"과자는 그렇게 부스러지도다."

친애하는 피치 씨,

이것은 별로 쓰기 쉬운 편지가 아니군요. 그저 몇 가지 분명히 밝혀
두고 싶은 것들이 있을 뿐입니다. 가장 중요한 건 당신 아내의 의사를
무시하고 내가 집으로 데려다 이곳에 붙잡아두었었다는 사실입니다. 손
가방조차 가지고 오지 않았다는 것이 그녀가 '도망'을 칠 생각이 아니었
다는 증거이죠. (너무 뻔한 얘기라서 미안합니다만, 이 편지를 쓰는 목
적이 무슨 일이 있었는지를 명확하게 결정적으로 밝혀주려는 것입니
다.) 사실이기는 했지만 타이투스가 내 집에 있다는 것을 미끼로 속여
나는 그녀를 차에 태웠습니다. 그녀가 도착하자 내가 감금을 했죠. 그러
니까 나더러 '납치'를 했다고 비난하던 당신의 얘기가 옳았어요. 그녀는
끊임없이 집으로 보내달라고 요구했습니다. 내가 그녀와 아무런 '관계'
도 가지지 않았다는 점은 의심할 나위도 없죠. 그녀는 줄곧 내 요청과
계획에 단호하게 반발을 했고, 당신한테 돌아가기만 바랐습니다. 따라
서 그녀는 전혀 죄가 없습니다. 집에서 줄곧 나와 함께 있었던 내 친구
들인 오피안 씨와 아르빌로우 씨, 그리고 내 사촌 애로우비 장군이 내
말이 진실임을 확인할 것입니다.

사과를 해도 소용이 없겠고 더 설명을 해도 필요가 없겠죠. 나는 헛
된 생각에 사로잡혔고, 당신과 아내에게 공연히 너무 폐를 끼쳐서 죄송
하게 생각합니다. 나는 악의를 품어서가 아니라, 지금 생각하니 현재의
상황과는 아무런 상관도 없는 옛날의 낭만적인 애정에 충동을 받아 그
런 행동을 했습니다. 그리고 여기에서 나는 (역시 뻔한 얘기지만) 젊은
시절 이후에 전혀 당신 아내를 만났거나 어떤 연락도 없었으며, 최근에

159

만난 것은 완전히 우연이었다는 얘기를 덧붙여두고 싶군요.

당신은 사리분별이 올바르고 의로운 남자이므로 완전히 결백한 아내에게 어떤 보복도 하지 않으리라고 믿습니다. 그것은 나와, 내 사촌과 친구들이 무척 관심을 갖는 문제입니다. 그녀는 말과 행동에 있어서 당신에게 철저히 성실했고, 당신의 존경과 고마운 마음을 받아 마땅합니다. 나도 내 나름대로 내 어리석음을 깨달았고 수치심 때문에 충분히 괴로워했다는 걸 당신도 알리라고 생각합니다.

찰스 애로우비

이 편지를 쓰느라고 하루 저녁이 다 걸렸으므로 시간의 여유가 있었던 것이 나로서는 다행이었다. 정말로 쓰기가 힘든 편지였고, 마지막에 얻은 결과도 전혀 만족스럽지가 못했다. 처음 쓴 편지는 꽤나 도전적이었지만, 제임스에게 보여주었더니 만일 내가 벤더러 못된 인간이고 폭군이라고 공박을 한다면 하틀리가 그런 얘기를 했다고 당장 드러날 것이라고 지적을 했다. 그런 식으로 내 행동을 정당화했다가는 하틀리가 보여주었다고 내가 거짓말을 한 '철저한 성실성'은 성립되지 못할 터였다. 그런 요소를 제거하면 나는 물론 자신을 방어할 여지를 거의 다 상실하게 되는데, 제임스가 일깨워주지 않았더라도 나는 다른 시대라면 전통에 따라 억지로라도 영광된 양심을 지키기 위해 벤과 목숨을 걸고 싸웠으리라. 다른 시대라고 했지만, 벤 같은 사람이라면 지금 시대에도 마찬가지리라. 벤이 용서할 마음을 보이기에 충분할 만큼 설설 기며 비위를 맞추기도 해가면서, 그가 싸우기를 원한다면 내가 시시한 상대가 아니라는 사실도 보여줘야 했으므로 빈약한 '사과'의 뜻을 나타낼 적절한 어휘를 찾아내기도 힘이 들었다. 나는 다만 벤 자신의 죄의식이 공격적인 본능을 나약하게 만들기만 바랐다. '내 사촌과 친구들'에 대한 여봐란 듯한 언급은 제임스의 제안이었지만, 하틀리가 묵는 동안 '줄 곧' 그들이 함께 있었다는 거짓된 주장은 내가 지어냈다. 제임스는 초연하고 훨씬 점잖은 사람들의 존재가 벤으로 하여금 그의 행동을 지켜 볼 사람들이 있음을 의식하게 해서 난폭한 반발을 하지 못하게 하리라 고 생각했다. 나는 그렇게 믿지를 않았다. 그의 태도는 나 이외의 모든 점잖은 사람들에게 '관심 깊은 문제'이겠지만, 결혼한 부부가 일단 문을 닫고 난 다음에는 벤이 제멋대로 행동을 할 수도 있었다. 제임스는 하틀리와 얘기를 해보겠다는 요청을 되풀이하지 않았다. 어쨌든 그래 봤자 너무 때가 늦어버렸다. 길버트는 그날 저녁 10시쯤에 내 편지를 니블레츠의 편지통에 넣었다.

나는 하틀리와 함께 시간을 좀 보냈다. 기분이 아주 이상했다. 나는 그녀가 내일 집으로 가게 되리라고 말했다. 그녀는 의식을 차리고 눈을 깜박이며 머리를 끄덕였다. 아래층으로 내려가서 다른 사람들과 같이 저녁을 먹지 않겠느냐고 물어보았다. 다행히도 그녀는 거절했다. 나는 집에 가게 되어서 기분이 좋으냐고 그녀에게 다시 묻지를 않았다. 어릴 적에 우리가 지어낸 '스냅' 비슷한 카드 놀이를 마룻바닥에 앉아서 했다. 모두들 일찍 잠자리에 들었다.

다섯

　이튿날은 내 생애에서 아주 나쁜 날들 가운데 하루, 아니 가장 나쁜 하루였는지도 모른다. 나는 사형을 당하는 기분으로 일어났다. 타이투스 이외에는 아무도 식사에 관심이 없었다. 날씨는 계속해서 무덥고 후텁지근했으며, 멀리서 천둥이 몇 번 울렸다.

　하틀리는 형편없는 몰골이었다. 그녀는 특별히 신경을 써서 얼굴 화장을 했는데, 그랬더니 가련할 만큼 더 늙어보였다. 노란 드레스는 더럽고, 구겨지고, 찢어졌다. 내 가운을 입혀 남편에게 돌려보낼 수는 없는 노릇이었다. 내 옷을 뒤져보니 남녀가 같이 입을 만한 파란 비치 가운이 나오기에 그녀에게 입혔다. 머리에 쓰는 가벼운 스카프도 찾아냈다. 어린 아이에게 옷을 입히는 것 같았다. 우리는 서로 섣불리 얘기를 하지 않았다. 이제 나는 모든 일이 끝나기만 바랐다. 그녀가 지금이라도 "생각해보니까 가기가 싫어요"라고 얘기를 할지도 모른다는 생각만 해도 견딜 수가 없었고, "가지 말아요!"라고 소리치고 싶은 충동이 가져다주는 고통도 어서 없어지기만 바랐다. 그녀도 거의 비슷한 심정이었을지도 모른다. 그리고 그렇다, 지금도 그때나 마찬가지라는 생각도 얼핏 들었다. 나는 그녀를 위해 모든 일을 했다. 그런데 그녀는 그냥 나를 버리고 떠난다. 나는 플라스틱 가방에다 그녀의 화장 도구와, 내가 주었지만 분명히 그녀는 한 번도 거들떠보지 않았을 하얀 줄무늬가 지고 분홍빛인 얼룩 돌멩이를 넣었다. 그녀는 아무 말도 없이 돌멩이를 가방에 넣는 나를 지켜보았다. 차가 준비되었다고 밑에서 길버트가 소리를 질렀다.

하틀리가 화장실에 있는 동안에 나는 가방을 들고 아래층으로 내려가 현관에서 기다렸다. 페레그린이 '사절단'이라고 이름을 붙인 우리는 페레그린의 하얀 알파 로미오를 타고 가기로 결정이 되었다. 제임스와 페리와 타이투스는 벌써 바깥에 나가 있었다. 길버트가 부엌에서 나왔다. 그는 나에게 말했다.

"찰스, 당신한테 얘기를 안 했지만 사실은 어젯밤 뭔가 이상한 일이 있었어요."

"뭔데?"

"편지를 가지고 갔을 때 그 집 안에서 여자가 얘기하는 소리를 들었죠."

"텔레비전이었겠지."

"그런 것 같지 않아요. 찰스, 싸움판이 벌어지는 건 아니겠죠? 오늘까지 기다렸다가 오라고 그가 한 얘기 말예요. 우리를 흠씬 두들겨패려고 친구들을 잔뜩 불러 모았을지도 모르잖아요."

나도 그런 생각을 했다.

"그는 친구들이 없어."

목공 강습소에는?

하틀리가 계단을 내려오기 시작했다. 나는 길버트를 밀어 밖으로 내보냈다. 걷기가 힘이 드는지 그녀는 난간을 잡고 천천히 걸었다. 그녀는 내가 바라던 대로 스카프를 머리에 써서 얼굴에 그늘이 졌다. 나는 그녀에게 베일을 씌우고 싶었다. 우리끼리만 함께 있을 마지막 순간,

최후의 일각이었다. 나는 그녀의 손을 잡아 꼭 쥐고 뺨에다 키스를 하고는 아주 평범한 얘기처럼 말했다.

"이것이 이별은 아녜요. 당신은 나한테로 올 겁니다. 난 기다리고 있겠어요."

그녀는 내 손을 꼭 쥐었지만 말이 없었다. 그녀는 눈물을 흘리지 않았다. 그녀의 눈은 몽롱했다. 우리는 함께 둑길로 나갔다. 다른 사람들이 차에서 기다렸다. 이상하게도 신부와 신랑의 입장 같았다.

차로 가까이 가자 모두들 우리에게서 시선을 돌렸다. 나는 좌석을 배정해두지 않았다. 타이투스가 뒷문을 열자 나는 하틀리를 밀어 넣고 뒤따라 탔으며, 타이투스는 내 옆에 앉았다. 나머지 세 사람은 앞자리에 끼어 앉았다. 하틀리는 스카프를 앞으로 끌어내려 얼굴을 가렸다. 앞의 세 사람은 뒤를 돌아다보지 않았다.

운전을 맡은 페레그린이 말했다.

"곧장 가서 오른쪽으로 꺾어야 하지?"

길버트가 말했다.

"마을을 지나가야 하니까 내가 길을 가르쳐주겠어."

하틀리가 내 몸에 밀착되었다. 그녀는 뻣뻣하기만 했다. 발그레한 입을 약간 벌리고 멍한 눈으로 앞만 응시하던 타이투스 역시 뻣뻣했다. 나는 그의 빠른 숨결을 의식했다. 모두들 앞만 쳐다보았다. 나는 두 손을 포개었다. 태양이 빛났다. 결혼식에 알맞은 화창한 날이었다.

좁다란 협곡을 이룬 커다란 바위들 사이로 길이 지나가서 내가 카이버 준령이라고 이름 지은 곳에 이르렀을 때, 놀랄 만큼 세차게 돌멩이가 자동차의 앞쪽 유리창을 때렸다. 차 안에서 저마다 멍하니 공상에 젖어 있던 우리는 퍼뜩 정신이 들었다. 그러자 돌멩이가 또 하나, 그리고 또 하나 차를 때렸다. 페레그린은 차를 세웠다. 다른 운전사라면 속력을 더 내었겠지만 페리는 다르다.

"도대체 이건 뭐야? 누가 우리에게 돌을 던지고 있어."

그는 차에서 내렸다.

우리는 양쪽에서 노란 바위들이 치솟은 좁다란 골짜기 속에 있었다. 제임스가 페레그린에게 차에 타라는지 무슨 얘기를 했다. 나는 얼핏 생각했다── 벤이 적절한 장소를 골라 기막힌 기습 계획을 짰구나. 그때 갑자기 유리창이 깨졌다. 머리 위 바위 언저리에서 밀어낸 큼직한 돌멩이가 곧장 차로 떨어진 것이다. 으스러지는 소리와 함께 유리는 하얗게 갈라지고 불투명해졌다. 돌멩이는 엔진 덮개 위로 튀어 우그러뜨리고는 길로 굴러 떨어졌다. 페레그린은 화가 나서 소리를 질렀다.

타이투스가 차에서 뛰쳐나갔고 나는 그의 뒤를 따랐다. 길버트는 제자리에 그대로 있었다. 제임스는 운전석으로 옮겨 앉더니 주먹에 손수건을 감아 유리를 쳐서 구멍을 뚫었다. 그러더니 그도 밖으로 나왔다.

"저기 있다! 저기야!"

위쪽을 가리키며 페레그린이 소리쳤다.

돌멩이 하나가 내 머리를 스치며 날아갔다. 위를 올려다보니 푸른 하늘을 배경으로 해서 로시나의 모습이 드러났다. 아주 높다란 바위 꼭대기에 한쪽 무릎을 꿇고 앉은 그녀는 미리 폭탄을 잔뜩 준비해놓은 것 같았다. 시골 여자가 쓰는 숄 같은 것을 두른 그녀는 새까만 마녀 같은 모습이었다. 고함을 지르는 그녀의 입과 이가 보였다. 그녀의 주요 목표가 페레그린이라는 것도 곧 분명해졌다. 그는 가슴과 어깨에 돌멩이를 맞았다.

숨을 곳을 찾는 대신에 그는 고함을 질러대며 반격을 개시했다. 로시나의 머리로 돌멩이들이 날아갔지만 하나도 맞지 않은 것 같다.

"저 여자 누구지?"

좀 짜증스러운 말투로 제임스가 물었다.

"페레그린의 전처야."

"저 여자가 왜 이렇게 우리를 귀찮게 구나?"

"페리, 차에 타, 차에 타라고!"

나는 페레그린의 저고리 자락을 움켜잡았다. 그는 화가 나서 몸을 빼더니 돌멩이를 더 집으려고 허리를 구부렸다.

나는 돌멩이에 손을 맞고 아파서 서둘러 차로 돌아갔다.

"로시나! 로시나."

타이투스가 소리를 지르며 손을 흔들었다. 그것은 전투할 때의 함성과 같았다. 그는 손짓을 하고 춤을 추었다. 나는 그를 다시 끌고 왔다. 제임스가 페리를 잡았다. 순식간에 우리는 모두 차에 탔고 페레그린은 난폭하게 속력을 냈다. 차가 쏜살같이 달려나가 마을의 길이 육지로 갈라진 모퉁이를 돌았다.

여기서 페레그린은 차를 급히 세우고 트렁크로 가더니 잭을 가지고 와서 나머지 유리를 마구 때렸고 우리는 온통 하얀 유리 파편을 뒤집어썼다. 그는 찌그러진 엔진 덮개를 살펴보았다.

"도대체 그 잡년이 무엇 하러 여길 왔을까?"

그가 말했지만 말투를 보니 대답을 기대하지는 않았다. 잠시 후에 그는 생각이 난 듯 말했다.

"학생 시절에 크리켓을 하더니만."

이 괴기하고 난폭한 사건에 얼이 빠졌던 나는 그 소동 속에서도 줄곧 꼼짝도 않았고 어떤 일이 벌어지고 있는지도 의식하지 못하는 듯싶었던 하틀리를 보고는 속이 뒤집힐 만큼 심한 충격을 받았다. 그러자 어젯밤 방갈로에서 여자가 얘기하는 소리를 들었다던 길버트의 말이 불현듯 생각났다. 로시나는 벤을 '위로하겠다'던 더러운 위협을 행동으로 옮겼으며, 그랬기 때문에 벤은 하틀리를 어젯밤에 받을 준비가 안 되었던 것이나 아닐까? 이 생각을 하자 나는 혼란함과 걷잡을 수 없는 분노를 느꼈다.

이때쯤 우리는 마을을 통과하고, 무척이나 오래전에 하틀리와 내가 아주 수줍어하며 얘기를 나누었던 교회를 지나 언덕으로 방향을 돌려 방갈로들이 있는 곳을 향했다. 얼굴이 새빨개져서 난폭하게 차를 몰던 페레그린은 혼자 생각에 너무 깊이 빠져버려서 더는 사태 진전에 적극적으로 끼어들지도 않았고, 무슨 일이 벌어지는지도 거의 모르는 것처럼 보였다.

집으로 가는 하틀리를 상상했을 때 나는 차의 문을 열고 그녀가 나오도록 부축을 해서 대문의 빗장을 풀고 마당을 건너가는 상상은 하지도 못했고, 어느 순간에라도 나는 "아냐! 더는 못 참아!"라고 소리를 지르며 그녀의 손을 잡아끌고 가게 될지도 모른다고 생각했다. 나는 그러지를 않았다. 나는 그녀에게 손도 대지 않았다. 그녀는 스카프와 파란 가운을 벗어놓고는 재빨리 차에서 빠져나갔다. 나는 문을 열어주고 그녀를 뒤따라 마당을 건넜다. 내 뒤에는 제임스와, 겁이 난 듯한 타이투스와, 역시 겁이 난 듯한 길버트와, 속으로 혼자만 화를 내던 페레그린이 따라왔다.

하틀리가 초인종을 울렸다. 감미로운 소리가 울리자마자 미친 듯이 개가 마구 짖어대었고, 다음에는 사람이 욕을 하는 소리가 들려왔다. 문이 쾅 닫혔고, 짖는 소리가 덜 들렸다. 그러자 벤이 문을 열었다. 그는 그녀를 받아들이고 그냥 문을 닫아버리고 싶었겠지만, 제임스의 지시에 따라 나는 그녀를 바싹 따라갔고 다른 사람들은 내 뒤를 따랐다.

나는 집 안의 광경도 마찬가지로 상상을 하지 않았었고, 기껏해야 당장 벌어질 소동이나 엄숙한 회담 장면을 머릿속에 그려본 정도였는데, 양쪽 경우 모두 하틀리가 주인공이었다. 실제로 닥치고 보니 하틀리는 문을 들어서자마자 모습을 감추었다. 순식간에 그녀는 생쥐처럼 빠져나가 침실로 들어가서 문을 닫아버렸다. (내가 벤과 얘기를 나누었던 작은 방이 아니라 큰 침실 말이다.)

꽤 큰 놈으로 생각되는 개가 현관에서 벌어지는 일에 음향 효과라도 내려는 듯 계속해서 짖어대었다. 벤은 거실 문으로 물러섰고, 길버트는 닫아버린 앞문에 몸을 기대었고, 페레그린은 화가 난 채로 갑옷을 입은 기사의 그림을 쳐다보았고, 제임스는 흥미로운 눈초리로 벤을 쳐다보았고, 벤과 타이투스는 서로 노려보고 있었다.

벤이 먼저 입을 열었다.

"그래, 타이투스."

"안녕하세요."

"엄마하고 같이 집에 와서, 이젠 여기서 사는 거냐?"

타이투스는 떨면서 입술을 깨물며 잠자코 있었다.

"여기서 사는 거야, 응? 응?"

타이투스가 머리를 저었다. 그는 볼멘소리로 나지막하게 말했다.

"아뇨. 떠나 있을까 해요. 멀리."

내가 말했다.

"타이투스는 내 아들이 아니지만 양자로 받을 용의가 있어요."

나는 초조해서 목소리가 떨렸고, 내 얘기는 실감이 안 나고 바보처

168

럼 들렸다. 벤은 내 말을 무시했다. 아직도 타이투스를 노려보며 그는
난폭하게 집어던지는 시늉을 했다. 타이투스가 몸을 움츠렸다.

벤은 모인 사람들 가운데 키가 가장 작았어도 체격은 제일 단단했
다. 황소 같은 목과 큼직한 어깨는 너무 작아진 낡은 카키빛 셔츠에서
터져나올 것만 같았다. 배가 약간 나와서 검정 허리띠는 꽉 죄었지만,
건강은 아주 좋은 상태였다. 햇볕에 탄 살갗이 반짝거렸고, 짧은 쥐색
머리카락은 짐승의 털처럼 뻣뻣하게 섰으며, 최근에 면도를 했다. 손을
늘어뜨린 그는 무슨 곡예라도 부리려는 듯 손가락을 꼼지락거리며 약
간 발돋움을 했다. 내가 기억하기로는 현관이 답답하게 느껴졌던 것 같
은데, 아마 무슨 고약한 냄새가 났기 때문이었나 보다. 죽은 장미꽃이
가득 찬 꽃병이 몇 개 눈에 띄었다. 개는 이제 잠잠해졌다.

내가 말했다.

"내 편지 읽었어요?"

벤은 나에게 관심도 보이지 않았다. 그는 제임스를 빤히 쳐다보았고
제임스도 그를 쳐다보았다. 제임스가 생각에 잠겨 얼굴을 찡그렸다. 그
러더니 그가 말했다.

"피치 상사죠?"

"예, 그렇습니다."

"영국군 공병대."

"그렇습니다."

"당신이 바로 아르덴〔프랑스 북동쪽의 지명〕 사건의 주인공이었군요."

"그렇습니다."

"훌륭했어요."

제임스가 말했다.

감정의 노출이나 심지어 만족하는 기색조차 비치지를 않으려고 벤의 얼굴이 굳어졌다.

"당신이 저 사람 사촌인가요?"

"그래요."

"아직도 현역입니까?"

"그래요. 사실은 얼마 전에 퇴역을 했죠."

"나도 그냥 있을걸 그랬어요."

두 사람 다 과거를 생각하며 당장이라도 회고담을 시작하려는 듯 잠깐 침묵에 잠겼다. 그러자 제임스가 서둘러 말했다.

"이런 문제가 생겨 미안하군요. 난…… 그래요, 여자는 완전히 결백하고 아무 일도 없었으니까, 아무 죄도 없다는 걸 명예를 걸고 내가 맹세하죠."

벤이 무표정하게 말했다.

"좋아요."

그는 머리와 어깨로 가도 좋다는 시늉을 했다. 더 할 말이 없느냐고 이름난 연사에게 말없이 묻는 회장처럼 제임스는 침착하게 나에게로 시선을 돌렸다. 나는 그의 눈짓에 반응을 보이지 않고 그냥 돌아섰다. 길버트가 문을 열었고, 페레그린과, 다음에는 길버트, 그리고는 타이투스와, 나와 제임스가 밖으로 나갔다. 뒤에서 조용히 문이 닫혔다.

자동차에 다다르기 전에 하틀리의 화장 도구와 내가 준 돌멩이가 담긴 플라스틱 가방을 내가 그냥 가지고 있음을 깨달았다. 나는 기계적으로 뒤돌아섰다. 제임스가 붙잡으려고 했지만 나는 몸을 피해서 곧장 마당으로 들어갔다. 악마들의 추악함이 모인 어떤 재수 없는 상징처럼 여

170

겨지는 그 가방을 슈러프 엔드로 가져가지 않고 하틀리에게 주어야 한다는 미신에 가까운 절박한 필요성이 느껴졌다. 그것을 문간에 놓아두어도 된다는 사실을 깨달은 것은 나중 일이었다. 나는 초인종을 누르고 기다렸다. 개가 다시 사납게 짖어대기 시작했다. 벤이 소리를 질렀다.

"시끄러워, 이 새끼야!"

잠시 후에 그가 문을 열었다. 무표정한 태도가 사라졌다. 그는 증오로 가득 찬 찌푸린 얼굴을 보였다. 내가 하는 행동이 경솔하다고 느꼈지만, 꼭 해야 할 일이었다. 나는 다음 장면을 미리 막아야 한다는 것도 의식했다. 침실 문이 열려 있었다.

나는 가방을 내밀었다.

"부인 물건입니다. 전해주는 걸 깜빡 잊었어요."

벤이 가방을 낚아채서 집어던졌고, 가방은 그의 뒤 현관에 덜그럭거리며 나뒹굴었다. 그가 사납게 찡그린 얼굴을 내밀자 나는 뒷걸음질을 쳤다.

"다시 내 앞에 나타나면 죽여버리겠어. 그리고 그 거지 같은 새끼더러도 얼씬거리지 말라고 해. 난 널 죽여버리겠어!"

문이 요란하게 쾅 닫혔고 종이 흔들려 딸그랑거렸다. 개는 발악을 하다시피 소리를 질렀다. 나는 다시 마당을 건너 벤의 말이 들리지 않았을 차로 갔다.

길버트와 타이투스는 뒷자리에 앉아 있었다. 의자는 커다란 진주 같은 하얗고 불투명한 돌조각들로 뒤덮였다.

"이게 뭐지?"

내가 물었다.

"유리창이 깨진 거 생각 안 나?" 제임스가 말했다. "그럼 집으로 갑시다. 페레그린, 갈까요?"

차가 출발해서 요란하게 언덕을 올라가 방향을 돌리자 창문으로 바람이 세차게 들어왔다. 아무도 입을 열지 않았다.

바닷가 길과의 교차점에 가까워지자 타이투스가 말했다.

"차 좀 세워주시겠어요? 여기서부터 걸어가고 싶어요."

페레그린이 갑자기 차를 멈추자 우리는 모두 앞으로 몸이 쏠렸다. 타이투스가 내리려고 했다.

"타이투스, 그곳으로 돌아갈 생각은 아니겠지?"

그의 셔츠를 붙잡으며 내가 소리를 질렀다.

"아녜요!" 그는 몸을 빼고는 돌아서며 말했다. "솔직히 얘기하면 난 토할 것 같은 기분예요."

그는 항구 쪽으로 걸어가기 시작했다. 페레그린은 다시 사납게 차를 몰았다.

길버트가 제임스에게 물었다.

"아까 얘기하던 아르덴 사건은 도대체 무슨 소리예요?"

제임스는 재미있다는 듯 또렷또렷한 표정이었다. 벤을 만나고 나니 기분이 좋아진 모양이었다. 그가 말했다.

"신기한 사건이었죠. 피치라는 저 친구는 아르덴의 포로수용소에 있었는데, 1944년에 포로가 되었을 거예요. 수용소에는 장교가 하나도 없었고, 그가 선임 하사관이었는지 어쨌든 지휘관 노릇을 했어요. 1945년 5월에 우리 부대가 도착하기 전에 독일군이 수용소를 철수시키려고 할 때 그는 혼자서 전쟁을 벌였어요. 그는 모든 장병들을 휘어잡았죠. 포로들 가운데 주먹이 센 친구들을 규합했고, 모두들 가담을 해서 멋지게 조직을 한 다음 기막힌 계획을 짜서는 이동을 방해했는데, 아마 기차를 탈취하기도 했을 겁니다. 그들은 무기를 빼앗아서 독일군에게 쏘아대기 시작했어요. 무슨 개인적인 원한이 얽혔든지, 꽤 참혹한 사태가 벌어졌습니다. 어쨌든 우리가 도착해서 보니 독일군은 포로의 신세가 되었고, 젊은 피치는 수용소를 완전히 장악한 다음 문간에서 우리를 맞아주었어요. 한 사람의 용감성과 지도력의 깨끗한 본보기였죠. '불필요한 잔인성'에 대한 잡음이 좀 있었지만 곧 정리가 되었고요. 그는 훈장을 탔죠."

"당신이 거기 있었나요?"

길버트가 물었다.

"아뇨, 난 다른 곳에 있었지만, 수용소를 탈취한 건 우리 부대였고, 누가 그 얘기를 나한테 해주었어요. 그 사람 사진을 본 적이 있는데, 그동안 하나도 안 변했군요. 그리고 내 상상력을 자극해서 기억에 남아 있었기 때문에 그의 이름을 난 잊지 않았죠. 그는 용감한 남자였습니다. 이렇게 우연히 만나다니 참 묘하군요!"

"용기치고는 달갑지 않은 용기야."

내가 말했다.

"그 전쟁도 별로 달갑지 않았지."

제임스가 말했다.

"그 남자는 살인자야."

"사람을 더 잘 죽이는 사람들이 있기는 하지만, 꼭 성격이 악해서 그런 건 아냐. 그는 유능한 군인답게 행동을 했지."

우리는 집에 도착했다. 차가 바위에 긁혀 기우뚱거리며 섰다. 우리는 모두 내렸다. 나는 시계를 보았다. 10시였다. 하루가 지나려면 아직도 멀었다.

나는 집으로 들어가 부엌을 지나서 곧장 잔디밭으로 나갔다. 내 뒤를 따라오던 제임스는 부엌문에 서서 나를 쳐다보았다. 나는 그에게 말했다.

"도와줘서 고마워. 할 일을 끝냈으니 이젠 떠나고 싶겠지."

"글쎄, 상관없다면 내일까지 묵고 싶은데."

"마음대로 해."

나는 민의 다리를 넘어 탑 쪽으로 바위를 건너갔다. 바닷가에서 레이븐 만이 보이는 장소를 찾아내었다. 바다에서 무더운 바람이 불어왔고 파도가 약간 위험스럽게 일었지만 천둥이 칠 분위기는 아니었다. 폭풍이 그냥 지나가버린 모양이었다.

로시나의 돌에 맞은 손이 아팠다. 멍든 자리가 드러났다. 이제 보니 온몸이 땀으로 흥건히 젖었다. 등에 달라붙은 셔츠와 작업복 저고리의 땀이 뜨거운 바람에 말랐다. 저고리를 잡아당기고 셔츠를 풀었다. 만에는 아지랑이가 피었고, 새파란 바닷물은 부서지는 파도가 예쁜 레이스처럼 테를 둘렀다. 품고 있던 열기가 뿜어나오며 반짝이는 것이 눈에 보이는 듯, 둥글고 커다란 바위들은 뜨겁게 느껴졌다. 바위들은 엄숙하고 거의 종교적인 모습이었다. 해초의 누런 얼룩들은 상형문자처럼 보였다. 만의 다른 쪽 돌출부는 보랏빛으로 얼룩얼룩했다. 재빨리 말라버리며 거품이 튀는 노란 바위에서 힘차게 솟았다가 무너지는 바닷물에 발이 닿을락 말락했다. 최근의 사건에서 바보짓을 했다는 생각이 들었고, 그런 한심한 일에 관련되어 우스운 꼴을 보여주었다는 사실이 슬펐다.

가벼운 발소리가 들렸고, 그림자가 보였으며 제임스가 와서 옆에 앉았다. 나는 그를 거들떠보지도 않았고 우리는 얼마 동안 말없이 앉아 있었다.

제임스는 바위를 여기저기 만져보더니 작은 돌멩이들을 주워 물로 던지기 시작했다. 마침내 그가 말했다.

"너무 걱정하지 마. 그 여자 별일 없을 테니까."

"어째서?"

"내가 상황을 판단해보니 그래."

"알겠어."

"그리고 그 묘한 일화도 있고."

"네 생각에는 애로우비 장군에 대한 피치 상사의 존경심이 그 정도라고……?"

"꼭 그렇지는 않겠지. 하지만 우리 두 사람은 뭘 주고받은 셈이야."

"군인의 이심전심이군."

"비슷하지. 내 생각에—설명하기가 어렵지만—명예라는 문제가 관련된 셈이지."

"거지 같은 소리." 내가 말했다. "이상한 일이지만, 제임스, 군대 얘기만 꺼내면 넌 완전히 멍텅구리처럼 보여. 군인의 허영심이랄까."

조금 더 침묵이 흘렀다. 나도 돌멩이를 몇 개 주워서 간직할 가치가 있는지 하나씩 살펴본 다음에 물로 던졌다. 나는 벤이 플라스틱 가방의 예쁜 돌을 곧 던져버리리라고 상상했다. 개한테 던질지도 모른다. 개가 불쌍했다.

제임스가 말했다.

"네 스스로 더 잘 처리할 수 있었을 텐데 내가 공연히 끼어들어 영향을 받았다고는 생각하지 않겠지?"

"아니."

나는 그 문제를 따지고 싶지가 않았다. 물론 나는 그의 영향을 받았다. 하지만 더 잘 처리하는 것은 고사하고, 내가 무슨 결정이라도 내릴 수가 있었을까?

"타이투스는 어떻게 하겠어?"

"뭐라고?"

"타이투스는 어떻게 하겠어?"

"몰라. 어디론가 가버리겠지."

"붙잡으면 안 가겠지만, 매달리기 전에는 가버릴 거야. 배우가 되고 싶다고 하던데."

"나한테도 묘하게 그런 말 하더군."

"연극 학교에 넣어줄 수 있겠어?"

"글쎄."

"타이투스한테 네 마음을 붙일 수 있을 것 같은데."

"그런 것까지 걱정해주니 고맙구먼."

"이젠 이 집을 떠나는 거 아냐?"

"왜 떠나?"

"글쎄, 그러는 게 좋지 않아?"

"여긴 내 집이야. 난 이곳이 좋아."

"아니지."

우리는 또 돌맹이를 던졌다.

"얘기 계속해도 될까, 찰스?"

"그래."

"내가 생각해봤는데 — 정말 상관없겠어?"

"무슨 상관이 있다는 건지, 얘기나 해봐."

"세월이란 사람들의 현실로부터 우리를 갈라놓고, 사람들을 떼어놓아 유령으로 바꿔놓지. 그게 아니라, 그들을 유령이나 악마로 변형시키는 건 오히려 우리야. 과거에 대한 쓸데없는 선입견들이 그런 환영을 만들어내고는 유령 헬렌을 위해 트로이의 영웅들이 싸우게 만들었듯이 힘을 발휘하지." 〔헬렌은 납치를 당하지 않았고, 트로이에서는 그녀의 목상木像만 발견되었다는 설도 있음〕

"내가 유령 헬렌을 위해 싸우고 있다는 얘기야?"

"그래."

"그녀는 나에겐 현실이야. 너보다도 훨씬 현실적이지. 고통을 받는 불행한 사람을 보고 유령이라고 부르다니, 그런 모욕이 어디 있어?"

"그녀를 유령이라고 그러는 게 아냐. 그녀는 인간이니까 실재하지만, 그녀가 지닌 현실은 다른 곳에 있어. 그녀는 네가 꿈속에서 그리는 모습과 일치하지 않아. 넌 그녀를 변형시킬 능력이 없었지. 노력은 했지만 실패했다는 걸 인정해야 해."

나는 아무 대꾸도 하지 않았다. 분명히 무엇인가 노력을 했지만 실패했다. 하지만 그것은 무엇이었으며, 그 실패가 증명하는 바는 무엇이었나?

"그만큼 애도 써봤으니 이젠 마음을 편히 가져도 되잖아? 그 일로 더는 자신을 괴롭히지 마. 좋아, 노력은 해봐야겠지만, 이제는 끝난 일이고, 그녀에게 심한 피해를 주지도 않았을 거야. 이제는 다른 것들을 생각해봐. 군대에서는 의무를 수행하지 못하도록 일부러 자해를 하면 죄가 되지. 그런 짓은 마. 타이투스를 생각해서."

"왜 자꾸 타이투스를 끌어넣지?"

"미안해. 하지만 정말 이런 식으로 따져봐. 소녀였을 때 그녀에 대

177

한 네 사랑은 충격을 받아 가사(假死) 상태가 되었지. 지금 그녀를 다시 만난 충격은 그녀에 대한 모든 옛 감정을 부활시켰어. 그건 정신적인 수수께끼여서 그 나름대로 필연성이 있을지 모르지만, 네가 생각하는 것과는 달라. 물론 당장 그걸 극복하지야 못하겠지. 하지만 몇 주일이나 몇 달이 지나면 온갖 일들을 되돌이켜보고, 느껴보고, 잊어버리게 돼. 인간적인 것은 하나도 영원하지를 못하니까 그건 영원하지 않아. 우리에겐 영원성이란 환각이야. 동화에서처럼 시계가 12시를 치면 모든 것이 산산조각이 나고 사라지지. 그리고 그녀로부터 자유가, 영원히 자유가 되고, 불쌍한 그 유령을 보내줄 수가 있게 돼. 남는 것이라고는 평범한 의무와 평범한 관심뿐이지. 그러면 편안함을, 자유를 느낄 수 있어. 지금은 그냥 홀리고 최면에 걸린 상태일 뿐이야."

애기를 하는 동안 제임스는 바닷물 쪽으로 몸을 내밀고는 납작한 돌멩이들로 물수제비를 떴는데, 파도가 높아서 멀리 튀어 나가지를 못했다. 튕겨 날아가는 돌멩이를 지켜보면서 나는 집 근처의 연못에서 하틀리와 그 장난을 하던 생각이 나서 마음이 고뇌로 가득 찼다. 그녀가 나보다 돌을 잘 던졌다.

내가 대꾸를 했다.

"그건 똑똑한 애기 같지만, 알맹이가 없어. 사랑은 그런 너절한 심리학을 우습게 보지. 넌 사랑이 참고 견딘다는 걸 몰라. 바로 그 인내가 사랑의 기적 같은 본질이야. 아마 넌 누구도 그토록 사랑해본 적이 없겠지."

이 말을 하면서 제임스가 동성애를 하느냐고 궁금해하던 나에게 토비 엘스미어가 해준 애기가 머리에 떠올랐다. 토비의 애기로는 제임스가 인도에 있을 때 당번으로 데리고 있었으며 무슨 일로 산에서 죽은 네팔의 셰르파에게 무척 깊은 애정을 가지고 있었다고 한다. 물론 사람이란 남들의 사랑을 알 수가 없으며, 나는 제임스의 사랑을 알지 못한다. 서툴렀던 내 얘기에 보충을 하기 위해서 나는 말을 이었다.

"넌 과거가 비현실이고, 유령들만 가득 찬 무덤이라고 생각하지. 하지만 나에게는 과거가 무엇보다도 더 현실적이고, 과거에 대한 성실성이 무엇보다도 중요해. 이건 옛사랑의 불꽃에 대한 감상적인 행동이 아냐. 이건 인생의 원리이고, 설계이지."

"그럼 시도까지 해보고, 그녀가 집으로 가기를 원하니까 보내는 것이 좋다고 시인을 한 다음인데도 네 생각이 옳았다는 얘기야?"

"그래. 그렇기 때문에 나는 여기 머물러야 해. 기다려야 하니까. 난 자리를 지켜야 해. 내가 기다린다는 걸 그녀가 아니까 난 여기 있어야 해. 그녀도 그녀 나름대로 불확실한 것들이 있었지. 모든 일이 너무 빨리 벌어지고 있었기 때문에 그녀는 집으로 돌아가야 했어. 하지만 이제 그녀는 생각을 해보고, 결국은 쇠사슬이 끊어졌다는 걸 깨닫겠지. 언젠가는 그녀가 이곳으로 나를 찾아오리라는 걸 난 알아. 그녀는 한 번 왔었어. 다시 올 거야."

"만일 오지 않는다면?"

"난 영원히 머물겠고, 그것이 내 의무이니까 끝까지 기다리겠어. 아니면 차라리─난 기다리고─그런 다음에는─맨 처음부터 모든 일을 다시 시작하는 거야."

"구출 계획 말이지?"

"그래. 돌멩이는 그만 좀 던져."

"미안해." 제임스가 말했다. "아담 삼촌과 마리안 숙모와 네가 함께 찾아올 때면 우린 샥스톤 근처의 연못에서 자주 이 장난을 했지."

"난 기다려야 해. 그녀는 이곳으로 나를 찾아올 거야. 그녀는 나의 한 부분이고, 이건 꿈이나 공상이 아냐. 어릴 적부터 누군가를 안다는 것, 그건 공상이 아냐. 그녀는 내 속으로 들어왔어. 사람이 그렇게 절대적으로 다른 사람과 연결될 수 있다는 게 이해가 안 가?"

"알겠어." 제임스가 말했다. "자, 난 가봐야지. 자동차 정비소로 페레그린을 태우고 갔다 와야 하니까. 점심때 만나. 점심 식사야 있겠지."

별로 화기애애한 분위기는 아니었지만 점심 식사는 있었다. 길버트가 어디선가 구해온 싱싱한 고등어를 먹었다. 그는 야생 회향풀도 구해왔다. 요리는 그가 맡았다. 타이투스 말고는 아무도 별로 먹지 않았다. 어디가 집인지를 아는 개처럼 그가 돌아와서 나는 무척 마음이 놓였다. 그렇다, 나는 그를 돕고, 아끼고, 정성을 쏟을 터였다. 하지만 지금은 서로 시선을 피했다. 일종의 수치심이 우리 두 사람을 사로잡았다. 그는 늙고 불행한 어머니와 미련하고 야수 같은 아버지를 부끄럽게 여겼다. 나는 하틀리를 잡아두지 못하고 마지못해 지옥 같은 결혼 생활로 되돌려 보냈기에 부끄러웠다. 그렇다, 나는 제임스 때문에, 아니, 제임스뿐 아니라 길버트와, 페레그린과, 심지어는 타이투스 때문에 마지못해서 그랬다. 남들이 가만히 있기만 했다면 나는 신념을 지니고 그녀를 붙잡아두는 데 성공했으리라. 나는 이 방관자들에게 기가 죽었다.

페레그린은 적극적인 침착성을 겉으로나마 되찾았다. 그는 길버트와 무슨 잡담을 나누었다. 길버트는 어서 소문을 퍼뜨리고 싶은 기막힌 모험을 상처 하나 없이 겪었다는 데 대해 은근한 만족감을 드러내었다. 울적해서였는지 제임스는 조용하고 멍했다. 타이투스는 창피하고 못마땅해했다. 나는 다른 세 사람에게 언제 가겠느냐고 물으면서, 구경거리가 끝났으니 어서 가주었으면 하는 의사를 나타내었다. 내일 떠나자는 얘기가 지배적이었다. 그때까지면 페리의 차 수리가 끝난다. 정비공장 까지는 제임스가 그를 태워다준다. 길버트는 마지못해 떠나겠다고 동의했지만, 내 소식을 런던에 퍼뜨릴 생각을 하며 즐거워했다. 나는 타이투스와 단둘이 남게 된다.

길버트의 똑똑한 제안에 따라 나는 점심을 먹은 다음에 아직 차를 쓸 수 있을 때 사다가 쌓아둘 식품과 술의 기다란 목록을 만들었다. 그러자 그는 다시 마을로 떠났다. 타이투스는 절벽으로 수영을 하러 갔다. 이제는 새우처럼 새빨개지고 선탠 로션으로 반짝거리던 페레그린은 탑 옆의 풀밭에 누웠다. 제임스는 서재 마룻바닥에 털썩 주저앉아 내 책들을 뒤져가며 여기저기 읽었다. 차에 먹을 것을 잔뜩 싣고 돌아온 길버트는 프레디 아크라이트가 휴가를 보내려고 아모른 농장에 도착했다는 소식을 가게에서 들었다고 전했다. 페레그린은 두통으로 눈도 못 뜨고 비틀거리며 집으로 돌아와서 서재로 들어가 커튼을 닫고 누웠다. 제임스는 잔디밭으로 나가 물통에서 돌멩이들을 꺼내 풀밭에다 복잡하고 둥근 무늬를 지으며 늘어놓았다.

오후는 아주 무더웠고 멀리서 천둥이 다시 우르릉거렸다. 바다는 끈끈한 액체처럼 육중하고, 부드럽고, 묵직하게 솟았다가 무너졌다. 그러다가 타이투스가 수영을 끝내고 돌아오고 나서 얼마 후에 바다는 분위기가 달라지기 시작했다. 거센 바람이 불어왔다. 부드러운 파도가 힘차게, 점점 더 높이 쳤다. 가마솥으로 요란하게 몰려 들어가는 바닷물 소리가 들렸다. 수평선 나지막이 뭉실뭉실한 구름이 길게 드리웠지만, 태양은 구름 한 점 없이 파란 하늘에서 내리비추었다. 길버트와 타이투스는 탑으로 가서 풀밭에 진 탑의 그늘에 앉았다. 그들이 Eravamo tredici를 부르는 소리가 들렸다.

나는 분노하고 상처받은 내 마음을 위해서 일부러 공백 기간을 설정
했다. 지금까지 있었던 일은 내 의사를 무시하고 제임스가 주도했음이
분명하다. 만일 내가 배짱과 지각이 있어서 처음에 당장 끌고 가기만
했더라면 하틀리는 나에게 몸을 던졌으리라. 처음에는 행복의 희망이
꺼져버린 희미한 절망 속에서 그녀는 포기를 하고 자포자기했으리라.
그녀에게 살려는 욕망을 가르치는 것이 내 의무요 특권이었으니, 앞으
로라도 나는 그렇게 할 터이다. 내가, 오직 나만이 그녀를 다시 살릴 수
있는 숙명으로 맺어진 왕자님이다. 어떻게 보면 지금 잠깐 동안 그녀를
돌려보낸 것이 오히려 잘된 일인지도 모른다. 기습적인 내 전략은 결국
쓸모가 없는 것만도 아니어서, 그녀는 시간을 가지고 따져보며 두 남자
를 비교하고 다른 미래에 대한 개념을 추출할 수 있을지도 모른다. 내
가 그녀에게 가르치려던 교훈은 헛되지 않으리라. 나와 함께 지낸 다
음, 마음속에 자유의 씨앗이 뿌려진 다음 벤을 접하게 되면 그녀는 도
피의 가능성을 깨우치고 다음에는 견디지 못할 만큼 그 가능성을 갈구
하리라. 벤을 접하게 되면 드디어 그녀는 이 문제에 몰두할 것이다. 그
러면 단순히 내 말에 묵종하는 것이 아니라 그녀 나름대로 분명한 결정
을 내리게 되니까 사실상 더 좋으리라. 두려움이나 함정에 빠졌다는 기
분을 덜 느끼면 그녀는 심사숙고를 한 다음 오기로 결정하리라. 내 잘
못은 너무 갑작스럽고 무모하게 행동을 했다는 점이다. 그녀를 절대로
감금하지 않았어야 했다는 사실을 이제야 깨달았다. 강력하게 설득을
해서 짤막한 기간 동안 그녀를 쉽게 잡아둘 수 있었으리라. 그랬다면
나는 그녀의 이성에 영향을 주었을 것이다. 그녀는 너무 충격을 받아
제대로 납득할 상태가 아니었다. 나는 그녀에게 포로와 희생자의 역할

을 주었고, 그 사실 자체만으로도 그녀의 사고할 능력은 마비가 되었다. '집'이라는 그 끔찍한 소굴에서 그녀는 지금은 적어도 '생각'을 할 수가 있으리라. 그는 항상 그녀의 이성을 깔고 뭉개거나 육체를 감지할 수는 없다. 나는 기다리겠다. 그녀가 올 테니까. 나는 이 집을 떠나지 않겠다. 밤이나 낮, 언제 그녀가 찾아올지 모르니까. 그리고 만일 그녀가 오지 않는다면, 그렇다, 나는 제임스에게 얘기했던 대로 맨 처음부터 모든 일을 새로 시작할 것이다.

저녁이 가까웠다. 타이투스와 길버트는 들어와서 차를 만든 다음에 길버트의 자동차를 타고 블랙 라이언으로 갔다. 페레그린은 위스키로 두통을 쫓으려고 나왔다가 다시 들어갔다. 제임스는 만다라 그림인지 무엇인지를 위해 돌멩이를 주우려고 어슬렁거리며 사라졌다. 하틀리에 대한 그런 생각을 하며 약간 마음이 가벼워진 나는 마을 쪽으로 바위를 얼마쯤 기어 넘어갔다. 바다 언저리에서 뿌려대며 점점 거칠어지던 파도의 물보라에서 무지개가 보였고 고운 빗발처럼 물방울이 나한테까지 올라왔다. 나는 전에 내가 찾아낸 비밀 장소이며 높다란 바위들이 깊숙하게 V 모양을 이룬 기다란 틈바구니로 미끄러져 들어갔다. 파인 곳의 바닥 일부에는 좁다란 물웅덩이가 자리를 잡았고 다른 부분은 조약돌이 깔린 개울이었다. 매끄러운 바위들은 아주 뜨거웠고, 밀폐된 공간의 따스함이 몸에 아늑하게 느껴졌다. 나는 자갈밭에 앉았다. 몇 개를 뒤집어보았다. 밑바닥이 축축했다. 꼼짝 않고 앉아서 마음을 침묵시키려고 애를 썼다. 조약돌 하나가 바위를 타고 굴러 내려와 개울에 빠졌고, 나는 무료하게 그 돌을 쳐다보았다. 잠시 후에 조약돌이 또 하나 굴러 떨어졌다. 그리고 또 하나가. 위를 올려다보았다. 두 손으로 바위 꼭대기에 달라붙어 누가 나를 내려다보고 있었다. 바람에 나부낀 곱슬곱슬한 갈색 머리 한두 가닥이 역시 바위 꼭대기로 넘어왔다. 환한 갈색 눈이 반쯤 웃고 반쯤 겁을 먹고 근시처럼 나를 쳐다보았다.

"리지!"

리지는 날카로운 바위 꼭대기 위로 몸을 끌어올리고는 벌써 긁혀 피가 조금 나는 갈색 다리 한쪽을 꼭대기에 걸치더니 파란 드레스의 치렁치렁한 자락에 걸려 균형을 잃고는 길고 매끄러운 표면을 타고 미끄러져 내려와 웅덩이에 빠졌다.

"이런, 리지!"

나는 그녀를 끌어내어 껴안고는 격렬한 분노와 눈물이 뒤섞일 지경의 고통스러운 웃음을 지었다.

리지도 웃으면서 젖은 드레스 자락을 짰다.

"베였구먼."

"아무렇지도 않아요."

"구두 한 짝을 잃어버렸고."

"웅덩이 속에 있어요. 저걸 꺼내주겠어요, 아니면 당신은 내 구두를 수집할 작정이세요? 오, 찰스…… 내가 와서 기분이 나쁜 건 아니죠?"

"길버트가 여기 있다는 거 알아?"

"예, 나한테 편지를 했더군요. 당신과 같이 산다는 걸 자랑하고 싶어서 배길 수가 없었나 봐요."

"그가 당신더러 오라고 청했어?"

"아뇨, 아녜요, 아마 그이는 당신을 독차지하고 싶었을 거예요. 하지만 난 불현듯 너무나 오고 싶었고, 가면 어떠냐는 생각이 들었죠."

"'오면 어떠냐'는 생각을 했다 이거지, 리지. 차를 몰고 왔어?"

"아뇨, 기차로 와서 다음에는 택시를 탔죠."

"잘했어. 여긴 조금 있으면 차를 세울 곳도 없어질 테니까. 안으로 들어가 옷을 말리지. 바위들이 위험하니까 또 넘어지지 마."

나는 잔디밭을 지나 집 쪽으로 그녀를 데리고 갔다.

"저 돌멩이들은 뭐예요?"

"아, 누가 늘어놓은 무슨 디자인 같은 거야. 당신 좀 야위었구먼."

"살을 뺐어요. 오, 찰스― 당신 ― 별일 없어요?"

"왜, 별일이라도 있어야 하나?"

"글쎄, 모르겠어요."

우리는 부엌으로 들어갔다.

"수건 여기 있어."

나는 길버트가 편지에서 건방지고 촌스럽게 어떤 사실을 왜곡해놓았는지는 묻지 않기로 작정했다. 더 큰 걱정거리들이 없었더라면 그가 어떤 식으로 그녀에게 얘기했을는지가 나를 무척 괴롭혔을 것이다.

리지는 가볍고 부풀부풀한 천으로 만들고 목을 깊이 V 자로 판 광택 있는 푸른빛 여름 드레스에다 널찍한 치마를 입었다. 그녀는 정말로 훨씬 야위었다. 바람에 나부껴 길고 엉성한 타래송곳처럼 마구 뒤엉키고 곱슬거리는 머리가 눈부시게 파란 옷깃 위로 흩어져 늘어졌다. 바람과, 다정함과, 안도감으로 빛나며 축축한 그녀의 연한 갈색 눈이 나를 빤히 올려다보았다. 그녀는 어처구니없이 젊어 보이고 활력과 종잡을 수 없는 쾌활함을 발산하면서도, 한편으로는 주인의 사소한 동작 하나도 빠트리지 않고 눈치를 살피는 개처럼 아주 열심히, 아주 겸손하게 나를 쳐다보았다. 나는 내 집에서 베일을 씌워 소리 없이 끌려가게 내버려두었던 당황하고 묵직한 동물과 이 날렵하고 건강한 존재가 얼마나 다른지를 의식하지 않을 수가 없었다. 하지만 사랑이란 스스로 목적을 찾아내고, 스스로 매력을 발견하거나 심지어는 만들어내기도 한다. 필요했다면 나는 이것을 리지에게 설명했으리라.

리지는 샌들을 벗어버리고는 다리를 꼬고 의자에 앉아 바닷물에 거무스레해진 파란 스커트의 널찍하고 치렁치렁한 자락을 여미고는 한쪽 발을 말렸다.

제임스가 들어오다가 깜짝 놀라서 걸음을 멈추었다.

나는 그에게 말했다.

"또 손님이야. 연극계의 친구인 리지 셔러. 이쪽은 내 사촌 제임스 애로우비."

그들은 인사를 주고받았다.

초인종이 딸랑거렸다.

바람에 시달리고 기진맥진해서 문간에 서 있다가 내 품으로 달려드는 하틀리를 눈앞에 그리면서 나는 밖으로 달려 나갔다.

모자를 쓴 남자가 서 있었다.

"세탁물요."

"세탁물?"

"세탁소요. 세탁소 사람을 찾으셨다면서요. 그래서 왔죠."

"아 참, 그래요, 지금은 하나도 없지만, 고마워요, 다음주에 다시 오든지 하세요."

나는 다시 부엌으로 달려갔다. 페레그린이 도착했다. 가깝지는 않았어도 물론 그는 리지를 알았다. 그들이 아직 인사를 나누고 있는데 타이투스를 데리고 길버트가 들어왔다.

"어머나!"

"길버트!"

"이게 당신 옷가방이야? 바깥에 있던데."

초인종이 다시 울렸다. 이번에는 하틀리일까? 아, 그랬으면.

"전화라뇨?"

"전화를 놓겠다고 하셨잖아요. 우린 전화를 가설하러 왔습니다."

전화를 어디에 가설할지를 결정했을 때쯤에 부엌에 있던 사람들은 다 같이 〈무르익은 버찌〉를 노래하고 있었다.

그리고 그들은 계속해서 노래를 불렀다. 그리고 우리는 취했다. 그리고 길버트는 기막힌 샐러드를 만들고 빵과 치즈와 버찌를 차려놓았다. 그리고 식탁에서 옆에 웅크리고 앉아 리지가 버찌를 먹여주자 한가운데 자리를 차지한 타이투스는 무척 즐거워 보였다. 그리고 나는 마을의 다른 쪽 후텁지근한 방에서 얼굴을 가리고 "미안해요, 미안해요, 미안해요" 소리를 자꾸만 자꾸만 자꾸만 되풀이하는 하틀리를 상상했다. 나는 포도주를 좀 더 마셨다. 내 돈으로 길버트는 포도주를 잔뜩 사다 놓았다. 그러다가 날이 어두워지자 그들은 〈나와 함께 있어줘요〉에서 〈주여, 당신이 주신 날이 다했나이다〉로 곡목을 바꿔가며 잔디밭으로 나갔다. 제임스의 돌멩이 그림은 사람들의 발길에 채어 벌써 흐트러졌다. 나는 리지만 따로 불러 사태를 설명하고 싶었다. 바위를 건너 집에서 보이지 않는 장소로 그녀를 데리고 가서 우리는 마주앉았다. 그녀는 당장 순결하고, 진을 빼며 감겨드는 키스를 해주었다.

"리지……."

"어머, 당신 취하셨군요!"

"리지, 당신은 내 친구지?"

"그래요. 영원히, 영원히요."

"무엇 때문에, 왜 날 찾아왔어?"

"난 항상 당신 곁에 있고 싶어요."

"리지, 절대로 그럴 수 없다는 건 당신도 알잖아."

"당신이 나한테—뭔가 나한테 물었는데—잊어버렸어요?"

"난 너무 많은 것들을 잊어버렸어. 자동차 유리창이 깨진 걸 잊어버렸어."

"뭐가요?"

"아, 아무것도 아냐. 들어봐. 들어봐, 리지. 들어봐."

"난 듣고 있어요!"

"리지, 그건 안 돼. 난 무척 불행한 그 여자에게 약속을 했어. 그녀는 나에게로 돌아올 거야. 길버트가 당신한테 애기했나?"

"길버트가 편지에 뭐라고 했죠. 당신이 애기를 해요."

"당신이 알고 있는 게 뭔지 난 몰라."

"로시나는 당신이 수염 난 여자와 결혼한다고 그랬고, 당신은 옛날 여자를 만났으며 나한테 한 애기가 실수였다고 그랬어요."

"리지, 난 당신에게 사랑을 느끼지만, 그런 게 아냐. 난 그녀에게 매인 몸이고 그건 절대적이야."

"하지만 그 여잔 유부녀예요."

"그녀는 남편을 버리고 나한테로 올 거야. 그는 악한 남자이고, 그녀는 그를 미워해."

"그리고 당신을 사랑하나요?"

"그래."

"그런데 그 여자가 정말 그렇게 추한가요?"

"그 여잔…… 리지, 그녀는 아름다워. 모든 피해와 암흑으로부터 누구를 가슴속에서 지켜주고, 신처럼 부활을 시켜주는 게 어떤지 당신은 모를 거야."

"꿈처럼…… 모두가 다 진실이 아니더라도 말예요?"

"그건 순수한 사랑이 현실로 만들어주니까 꿈일 리가 없고, 현실이 될 수도 있어."

"당신이 그 여자를 동정한다는 건 나도 알지만……."

"그건 동정이 아냐. 그건 훨씬 더 크고, 훨씬 더 순수해. 아, 리지…… 난 마음이 찢어지는 것 같아……."

나는 머리를 떨구었다.

"아, 찰스……."

어린아이나 작은 애완동물을 어루만지듯 리지는 내 머리를 아주 부드럽고 다정하게 쓰다듬었다.

"리지, 울고 있어? 울지 마. 난 정말 당신을 사랑해. 무슨 일이 있어도 우린 서로 사랑을 해야지."

"당신은 욕심이 너무 많아요, 찰스."

"그래. 하지만 그렇지는 않아. 우린 당신이 편지에서 말했듯이, 미친 사람들처럼 매달리지 않고 자유롭게 사랑을 해야지."

"그건 어리석은 편지였어요. 내가 아는 건 미친 사람처럼 매달리는 것 말고는……."

"하지만 그녀와는, 하틀리와는 우리 두 사람보다 훨씬 더 위대한, 항상 존재했던 영원한 그 무엇 같아. 그녀는 나에게 오고, 꼭 그래야만 해. 그녀는 항상 나와 함께 있었고, 그녀 자신을 찾으러 오는 거야. 내가 은퇴해서 이곳으로 온 것이 그녀만을 위해 세상을 저버린 듯한 묘한 기분이 들어. 나는 오래전에 내 인생의 의미를 그녀에게 주었고, 그녀는 아직도 그것을 간직하고 있어. 의식을 못해도 그녀는 그것을 지니고 있어."

"그녀가 추하더라도 아름답고, 그녀가 당신을 사랑하지 않더라도 사랑한다는 얘기나 마찬가지로……"

"하지만 그녀는 날 사랑해."

"찰스, 이건 아주 훌륭하고 숭고한 것이거나, 아니면 당신이 미쳐서……"

"리지…… 난 오늘 밤 그녀 때문에 벅찬 사랑을 느껴."

"그 사랑은 주어버려야 해요."

"그래. 하지만 아무한테나 줄 수는 없어. 자신의 삶이 가득 넘쳐 남에게 철저히 주어버려도 사람이란 자유를 느껴. 미래가 무엇을 줄지는 모르겠어, 리지. 모두가 그녀와 관련이 있다는 것밖에는 모르겠어. 하지만 그것은 순수하고, 이기적이 아니고, 바라는 것이 없기 때문에, 존재하는 다른 모든 사랑도 훨씬 더 현실적으로 변모시켜. 아무것도 요구하지 않고, 어디로도 가지 않고, 있는 그대로의 우리를, 리지, 아무것도 바라지 않으면서 날 사랑할 수 있겠어?"

"이것이 지혜든지, 아니면 당신은 기만을 하고 있어요. 당신 확실히 취했어요."

"어떻게 하겠어, 리지?"

"그래요."

그녀는 내 손을 잡아당겨 키스를 했다.

"리지, 리지, 당신 어디 있어?"

길버트의 목소리.

육지 쪽으로 줄달음을 치는 파도 위로 희미한 등불처럼 빛나며 줄지어 떠 있던 하얀 구름을 비추며 해가 넘어가버린 바다에는 아직 좀 환한 기운이 있었어도 날은 거의 저물었다. 물이 들어오는 중이었다.

"리지, 이리 와서 〈Voi che sapete〔당신은 아시나요〕〉를 불러."

기다란 다리를 뻗더니 그녀는 곧 내 앞에서 물러났다. 위에서 그녀에게 손을 내미는 길버트가 보였다. 나는 그 자리에 머물렀다.

그날 저녁은 울적한 혼령이 쓴 가면처럼 괴이하고 원시적인 행복의 환영(幻影)이었다. 나는 그 집으로 가서, 폭풍처럼, 마구 퍼붓는 빗발처럼, 천둥처럼 그들의 삶에 뛰어들지 않을 수가 있었던가?

얼마 후에 나는 슈러프 엔드로 돌아갔다. 그곳은 이상하게 불을 켜놓아 인형의 집처럼 보였다. 길버트가 내 돈으로 등잔을 몇 개 더 산 모양이었다. 잔디밭에도 불빛이 좀 비추었다. 가까이 가보니 리지가 아직도 독창을 하는 중이었다. 정말로 작은 그녀의 목소리가 공중에서 떨었고, 그녀를 둘러싼 남자들은 전혀 꼼짝도 하지 않았다. 많이 취한 페리는 팔짱을 끼고 부엌문 옆에 서 있었다. 그는 흔들리는 몸을 가끔 바로 잡았다. 감상에 젖은 미소를 지으며 길버트는 책상다리를 하고 앉았다. 타이투스는 입을 벌리고, 얼굴은 기쁨과 감격이 넘치고, 눈을 크게 뜨고는 무릎을 꿇고 앉았다. 처음에는 제임스가 눈에 띄지 않았다. 그러다가 내 바로 밑 풀밭에 누운 그의 모습이 보였다. 가족 파티.

〈Voi che sapete〉가 끝났고 리지는 이제 〈피카르디의 장미〉를 노래했다. 그것은 람스덴스의 거실에서 스스로 피아노 반주를 하며 에스텔 숙모가 자주 부르던 노래였다. 그 추억에 얽힌 이상한 아픔을 느끼면서 나는 제임스가 리지더러 그것을 불러달라고 청했으리라는 생각이 들었다. 그러자 이유는 설명하지 않으면서 그 노래가 좋다고 내가 리지에게 얘기했던 것이 생각났다. 그녀는 나를 위해 그 노래를 불렀다.

〈피카르디의 장미〉는 견디기가 조금 벅찼다. 잔디밭으로 내려가는 나를 보고 제임스가 일어나 앉았다. 그의 옆에 앉은 나는 그가 쳐다보고 있어도 그에게로 시선을 돌리지 않았다. 잠시 후에 내민 그의 손이 내 몸에 닿았고, 나는 중얼거렸다.

"그래, 그 노래야."

노래가 끝났다.

그 후 무서운 사건이 벌어질 때까지 저녁 분위기는 조용히 가라앉아서, 멋진 파티의 나중 단계답게 뿔뿔이 흩어지며 서서히 질서를 잃었다. 아니면 내 기억이 아직도 뒤죽박죽인지도 모르겠다. 어디서 비친 것인지는 기억이 없지만 바위 너머에는 불빛이 보였다. 구름이 아직도 빛을 발산하는지도 모를 일이었다. 구름이나 마찬가지로 커다랗고 파리하며, 얼룩덜룩 제멋대로 생긴 달이 나타났다. 바닷가의 사나운 거품이 빛을 내는 듯싶었다. 나는 자취를 감춘 리지를 찾아 여기저기 거닐었다. 손에 술잔을 조심스럽게 들고 모두들 바위 위에서 돌아다니는 것 같았다. 내륙 쪽 어디선가 부엉이가 울었고 띄엄띄엄 들려오는 손님들의 목소리도 마찬가지로 나약하고, 공허하고, 까마득했다. 제임스에게 무례했던 것 같아서 나는 제임스를 찾으려고 했다. 나는 무엇인지는 확실히 몰라도 에스텔 숙모에 대해서 그에게 얘기를 하고 싶었다. 그녀는 내 어린 시절의 빛이었다. 정말로 che cosa amor〔사랑이란 무엇이냐〕였다. 나는 절벽으로 가서 부서지는 파도를 구경했다. 천둥이 나지막하게 우르릉거렸다. 바다에서 파도의 물마루가 하얗게 반짝였다. 별로 멀지 않은 곳에서 길버트의 더듬거리는 바리톤이 시작되었다.

"예쁜 요정들아, 가지 말고 술래잡기나 하자꾸나, 랄랄라."

타이투스는 혼자서 〈헤이즐딘의 졸병〉을 부르고 있었다. 이 술취한

가수들의 유아독존격인 자아 몰입과 만족감은 어쩐지 어울리지 않고 처량했다. 마침내 나는 멀리서 〈다섯 길 바닷속〉을 노래하는 리지의 목소리를 들었다. 열심히 귀를 기울였지만 초조하게 밀려 다니는 바다의 반주가 너무 시끄러워서 방향을 알 수가 없었다. 그러자 그녀의 목소리가 정말 이상하게 되울린다는 생각이 들었다. 확성을 한 것처럼 말이다. 그녀는 틀림없이 탑 속에서 노래를 부르고 있었다.

나는 아직도 집에서 상당히 가까운 곳에 있었으며, 훨씬 어둑어둑한 곳을 향해 걸음을 옮겼다. 광채를 내던 구름은 스러졌고, 아직도 빛이 스미는 한여름의 하늘에는 달이 훨씬 작아졌고, 제대로 빛이 나지는 않았지만 훨씬 밝아졌다. 나를 부르며 거듭거듭 노래하는 리지의 목소리가 들려왔다.

"딩동 딩동 땡, 딩동 딩동 땡……."

이제는 길이 익숙해서 조금씩 우회를 하며 나는 바위를 따라 고꾸라지면서 나아갔다. 민의 가마솥에 다다르자 항상 그러듯이 잠깐 걸음을 멈추고 거품을 일며 들어오다가 몰아쳐서 부서지는 성난 파도를 쳐다보았다. 바닷물이 뿜어대는 물보라의 빛이 솟아나는 듯싶었다. 밑을 내려다보니 짙고 시커먼 초록빛 거울 같았다. 그러자—갑자기—누가 뒤에서 나를 밀었다.

이 글을 쓰고 있으니까 나는 분명히 살아났는데, 내가 겪은 일이 얼마나 길었고, 얼마나 무서웠고, 얼마나 가누기가 힘든 철저한 희망의 상실이었는지를 제대로 표현할 수는 없을 것 같다. 떨어지면서 아이가 무서워하고, 인간이 두려워하는 것은 그 추락이 죽음과, 가늠 수 없는 육체와, 외부의 원인에 절대적으로 지배를 받아야 하는 나약함과 죽어야 하는 숙명의 이미지 그 자체라는 점이다. 길에서 탈 없이 넘어질 때에도 사람은 자신을 가눌 수 없음을 의식하는 짧막한 순간이 있어서, 그는 무자비한 작용에 휘말려 끝까지 끌려가서 그 결과를 맞아야만 한다.

"나로서는 더는 어쩔 수가 없구나."

죽음의 허상인 이런 생각을 머금은 1초가 얼마나 길고 한없이 황막하던가. 비행기를 타고 자주 상상했던 허공으로의 철저한 추락은 물론 가장 무서운 사건이었다. 손과, 발과, 근육과, 몸의 모든 익숙한 보호 작용은 갑자기 소용이 없어진다. 물질의 냉혹함은 이 딱딱하고 광물적인 인력(引力)의 상황에서 항상 낯선지도 모를 나약하고, 깨어지며 무너지는 동물적 형태를 짓부순다.

마치 몸의 모든 부분이 저마다 절망을 경험하는 듯싶었다. 내 등과 허리는 거대하고 갑작스러운 폭력과 바위 언저리에서 의심할 여지가 없이 고의적으로 나를 밀어내는 무서운 손의 감촉을 느꼈다. 내 손은 무엇을 움켜잡으려고 헛되이 버둥거렸다. 떨어져나가는 바위에 아직 닿아 있던 발은 균형을 유지하려는 마지막 허무한 시도로 힘없이 경련을 일으키며 떨었다. 그러더니 발은 텅 빈 공간으로 미끄러졌고, 머리와 어깨가 납덩이인 양 거꾸로 떨어졌다. 동시에 나는 머리의 나약함과, 그 머리를 보호하려는 두 손을 마지막으로 의식했다. 내 몸은 위치를 잡으려고 헛되이 애쓰면서 병이 난 듯 뒤틀렸다. 나는 흐릿해진 한여름의 어둠 속에서 크림빛 파도가 바로 밑에서 굽이치며 폐쇄된 공간 속에서 나선형으로 회오리를 일으키는 것을 보았다. 그러고는 물에 빠진 강렬한 차가움을 느끼며 또다시 충격을 받았고, 몸을 바로잡으려고 본능적으로 수영을 하려는 동작을 취했지만, 그 소용돌이 속에서는 수영을 할 수 없음을 의식했다. 목이 부러진다는 생각을 하며 위를 보니 희미하고 투명한 짙은 초록빛 둥근 천장처럼 파도가 나를 덮쳤다. 물을 삼키며 나는 숨을 쉬려고 안간힘을 썼다. 동시에 나는 이제 끝장이라는 생각을 했다. 나는, 내 온몸은, 나를 산산조각으로 부숴버리려는 힘과 싸우려고 마구 몸부림을 쳤다. 그러자 머리가 미끄러운 바위에 세차게 부딪혔고, 나는 의식을 잃었다.

나는 바위 위에 누워 있었다. 눈을 뜨니 별이 하나 보였다. 묘한 꿈을 꾸었는데, 전에는 그런 꿈을 꾼 적이 없었다. 사촌 제임스가 내 입에 키스를 하는 꿈이었다. 나는 별과, 내가 숨을 쉰다는 기적을 의식했다. 호흡은 위대한 그 무엇, 당연하면서도 기적 같은 우주의 조화로 여겨졌다. 서서히, 부드럽게, 깊이, 의식적으로 나는 호흡을 했다. 어디선가 밑에서 둔탁하고 요란한 소리가 끊임없이 들렸고, 나는 그 속에 묻혀 별을 쳐다보았다. 고통을 느끼면서도 그 아픔을 벗어난 초연한 안도감도 느꼈다. 단잠에서 깨어나 다시 잠이 들려는 듯 나는 편안하게 누워 있었다. 눈을 감았다. 숨을 쉬었다.

소음에 휩싸였다가 멀어지며, 나는 다른 소리를 들었고, 목소리들을 식별했고, 내가 어디에 있는지를 깨달았다. 다리로 연결된 편편한 바위 위에 내가 누워 있었다. 아주 막연하기는 했지만 어떤 일이 있었는지도 깨달았다. 페리인 것 같은데, 누가 신음을 했고, 타이투스나 리지이겠지만 누가 흐느껴 울었다. 제임스의 목소리도 들렸다.

"몰려들지 말고 물러서요."

내가 무사하다고 얘기를 해야 되지 않나 하는 생각이 들었다. 나는 무사한가? 난 무사한데 왜 이 야단들이냐고 얘기를 하려고 했다. 이상하게도 너무 힘이 들어서 얘기를 하고 싶지가 않았다. 나는 입을 벌리고 있었다. 억지로 힘을 들여 입을 다물었다가 다시 열고 "난—"이라고 말을 꺼냈지만 더는 얘기를 할 수가 없었다. 무슨 소리가 났다. 태아처럼 몸을 일으키려고 발작적으로 몸을 움직였다. 나는 계속해서 호흡을 했다.

누가 말했다.

"다행이구먼."

목소리들이 얘기를 계속했다.

"이제는 옮겨도 되겠어요."

"하지만 뼈가 부러졌으면 어떡하죠?"

"여기 두면 안 되고, 따뜻한 곳으로 데려가야 해요."

이런 얘기가 얼마 동안 계속되었다. 그러더니 들것이 있어야 좋겠는데 당장 만들 수 있겠는지를 따졌다. 마침내 그들은 무척 거칠게 나를 담요로 옮겼다. 바위를 건너는 것이 악몽 같았다. 나는 걸어갈 수 있다고 얘기를 하려고 했지만 (나중에 생각해보니) 알아듣지 못할 신음 소리만 냈다. 이제는 온몸이 쑤셨다. 머리가 무척 아팠고, 옮겨가는 동안에는 눈이 화끈거렸다. 팔의 통증이 치통처럼 심했다. 팔이 부러지고 뼈가 피부를 뚫고 나오는 것 같았다. 등이 아팠다. 나를 옮기던 사람들은 기막힐 정도로 솜씨도 서툴고 어쩔 줄을 몰라서 어느 길로 가야 할지 줄곧 다투며 미끄러져서 나는 자꾸만 바위에 부딪쳤다.

마침내 부엌으로 나를 끌고 들어간 그들은 말로 표현도 못 할 만큼 서툴게 내 옷을 벗기고, 수건으로 나를 두들겨 패듯 닦고는 다른 옷을 입힌 다음에 수프와, 아스피린과, 브랜디를 나한테 먹일지 말지 의논을 했다. 불을 지피자는 훌륭한 제안이 나왔지만 마른 장작을 찾지 못해 쩔쩔 매었고, 다음에는 성냥을 찾을 수가 없었다. 마침내 나는 작고 빨간 방의 불가 마룻바닥에 눕게 되었다. 몸이 따뜻해지자 고통이 덜 심했고, 혼자 남은 다음에는 마음이 놓여 잠이 왔다. 나는 별을 올려다볼 때처럼 이상한 안도감을 느꼈다. 나는 잠이 들기 직전에야 이것이 사고가 아니었다는 생각이 머리에 떠올랐다. 누군가 나를 밀었다.

나중에야 기억을 했고 그때는 꿈이라고 생각되었던 어떤 일을 여기에 기록해야겠다. 나는 담요를 여러 장 덮고 혼자 마룻바닥에 누워 장작불의 깜박이는 불빛이 비추는 방을 둘러보았다. 나는 누가 돌아오기 전에 곧 내 머릿속에서 사라져버릴 지극히 중요한 어떤 사실을 잊어버리기 전에, 어서 처리해야 할 무슨 일이 있다는 긴박감을 느꼈다. 그 중요한 것을 사라지기 전에 잡아두기 위해 기록을 해야 했다. 나는 무릎을 꿇고 몸을 일으켜 가끔 내가 작업을 하는 탁자에서 펜과 잉크를 집어서 내가 꼭 기억해야 할 것을 써놓았다. 내가 써놓은 글은 반 페이지밖에 안 되었다. 빨리 쓰기는 했지만 그때도 모든 일을 다 기억하고 있는지 자신이 없었다. 나는 조심스럽게 그 종이를 접어 방의 어디엔가 감추었다. 무엇을 써서 어디에 감추었다는 것을 이튿날 아침 몽롱하게 기억했다. 하지만 그토록 중요하다고 생각해서 적어두었으며, 나중에 방 안을 샅샅이 뒤져도 찾아내지 못한 그것이 무엇인가를 나는 기억하지 못했다. '그것'에는 극단적이고 감정적인 요소가 얽혀 있었지만 마음속을 아무리 뒤적여봐도 무엇이었는지 알 수가 없었다. 그리고 물론 종이는 간 곳이 없었다. 모두가 꿈이었는지도 모른다. 물론 찾아낼 수만 있다면 그 종이에 무엇을 적었는지 나는 확실히 내용을 알겠지만, 그것은 나를 죽이려던 자의 정체를 밝힌 것이었으리라.

"하지만 도대체 나를 어떻게 건졌지?"

나는 리지에게 물었다. 나는 작고 빨간 방의 안락의자에 앉아 차를 마시고 새우 토스트를 먹었다.

새벽 2시에 의사가 와서 화를 좀 내며 나를 깨우고는 여기저기 잡아당겨보더니 말짱하다고 말했다. 뼈는 하나도 부러지지 않았고 진탕(震盪)과 충격을 받았다고 했다. 나더러 휴식을 취하고 몸을 따뜻하게 하고, 앞으로는 술을 많이 마시고 밤에 바위로 나가 돌아다니지 말라고 했다. 이때 처음으로 나는 나와 나를 죽이려던 사람 이외에는 그것이 사고가 아니었음을 아무도 모른다는 생각이 들었다.

지금은 아침 10시쯤 되었다. 천둥이 더 가까이 크게 울렸고 또다시 날씨가 무더웠다. 보일 듯 말 듯 번갯불이 잠깐씩 번득였다. 사람들이 나에게로 와서 어떠냐고 묻고, 아슬아슬하게 살아났다는 말을 했다. 어젯밤에는 나에 대해서 무척 동정적이었지만 이제는 좀 못마땅했던지, 아니면 의사와 의견이 같아서였는지 몰라도 그들의 인사말은 약간 무뚝뚝했다. 말하자면 내가 바보짓을 해서 고생을 무척 했다는 분위기가 약간 감돌았다. 아직 검토를 할 수 없었던 본능에 따라 나는 실수로 떨어지지 않았다는 사실은 아직 밝히지 않기로 작정했다.

좀 있다가 어떻게 해야 할지를 결정하겠다. 소중한 종잇조각이 없어져서 안타까웠다. 하지만 물론 나는 살인자의 정체에 대해서 의심할 나위가 없었다.

"제임스는 변덕스러운 바닷물에 당신 몸이 떠올랐다고 생각해요."

리지가 말했다.

리지는 표정이 밝았으며, 길고 곱슬거리는 머리카락은 튼튼한 식물처럼 자라 헝클어졌고 무성했다. 그녀는 줄무늬 셔츠와 무릎에서 아무렇게나 잘라버린 아마포 바지 차림이었다. 살이 빠졌어도 그런 옷차림을 하기에는 약간 뚱뚱했지만 나는 보기 싫다는 소리를 하지 않았다.

피부는 건강하게 빛났다. 눈가의 가늘고 촘촘한 주름살만이 그녀의 나이를 드러내었다. 그녀는 남자들과 달리 내 무모한 짓에 대해 막연한 짜증을 느끼지 않았다. 끝이 좋았기 때문에 그녀는 이 사건을 즐겁게 회상하고 싶은 심정이었으며, 살아났다는 사실 때문에 나에 대한 그녀의 소유감이 웬일인지 더 강해졌다.

"바닷물 때문에 떠올랐을 리가 없어." 내가 말했다. "구멍이 너무 깊어. 나를 끌어낸 사람이 누구야?"

"아, 다같이 끌어냈죠. 당신의 비명 소리를 듣고 모두 달려갔는데, 내가 꼴찌였어요. 그때쯤에는 타이투스와 제임스가 다리에서 당신을 납작한 바위로 끌어내는 중이었고, 길버트와 페레그린도 거들었죠."

"꽤나 잘 거들었겠구먼. 이상해. 소리를 지른 기억은 없는데."

"의사 선생님의 말로는 사고가 있기 직전과 직후의 일을 당신이 기억하지 못할지도 모른다더군요. 진탕의 후유증이죠. 뇌가 작용을 못 한다던가 뭐 그랬어요."

"기억이 되살아날까?

"그런 얘긴 없었으니까 난 모르겠어요."

"집으로 들려 오던 생각은 나. 물에 빠졌을 때만큼이나 들려 오는 동안에도 상처를 많이 입었을 거야. 정말 멍깨나 들었어!"

"그래요. 굉장했죠. 당신은 시커멓고 물을 뚝뚝 흘리는 커다란 자루처럼 굉장히 무거웠고, 하마터면 바위틈에다 떨어뜨릴 뻔도 했어요. 하지만 그건 훨씬 뒤의 일이었어요."

"뒤라니, 어째서?"

"제임스가 당신에게 입으로 인공호흡을 시킨 거 생각 안 나요?"

"아 — 그래 — 약간 —"

"말이죠, 우린 당신이 물에 빠져 죽어버린 줄 알았어요. 20분이나 인공 호흡을 시킨 다음에야 제대로 숨을 쉬더군요. 끔찍했어요……."

"가엾은 리지. 어쨌든 난 이렇게 살아나서, 모두들 또 고생을 시키겠어. 어젯밤에는 어디서들 잠을 잤지? 여긴 레이븐 호텔처럼 되어가는구면."

"난 여기 가운데 방 소파에서 잤고, 제임스는 당신 침대를 썼고, 페리는 서재에서, 길버트는 식당에서, 그리고 타이투스는 바깥에서 잤어요. 방석과 이부자리가 모자랄 지경이었죠!"

"제임스가 내 침대에서 자다니."

"당신을 위층으로 옮길 수가 없다고 모두들 생각했고, 아무튼 여긴 불을 지필 수가 있어서……."

"아직 제임스를 못 봤는데."

"꽤 지쳤으니까 아직도 자고 있겠죠."

"어쨌든 내가 엉뚱한 짓을 해서 파티를 망쳐 미안하구면. 당신이 ⟨Voi che sapete⟩를 불렀던 게 기억나."

"당신이 듣기를 바랐어요. 아, 찰스……."

"이봐, 리지, 이러지 마……."

"나하고 결혼 안 하시겠어요?"

"리지, 제발 그러지 마……."

"난 요리도 하고, 운전도 하고, 당신을 사랑하고, 성격도 아주 무난하고, 조금도 신경질적이지 않고, 간호인이 필요하다면 간호인 노릇도 하겠어요."

"그건 농담이었어."

"편지를 쓸 때는 당신도 내 생각을 했어요."

"꿈을 꾸고 있었지. 얘기했지만, 난 다른 사람을 사랑해."

"그건 꿈이 아닌가요?"

"아냐."

"그 여잔 가버렸어요."

"그래. 하지만 리지, 난 이상하고 놀라운 계시를 받았고 — 길이 갑자기 — 열렸어."

"봐요, 비가 내리는군요."

"어제 내가 말했듯이 우린 자유롭게 사랑을 해야지."

"만일 그녀에게로 가면 당신은 다시는 날 보고 싶어 하지 않을 거예요."

그것이 사실이라는 생각이 불현듯 들었다. 하틀리를 소유하게 된다면 나는 당장 그녀를 차지하리라. 나는 그녀를 숨기고, 나도 그녀와 같이 숨으리라.

비현실적인 환상이라서 나는 파리나 로마나 뉴욕이 아니라, 멀리 함께 어디론가 떠나리라. 나는 하틀리를 시드니 애쉬나, 프리치 아이텔이나 제 딴에는 공주님처럼 멋을 부리는 지인에게 소개할 수가 없다. 심지어는 리지나 페레그린이나 길버트와 동행해서 외식을 하러 데리고 나갈 수도 없다. 그녀는 그토록 찬란하게 유별난 존재였다. 하틀리와 나는 잉글랜드의 어디에서, 시골에서, 바닷가 작은 집에 숨어서 아무도 모르게 살 것이다. 그리고 그녀는 바느질을 하고, 장을 보러 나가고, 나는 정원을 가꾸고, 현관에 페인트를 칠하고, 내 삶에서 놓쳐버렸던 모든 것을 누릴 터이다. 그리고 우리는 다정하게 서로 아껴주고, 끝없이 선량하게 살면서, 때묻지 않고 더럽지 않은 공간과 조용함을 누리리라. 그리고 나는 평범한 다른 사람들과 더불어 평범한 사람이 될 터이고,

아, 나는 얼마나 휴식을 그리워했으며, 이제는 올바르고 운명에 순응해서 끝과 시작을 연결 지으리라. 내가 일자리를 버리고 이곳으로, 바로 이곳으로 와서 모든 사람들이 놀랐을 때 내 본능이 찾던 바는 이것, 오직 이것뿐이었다. 하틀리와 나는 단둘이 함께 지내며, 거의 아무도 만나지 않고, 서로 충실했던 과거를 되찾고, 옛날의 순진한 세계는 우리 주변에 소리 없이 다시금 자리를 잡으리라.

나는 이런 얘기를 하나도 해주지 않았고, 리지가 마침내 가버렸다. 내가 하틀리에 대해서 무슨 얘기를 하더라도 그녀는 믿지를 않고 희망을 버리지 않았다. 다른 사람들이, 적어도 페레그린과, 길버트와, 타이투스가 나를 보러 왔다. 이제는 떠나겠다는 얘기를 하는 사람이 아무도 없었다. 축제 분위기가 계속될 기세였다. 다른 즐거움이 무엇이 있겠는가? 내가 제임스를 불러달라고 했더니 길버트는 완전히 지쳐버려서 제임스가 위층 내 침대에서 아직도 쉬고 있다고 알려주었다. 물에 흠뻑 젖고 보나 마나 시체처럼 축 늘어졌을 나를 건져내느라고 아마 감기라도 걸린 모양이었다.

강철 채찍의 형벌처럼 줄기차게 은빛 빗발이 내렸다. 빗발은 바위들과 집 위로 후두둑거리며 떨어지고 바닷물에 잠겼다. 천둥이 아래층으로 떨어져 부서지는 피아노 소리를 내더니 계속해서 조용하게 우르릉거리고는 빗소리에 잠겨 사라졌다. 번갯불의 섬광은 풀을 무시무시한 초록빛으로, 바위들을 타오르는 듯한 황토빛으로, 길버트의 자동차만큼이나 노란빛으로 오랫동안 비추었다. 긴장과 흥분과 일종의 공포가 집 안을 가득 채웠고, 내가 당한 사고의 후유증이 웬일인지 지금 그런 요소들 때문에 되살아나는 것 같았다. 나는 안락의자에서 몸을 일으키며 제임스를 보러 가겠다고 말했지만 그가 자고 있다는 말을 들었다. 길버트는 빗물이 층계를 흘러내려 화장실로 들어간다고 알려주었다. 나는 부엌까지 겨우 갔지만 현기증이 났다. 온몸이 쑤시고 무척 심한 오한을 느껴 불가로 되돌아갔다. 점심때가 되자 나는 수프를 먹은 다음에 혼자 쉬고 싶다고 말했다. 담요를 덮고 안락의자에 앉아 생각을 했다. 빗소리가 너무 시끄러워 바다의 소리는 들리지를 않았다.

나를 공격한 사람은 물론 벤이었고, 그 사실에는 의심할 나위가 없었다. 그가 나에게 한 마지막 말은 "널 죽여버리겠어"였다. 내가 더욱 확신을 느낀 까닭은 이 특정한 지점이 살인을 하기에 훌륭한 장소임을 내가 스스로 벤에게 일깨워주었기 때문이다. 나 자신도 그를 밀어 넣으려는 충동을 느꼈고, 그는 분명히 내 생각을 눈치채었다. 인과응보라는 요소도 끼어들었다. 그리고 지금에 와서야 그가 취한 행동이 심리적인 면에서 설명이 된다. 그는 굴욕적인 꼴을 참고 있었지만 나중에 따져보니 자존심이 용납하거나 그대로 둘 일이 아니었다. 계획적으로 한 행동이었을까? 아니면 속으로 미워하기만 하며 눈치를 살피러 왔다가 물리치지 못할 기회를 포착한 것일까? 어쨌든 간에 그는 제대로 일을 처리할 수 있으리라는 확신을 느꼈으리라. 내가 살아났다는 것은 정말 놀라운 요행이었고, 그에게는 속이 뒤집힐 악운이었다.

하지만 다음에는 무엇인가? 문명 사회에서 누가 당신을 죽이려고 한다면 당신은 어찌하겠는가? 법을 끌어들일 수는 없었는데, 그 까닭은 증거가 없기 때문만은 아니다. 나는 하틀리의 남편을 법정에서 고발하거나, 법의 저속함이 이 상황에 간섭하도록 그냥 내버려둘 수는 없다. 그렇다고 해서 친구들을 데리고 몰려가 벤에게 행패를 부리지도 못

한다. 나는 어떻게 해서든지 그와 대결하고 싶었지만, 대결 자체도 벤과 마지막으로 만났을 때 내가 보여준 졸렬한 태도를 지워버리겠다는 허황된 생각에서 나왔을 따름이었다. 나는 내가 아는 그 무엇으로, 살아났기 때문에 정당한 분노와 동기를 갖춘 현재 상태에서 무엇인가를 해야 했다. 이상하고 놀라운 계시라고 리지에게 얘기를 했을 때 나는 그것을 염두에 두고 있었다. 나를 살려놓은 신들은 문을 열어주며 내가 지나가기를 바란 것이다.

문제는 같았고 각도만 달랐다. 나는 하틀리를 데려와서 깨우쳐주고, 그녀로 하여금 가능한 자유를 의식해서 몸부림을 치게 만들어야 한다. 그렇다, 단둘이 있어야 한다는 것이 열쇠인데, 그것을 이제서야 이해했다. 머지않아 나는 그녀와 단둘이서 있어야 하고, 그다음부터는 영원히. 나에게 붙잡혀 있는 동안에 그녀는 집 안에 다른 사람들이 있어서 얼마나 굴욕감을 느꼈을 것인가. '이제는 더는 목격자가 없어야 한다.' 그녀에게 그렇게 말하리라. 거창하고 배타적이고 생소한 나의 세계에 그녀가 꼭 가담할 필요가 없다. 거지 아가씨와 결혼하기 위해서 임금님은 정말로 기꺼이 거지가 될 터이다. 그 상처를 아물게 하는 겸손의 환상이 앞으로는 내 길잡이가 된다. 이것이야말로 그녀의 자유를 위한 참된 조건일진데, 어째서 나는 여태 그것을 깨닫지 못했을까? 적어도 그녀의 표정이 달라지는 것은 보게 되리라. 그것은 노동수용소에서 풀려나온 사람이 처음에는 늙어 보이지만 자유와 휴식과 훌륭한 음식으로 곧 다시 젊어지듯, 하틀리가 나와 함께 있게 된 다음에 옛 아름다움을 되찾으리라는 내 생각의 한 부분이었다. 그녀는 고통과 불안이 얼굴에서 사라지고 아름답고 차분해질 터이며, 다시 젊어져 미래에서 등불처럼 빛나는 그 얼굴이 내 눈에 선했다. 연극계를 떠났을 때 나는 고적함을 갈망했는데, 이제 그것은 바로 나의 베아트리체의 모습으로 앞에 나타났다. 오직 여기에서만 행복이 나에게는 순결하고 가능하며, 이상적이기까지 한 목표였다. 내가 행복을 추구했던 다른 모든 곳에서는 그것이 부패의 형태나 허깨비였다. 참된 짝을 찾는다는 것은 순수하고 결백하게 행복함을 누리며 함께 지낼 한 사람을 찾는 것이다.

하지만 눈앞에 닥친 문제는 까다로웠다. 어떻게 그녀를 데려오나? 아직 새로울 때 벤에 대한 내 새 힘을 사용해야만 하기 때문에 오래 기다린다는 것은 말도 안 되었다. 이번에 내가 상상하기 시작한 것은 납치가 아니라 폭격이었다. 우선 나는 하틀리에게 편지를 쓴다. 그다음에는 타이투스와 함께 찾아간다. 벤이 우리를 왜 들어오라고 하느냐고? 그는 죄의식을 느끼고 겁이 날 터이기 때문이다. 그는 우리가 무슨 계획을 짜고 있는지 알고 싶어 하리라. 증거가 없다는 사실을 그가 어찌 알겠는가? 목격자가 없었다는 사실을 그가 어찌 알겠는가? 여기에서 나는 잠깐 생각을 멈추었다. 그래, 목격자가 있어서 안 될 것도 없겠지? 증인이 있었다고 내가 얘기해도 좋으리라! 누구(길버트? 페리?)에게 부탁해서 현장을 목격했다는 얘기를 시킬 수도 있다. 어쨌든 누군가 볼 수도 있었고, 한 사람은 실제로 본 셈이다. 그러면 그는 완전히 겁을 먹으리라. 벤을 협박해서 하틀리를 내놓게 해도 되지 않을까? 그럼 가라—그가 이렇게 말하도록 만들 수만 있다면. 어쨌든 그는 그런 말을 할 지경에 거의 이르지 않았던가? 납치 이후의 오랜 침묵은 그녀를 되돌려 받고 싶은지 어쩐지 마음이 갈피를 잡지 못했음을 뜻하는 것이 아닐까? 그가 동의만 한다면 쇠사슬은 벗겨지고 나의 천사는 자유롭게 나오리라. 또는 그가 살인자로서의 정체가 탄로되는 꼴을 본다면 그녀는 공포와, 역겨움과, 두려움이 훨씬 효과적으로 난폭한 형태를 드러내어 철저한 반발을 일으키리라. 만일 진짜 단서만 있다면. 나도 못 찾을 만큼 그토록 교묘하게 감춰놓은 종이 쪽지에다 도대체 나는 무엇을 써두었을까?

그렇다, 벤이 회복을 하기 전에, 곧 행동을 취하는 것이 중요했다. 비록 라디오와 텔레비전이 잠잠한 것으로 미루어보아 유명한 찰스 애로우비를 죽이는 데 실패했음을 불행히도 지금쯤은 알겠지만, 그래도 그는 상당히 충격을 받은 상태이리라. 어쨌든 지금은 계획이 그러했으며, 리지와 제임스가 집에 있는 한 나는 하틀리에게 편지를 쓰는 이상은 아무것도 할 수가 없었다. 리지로 하여금 그녀의 연적을 구하도록 돕거나 증인이 되기를 기대한다면 그것은 공평하지 못한 처사였다. 그리고 제임스—그렇다, 제임스는 내 대신에 도의적인 심판을 내려 나를 혼란하게 만들었다. 그러니까 이 두 사람은 제거해야 한다. 길버트와 페레그린은 얼마 동안 더 쓸모가 있을 것 같다. 그리고 물론 타이투스는……

여기에 이르자 나는 하틀리와의 관계에서 타이투스의 역할을 심각할 만큼 잘못 짚지 않았나 궁금한 생각이 들었다. 타이투스는 최근에 내가 구상해온 deux(두 사람의) 천국에 알맞은가? 아니다. 물론 그건 꼭 문제로 삼을 일이 아니다. 사람들은 흔히 부부나 부모자식 간의 관계를 끊어야만 할 경우가 있었다. 나는 타이투스와 상당히 독립된 관계를 유지할 터이며, 사실 그가 바라는 바도 그것이었다. 하지만 그래도 웬일인지 하틀리가 타이투스를 받아들이고 싶어 하리라는 가정을 했다. 그것은 그릇된 가정이었나? 바로 그때 타이투스가 문으로 들어왔다.

나는 얼마 동안 타이투스와 조용하고 진지한 얘기를 나누지 못했고,

그것이 내 탓이라는 생각을 했다. 하틀리에 대한 내 관심을 제쳐놓고라도 나는 그야말로 '하느님의 선물' 같은 그에게 완전히 마음이 끌렸다. 그에게 '아버지'로서의 역을 얼마나 납득시킬 수 있을는지도 두고 보아야 할 일이었다. 이미 나는 길버트와 심지어는 페레그린까지도 타이투스와 내 관계를 상당히 다른 각도로 해석하고 있음을 깨달았다.

내가 생각에 잠겨 있는 동안에 비가 멎었고, 납덩이처럼 시커멓고 뭉클뭉클한 구름들 사이에서 태양이 겨우 얼굴을 내밀고는 잔뜩 젖어버린 세상을 비추었다. 잔디밭은 물에 잠겼고 바위들은 해면처럼 보였다. 다락방에서 지붕을 조사하는 길버트와 목욕탕에서 마룻바닥을 걸레질하던 리지가 위층에서 서로 소리를 질렀다. 타이투스가 나타나자 나는 방해를 받지 않고 우리끼리만 있으려고 밖으로 나가기로 작정했다. 나는 힘이 조금 더 났고 다시 현기증을 일으키지는 않았다. 하지만 그의 부축을 받으며 천천히 바위를 넘어가던 나는 노인이 된 기분이었고, 민의 다리에 다다르자 감히 건널 엄두가 나지 않았다. 벽이 미끄럽고, 물살이 거센 저 깊은 구멍에서 내가 어떻게 살아났을까?

바위들은 햇빛을 받아 김이 나기 시작했다. 마치 사방이 온천투성이인 것 같았다. 제임스와 내가 앉았던 자리에서 별로 멀지 않은 곳에, 레이븐 만이 굽어보이는 바위에다 빈틈없는 타이투스가 부엌에서 가지고 온 수건을 깔고 앉았다. 비가 온 다음이라 아주 매끈거리고 부드러워서 잔잔해 보이기는 했어도, 바다는 조용하고도 위험하게 난폭한 분위기를 머금고는 커다랗고 미끄럽게 곱추처럼 굽이치며 파도를 지어 몰려와서, 크림빛 소용돌이를 일으키며 바위에 부딪히고 나면 거품이 일었다. 회색 홑이불처럼 내리는 비가 수평선을 부옇게 흐려놓기는 했어도 태양은 계속해서 빛났다. 무지개가 땅과 바다를 이어놓았다. 레이븐 만이 짙은 쪽빛을 띤 것은 지금 처음 보았다. 로시나가 어디 있을까 얼핏 궁금한 생각이 들었다.

우리는 말없이 바위를 올라갔고, 그 침묵이 우리를 함께 감싸주었다. 나는 자꾸만 그를 물끄러미 쳐다보았고, 그는 만을 쳐다보기만 했다. 잘생긴 그의 얼굴은 불만스러운 표정을 담았고, 입은 뚱하게 일그러졌다. 언청이 입술의 흠집은 깊어져서, 평생 지녀온 무의식적인 습관처럼 벌어졌다 좁아졌다 했다. 머리카락은 지저분하게 마구 헝클어졌다.

"타이투스."

"예."

"나더러 '찰스'라고 불러줄 수 없겠니? 익숙해질 때까지? 그러면 두 사람에게 다 도움이 될 텐데."

"좋아요, 찰스."

"타이투스—난—넌 나한테 무척 중요하고, 난 네가 필요해."

타이투스는 흠집을 만지작거리더니 조금씩 떨리는 경련을 막으려고 손가락으로 눌렀다. 그제서야 나는 길버트의 마음에 그토록 걸리던 우리 사이의 관계가 지닌 모호성에 대해 타이투스가 생각을 해보았으며, 길버트의 허튼 수작 때문에 오해를 품었는지도 모른다는 사실이 머리에 떠올랐다. 나는 타이투스에게 신경을 쓰지 않았기 때문이기도 하지만 괴로워하는 하틀리로부터 연유하는 순진성을 그에게서도 기대했기 때문에 지금까지 그 빤한 사실을 염두에 두지 않았었다.

"날 오해하지 마."

내가 말을 덧붙였다.

미소인지 냉소인지 모르겠지만, 타이투스의 축축하고 못마땅한 듯한 입술이 파르르 떨었다.

나는 말을 계속했다.

"너한테 할 얘기가 있어."

나는 갑자기 벤이 나를 죽이려 했다는 얘기를 타이투스에게 하기로 작정했다.

"만일 메리 얘기라면……."

"그래……."

잘못을 저지른 아내를 가증할 남편에게 '사절단'이 니블레츠로 다시 데려다준 기막힌 사건 이후로 나는 타이투스와 얘기를 한 적이 없었다.

"그 얘긴 다 비위에 거슬려요. 죄송하고 미안해요. 하지만 난 끼어들고 싶지가 않아요. 난 그런 골칫거리가 귀찮아서 가출을 했고, 난 골 칫거리가 싫고, 그 두 사람한테서 그런 꼴을 실컷 보았어요. 사실은 나쁜 사람들이 아닌데도 그들은 인간답게 살 줄을 모르죠."

"나도 그녀는 나쁜 사람이 아니라고 생각해……."

"차를 타고 그곳을 갔을 때 내가 얼마나 속이 뒤집혔는지는 말도 못하겠고, 정말이지 이제는 절대로 못 잊을 그 꼴을 내가 왜 가서 봤는지 모르겠어요. 난 너무나 굴욕감을 느꼈어요. 메리는 가구나 어린아이 같은 취급을 받았죠. 당신은 다른 사람들, 특히 결혼한 사람들의 삶에 끼어들면 안 돼요. 어떻게 보면 결혼 생활은 그래서 한심하고, 사람이 무슨 배짱으로 결혼하는지 모르겠어요. 당신은 그들을 가만히 내버려둬야 합니다. 그들은 그들 나름대로 서로 증오하고 마음을 상하게 하면서, 그걸 재미있어하죠."

"꼭 끼어들어야 한다는 건 정말로 한심한 상황이지. 넌 그렇게 비관적이거나 냉소적이면 안 돼."

"문제는 내가 냉소적이거나 비관적이 아니라는 점이고, 난 관심이 없어요. 내가 관심이 있다고 생각하시겠지만, 난 그렇지 않고, 보고 싶지도 않고, 알고 싶지도 않고, 그들의 거지같이 비참한 생활은 좆만큼도 관심이 없어요!"

"하지만 난 관심이 있고, 난 네 어머니를 거기서 꺼내주고, 당장 구해줄 거야."

"당신이 애는 썼지만 어머니는 집으로 가겠다고 발악을 했어요. 나 같으면 그냥 가라고 했겠죠. 미안해요. 진심에서 한 소리가 아녜요. 당신은 실수를 범했을 뿐이니까, 이젠 잊으세요. 솔직히 얘기하면 구세군 같은 건지 모르겠지만, 그런 식으로 누구를 원한다는 건 이해가 안 가요. 당신을 굉장히 좋아하는 듯싶은 리지 셰러라는 여자도 있고, 로시나 밤버는……."

"난 네 어머니를 사랑하게 되었단다."

"아…… 사랑…… 그러니까……."

"넌 너무 어려서 이해를 못 하겠지."

"내가 정상적인 방법으로 여자들에게 관심을 가진다는 건 자연스럽겠죠. 늙으면 달라지겠지만요."

나는 멍이 들어 몸이 뻣뻣했다. 이렇게 멀리 나온 것이 어리석었다. 나는 피곤하고, 기운이 없고, 화가 났다. 타이투스의 넘치는 젊음, 때문지 않고, 젊고, 희망이 넘치는 힘이 못마땅해서 나는 소리라도 지르고 싶었다. 불그레한 털이 뒤덮이고 기다란 그의 구릿빛 다리가 아무렇게나 걷어 올린 바지 자락에서 뻗어나온 것이 못마땅했다. 나는 그와의 접촉이 끊어지고, 그에게 짜증을 부리고, 그런 다음에는 풀이 죽어 애원을 하게 될 것만 같았다.

"나 때문에 네가 그렇게 화가 난 걸 보니 미안하구나. 조금쯤은 이해가 가. 하지만 난 네 도움이, 뭐랄까, 네 뒷받침이 필요해. 그리고 네 아버지에 대해서 꽤 중요한 얘기를 하나 하고 싶어."

"벤 얘기겠죠. 아버지가 아니고요. 누가 우리 아버지인지는 아무도 몰라요. 난 영원히 알아내지 못하겠죠. 보세요, 따분하니까 벤 얘기는 말기로 해요. 난 이 일에 대해서는 기분이 좋지 않으니까……."

"그럼 무슨 얘길 할까?"

"당신과 나에 관한 거요. 그들은 잊어버리죠. 당신과 내 얘기를 해요."

"좋아! 그 얘기도 하고 싶어. 타이투스, 난 널 납치하려는 게 아냐."

"예, 알아요."

"우리 두 사람은 상대방에 대해서 자유야. 규정을 지을 일은 하나도 없어."

"'아버지'라는 건 하나의 규정이 아닐까요!"

"그건 개념이지. 네가 원한다면 우리 그냥 친구가 되자. 어떻게 되어가는지 두고 보자구. 혹시 여기서―기분 나쁜 점이―무슨 얘긴지 알겠지만……."

"아, 나도 그건 알아요!"

"난 그저 특별한 관계가, 특별한 연결이, 어떤 유대가 있다는 걸 느끼고 싶을 따름이야."

"안 될 것도 없죠." 타이투스가 말했다. "배은망덕한 소릴 해서 미안하지만요, 여기 머물면서 당신 음식을 먹고, 당신 술을 마셨다는 건 알지만―그동안 생각을 해보니―당신이 나 때문에 신경을 써야 할 이유가 뭐죠? 만일 당신이 진짜 아버지라면 아주 좋지만요. 글쎄, 어쨌든 난 이 말을 하고 싶었어요. 난 당신을 만나서 즐거웠고, 끔찍하긴 했

211

지만 재미있게 지냈어요. 나중에 아마 난 그때가 참 좋았구나 하는 생각을 할지도 모르죠. 하지만 나도 스스로 돈을 벌고 내 나름대로 살면서 연극을 해보고 싶어요. 난 어리숙한 무대 지망생이 아니고, 스타가 되리라는 생각도 하지 않고, 연기 생활이 조금이라도 좋을지조차 모르지만 연극계 사람들과 일을 하고 싶어요. 여긴 휴가를 보내긴 좋지만, 난 진짜 활동이 벌어지는 런던으로 가고 싶어요."

"여긴 진짜 활동이 없나?"

"저…… 무슨 얘긴지 아시잖아요. 사촌은 어디 사시나요?"

"런던에."

또다시 질투라는 뱀이 문다. 제임스가 타이투스를 이끌어나가고 있을까? 처음부터 그들 사이에는 유대가 있었던 것 같다. 내가 재빨리 말했다.

"다른 사람들에게는 아무 얘기도 하지 않는 게……."

"물론 한마디도 하지 않을 테니까 그런 걱정은 마세요!"

"좋아."

"문제는, 당신은 나한테 어떤 특별한 의무감도 느끼지 말라는 거예요. 당신이 의무감을 가지면 나도 의무감을 가져야 하니까요. 난 더는 당신 신세를 지며 여기서 살고 싶지를 않고, 길을 찾아야겠어요. 원하신다면 약간 도와주시는 건 상관없지만요. 배우학교에 들어가는 데 힘을 써주실 수도 있겠죠. 입학만 하면 난 장학금을 타고 독립하겠어요. 넣어달라고 얘기하는 건 좀 빌붙는 것 같지만, 그 정도는 빌붙어도 상관없겠죠. 그러면 난 혼자 살아갈 수 있겠고, 당신이 원하는 대로 우린 친구가 되겠지만, 난 내 나름대로 살고 싶다는 걸 아시겠죠?"

그 잔인하고 순진하고 자유로운 힘 앞에서 나는 얼마나 나약하고 무기력했던가. 그는 내가 사랑을 하고 붙잡을 재주를 배우기도 전에 몸을 비틀며 달아났다.

"그래, 배우학교에 들어가는 건 도와주겠지만, 생각을 해봐야 해. 난 나중에 너하고 런던으로 가겠어. 그때까진 여기서 네가 날 도와줄 수 있겠지. 하지만 꼭 알아둬야 할 것이 있으니까 벤 얘기를 하겠어. 넌 그가 나쁜 사람이 아니라지만, 사실은 나쁜 사람이야. 그는 악하고 난폭한 남자지. 그는 날 죽이려고 했어."

나는 타이투스의 마음을 움직여서 소름 끼치는 그의 초연함을 흔들어놓고 싶었다.

"죽이려고요? 어떻게요?"

"날 밀어 넣었어. 난 바닷물 구덩이에 실수로 떨어진 게 아냐. 그가 날 밀었어."

타이투스는 별로 감정을 나타내지 않았다. 그는 벌레에 물린 발목을 긁으며 몸을 앞으로 수그렸다.

"벤을 봤어요?"

"아니, 하지만 느낌이 그랬어!"

"어떻게 벤이라는 걸 알죠?"

"그럼 누구란 말야? 지난번 만났을 때 그는 날 죽여버리겠다고 그랬어!"

"그럴 사람이 아닌데, 그랬으리라고는 상상도 못 하겠어요."

사람을 미치게 만들 만큼 우둔한 태도로 타이투스가 말했다.

"난 밀렸다니까! 누가 뒤에서 밀었어!"

"확실해요? 바위에 자빠졌다가 바닷물로 미끄러져 들어갔다면 밀리는 기분일 수도 있겠죠. 술을 좀 마셨더랬잖아요. 그리고 의사 선생님 얘기는 나중에 모든 일이 좀 뒤죽박죽되어 생각이 잘 안 날 거라고 그랬고요."

나도 너무 피곤하고 한심해서 얘기를 계속할 수가 없었다. 여기까지 걸어온 것이 바보짓이었다.

"좋아, 타이투스, 그 얘긴 그만해두지. 내가 한 얘기 누구한테도 전하지 마."

바위빛 눈을 가늘게 뜨고 타이투스는 나를 쳐다보았다.

"아버지와 아들 놀이란 생각했던 것처럼 재미가 있는 건 아녜요."

그가 한 말 가운데에는 이것이 가장 다정한 얘기였다.

내가 말했다.

"배우학교 일은 내가 도와주겠어. 그 얘긴 나중에 하지. 그럼 가봐."

그는 몸을 일으켰다.

"내가 부축을 해드리죠."

"내 걱정은 하지 마."

"혼자서는 못 가요. 거기다가 비까지 오려고 하는데요."

그는 손을 내밀었다. 내가 손을 잡자 그가 끌어당겨 나를 일으켰고, 나는 몸이 찌르르했다. 그가 말했다.

"언젠가는 우리가 친해지겠죠. 그럴 때가 올 거예요."

"그럴 때가 오겠지."

사랑하는 하틀리, 내 말을 들어요. 몇 가지 할 얘기가 있습니다. 우선 그런 식으로 당신을 끌고 와서 여기 붙잡아두었던 게 미안해요. 그것은 사랑의 행위였지만, 지금 생각하니 어리석은 짓이었어요. 당신은 나 때문에 겁이 나고 당황했죠. 날 용서해요. 그것은 적어도 당신을 데려오고 싶은 절대적이고 진실한 내 마음을 나타낸 행동입니다. 당신은 내 소유이고, 난 당신을 포기하지 않겠어요. 하니까 당신은 머지않아 나를 만나게 되겠죠!

돌아간 다음에 여러 가지 생각을 해봤을 테니까 지금쯤은 조금이나마 내 관점을 이해할지도 모르죠. 아무튼, 무엇 하러 불행 속에 눌러 있나요? 나는 당신이 전혀 모르는 무엇이나 어떤 사람을 소개하려는 낯선 이가 아닙니다. 당신은 친구가 나쁘라고 그랬어요! 그리고 여기 있을 때 당신은 "좋다"고 할 것만 같았는데—다만 그 남자가 두려웠죠. 두려움도 알고 보면 타성이랍니다. 하지만 이제는 마음이 달라진다는 걸 느끼지 않아요? 머지않아 어느 날 당신은 여러 해 동안 할 수 없었던 행동을 할 수가 있게 되어—문을 박차고 나올 것입니다!

그리고 들어봐요—난 이 얘기를 하고 싶어요. 난 당신을 배우와 유명한 사람들이 잔뜩 있는 무슨 거창하고 황홀한 세계로 끌고 들어가고 싶지는 않아요. 어쨌든 난 그런 세계에서 살지는 않으니까요. 당신은 조용한 생활을 좋아한다고 그랬죠. 예, 나도 그래요. 따지고 보면 그렇기 때문에 난 이곳으로 찾아온 겁니다! 단둘이 멀리 떠나서, 잉글랜드나 시골, 당신이 원한다면 바닷가 근처의 자그마한 마을에다 자그마한 집을 장만해서 살면, 우린 소박하게 서로 행복을 찾을 겁니다. 이것이 내가 항상 바라던 삶이고 연극계를 떠난 지금 나는 마침내, 당신과 함께, 그 삶을 누릴 수가 있게 되었죠. 하틀리, 우린 조용히 살면서 소박한 것들을 즐길 거예요. 사랑도 받지 못하고 학대만 당하는 집에서 뛰쳐나올 용기가 날 정도로 그런 삶을 원하지는 않나요? 그리고 물론 우리는 타이투스를 돕고, 그 애는 자유로운 마음으로 우리에게로 오고, 옛 상처들이 아물겠죠. 그 애는 우리가 돌봐주고요. 하지만 가장 중요한 건 항상 당신과 나예요.

그럼 좀 무서운 일이지만 다른 얘기를 하나 해야겠어요. 이틀 전 밤에 벤이 나를 죽이려고 했습니다. 그는 어둠 속에서 바위로부터 무섭게 몰아치는 파도로 나를 떠밀어버렸어요. 내가 어떻게 살아났는지가 신기할 지경이죠. 난 진탕을 당했고 온몸에 멍이 들었어요. 지금까지 치료를 받아왔습니다. (하지만 별일은 없으니 걱정 말아요.) 살인을 하려는 시도는 말없이 묵인하거나 아무 일도 없었던 것처럼 넘겨버릴 수는 없어요. 아직 경찰은 찾아가질 않았어요. 찾아가느냐 마느냐는 벤에게 달렸습니다. 한마디 덧붙이고 싶은 것은, 목격자가 있었다는 점이죠.

하지만 난 보복을 할 생각이 없어요. 난 그저 당신을 데려오고 싶기만 합니다. 다른 것은 제쳐놓더라도, 당신은 살인을 할지도 모를 남자와 같이 살 수는 없어요. 고통을 좋아하는 것도 이젠 그만해둬요. 그리고 당신 물건들을 정리해서, 무슨 옷을 가지고 갈 것인지 따위 결정을 해요. 난 당신을 재촉하고 싶지는 않아요. 하지만 난 집을 찾아가고, 끊임없이 출몰할 겁니다. 내가 드나드는 게 싫으면 벤은 당신을 놓아주거나 강제로 날 경찰에 끌고 가 넘겨야겠죠. 이건 협박이 아니고, 드디어 공정한 싸움터를 찾은 겁니다!

원하지 않는다면 벤에게 이 얘기를 할 필요가 없어요. 이 편지를 전해주고 난 곧 찾아가서 직접 그에게 얘기를 하겠어요! 내가 죽었다는 발표가 없었으니까 지금쯤 그는 살인에 실패했다는 걸 알았겠죠. 마음 편히 가지고 다 나한테 맡기고 걱정은 말아요. 옷을 골라줘요. 당신을 사랑합니다. 우린 같이 있게 될 거예요.

C.

벤에게 직접 편지를 쓸 생각도 했었지만 하틀리에게 먼저 준비를 시키는 것이 더 좋을 것 같았다. 어떻게 그녀에게 전하느냐가 이번에도 어려운 일이었다. 직접 전달을 하다가 들어가지 못하게 저지를 당하고 싶지는 않았다. 타이투스에게는 부탁을 하고 싶지가 않았으며, 길버트에게 물어보았더니 무섭다고 했다. 그리고 나는 제임스나, 리지나, 페레그린에게 이 일이 조금이라도 알려지기를 바라지 않았다. 타자로 주소를 쳐서 우편으로 보낼 생각도 해보았지만, 물론 벤이 편지를 다 뜯어 본다는 것을 알기 때문에 그만두었다. 하지만 이 편지는 뜯어 봐도 별로 상관이 없으리라. 결판이 가까워오고 있었다.

편지를 쓴 것은 이튿날 아침이었지만 어떻게 해야 할지는 아직 결정을 못했다. 이제는 리지와 제임스를 제거하는 일이 남았다. 제임스에게는 그냥 가라고 부탁만 하면 된다. 리지에게는 거짓말을 해야 되리라.

놀랍게도 제임스는 아직도 거동을 하지 않았다. 그는 여러 시간 동안 잠이 들었다 깨었다 했다. 그런데 정말로 곤욕을 치렀던 나는 오히려 몸이 좋아졌다. 나는 그를 보러 올라갔다.

"이봐, 제임스, 괜찮아? 말라리아라도 걸렸어?"

제임스는 교묘하게 쌓아올린 베개로 몸을 버티고 담요 위로 두 손을 쭉 뻗은 채 내 침대에 누워 있었다. 책을 읽고 있지도 않았다. 무슨 생각을 하는지 긴장한 얼굴이었다. 하지만 몸은 편히 축 늘어졌다. 수염이 좀 자라서 얼굴이 달라져 성직자나 수도자 무사나 스페인 사람처럼 보였다. 그러더니 그는 유쾌하게 미소를 지었고, 나는 그 몸에 밴 미소가 과거에 얼마나 나를 당황시켰고, 유연한 우월성을 상징하는 듯싶었는지가 머리에 떠올랐다. 바다 소리가 둔감해져서 방 안은 조용했다.

"난 괜찮아. 감기가 걸렸나 봐. 곧 일어나겠어. 기분은 어때?"

"좋아. 뭘 갖다 줄까?"

"먹고 싶지가 않으니까 그만둬. 리지가 차를 좀 갖다 주었지."

나는 얼굴을 찌푸렸다.

"타이투스는 어디 있어?"

제임스가 물었다.

"모르겠는데."

"그 애를 잘 보살펴줘."

"그앤 혼자 있어도 걱정 없어."

잠깐 침묵이 흘렀다.

"앉아." 제임스가 말했다. "달아날 생각은 말고."

나는 자리에 앉았다. 제임스의 느긋한 태도가 나에게도 전염이 되는 듯싶었다. 나는 다리를 뻗고 높다란 의자에 앉아 있기는 해도 역시 잠이 들 것 같은 기분이 들었다. 어깨와 팔에서 힘이 빠지고 무거워졌다. 물론 나는 무척 피곤했다.

"아직도 타이투스가 벤에게로 돌아가길 바라지 않지?"

내가 물었다.

"내가 그런 소릴 했나?"

"비치기는 했어."

"어떤 면에서는 그앤 그들에게 속해."

"그들에게?"

머지않아 곧 '그들'이란 존재하지 않게 된다.

그 얘기를 듣고 제임스가 말했다.

"아직도 구출이라는 걸 꿈꾸고 있어?"

"그래."

우리 두 사람 다 잠이 들려는 듯 또다시 침묵이 흘렀다. 얼마 후 제임스가 말을 이었다.

"어쨌든 깊고 진정한 의미에서 그 애는 그들의 자식이야. 그들의 관계가 구제될 수 없는 정도가 아니라는 인상을 난 받았어."

'인상'이라는 말에 나는 화가 났다. 어디에다 근거를 둔 얘기인가? 타이투스와의 대화였구나라는 무서운 대답이 얼핏 떠올랐다. 나는 어서 떠나게 하려고 제임스를 보러 올라갔고, 벤의 범죄에 대해서는 아무 얘기도 하지 않기로 작정을 했었다. 그 사실을 밝히면 무척 흥미가 있으리라. 하지만 이제 나는 그의 자만심을 흔들어놓고 싶은 충동이 생겼다. 그런 생각을 하고 나서 내가 말했다.

"난 타이투스를 양자로 받으려고 해."

"그 애를, 법적으로, 양자로 받을 수가 있겠어?"

"그래." 사실 나는 알 수가 없었다. "난 그 애를 출세시키겠어. 그리고 내 돈도 그 애한테 물려주고."

"별로 쉬운 일이 아닐 텐데."

"뭐가 쉽지가 않아?"

"사람들을 그냥 골라잡을 수는 없고, 생각과 뜻만 가지고도 안 되니까. 관계를 이룩하기란 쉬운 일이 아냐."

너니까 쉽지가 않다고 하지 하고 대꾸를 해주고 싶은 충동을 느꼈다. 그러자 나는 "사촌은 어디 사시나요?"라던 타이투스의 목소리가 생각났다. 그리고 제임스가 좋아했으며 산에서 죽었다는 셰르파에 대해서 토비 엘스미어가 한 얘기도 생각났고, 이런 '애착'에 대해서 그에게 물어보려는 발작적인 충동을 잠깐 느꼈다. 하지만 그것은 위험하고 경솔한 짓이리라. 제임스가 나를 무척 심하게 상처를 줄 힘을 지녔음을 나는 잠시도 잊지 않았다. 우리의 대화에서는 지금까지도 내 두려움이 한 요소라니 얼마나 신기한가! Cousinage, dangereux voisinage. 나로 하여금 거북하고 무능하게 느끼도록 만드는 그가 짜증스러웠고, 나는 그의 졸리운 차분함을 휘저어놓고 싶었다. 벤에 대한 얘기를 할까 말까 결심이 서지를 않았다. 만일 얘기를 한다면 그의 출발이 지연될까? 그러나 나는 무척 얘기를 해주고 싶었다. 아무리 사소한 행동이라도 뒤따르는 결과들 때문에 엄청나게 다른 길로 벗어날 수도 있다는 사실을 생각하면 정말로 두려움을 느끼게 된다.

화제를 유지하며 제임스가 말했다.

"대부분의 관계들이란 타의에 의한 것이지."

"타이투스의 가족 관계처럼 말이지?"

"그래. 때로는 숙명적으로 여겨지기도 하고. 불교신자라면 전생에서 만났다는 얘길 하겠지."

"자신이 미신적이라고 생각해? 미신이 무엇을 뜻하느냐에 달렸다는 얘긴 그만두고."

"그렇다면 난 대답을 못 하겠어."

"환생을 믿어? 선을 행하지 못하면—쥐새끼나—쥐며느리 따위로 다시 태어난다고 생각해?"

"그런 건 허상이야. 진리는 그 너머에 있어."

"내 생각엔 소름 끼치는 사상 같아."

"다른 사람들의 종교는 흔히 소름 끼치게 생각되지. 신자가 아닌 사람에게 기독교가 얼마나 무시무시할까 생각해봐."

"나는 그렇게 생각해." 여태껏 그 문제를 생각해본 적이 없었어도 그렇게 말했다. "불교에서는 내세를 믿어?"

"해석하기 나름이지······."

"아 좋아!"

"어떤 티베트 사람들이 믿기는······."

제임스가 말했다. 그는 자신의 말을 수정했다. 그는 그 나라를 사라진 문명처럼 항상 과거 시제로 얘기했다.

"믿었던 바로는, 다시 태어나기를 기다리는 죽은 자들의 영혼이, 호메로스의 하데스와는 다른 일종의 림보[지옥의 변방]에서 방황하지. 그들은 그걸 '바르도'라고 일컬었어. 좀 기분 나쁜 곳이야. 거기 가면 온갖 악마들이 다 있어."

"그러니까 벌을 받는 곳이겠구먼?"

"그래. 하지만 일종의 자동적인 벌이지. 신자들은 그것이 죽은 사람이 살았던 삶에 따라 결정되는 주관적인 환상들이라고 여기지."

"'그 죽음의 잠에서 어떤 꿈이 나타날지라도······.'"

"맞았어."

"하지만 신은 어때? 영혼은 신에게로 가지 못하나?"

"신이라고? 신들도 꿈이야. 그들 또한 단순히 주관적인 환상에 지나지 않아."

"좋아, 적어도 내세의 어떤 행복한 환각이라도 바랄 수가 없을까!"

"그럴 수 있을지도 모르지." 기차를 놓치지 않을 가능성이 있을지 판단하는 태도로 제임스가 말했다. "하지만 악마들이 곁에 있지 않은 사람들은······ 극히 소수야······."

"그럼 모든 사람이 바르도로 가나?"

"난 모르겠어. 죽음의 순간에 기회가 주어진다고들 그러더군."

"기회?"

"자유가 되는 기회 말야. 죽음의 순간에는 섬광처럼 찾아오는 모든 현실의 전체적인 환상을 보게 되지. 우리 대부분에게는 이것이—글 쎄—원자탄처럼 무섭고, 눈부시고, 파악하지 못한 미지의 격렬한 섬 광이야. 하지만 그것을 파악하고 이해하면 자유가 돼."

"그러니까 죽는다는 것을 의식하면 도움이 되겠구먼. 자유가 된다 는 소리는?"

"굴레에서 그냥 자유가 되는— 열반 말야."

"윤회의 굴레에서?"

"그래, 집념과, 애착과, 욕망처럼 우리를 비현실적인 세계에 속박시 키는 것들의 굴레지."

"애착이라고? 그러니까, 사랑도?"

"우리가 사랑이라고 일컫는 것도."

"그렇다면 우린 다른 곳에 존재하나?"

"이런 것들은 허상이야." 제임스가 말했다. "어떤 사람들은 열반이 이 세상에만 존재할 수 있다고 그러지. 허상들을 설명하는 허상, 그림 들을 설명하는 그림."

"진리는 그 너머에 존재하고!"

그러고 나서 우리는 잠깐 동안 침묵을 지켰다. 제임스의 눈꺼풀이 처졌지만 번득이는 눈빛은 그대로였다. 나는 농담 삼아 말했다.

"명상을 하고 있어?"

"아냐. 정말로 명상을 한다면 난 보이지 않겠지. 우린 끊임없는 정 신 작용 때문에 서로 눈에 보여. 명상하는 현자는 눈에 보이지 않아."

"그래, 확실히 으스스하구먼!"

나는 제임스의 얘기가 진담인지를 판단할 수가 없었다. 그러지 않겠거니 추측했다. 대화는 나를 철저히 거북하게 만들었다. 내가 말했다.

"언제 떠날 계획이야? 내일쯤일까? 무엇보다도 난 내 침대를 찾아야겠어!"

"그래, 미안해, 오늘 밤엔 침대를 내주겠어. 내일 떠나고. 런던에서 할 일이 많아. 여행 준비를 해야 하니까."

그러니까 내 짐작이 옳았다! 제임스는 정말로 군대를 떠난 것이 아니고, 비밀리에 티베트로 돌아갈 예정이었다! 내가 알고 있다는 사실을 넌지시 암시하고 싶었다.

"아, 그래, 여행? 알 것 같은데…… 그래도 질문은 하지 않겠어."

거무튀튀하고 면도를 못 한 얼굴로 그의 검은 눈이 나를 쳐다봤고, 제임스는 잠잠했다. 나는 그를 힐끗 보고는 시선을 피했다. 나는 벤에 대한 얘기를 해야겠다고 마음먹었다.

"그런데— 제임스, 그 물구덩이에 내가 빠진 사건 얘긴데……."

"민의 가마솥 말이지. 그래서?"

"실수로 떨어진 게 아니라 누가 날 밀었어."

제임스는 생각에 잠겼다.

"누가 밀었는데?"

"벤이."

"그를 봤어?"

"아니. 누가 날 밀었는데, 그가 틀림없어."

제임스는 생각에 잠겨 나를 쳐다보았다. 그러더니 잠시 후에 그가 말했다.

"확실해? 첫째, 누가 밀었다는 것과, 둘째, 그것이 벤이었다는 게 분명해?"

나는 제임스의 첫째, 둘째 따지는 투가 못마땅했다. 살인 기도까지도 그의 마음을 움직이지 못했다.

"얘기를 해주는 게 좋겠다는 생각이 들었어. 좋아, 잊어버려. 그럼 내일 떠난다니 잘되었구먼."

그 순간에 나는 절대로 잊어버리지 못할 소리를 들었다. 한낮에 환각을 일으키는 그 소리가 요즈음에도 가끔 들린다. 그 소리는 무서운 사건의 긴박감으로 내 의식을 파고들었으며, 방에는 공포가 안개처럼 가득 찼다. 그것은 리지의 목소리였다. 그녀는 집 앞 어디에선가 비명을 질렀다. 조금 있다가 또다시 비명을 질렀다.

제임스와 나는 서로 빤히 쳐다보았다. 제임스가 말했다.

"아니, 이런……."

나는 밖으로 달려나가다가 구슬 커튼에 휘말려 층계로 굴러 떨어졌다. 나는 숨을 헐떡이며 홀을 건너 앞문으로 뛰어나가다가 짜증과 절망의 짙은 구름에 질식이라도 한 듯 문간에서 쓰러질 뻔했다. 제임스가 내 뒤를 따라 층계를 뛰어 내려오는 소리가 들렸다.

길에서 무슨 놀라운 일이 벌어지는 것 같았다. 제일 먼저 눈에 띈 사람은 길버트의 차 옆에 서서 탑 쪽으로 길을 살펴보는 페레그린이었다. 그다음에 길버트의 팔에 몸을 기대고 집을 향해 천천히 걸어오는 리지가 보였다. 위쪽 탑 근처에는 자동차가 있었고 사람들이 모여 서서 땅바닥에 놓인 무엇인가를 내려다보았다. 길에서 사고가 났구나, 나는 생각했다.

페레그린이 돌아서자 나는 그에게 소리쳤다.

"무슨 일이야?"

그는 대답을 하는 대신에 앞으로 오더니 내 팔을 잡으려고 했지만 내가 뿌리쳤다.

제임스가 내 뒤를 바싹 따라왔다. 그는 하틀리가 입었던 내 비단 가운을 걸치고 있었다. 그 역시 페리에게 물었다.

"무슨 일이죠?"

나는 걸음을 멈추었다. 페레그린은 내가 아니라 제임스에게 말했다.

"타이투스예요."

제임스는 노란 폭스바겐으로 가서 몸을 기대었다. 그는 "내가 붙어 있어야 하는 건데……"라며 중얼거렸다. 그러더니 그는 땅바닥에 주저 앉았다.

페레그린이 뭐라고 얘기를 했지만 나는 무릎을 꿇고 있는 길버트의 옆 바위에 앉은 리지를 지나 길모퉁이를 향해 뛰었다.

사람들이 모인 곳에 다다랐다. 낯선 사람들이 풀밭 언저리에 누운 타이투스를 내려다보고 있었다. 하지만 그는 자동차에 치인 것이 아니었다. 그는 물에 빠져 죽었다.

다음에 무슨 일이 있었는지는 차마 자세히 얘기를 못 하겠다. 당장은 믿고 싶지 않았어도 타이투스가 죽었다는 사실은 의심할 나위가 없었다. 물을 줄줄 흘리며 알몸으로 축 늘어진 그는 너무나 아름답고 온전해 보였지만, 물에 젖어 검어진 머리카락을 누가 얼굴에서 쓸어내니 눈은 거의 다 감겨 있었다. 그는 부드럽게 접힌 뱃살과 앞의 헝클어지고 젖은 털을 드러내며 모로 누운 자세였다. 입이 약간 벌어져 이가 보였고, 언청이 입술도 보였다고 기억한다. 그리고 얻어맞은 듯 이마의 한쪽에 검은 흔적이 눈에 띄었다.

나는 소리쳐 제임스를 부르면서 집을 향해 다시 뛰어갔다. 제임스는 아직도 자동차 옆 땅바닥에 앉아 있었다. 그는 천천히 몸을 일으켰다.

"제임스, 제임스, 이리 와, 이리 와!"

제임스는 나를 살려냈다. 틀림없이 타이투스도 살려내리라.

제임스는 유령처럼 얼빠진 표정이었다. 페레그린이 부축을 해줘야 걸을 수가 있었다.

"아, 어서, 어서, 저 애를 살려줘!"

제임스가 길 모퉁이에 다다랐을 때 낯선 관광객들 가운데 한 사람이 이미 손을 쓰는 중이었다. 그는 타이투스를 엎어놓고 서투른 솜씨로 어깨를 눌렀다.

제임스를 대변하듯 페레그린이 말했다.

"입으로 인공호흡을 하는 게 더 좋아요."

제임스는 꿇어앉았더니 말이 안 나오는지 타이투스를 다시 젖혀놓으라고 손짓을 했다. 몇 사람이 동시에 떠드느라고 잠깐 어수선하더니 경찰 사이렌이 울렸다. 나중에 들은 얘기로는 레이븐 호텔로 가던 차가 소식을 전했고, 호텔 측이 전화로 경찰에 연락을 했다고 한다.

능숙하고 쾌활한 경찰관이 나서더니 우리더러 물러서라고 하고는 입으로 인공호흡을 시도했다. 구급차가 도착했다.

제임스는 물러서서 풀밭에 앉았다. 경찰관은 페레그린과 나에게 타이투스를 아느냐고 물었다. 페레그린이 대답을 해주었다.

얘기를 들어보니 레이븐 만의 바위에서 수영을 하려던 관광객들이 탑 모퉁이로 파도에 떠내려가는 타이투스의 시체를 보고는 헤엄쳐 나가서 바닷가로 끌어올렸다.

무슨 수를 써도 소용이 없었다. 사람들은 타이투스를 들것에 담아

구급차에 실었다. 차 몇 대가 멈춰 섰다. 부모들에게 통고를 하려고 경찰차가 니블레츠로 갔다. 검시 결과에 의하면 실수로 죽었다고 했다. 타이투스는 머리를 부딪혀 익사했다. 파도에 휩쓸려 바위에 부딪혔다는 추측이 나왔다. 확실한 내용은 끝까지 밝혀지지 않았다.

하지만 그때쯤에는 타이투스가 살해를 당했다는 생각이 내 머릿속에서 굳어졌다. 우리는 살인마와 맞서게 된 것이다. 나를 쓰러뜨리려다가 실패한 손은 그를 쓰러뜨리는 데 성공했다. 하지만 당분간은 누구에게도 그 얘기를 하지 않았다.

타이투스의 시체는 멀리 떨어진 읍내 병원으로 옮겨서 조용히 화장을 했다.

여섯

얼마 후의 일이었다. 절망과, 쓰라린 회한과, 증오에 따른 결심의 안개 속에서 시간이 흘러갔다.

길버트는 텔레비전 연속극에 출연하려고 런던으로 돌아갔다. 리지는 그냥 남았고, 나는 울어서 시뻘게진 그녀의 슬픈 얼굴에 익숙해졌다. 페레그린도 남았지만 퉁명스럽고 화라도 난 듯싶었으며, 트위드 바지와, 셔츠와, 조끼를 입고는 날마다 아모른 농장 근처의 시골로 갔다가 덥다고 짜증을 부리면서 돌아왔다. 그는 분명히 진저리를 쳤지만 선뜻 돌아갈 마음이 내키지 않는 것 같았다. 한두 번 그는 차로 리지를 마을의 가게로 태워다 주었다. 제임스는 머물었지만 말수가 아주 적어졌다. 그는 나에게 상냥했고 신경을 써주었지만 할 얘기가 거의 없었다. 서로 얘기는 할 수 없었지만 상호간의 어떤 보호 의식을 느끼며 같이 지냈다. 물론 그들은 나를 혼자 남겨두려고 하지를 않았다. 아마도 그들은 저마다 자기가 마지막까지 남을 생각이었나 보다. 마치 우리는 모두 무엇인지를 기다리는 것 같았다.

요리는 리지가 했다. 우리는 파스타와 치즈만 먹고 지냈다. 모두들 기다렸다가 기분 좋게 먹는 음식 따위, 인간 삶의 축제와 평범한 잔치 분위기로 되돌아가기는 불가능했다. 제임스 이외에는 모두들 술을 많이 마셨다.

지금 서술하려는 날, 나는 무섭고도 무서운 악몽을 꾸고는 아침 일찍 일어났다. 타이투스가 물에 빠져 죽는 꿈이었다. 나는 꿈에서 깨어난다는 안도감을 경험했다. 그러자 기억이 났다⋯⋯.

나는 일어나서 창가로 갔다. 6시쯤 되었고, 해가 뜬 지도 한참 되었다. 서늘한 여름 날씨가 안개 낀 하늘과 잔잔한 바다와 더불어 다시 찾아왔다. 바닷물은 광채가 나는 회색 푸른빛을 머금은 흰 빛깔이어서, 거의 하늘이나 마찬가지로 하얗게 보였으며, 파리한 황금빛 금속 광선의 폭발처럼 빠르고 짤막한 춤 동작처럼 뛰놀며 부연 햇살을 흩뿌렸다. 바다는 행복해 보였으며, 나는 타이투스의 눈을 통해 그 바다를 보는 것 같았다.

나는 침실을 되찾았다. 서로 가깝게 지내는 것을 내가 싫어하기는 했어도 다른 세 사람은 아래층에서 잤다. 나는 오늘 그들더러 모두 떠나라는 얘기를 하려고 작정했다. 혼자 남기가 무섭기는 했지만 그냥 지낼 만큼 기운을 차렸으며 계획을 실천하려면 혼자여야 했다. 나는 재빨리 옷을 입고 부엌으로 내려갔다. 페레그린이 그곳에서 면도를 하는 중이었다. 그는 나를 못 본 체했고, 나는 잔디밭으로 나갔다. 제임스가 막 바위에서 내려오고 있었다. 잠시 후에 리지가 페레그린에게 얘기하는 소리가 들렸다. 그날은 모두들 일찍 일어났다.

제임스는 내가 모은 돌들을 넣어둔 물통 옆에 저절로 만들어진 자리에 앉았다. 타이투스인지는 몰라도 누군가 파티가 벌어지던 날 밤에 제임스의 '만다라 그림'이 부서진 다음에 흩어진 돌멩이들을 잔디밭에서 치웠다. 돌멩이 '경계선'은 말짱한 편이었다. 나도 가서 앉았다. 바위들은 벌써 뜨거웠다.

제임스는 면도를 했고, 얼굴은 햇볕에 빨갛게 탔으며 수염을 깎은 거뭇거뭇한 자리 위는 아주 매끈했다. 그는 웬일인지 보통 때보다 훨씬 깨끗하고 시원스러워 보였는데, 광선이 더 밝아졌기 때문인지도 모른다. 그의 짙은 갈색 눈은 황토빛 줄무늬가 드러났고, 얇고 이지적인 입술은 결이 고왔으며, 대머리가 벗겨진 곳을 가린 검은 머리는 훨씬 생기가 있고 매끄러웠다. 미소는 짓지 않았지만 신비한 가면처럼 에스텔 숙모와 닮은 모습이 보통 때보다 더욱 뚜렷했다.

"제임스, 너도 가고, 모두들 가주었으면 좋겠어. 내일. 됐지?"

제임스는 얼굴을 찌푸렸다.

"너도 같이 간다면 가지. 같이 가서 런던에서 지내."

"아냐, 난 여기 있어야 해."

"왜?"

"할 일들이 있어."

"뭔데?"

"아, 뭐 자질구레한 일들인데, 집도 그렇고, 결국 집을 팔아야 할까 봐. 이제는 혼자 있고 싶어. 난 괜찮아."

제임스는 엷은 푸른빛으로 두 줄을 두른 황갈색 돌멩이를 물통에서 집었다.

"멋진 돌들을 모았구먼. 이걸 내가 가져도 될까?"

"그래, 물론이지. 그럼 결정이 된 거지? 내가 다른 사람들에게도 얘기하겠어."

"벤과 하틀리는 어떻게 할 생각야?"

"그냥 놔주겠어. 끝난 일이니까."

"그 말은 못 믿겠는걸."

내가 어깨를 추스르고 일어나려고 했더니 제임스가 셔츠 소맷자락을 잡았다.

"찰스, 무엇을 할 생각인지 나한테 얘기해. 무슨 일인가 꾸미고 있다는 걸 난 알아."

사실 나는 어떻게 할 계획이었나? 나는 정신이상에 가까운 상태였지만 미치지는 않았다. 사랑도 그 중 하나이지만, 자연스럽고 거리낌이 없고 관심을 지니고 신기한 존재의 양식을, 평범한 이성의 작용을, 때로는 합리성이라고 그럴듯한 정의가 붙는 어떤 종류의 집념들이 마비시킨다. 나는 완전히 강박관념에 사로잡힌 상태이며 거듭거듭 어떤 고통스러운 생각만 되풀이하고, 환상과 의지의 똑같은 과정을 따라 머리가 돌아간다는 사실을 알 만큼은 정신이 말짱했다. 하지만 이 기계적인 작용을 멈추거나, 멈추려는 욕망을 느낄 만큼은 말짱한 정신이 아니었다. 나는 벤을 죽이고 싶었다.

그를 죽이고 싶다고는 했지만, 지금까지 명확한 계획이나 날짜를 정하고 일의 순서를 짰다는 뜻이 아니다. 일단 내가 혼자 남게 되면 계획은 곧 마련될 터였다. 단순히 비참하기만 한 심사숙고라는 필수적인 시기가 끝나고, 나는 곧 결정을 내릴 수 있게끔 되리라. 벤은 나를 죽이려고 시도했는데, 되돌이켜보니 내가 여태까지 그 범죄를, 그 모욕을 당장 벌하지 않고 소홀히 했거나 '용서를 했다'는 것은 놀라운 일이었다. 니블레츠에 '출몰하면서' 하틀리를 탈취하겠다는 최근의 고리타분한 계획은 그를 응징하는 것이 아니라 그녀를 구출하는 게 목적이었다. 나는 다만 그녀를 빼앗아오기 위해서 그를 괴롭힐 생각이었지, 그를 파멸시킨다는 것은 내 목표가 아니었다. 하지만 이제는 상황이 완전히 다르다. 나는 타이투스의 살해를 '못 본 체'하거나 복수를 안 하고 가만히 있을 수는 없다. 내가 죽지 않았기 때문에 벤은 타이투스의 머리를 때려 물에 빠뜨려 죽였다. 그는 순전히 나에 대한 음흉한 악감 때문에 소년을 죽였는데, 지금 나 자신이 얼마나 미쳤는지를 고려하면 그가 그런 짓을 할 만큼 미쳤다고 믿을 수도 있었다. 사실상 내 광증의 근거는 단순한 슬픔과 그 소중하고도 소중한 아이의 상실과, 갑작스러운 그의 죽음이 빚어낸 공포와 더불어 방자한 사악함의 제물이 되었다는 의식이었다. 타이투스의 죽음에 대한 유일한 대가는 증오와 복수를 하려는 의도적인 분노로 절망을 당장 변모시키는 것이었다. 내란에서나 마찬가지로, 유일한 위안은 더 많이 죽이는 것이었으니, 그때 내 생각에는 타이투스의 살해를 이겨내기 위해서 나는 폭력주의자가 되어야만 했다.

제임스와 리지가 말없이 지켜보는 동안에 내가 구슬픈 역만 해내던 마지막 며칠 동안에 나는 미치광이 같은 오해 때문에 벤이 얼마나 나를 증오했고, 나 때문에 어린 시절 동안 줄곧 타이투스를 얼마나 미워했을까 상상을 해보았다. 그의 머릿속에서는 나와 타이투스의 관계가 유기적이고 집요한 체계를 이루었으리라. 항상 눈앞에 있던 소년은 (그의 생각에는) 아내의 부정과, 신문과 텔레비전 화면에서 너무나 자주 봐야만 했던 코웃음 치는 인상을 지닌 미운 연적의 의기양양하고 벌도 받지 않은 도피의 뚜렷한 상징이었다. 벤은 천성이 난폭하고, 파괴적인 남자이며 살인자였다. 그는 나와 바꿔친 내 자식을 얼마나 혐오했으며, 그 혐오감으로 얼마나 속이 뒤틀렸을까. 주범이 제멋대로 날뛰고 돌아다니며 웃어대는 판에 아내와 소년을 아무리 괴롭혀봐도 속은 시원치가 않았으리라. 단순한 증오는 광증에서도 으뜸가는 형태다. 그 오랜 세월에 걸쳐, 수없이 벤은 상상 속에서 나를 죽였으리라.

마침내 우리가 만나게 된 다음에 그는 자신의 난폭함과 분노가 마찬가지로 격렬한 내 감정과 맞먹는다는 사실을 곧 깨달았다. 바위 다리

위에서 서로 마주쳤을 때 그를 밀어 넣으려는 내 충동을 그는 환히 알았다. 내가 그를 제거해버리기 원한다는 사실을 그는 알았고, 결국은 어느 정도까지 각오가 되어 있는지 짐작했으리라. 그는 자신을 보호하기 위해 나를 죽였다고 우길 수도 있을 정도였다. 그러다가 내가 그토록 끈질기게 죽지 않고 멀쩡하게 살아나서 자유로운 몸으로 그를 비웃어대고 미운 자식을 내 '아들'이라면서 뻔뻔스럽게 보호를 하였으니, 벤의 광적인 분노가 소년을 통해 나에게로 터지고, 더욱 만족스러운 복수 행위를 행한다는 것보다 당연한 일이 또 어디 있겠는가? 나는 벤이 마지막으로 한 말이 생각났으며, '나쁜 자식'이라는 욕설은 '널 죽여버리겠어'와 연결이 되었다.

이제 나는 세상으로 돌아가서 이 행위를, 이 사실을 '극복'해야 하는가? 상상도 못 할 일이다. 행동에는 행동으로 맞서야 한다. 하지만 어떻게? 이런 모든 생각들을 하면서 나는 하틀리의 영상으로 겨우 자신을 가누려고 애를 쓸 수 있을 정도만 제정신이었다. 한때 그랬으며 앞으로 다시 그럴지도 모르지만 차분하고 아름다운 얼굴로 희망에 부풀어서 나를 쳐다보는 그녀의 옛 모습을 상상하려고 애썼다. 나는 그녀에게로 가서 포옹을 하고, 마침내 우리는 서로 위로를 하리라. 하지만 어떻게 벤의 파멸을 거쳐야만 하틀리에게 다다른다는 사실이나, 벤의 파멸이 정확히 어떤 것인지를 나는 느끼거나 의식할 수가 없었다. 그를 마음대로 파멸시킬 수 있다고 느끼게 된 지금 나는 가끔, 그녀에 대한 사랑보다 그에 대한 증오를 더 강렬하게 느꼈고, 내 집념을 검토해보니 그를 제거하려는 욕망이 단순히 그녀 때문만은 아니었다. 제거는 그 자체가 목적이 되었다.

실제로 내가 어떻게 하느냐에 대해서는, 아직 상상의 단계를 벗어나지 못한 상당히 다른 계획들을 수없이 많이 발전시켰다. 혼자 남게 되면 나는 그 가운데 하나를 실질적인 명제로 변형시키는 데 필요한 집중력을 얻게 되리라. 나는 경찰을 찾아갈 생각을 했다. 누가 나를 죽이려고 했으며, 모든 상황을 설명하면 벤이 뚜렷한 지목 대상이 되겠고, 내가 추측한 바로는 벤의 성격으로 미루어보아 합리적이거나 심지어는 암시적인 비난에 대해 그는 절망적으로 유죄 사실을 시인하고 말 것이다. 이것이야말로 그를 잡는 가장 간단하고도 가장 쉬운 방법이어서, 커다란 그물을 펼쳐놓기만 하면 그가 곧장 빨려 들어가게 마련이었다. 나는 벤이 단순하고 적극적인 남자여서, 법의 미묘함 때문에 불안해지고 거짓말의 섬세한 기교를 비웃게 되리라는 상상을 어찌나 많이 했던지, 나중에는 모든 일이 실제로 행하여진 듯한 기분이 들었다. 그런 반면에 만일 벤이 끈질기게 죄를 부인한다면 나는 틀림없이 증거가 부족해질 터였다.

간계와 폭력이 뒤섞인 온갖 방법들도 마찬가지로 고려를 해보았다. 그를 집으로 유인해서 민의 가마솥으로 밀어 넣는다면 무엇보다도 옳겠지만, 물론 그는 너무 조심스러워서 오지 않으리라. 그를 물에 빠뜨려 죽일 다른 방법들도 생각해보았다. 쉬운 방법이 하나도 없었다. 나는 노골적인 폭력에 훨씬 마음이 끌렸지만, 벤이 힘세고 위험한 남자여서 너무 정면으로 덤빌 수가 없었으며, 만일 그를 해치려다가 오히려 내가 그에게서 심한 피해를 받는다면 나는 화가 나서 미쳐버리고 말 노릇이었다. 돕는 사람이 있다면 좋겠지만, 나는 도움을 받지 않고 혼자 행동하기로 맹세를 했다. 벤이 군용 권총을 간직하고 있다는 하틀리의 얘기를 나는 잊지 않았다. 그가 총을 닦고 기름칠을 했다는 것은 의심할 여지가 없지만 총알은 없을지도 모른다. 런던에 있기는 하지만, 나는 무대 소도구인 멋진 가짜 자동 권총이 있다. 그것을 들이대고 손을 들라고 한 다음에 돌려세우고 망치로 그를 친다면! 그런 다음에는? 경찰에 다 털어놓고 얘기를 하나? 하틀리를 시켜 내가 정당방위로 그랬다는 증언을 하게 할까? 나를 죽이려고 또다시 벤이 당장이라도 시도할지 모르는 판이어서, 사실 내가 상상한 행위는 점점 더 정당방위처럼만 느껴졌다.

정신적인 울타리에 갇힌 자들은 흔히 자유를 그려보지만, 거기에는 아무런 흡착력도 없다. 그런 속에서도 나 자신의 검토되지 않은 죄의식이 나를 점점 더 증오로 끌고 들어감을 알았지만, 지금은 죄의식 때문에 혼란을 느낄 때가 아니었다. 제임스와 리지와 페리가 지켜보는 앞에서 무슨 의식적인 춤을 추며 집 안과 둘레에서 유령처럼 돌아다니는 동안에 나는 하틀리 생각을 했으며, 우리가 영원히 숨게 될 그 작은 집 안에서 그녀와의 평화로운 삶을 상상했다. 그렇지만 만일 그토록 강렬하게 갈망하던 바를 행하고, 그 갈망으로 위안을 얻는다면, 만일 내가 벤을 파멸시킨다면, 만일 내가 그를 죽이거나, 병신을 만들거나, 정신적인 피해를 주거나, 형무소로 보낸다면, 나는 하틀리와 평화로운 마음으로 떠날 수가 있을까? 그 평화로움이란 어떤 것일까? 결국 정의라는 개념은 나를 위해서 무엇을 할 수가 있으려나? 이 모든 가면 속에서 나는 나 자신의 죽음을 계획하고 있지나 않을까?

제임스가 아직도 잡고 있는 소매를 잡아채며 내가 말했다.

"아무것도 안 할 거야. 난 그저 비참해서 맥이 풀렸을 뿐이지."

"나하고 런던으로 가."

"싫어."

"꿍꿍이속이 있다는 걸 알겠어. 네 눈은 끔찍한 환상들로 가득해."

235

"바다뱀처럼."

"찰스, 얘기해."

이 말에 나는 어렸을 때 제임스를 속이기가 얼마나 힘들었는지가 생각났다. 그는 거짓말을 하려는 사람이 입을 열기만 하면 진실을 말하게끔 쥐어짜내는 재주가 있었다. 하지만 지금은 얘기를 하지 않으리라. 내 마음을 가득 채운 두려움을 어떻게 누구에게라도 밝힐 수가 있다는 말인가?

"제임스, 런던으로 가. 난 나중에, 곧 갈 테니까. 가서 난 아파트먼트를 정돈해야 해. 지금은 날 괴롭히지 마. 여기서 혼자 하루나 이틀 조용히 지내고 싶을 따름이야."

"무슨 끔찍한 일을 꾸미고 있구나."

"마음이 텅 비어서 난 아무 생각도 안 해."

"가마솥으로 벤이 밀어 넣었다고 생각한다는 얘길 나한테 했지."

"그래."

"하지만 물론 정말 그렇게 생각하지야 않겠지."

"그렇게 생각해. 하지만 그건 이제는 중요하지가 않아."

제임스는 내 눈치를 살폈다. 아침 식사가 준비되었다고 부엌에서 리지가 불렀다. 비가 내려 신선해진 풀밭과, 예쁜 돌멩이 경계선과, 반짝거리는 노란 바위에서 햇살이 조용하고 눈부시게 빛났다. 그것은 즐거운 장면의 캐리커처였다.

"중요한 얘기야." 제임스가 말했다. "난 철저히 잘못된 생각을 지닌 널 남겨두고 떠날 수는 없어."

"아침 먹으러 가지."

"잘못이야, 찰스."

"꽤 자신 있게 얘기하는구먼! 그건 네 견해고, 내 생각은 달라. 식사하러 가지."

"잠깐, 잠깐, 그건 견해가 아니고, 난 진실을 알아. 벤이 아니었다는 걸 난 알고 있어."

나는 그를 노려보았다.

"제임스, 네가 알 리가 없어. 현장을 목격했어?"

"아니, 그렇지는 않지만······."

"다른 사람이 혹시 봤나?"

"아니······."

"그런데 네가 어떻게 알아?"

"그냥 알지. 찰스, 제발 내 말을 믿어주겠어? 정말 믿어도 좋아. 묻지만 말아. 벤이 그러지 않았다는 내 말을 믿어. 벤이 그런 게 아냐."

우리는 서로 노려보았다. 제임스의 강렬한 어조와, 눈과, 험악한 얼굴은 내 거부하려는 마음에 확신을 심어주었다. 하지만 그의 말은 믿어지지가 않았다. 그가 어떻게 안다는 말인가? 혹시, 혹시, 제임스 자신이 나를 밀어 넣었다면 몰라도. 아무튼 저 인디언 같은 가면의 뒤에는 무엇이 숨어 있을까? 우리는 세상을 살아가며 항상 경쟁을 했고, 성공을 한 사람은 나였다. 어린 시절의 증오는 어린 시절의 사랑이나 마찬가지로 평생 간다. 제임스는 이상한 생각을 잘하는 이상한 남자였다. 그는 무자비한 직업을 가졌었다. 나는 벤에 대한 그의 존경 어린 얘기가 생각났다. 그가 비밀 첩보원이고 티베트로 돌아간다는 짐작을 내가 했음을 알았기 때문에 그가 나를 제거하려고 했을 수도 있다. 나는 머리를 두 손으로 잡았다.

하지만 나는 말했다.

"이봐, 제임스, 날 설득하려는 얘긴 그만해. 벤은 날 죽이려는 시도를 한 것뿐이 아냐. 벤은 타이투스를 죽였어."

"아, 맙소사……." 제임스는 기가 막히다는 태도로 돌아서더니 말했다. "그가 타이투스를 죽였다는 증거가 뭐지? 봤어?"

"아니. 하지만 빤해. 머리의 얻어맞은 상처를 아무도 검사하지 않았어. 타이투스는 수영을 잘해. 그리고 벤이 날 죽이려고 했다가……."

"그래, 그게 '증거'겠구먼. 하지만 그렇지가 않다는 걸 난 알아."

"제임스, 네가 알긴 뭘 알아! 난 그 남자를 알고, 그가 얼마나 증오를 할 수 있는지 알아. 넌 전우를 만나서 흐뭇하기만 했겠지. 내 눈에 보이는 그는 유능한 살인자이고, 질투와 원한에 사무친 일생을 살아온 미치광이야. 그리고 질투의 원한이 어떤지를 나는 알아."

"난 그게 걱정이지." 제임스가 말했다. "네 원한 말야. 어디에다 대고 내가 맹세를 해야 만족하겠어? 난 우리 어린 시절과, 부모들의 추억과, 사촌 간이라는 우리 사이에 걸고 맹세를 하겠는데, 그건 벤이 한 짓이 아냐. 더는 묻지 말고 그 얘기를 그냥 받아들일 수 없겠어? 이젠 다 잊어버려, 잊어버리라고. 여길 떠나서 런던으로 같이 가."

"내가 그걸 어떻게 '받아들일' 수가 있겠어? 넌 벤이 아니라고 우기지만, 난 공연히 그런 소리를 하는 게 아냐! 미지의 어떤 사람이 널 죽이려고 시도했다는 사실을 너라면 그냥 '받아들일' 수가 있겠어? 그리고 넌 벤이 아니라는 것도 확실히는 모르잖아. 혹시 네가 한 짓이 아니라면 몰라도."

"나는 아냐." 얼굴을 찌푸리며 제임스가 말했다. "가당치도 않은 소리 하지 마."

나는 어처구니없을 만큼 안도감을 느꼈다. 그렇다면 잠깐 동안 나는

238

사촌이 나에 대한 살기등등한 증오로 가득하다는 생각을 진지하게 했었나? 물론 나는 당장 그의 말을 믿었고, 물론 그것은 가당치도 않은 소리였다. 하지만 제임스도 아니고, 그의 주장에 따르자면 벤도 아닌 경우에, 누구란 말인가? 그의 말이 믿어지지는 않았어도 엄숙한 맹세는 내 마음을 움직였다. 리지 때문에 남모르는 질투로 미쳐버린 길버트일까? 잃은 아기 때문에 마음이 아팠던 로시나? 나를 살해할 동기를 지닌 사람들이 상당히 많을지도 모른다. 프레디 아크라이트? 그럴지도 모르지. 그는 나를 미워했고, 지금은 벤이 개를 데리러 갔던 아모른 농장에 와 있다. 나를 죽이거나 병신을 만들려고 벤이 프레디를 고용했는데 그 끔찍한 추락 사고로 끝났다면?

골똘히 생각에 잠긴 날 보더니 제임스는 기가 막히단 시늉을 했다.

"난 알아맞히기 놀이는 소질이 없어." 내가 말했다. "벤이라고 생각했고, 지금도 그렇게 생각해."

"그렇다면 안으로 들어가"라고 말하더니 제임스는 몸을 일으켰다.

우리는 부엌으로 들어갔다. 리지는 스토브 앞에 서 있었다. 그녀는 머리를 넘겨 눌러붙였고, 아주 짧은 드레스 위에다 아주 짧은 바둑무늬 작업복을 걸쳤다. 그녀는 우스꽝스러울 만큼 젊어 보였으며, 가끔 그러듯 초조하고 바보 같은 여학생 표정을 지었다. 페리는 다리를 뻗고 팔꿈치를 괴고 식탁에 앉아 있었다. 그의 얼굴은 벌써부터 땀으로 번들거렸고 눈은 멍청했다. 술에 취했는지도 모른다.

제임스는 그냥 "페레그린"이라고만 말했다.

움직이지도 않고 아직 앞을 멍하니 응시하면서 페레그린이 말했다.

"만일 찰스를 누가 죽였으냐, 아니 찰스를 죽이는 데 누가 실패했느냐 하는 얘기를 하던 중이었다면, 그건 나였어."

"페리……."

"내 이름은 페레그린이야."

"하지만, 페레그린, 도대체— 왜— 정말이지 왜 그런 짓을 했지?"

리지는 놀라지도 않고 오더니 자리에 앉아 구경을 했다. 분명히 그녀는 벌써부터 알고 있었다.

"왜 그랬느냐고 물었던가?" 나를 쳐다보지도 않으면서 페레그린이 말했다. "그 이유가 뭔가 생각을 해봐. 그냥 생각만 해봐."

"그렇다면— 맙소사, 로시나 말야?"

"그래, 이상하겠지만, 그거야. 자넨 의도적으로 내 결혼 생활을 파괴했고, 내가 사랑하던 아내를 빼앗아갔는데, 자넨 냉혹하고 치밀하게, 계획을 짜가면서 그런 짓을 저질렀어. 그러더니 나한테서 빼앗아간 다음에는 그녀를 버렸지. 자넨 그녀를 원한 것도 아니고, 소유욕과 시기심이라는 동물 같은 충동을 만족시키기 위해 그녀를 나에게서 빼앗고 싶었을 따름이야! 그러다가 충족을 만족시켰고, 내 결혼 생활이 영원히 파탄된 다음에 자넨 으스대며 다른 데로 찾아갔어. 그것도 모자라서 자넨 내가 그것을 너그럽게 받아들이고 계속해서 자네를 좋아하리라고 기대했지! 왜 그랬냐고? 자네가 멋지고도 멋진 찰스 애로우비라는 분이기 때문에 어떤 더러운 짓을 하더라도 변함없이 모든 사람들이 자넬 좋아하리라고 생각했기 때문이야."

"하지만, 페레그린, 자네가 스스로, 그것도 여러 번이나 말하기를 그 잡년을 떼어버려서 기쁘다고……."

"좋아. 하지만 내 말을 왜 믿었지? 그리고 그 더러운 말은 입에 담지 마. 물론 자네가 여자를 쓰레기 취급을 한다는 건 다들 알고 있어. 하지만 내가 싫어한 것은 자네가 내 인생과 행복을 파괴해놓고도 전혀 관심조차 보이지 않고, 너무나 잘난 체한다는 사실이었어."

"난 자네가 행복했었다고는 믿지 않아. 지금이니까 그런 소릴 하지……."

"아, 맙소사! 자넨 단순히 악의에 찬 질투심에서 그녀를 빼앗아갔어. 좋아. 나도 질투는 할 줄 알아."

"하지만 자네가 앞장서서 그것을 아무렇지도 않게 생각하도록 날 부추겼잖아! 왜 구태여 내가 잘못 생각하도록 거짓말을 했지? 이제 와서 날 탓할 수는 없어. 자네가 충격을 받은 기미를 보였더라면 난 죄의식을 더 느꼈을 거야. 하지만 자넨 나한테 무척이나 다정하고 친절하게 대해주었고 날 만나면 항상 즐거워하는 것 같았어……."

"난 배우야. 그리고 자네를 만나는 게 즐거웠는지도 모르지. 우리는 때로는 증오하고 경멸하는 사람들이 얼마나 구역질 나는 존재들인지를 직접 보면 기분이 좋아지기도 하지."

"하니까 자넨 줄곧 복수할 기회를 노리고 있었구먼!"

"아냐, 그런 건 아니지. 난 자넬 속여먹고, 그냥 구경만 하면서, 내 진짜 기분을 안다면 얼마나 놀랄까 생각하며 흐뭇한 즐거움을 누렸다네. 자넨 항상 나에게는 악몽이었고, 마치 악마, 마치 암 같았어."

"아, 그럴 줄이야. 미안해……."

"이제 와서 내가 자네의 사과를 받고 싶어 한다고 생각했다면……."

"자네한테 한 내 행동이 나빴는지는 모르지만, 그렇다고 해서 죽어 마땅한 정도는 아니었어."

"그래, 좋아, 난 취했고, 충동적인 행동이었음을 시인하지. 난 자넬 밀어버리고는 그냥 계속해서 걸었어. 실제로 무슨 일이 벌어졌는지는 보지도 않았고, 관심도 없었으니까."

"하지만 자넨 스스로 말하길 폭력을 싫어하니까 절대로……."

"좋아, 자네 경우는 특별해. 시커먼 마녀처럼 그 바위 꼭대기에 앉아 있는 로시나를 갑자기 보게 되었을 때가 결정적인 순간이었어. 난 자네가 아직도 그녀와 관계를 유지하고, 보나 마나……."

"그렇지 않아."

"난 알고 싶지도 않아."

"자네가 왜 그녀 얘기를 요즈음에는 안 하는지 궁금했지. 날 죽일 계획을 짜고 있었구먼."

"자넨 형편없는 인간이니까 자네가 무슨 말을 하든지 난 관심도 없고, 알고 싶지도 않고, 믿지도 않아. 난 그저 그녀를 거기서 만나고, 자동차 유리창이 깨지는 걸 참을 수가 없었고, 그 충격을 견딜 수가 없어서 내 몸에 구멍이라도 뚫리고 쌓여 있던 모든 해묵은 증오와 다시금 눈을 뜬 질투가 쏟아져 나오듯, 난 미칠 것만 같았지. 난 자네한테 무언가 보복을 해야겠다고 생각했어. 사실 난 자넬 바다에 빠뜨릴 생각이었지. 상당히 취했던 것 같아. 그 장소를 일부러 선택한 것은 아니었고, 그 무서운 소용돌이가 치는 곳인 줄은 몰랐어."

"그렇다면 자넨 재수가 좋았구먼. 난 죽었을지도 몰라."

"아, 상관없어." 페레그린이 말했다. "차라리 자네가 죽었다면 좋았겠어. 난 소리를 쳐서 자넬 불러낼까 했지만, 나보다 술을 덜 마시니까 오히려 자네가 날 죽일 것 같은 생각이 들더구먼. 어쨌든 이제는 명예를 되찾은 셈이니까 앞으로는 자네한테 다시는 술을 대접하지도 않겠고, 자네가 얼마나 좆 같은 놈이라는 얘기도 다시는 하지 않겠어. 자넨 사라져버린 신화야. 그런데도 자넨 아직도 자기가 칭기즈칸이라고 생각하지! Laissez-moi rire〔웃기네〕. 자네가 왜 줄곧 내 머릿속에서 떠나지 않았는지를 모르겠는데, 푸른 월계수처럼 번창하고 잘 지내는 자네 모습과, 자네가 지닌 힘 때문이었는지도 몰라. 이젠 자네도 늙고 끝장이 나서, 밀라노로 돌아갔을 때의 프로스페로처럼 쪼그라지고, 늙어 처량한 꼴이 되면 리지 같은 착한 여자들이 위로를 해주려고 찾아오겠지. 적어도 얼마 동안은 그럴 거야. 자넨 인류를 위해 한 일이 하나도 없고, 자신 이외에는 누구를 위해서도 손 하나 까딱하지 않았어. 만일 클레멘트가 자넬 귀여워해주지만 않았더라면 자네 이름을 아는 사람이 아무도 없었을 테고, 자네 작품은 눈곱만큼도 훌륭한 데가 없고, 기껏해야 알맹이도 없는 기교뿐인데, 이젠 사람들이 그런 데 홀리지를 않으니까 찬란한 영광은 빠른 속도로 사라져버리고, 자넨 혼자만 남아서 더는 어느 누구의 머릿속에서 괴물이라는 생각조차 불러일으키지를 못하겠고, 사람들은 모두 안도의 한숨을 쉬고는 자넬 불쌍하다고 생각하고는 잊어버리겠지."

잠깐 침묵이 흘렀다.

내가 말했다.

"하지만 그토록 즐거웠다면 왜 얘기를 하지? 입만 다물고 있으면…… 아니면 내가 알기를 바란다는 얘기야?"

"자네가 뭘 알건 모르건 난 관심이 없어. 자네 사촌이 심문 기술이 좋아서 내 자백을 받아낸 거야. 자네가 벤이 범인이라고 생각해서 무슨 짓을 저지를 계획을 세우는 중이라고 사촌이 그러더군."

"날 항상 싫어했다는 소릴 했지만 그건 진실이 아냐. 자넨 그 정도로 훌륭한 배우가 못 되지. 자넨 삼촌 페레그린에 대한 얘기를 나한테 했어."

"난 페레그린이라는 삼촌이 없다네."

나는 완전히 멍해졌다. 내가 말했다.

"그럼 타이투스는 어떻게 된 거야?"

"무슨 소리지?"

제임스가 되물었다.

"타이투스는 어떻게 된 거야? 누가 타이투스를 죽였지? 그러니까— 내 생각엔— 벤이 그를 죽인 게 틀림없나?"

잠시 후에 리지가 그 질문에 대답을 했다.

"찰스, 그건 사고였고, 아무도 그를 죽이지 않았죠."

페레그린이 일어섰다. 그가 말했다.

"그래, 그렇게 된 거고, 그만하면 분명해졌으니 장군님께서도 만족하셨기를 바라. 난 런던으로 돌아가겠어. 잘 있어요, 리지, 만나서 반가웠어요."

그는 뚜벅뚜벅 걸어 나갔고, 물건을 챙기는 소리가 들렸다. 그러고는 알파 로미오가 둑길로 난폭하게 뒷걸음질을 쳐 나와서 점점 멀어지는 소리가 들려왔다.

제임스는 일어서서 창밖을 내다보았다. 리지는 소리 없이 울면서 수도꼭지에서 찻주전자를 채웠다. 그녀는 찻주전자를 스토브에 올려놓고는 가스를 틀었다.

나는 제임스에게 말했다.

"잘못 알고 있는 나를 여기 혼자 남겨두고 떠날 수가 없다고 그랬지? 자, 이제는 해결되었으니까 너를 잡아둘 일은 하나도 없구먼."

제임스가 돌아섰다.

"런던으로 가지 않겠어?"

"싫어."

"그럼 그 사람들은 어떻게 할 생각야?"

"아무것도 안 해. 끝났어. 끝났다니까."

하지만 물론 그것은 정말이 아니었다.

그날과 이튿날은 병적인 몽롱함 속에서 지나갔는데, 희망과 의욕을 잃은 평화로운 아침처럼 여겨지면서도 사실은 두려움과 독기로 가득 찬 기간이었다. 나는 제임스가 가주기를 집요하게 원했으며, 그가 나타나거나, 같이 있거나, 보이지는 않아도 옆에 있는 듯한 느낌이 들면 괴로울 만큼 짜증이 났다. 주체를 못 해서인지 자꾸만 울어대었기 때문이기도 하지만 내가 쳐다보기만 하면, 사람들이 불쌍하게 여길 늙고 힘도 없는 전직 마술사(프로스페로를 뜻함)로 페레그린이 비유한 내 모습을 갑자기 연상시키는 바보 같고, 가련하고, 애원하는 그녀의 표정 때문에도 리지를 보면 나는 짜증이 났다.

리지가 왜 가지 않겠다고 했는지 이해가 간다. 그녀는 결정적인 순간을 노리고 있었다. 그녀는 내가 더는 견디지를 못해서 그녀에게로 힘없이 돌아가 붙잡혀 끌려가게 될 순간을 기다렸다. 제임스가 어물쩍거리는 이유는 덜 분명했다. 분명히 그는 이제는 벤을 살인자라고 생각하지 않는다는 내 말을 믿었다. 하틀리를 구원하겠다는 계획은 내가 포기하지 않았다고 미심쩍어하겠지만, 그렇다고 영원히 나를 감시만 할 수도 없다는 것은 뻔한 일이었다. 항상 계산이 빠르고 요령이 좋은 그는 이제 리지와 나를 단둘이 남겨놓아야겠다고 판단을 한 모양이었다. 그는 이제는 나하고 얘기조차 하고 싶지가 않은 것 같았다. 그에게는 따로 목적이 있어서 머무는지도 모를 일이었다. 내 짐작에 그는 타이투스 생각을 하며, 그 소년을 더 열심히 신경을 쓰며 지켜보지 않았다는 데 대해서, 나처럼, 자신을 탓했다. 이 무렵에 나는 바위와 바다를 꺼렸지만, 제임스는 항상 그곳으로 나가 절벽 위를 돌아다니고, 민의 다리에도 서보고, 탑을 기어올라 다니면서 관련이 있는 거리들을 측정하는 것 같았다.

오후에 몇 차례 리지와 나는 전에 허브를 가꾸려고 계획했던 곳을 지나 한 번도 가보지 못했던 시골 땅으로 산책을 나갔다. 길의 바로 뒤 지역은 온통 바위와, 가시금작화와, 작고 시커먼 물웅덩이들이 들쑥날쑥하는 늪이었다. 그곳에서는 꺼칠꺼칠한 헤더가 좀 자랐고, 파리를 잡아먹는 작고 노란 식물이 잔뜩 있었으며, 축소판 난초 같은 보랏빛과 하얀 꽃들도 피었다. 말똥가리 두 쌍이 파란 하늘에 떴다. 늪 너머는 흔한 농지여서, 산기슭에는 양들이 흩어졌고, 아득한 겨자 밭에서는 햇빛이 노랗게 반짝이며 커다란 반점을 지었다. 무너진 돌집이 많았는데, 지붕은 없어지고 분홍바늘꽃과 야생 취어초와 나비투성이였으며, 우리는 형식을 제대로 갖춘 정원의 회양목 울타리가 자라서 숲을 이루고 덩굴장미가 뒤덮어버린 커다란 돌집의 폐허를 발견했다. 생생하게 기억이 나는 그 집을 이토록 자세히 기록하는 이유는 모든 양상이 슬픔의 이미지 그대로여서, 기쁨을 줄 수도 있었을 것들이 그러지를 못했다.

절망과 회한과 우유부단과 두려움의 베일이 내 시야를 가렸고, 심장 대신에 작은 납덩이 관을 담아 가지고 다니는 기분이 들었다. 나와 함께 거닐면서 리지는 타이투스를 위해 실컷 울었고 아직도 흐느끼고 있었지만, 이제는 훨씬 자제를 하며 속으로 울었는데, 나는 슬픔 속에서도 속셈을 차리는 여자의 촉각이 나를 더듬어오고 있음을 느꼈다. 리지는 마지막 희망까지 다 사라지기 전에는 누구를 위해서도 죽지는 않으리라. 내가 죽어 자빠졌다면 그녀는 다른 누군가의 품에서 울고 있으리라. 냉정한 얘기이기는 하지만 나는 그녀의 고뇌가 얼마나 일시적이며, 만일 내가 그녀의 동정심을 필요로 하게 되는 경우에는 당장 의기양양한 소유욕으로 바뀔 터였으므로 리지에 대해서 개인적으로 특별히 못마땅하게 느꼈다. 리지는 아주 다정하고 상냥하고 고양이 같은 여자여서, 부드럽고 나긋나긋해서 남자들이 사랑하지만 사실은 자신을 보호하는 무자비한 힘을 지녔다. 그래서 어떻다는 말인가? 우리는 산책을 하며 거의 얘기를 하지 않았고, 리지는 가끔 나를 힐끗거리면서 이런 생각을 하는 듯싶었다―이렇듯 말없이 나하고 산책을 하니까 마음에 평화로움을 느끼겠지. 내 침묵과, 내가 곁에 있다는 사실이 그의 마음을 아물게 할 거야. 어느 누구하고도 이렇게 조용히 산책을 할 수는 없겠지. (이 마지막 생각은 옳을지도 모른다.) 물론 죄의식도 내 분노에 부채질을 했다. 이제는 내 마음을 무척이나 많이 차지해버린 타이투스의 죽음에 대한 내 책임은 내가 바다에 대해서 그에게 한 번도 경고를 하지 않았다는 데서 기인했다. 왜 그러지를 못했던가? '허세 때문이었다.' 타이투스와 내가 절벽에서 바다로 뛰어들었던 첫날이 아주 생생하게 기억된다. 나는 그에게 나도 튼튼하고 두렵지 않다는 인상을 주고 싶었다. 만일 "좀 위험한데"라든가 "나오기가 쉽지 않아"라든가 "난 여기서 수영을 할 생각은 없어"라고 말했다면 그 순간의 매혹은 사라지고 말았으리라. 나는 그와 함께 물로 뛰어들고, 너무나도 잘 알았던 어려움들을 숨기고 말았다. 다른 곳에서는 기어나오기가 불가능하다는 사실을 한 번도 강조한 적이 없었다. 탑의 층계를 권한 적도 없었는데 사실은 그곳에 밧줄을 새로 매어놓지도 않았고, 바닷물이 거세면 층계도 절벽만큼이나 위험했다. 나는 타이투스를 위해서 바다를 살펴본 적

도 없었다. 나는 첫날 탑에서 그가 과시했던 민첩함과, 힘과, 젊음에 대
해 어리석게도 나 혼자 자랑스러움을 느끼며 허세를 부렸던 것이다. 물
론 그는 항상 다이빙을 하고 싶어 했다. 뛰어들 수가 있는데도 조심스
럽게 기어 들어가려는 젊은이는 없다. 나는 촌스러운 신중함을 보임으
로써 타이투스에 대한 내 인상을, 나에 대한 타이투스의 인상을 망쳐놓
기를 원하지 않았다.

　나는 이런 것들을 마음속에서 거듭거듭 되새겼고, 이제는 차마 쳐다
보기도 싫어진 그 바위에서 돌아다니며 제임스도 같은 생각을 하겠지
만, 내가 무슨 일을 할 수가 있었고 했어야만 하는지를 생각해보았다.
그리고 타이투스에 대한 내 절망감과 내 삶에서 가장 큰 축복일는지도
모를 그를 상실했다는 뼈아픈 슬픔이 강렬하다 보니, 이제는 벤에 대한
집요한 생각이 멀어져버렸다. 벤과 함께 죄의식이 희미해지니 위안을
얻게 되었다. 광증은 사라졌지만 슬픔은 더 순수하거나 건전해지지는
않았다. 죄와 절망의 부담은 끊임없었고, 위치만 바뀌었을 뿐이었다.
슬픔의 새로운 양상들이 내 앞에 펼쳐졌다. 나는 하틀리의 아이를 죽였
고, 멋대로 그녀의 삶에 뛰어들어서 그녀의 것이기에 절대로 내 소유는
될 수가 없었을 축복을 앗아버렸다. 그녀의 슬픔이 어떠하며 그것이 나
에 대한 감정에 어떤 영향을 줄는지 나는 감히 상상도 못 했다. 이제 그
녀는 나를 살인자로 여길 것인가? 묘한 일이지만 나를 탓할 생각이 그
녀의 머리에는 미처 떠오르지를 않고, 그저 우발적이고 하찮은 원인으
로만 생각하리라고 나는 가끔 느꼈다. 그리고 때로는 타이투스에 대한
우리의 슬픔이 사실상 벤을 배척하고 우리를 서로 가깝게 해준다는 기
분도 들었다. 지금으로서는 그냥 기다리는 수밖에 없었다. 그녀가 나에
게 무슨 신호라도 보낼지 모른다는 생각까지도 들었다. 나중에 알고 보

니 그런 내 생각은 옳았다.

이렇듯 기다리고, 구경하고, 깊은 생각에 잠기고, 슬퍼하며 리지와 나는 시골 길을 거닐었다. 그러다가 우리는 지난 시절과, 윌프레드와 클레멘트 얘기를 하게 되었고, 리지는 내가 같이 살지 않게 되었을 때까지도 클레멘트를 무척이나 질투했다고 말했다.

"상황이 아무리 변해도 클레멘트가 당신을 소유한다는 기분을 난 항상 느꼈어요."

우리는 극장과, 연극계가 얼마나 멋지고, 연극계가 얼마나 한심하고, 리지는 어서 연극을 떠나고 싶다는 얘기를 했다. 그녀는 나에게 지인에 대해서 물었고, 조금 얘기를 해주었지만 나는 그녀가 너무 괴로워하는 기색이 역력해서 후회를 했다. 땀을 흘리고, 숨을 헐떡이고, 구겨지고 빛이 바랜 드레스를 입고, 환한 얼굴은 햇볕에 타서 빨갛고, 갑자기 눈물도 흘려가며 이렇게 산책을 나오면 리지는 나이가 그대로 드러났다. 그녀는 모습의 변화가 엄청난 여자였다. 여자의 표정에는 늙음과 젊음이 신비하게 뒤섞여서, 그녀는 아직도 어린애 같은 모습을 보이기도 했다. 하지만 그녀가 광채를 잃었거나, 아니면 그녀에 대한 내 눈이 무디어졌나 보다. 그녀는 충실하고, 다정하고, 나를 위로하려고 무척 애를 쓰면서 핵심이 아니라 항상 말초적인 얘기만 했다.

"물론 페리는 당신을 미워하지 않고, 미워한 적도 없고, 말로만 그런 거예요. 그는 당신을 사랑했고, 당신에게 헌신했고, 당신에 대해서는 항상 흠모하는 얘기를 했어요."

어느 날 오후에는 예기치 않게, 늘상 피하려고 애쓰던 아모른 농장 옆으로 지나가는 길을 따라 돌아오게 되었다. 우리는 짖어대는 콜리들의 소리를 빨리 지나쳤고, 겨우 안심을 하려는 참에 샛길 모퉁이를 돌아 불쑥 블랙 라이언의 밥 아크라이트가 나타났다. 그는 당장 으르렁거리며 짖어댈 기세로 소리 없이 다가오는 개처럼 조용하고 긴장한 표정을 짓고 우리에게 접근했다.

"액운을 당하셨더군요, 애로우비 씨."

"그래요."

"내가 바다에 대해서 경고를 하잖았어요."

"그래요."

"기어나올 수가 없었던 거겠죠?"

"글쎄요."

"바로 전날 그 애를 봤는데, 마침 탑 근처로 가던 길에 보니 당신 집 근처의 가파른 바위로 올라가려고 자꾸만 애를 썼지만 계속 밀려 나가고 말더군요. 그런 파도에서 수영을 하다니 미친 짓예요. 그러더니 겨우 올라오기는 했지만 죽을 지경으로 지쳐버렸죠. 꼭대기에 올라가더니 그냥 털썩 늘어지고 말데요. 틀림없이 기운이 빠졌을 때 파도에 밀려 바위에 부딪혔겠죠. 분명히 그렇게 됐을 거예요. 그 애가 그곳에서 수영을 하게 내버려두는 게 아니었어요. 바다가 사람 잡는다고 내가 그러지 않았던가요?"

"그래요. 그런 일이 없었어야 하는데."

나는 걸음을 옮겼다.

그는 내 등 뒤에서 소리쳤다.

"내 동생 프레디가 당신을 알더군요. 당신을 알고 있다고요."

나는 돌아서지 않았다. 리지와 나는 집에 다다를 때까지 줄곧 침묵을 지켰다. 나는 제임스더러 내일 떠나라고 얘기하고, 리지는 그다음

날 보내기로 작정했다. 제임스가 런던까지 차를 태워주기를 바라지 않았기 때문에 나는 그들을 한꺼번에 처분할 수가 없었다. 그녀는 더는 필요가 없다고 느껴졌고, 제임스가 없어도 지낼 수가 있었으며, 그들이 내 몰락의 힘겨운 공포에 대한 증인이 된다는 사실을 견디지 못하겠다는 기분이 들었다.

사촌을 찾아내어 내일 아침에 떠나라고 얘기를 할 작정으로 집에 들어섰을 때, 지극히 이상하고 규칙적이며 찢어지는 듯한 소리를 들었다. 잠시 후에야 그것이 내가 까맣게 잊고 있었던 전화임을 깨달았다. 전화가 울리기는 그때가 처음이었고, 하틀리일지도 모른다는 생각이 언뜻 났다. 그런데 물론 어느 방에 있는지를 몰라서 나는 전화를 찾을 수가 없었다. 마침내 서재에서 전화를 찾아낸 나는 안타까운 희망을 품고 달려갔다.

로시나의 목소리였다.

"찰스. 나야."

"잘 있었어?"

"정말 그 불쌍한 애 가엾게 됐어."

"그래."

"아주 안됐어. 뭐라고 말해야 하나? 그런데 찰스, 물어볼 게 있는데."

"뭘?"

"페레그린이 당신을 죽이려고 했다는 거 정말야?"

"날 바닷물로 밀어 넣었지. 죽이려고 그런 건 아냐."

"하지만 바닷물이 소용돌이를 치는 그 무서운 구멍으로 밀어 넣었다던데."

"그래."

"맙소사."

"거기 어디야?"

"레이븐 호텔. 소식이 좀 있어."

"뭔데?"

"프리치 아이텔이 만들겠다던 그 어마어마한 대작 영화 〈오디세이〉 알지?"

"그래."

"나더러 칼립소〔오디세우스를 유혹한 바다의 요정〕 역을 맡아달라고 그가 제시를 했어!"

"당신한테 어울리겠구먼."

"근사하지 않아? 이렇게 기쁘고 행복하기는 처음인 것 같아."

"좋아. 날 혼자 내버려둘 수 없겠어, 로시나?"

"그러겠어."

그녀는 전화를 끊었다.

서재에서 나온 나는 부엌에서 리지가 제임스와 얘기하는 소리를 들었다. 문은 닫혔지만 어쩐지 말투가 묘하다는 인상을 받았다. 나는 걸음을 멈추었다가 부엌으로 가서 문을 열었다. 제임스가 리지의 어깨 너머로 나를 쳐다보며 말했다.

"찰스."

무서운 예감이 들었다. 입 안이 마르고 심장의 맥박이 빨라졌다.

"왜?"

그들은 복도로 나왔다. 리지는 겁이 나서 얼굴이 새빨개졌다.

"찰스, 리지하고 난 너한테 할 얘기가 있어."

인간의 마음이란 지극히 구체적인 재난의 환상을 향해 아주 빨리 달려간다. 2초 동안에 나는 기나긴 정신적 고통을 겪었다. 내가 말했다.

"무슨 얘기를 하려는지 알아."

"모를 거야."

"두 사람은 무척 정이 들었기 때문에 나한테 얘기를 해줘야겠다고 느꼈다는 얘기겠지. 좋아."

"아냐." 제임스가 말했다. "리지는 내가 아니라 너한테 애착을 느껴. 그것이 문제이고, 그렇기 때문에 난 오래전에 얘기를 했어야 할 것을 꼭 너한테 알려줘야 해."

"뭔데?"

"리지와 나는 오래전부터 아는 사이였지만 틀림없이 네가 질투를 하고 화를 낼 것 같아서 우린 얘기를 안 하기로 작정했지. 간단히 얘기하면 그거야."

나는 제임스를 노려보았다. 그는 내가 평생 본 적이 없는 그런 표정을 지었다. 꼭 죄의식은 아니었지만, 당황하고 난처한 표정이었다. 나는 돌아서서 앞문을 활짝 열었다.

"있잖아요."

울음을 터뜨리려고 하면서 리지가 말했다.

"내가 얘기하겠어요."

제임스가 말했다.

"더는 얘기를 할 필요가 없겠어."

내가 말했다.

"속단을 하고 있구먼."

제임스가 말했다.

"나더러 어떻게 하라는 거야?"

"진실을 알아야 해. 난 오래전에 네가 공연 첫날 밤에 연 파티에서 리지를 만났어. 마침 런던에 있던 참이라 가게 되었지."

"꼭 한 번 왔었지. 나도 그때가 기억이 나는 것 같구먼."

"네 사촌이었기 때문에 리지는 나를 기억했어. 그러다가 나중에 네가 그녀를 버린 다음 불행하게 지내다가 나한테 전화를 걸고는 일본에 있는 네 주소를 아느냐고 물었는데—네가 도쿄에서 일할 때였지."

"난 당신한테 편지를 쓰고 싶었고, 꼭 써야만 할 것 같았어요." 리지는 울먹거리는 목소리로 말했다. "내가 제안한 일이었고, 제임스는 마지못해서……."

"하지만 두 사람은 서로 만났잖아." 내가 말했다. "전화로만 얘기를 하지는 않았을 테니까."

"그래, 만나기는 했지만, 그동안 전부 해서 여섯 번쯤 될까, 아주 드문드문 만났어."

"나더러 그 얘길 믿으란 말야?"

"제임스는 날 가엾게 생각했어요."

리지가 말했다.

"그랬겠지! 그러니까 둘이 만나서 내 얘기를 했구먼."

"그래. 하지만 아주 사무적이었다고 해야 옳겠지."

"아, 꽤나 사무적이었겠구먼!"

"내 얘긴, 리지는 네가 어디 있고, 어떻게 지내는지를 알고 싶어 했어. 너에 대한 다른 얘기는 안 했지. 우리 관계는 개인적인 감정이 얽히지 않은 가벼운 것이었어."

"그럴 리가 없어."

"리지와 내가 아니라 전적으로 너에 대한 문제였어. 그리고 우린 별로 만나지도 않았고, 정말 어떤 관계도 없다니까."

"제임스는 나더러 귀찮게 굴지 말라고 했지만 난 당신이 어떻게 지내는지 무척 궁금했어요."

리지가 말했다.

"제임스야 내가 어떻게 지내는지는 누구보다도 몰랐지!"

"우리가 가볍게 아는 사이라는 걸 물론 오래전에 얘기를 했어야 지." 제임스가 말했다. "하지만 그랬다가 네 성미를 건드릴 것만 같았어. 이런 말을 해서 미안하지만, 난 미친 듯이 질투하는 네 성미를 알고 있었어."

"두 사람의 관계가 무르익었을 때는 내가 리지를 버린 다음이라는 사실을 납득시키려고 애를 쓰지만……"

"무르익었던 적은 없어. 그리고 la jalousie na t avec l'amour……"

"맞는 얘기야."

"그게 무슨 소리예요?"

아직도 겁이 나고 비참해서 얼굴이 새빨간 리지가 물었다.

"질투는 사랑과 함께 태어나지만, 꼭 사랑과 함께 죽지는 않는다는 뜻예요."

"하지만 왜 이제 와서 얘기를 하지?" 나는 제임스에게 물었다. "둘이서 영원히 날 속일 수도 있었을 텐데."

"진작 얘기를 해야 하는 건데 그랬어." 그가 되풀이해서 말했다. "그런 일이 애초에 없었어야 하는데. 어떤 거짓도 도덕적으로 위험하니까."

"들키게 될까 봐 말이지!"

"그건 여태껏 장애물이었지. 그리고—그건—그건……." 그는 세심하게 어휘를 골랐다. "결정이었고."

"자신에 대한 네 개념에 있어서 그랬겠지."

"우리의, 우리의……." 그는 또다시 더듬었다. "우정에 있어서, 그래, 너한테는 그랬어."

"우정이라니! 너하고 나 사이에는 분명히 우정이란 없어!"

"그리고 전에는 내가 리지를 보호해야 한다고 느꼈어."

"어련하시겠어!"

"하지만 이제는, 최근에는, 리지를 위해서, 장애물이 없어야 하겠기에, 너한테 얘기를 할 필요성이 생겼지."

"도대체 무슨 장애물 말야?"

"너에 대한 리지의 사랑과, 리지에 대한 네 사랑에 있어서. 비밀이란 거의 언제나 잘못이고, 부패의 근원이니까."

"그리고 토비 문제도 있었어요."

리지가 불쑥 말했다.

"토비라니? 도대체 토비가 어떻게 이 일에 얽혀들었지? 토비 엘스미어 얘기는 아니겠지?"

나는 리지에 물었다.

"내가 리지와 바에서 같이 있는 걸 그가 보았어."

제임스가 말했다. 그는 이 말을 하기를 싫어했다.

"물론 내 얘기를 하고 있었겠지!"

"그래."

"그리고 그가 나한테 얘기할까 봐 두려우니까 네가 얘기를 해야겠다고 생각했겠고! 그런 일이 없었다면 넌 두고두고 날 속였을 거야."

"어쨌든 얘기를 했을 거예요." 리지가 말했다. "우린 꼭 해야 한다고 느꼈어요. 그건, 적어도 나에게는, 악몽이 되어버렸으니까요. 별일도 없었고 해서 처음에는 아주 시시한 일 같았고, 당신 성격을 아는 터라 얘기를 하지 않는 게 현명할 듯싶었죠. 그리고 우리는 2년에 한 번, 5분씩밖에 안 만났다는 사실을 아셔야 해요. 그리고 아주 가끔 당신 소식을 알아보려고 내가 전화를 걸었고요. 어쨌든 제임스는 없기가 십상이었으니까……."

"참 안됐구먼. 두 사람 다 내 뒷조사를 한 거야. 적어도 시작은 그렇게 되어서……."

"그런 게 아냐." 제임스가 말했다. "하지만 물론 거짓말을 시작하면 누구나 대가를 치러야 마땅하겠지."

"그리고 여기서 만났을 때 두 사람은 전혀 모르는 척했는데— 난 그 장면을 잊지 않겠어!"

"당신이 틀림없이 오해를 할 것 같아서 얘기를 안 한 거예요." 리지가 말했다. "지금도 오해를 하시잖아요."

"그러니까, 네 말마따나, 미친 듯이 질투를 하는 놈이라서 다 내 잘못이라고 두 사람은 생각하는구먼!"

"내 잘못이야."

제임스가 말했다.

"아녜요, 아녜요, 내 잘못이에요." 리지가 말했다. "제임스가 싫어하는 줄 알면서도 내가 시켰으니까……."

"뭐니 뭐니 해도 당신보다는 내가 제임스를 더 잘 알아." 나는 리지에게 말했다. "그는 어느 누구도 그가 싫어하는 일을 억지로 시킬 수가 없는 사람이야."

"제임스의 잘못이 아녜요."

"이런 얘긴 흥미 없어." 내가 말했다. "다른 데서 얘기를 계속하든지 하고. 아마 두 사람은 아주 재미있는 얘기를 나누겠지."

"저럴 거라고 내가 그랬잖아요." 리지가 제임스에게 말했다. "이해를 못 하리라고 그랬잖아요."

"좋아." 제임스가 말했다. "얘긴 그거야. 별로 재미도 없는 고백이었지만 마음이 진정된 다음에라도 이해를 하게 되길 바라."

"진정되다니, 그건 무슨 소리야?"

"하늘이 무너질 만큼 중요한 일이 아니라는 걸 이해해야지. 당연히 기분이야 나쁘겠지. 하지만 차분히 생각해보면 그건 리지와 너 사이의 관계, 그리고 나와 너의 관계를 해치지 않으리라는 걸 이해하게 되겠지. 왜 어떻게 그런 일이 있었는지는 빤하지만, 좋아, 그런 일이 애초에 있었다는 건 미안해."

"내가 그 말을 믿을 것 같아?"

"그래."

제임스가 말했다. 그는 찌푸린 얼굴로 나를 쳐다보았지만, 그의 얼굴은 위엄을 잃었고, 처음으로 주도권을 상실했다는 데 대해서 거의 가당치도 않을 정도의 실망을 나타내었다.

"한데 난 믿지를 않아. 왜 믿어? 어떻게 믿지? 그건 한심하고 너절한 얘기야. 바에서 리지와 몰래 만나는 장면을 토비가 보았기 때문에 할 수 없이 나한테 얘기를 했다고 넌 인정했어. 둘이서 여러 해 동안 만났다는 얘길 듣고 내가 즐거워할 줄 아는 모양인데……."

"아주 가끔 만났다니까."

"그리고 내 얘기만 했고?"

"당신은 그 상황을 몰라요." 리지는 눈물까지 글썽이며 말했다. "줄 곧 만나는 그런 것도 아니고, 당신이 생각하는 그런 관계도 아니었고, 우연히 그 파티에서 만났다가……."

"파티는 절대로 열 게 아니구먼."

"그리고 우리로선 어쩔 수도 없는 일이었고, 난 때때로 제임스에게 당신이 어디서 어떻게 지내는지를 물었는데, 그건 내가 당신을 사랑했 기 때문이고, 당신이 지인과 같이 지낼 때라든가—당신이 일본과 오 스트레일리아에 가 있을 때도 항상 당신과 나를 연결 지어주는 건 사랑 뿐이었고, 난 당신 생각을 했고, 제임스 이외에는 아무도 없어서……."

"제임스 이외에는 아무도 없었다니, 대용품으로는 과연 적격이구 먼. 이것이 얼마나 악질적으로 나를 괴롭히는 일인지 알아?"

"리지 말이 옳아." 제임스가 말했다. "전혀 네가 생각하는 것과는 달라. 하지만……."

"둘이서 손을 맞잡고 내 얘기를 하는 광경이 눈에 선하구나!"

"우린 한 번도 손을 잡지 않았어요!"

리지가 말했다.

"염병할! 손을 잡건 말건 무슨 상관이야? 절대로 고백하지 않겠지 만, 다른 무슨 짓을 했더라도 말야? 두 사람은 전화를 하고, 만나고, 서 로 눈을 응시하고—내 생각엔 두 사람은 옛날부터 아는 사이여서, 내 가 만나기도 전에 넌 리지를 알았고, 나보다 먼저—에스텔 숙모나 마 찬가지로—먼저 리지를 알았고—그리고 타이투스도—넌 타이투스 도 전에 만났고, 널 꿈속에서 봤다고 그 애가 그랬지. 그 2년 동안에 그 애가 같이 살았던 사람이 너일지도 모르니까, 타이투스가 얘기를 꺼리 는 것도 무리가 아니지! 그리고 넌 에스텔 숙모가 좋아하는 그 노래를 리지한테 시켰어. 틀림없이 리지는 밤마다 너에 대한 꿈을 꾸고, 넌 어디에나 나타나서 내 인생의 모든 것을 망쳐놓고, 힘만 자란다면 하틀리도 망쳐놓고 싶겠지만, 네 손이 닿지를 않으니까 절대적으로 내 소유인 것은 그녀뿐이야!"

"찰스!"

"넌 어디에나 나보다 먼저 있었고, 그다음에도 어디에나 존재할 것이어서, 내가 죽고 나면 너는 리지와 바에 앉아 내 얘기를 할 텐데, 그때는 누가 보더라도 상관이 없겠지."

"찰스, 찰스—."

"난 너한테 실망했어." 나는 제임스에게 말했다. "네가 비열하거나 배반하는 짓 따위는 절대로 하지 않으리라고 생각했고, 이런 추악한 문제에 얽혀들리라고는 믿지 않았어. 그건 네가 지녔으리라고는 내가 어리석게도 믿지 않았던 평범하고 교활한 인간의 우둔함이지. 넌 결과를 상상하지 못하는 평범한 사람처럼 처신을 했어. 그리고 그 한 가지 결과는 내가 너를 믿지 않고, 믿지 못한다는 거야. 너하고 리지 사이에는 무슨 일이라도 있을 수 있었겠지. 평범하고 하찮은 사람들은 진실의 10분의 1만 고백을 해도 깨끗해진다고 믿어. 넌 거짓말만 잔뜩 늘어놓았고, 네 말의 가치를 떨어뜨렸고, 순식간에 과거를 더럽혔고, 이제는 믿을 것이 하나도 없어졌어."

"이런 식으로 너한테 얘기를 한 게 잘못이었나 봐." 제임스가 말했다. 그는 짜증이 나면서도 무척 난처한 듯싶었다. "얘기가 나오면 언제라도 네가 싫어하리라는 걸 각오는 했어. 숨겼다는 사실 자체는 그렇지 않더라도, 숨긴 내용은 하찮다는 걸 네가 나중에 깨닫고 고마워하기를 믿고 바랄 뿐이야. 이게 다 네 체면에 대한 모욕이라는 걸 알겠어."

"체면? 내 체면이라고?"

"그래, 모욕이겠지. 진심으로 미안해. 하지만 실수를, 잘못을 알고 나니 넌 더 듣고 싶지도 않겠지. 진실을 얘기하는 이 일은 너를 위해서 우리가 받아야 했던 고통이야. 리지는 그 거짓을 고백하기 전에는 너와의 관계에 꺼림칙한 그늘이 생긴다고 믿었어. 리지는, 특히 지금은, 두 사람 사이에 진실하지 못한 장애물이 있어서는 안 된다고 느꼈지."

"뭐가 '특히 지금은'이야? 지금이 뭐가 그렇게 특별하기에?"

"제발." 리지가 말문을 열었다. "제발……."

"난 흥분하지도 않았고, 화도 안났고, 화가 나서 이러는 건 아니니까 걱정하지 마."

나는 전혀 언성을 높이지 않았다.

"그럼 괜찮은 거군요." 그녀가 말했다. "괜찮은 거죠?"

"깎아서 하는 얘기더라도 사실일지는 모르니까."

"그럼 괜찮은 거죠, 찰스……?"

"그러니까 이 일은 끝장이 난 거야."

"뭐가 끝장이 나?"

제임스가 물었다.

"이젠 두 사람 다 가주길 바라. 네가 리지를 런던으로 데리고 돌아갔으면 좋겠어."

"난 리지를 여기 남겨두고 가겠다는 얘기를 할 생각이었어." 제임스가 말했다. "이제 얘기를 했으니까 리지를 두고 가도 되겠지. 그래서 얘기를 한 거니까. 난 이 기회를 기다렸어."

"내가 저 여자를 너무나 필요로 하니까 너만 탓하고 리지는 용서하리라고 생각했어? 난 그렇게까지 그녀가 필요하지는 않아!"

"찰스, 자신을 파멸시키지 마. 왜 넌 너를 뒷받침해주려는 주변의 모든 것을 항상 그렇게 마구 파괴하지?"

"제발 가. 같이 가라고."

나는 왈칵 리지의 손을 잡았고, 그녀의 손은 내 손을 잠깐 움켜쥐더니 맥이 풀렸다. 나는 제임스의 손을 잡아 두 손을 억지로 함께 쥐어주었다. 그들의 손은 도망을 치려는 작은 동물들처럼 내 손안에서 꿈틀거렸다.

제임스는 몸을 비틀어 빼더니 서재로 들어갔다. 그가 옷가방에 물건을 챙겨 넣는 소리가 들렸다.

나는 리지더러 "가서 짐을 싸"라고 말했고, 그녀는 나에게로 손을 내밀더니 흐느껴 울며 돌아섰다.

나는 둑길로 나가 제임스의 벤틀리가 있는 곳까지 걸어갔다. 자동차는 커다랗고 검은 빛깔이었으며 나른한 오후 햇살을 받으며 약간 먼지가 앉은 채 기다렸다. 나는 문을 열었다. 차 안은 웅장한 저택이나 조용하고 화려한 사당의 내부처럼 화려한 침묵이 가득했다. 윤을 낸 나무가 반짝거렸고 갈색 가죽에서는 진귀하고 희귀한 냄새가 났다. 기어는 부드럽고 주름 잡힌 가죽을 씌웠다. 카펫은 두껍고 말끔했다. 차의 아늑함과 침묵은 특별한 손님을 기다렸다. 그리고 나는 이 성스러운 차 안에다 제임스와 리지를 가둬 밀폐된 관에다 담아서 바다에 빠뜨려 죽이듯 영원히 보내버릴 참이었다.

집을 향해 돌아선 나는 빗물에 우편물이 젖지 않도록 길버트가 조심스럽게 바구니를 달아놓은 돌로 만든 개집을 자동적으로 보았다. 바구니에는 편지가 한 통 있었다. 가서 편지를 집어 보았다. 하틀리에게서 온 편지였다. 나는 그것을 호주머니에 넣었다.

손가방을 들고 울면서 리지가 먼저 나왔다. 그녀는 무슨 말을 하려고 했지만 나는 차의 문을 열어 그녀를 뒷자리로 들여보내고는 조용하고 단호하게 문을 닫았다.

리지와 자기의 가방을 들고 밖으로 나온 제임스는 둑길에서 걸음을 멈추고 내가 그에게로 가기를 기다렸지만, 나는 그럴 생각이 없었다. 나는 차를 돌아가서 다른 문을 열고 기다렸다. 제임스가 와서 가방을 짐칸에다 넣었다. 그는 문으로 왔다.

내가 말했다.

"다시는 두 사람 다 만나고 싶지가 않아. 난 곧 악의가 있어서 그랬다고 생각하게 되겠지만, 두 사람은 정말 효과적으로 내 마음에 상처를 줬어."

"그런 식으로 생각하지 마. 바보같이 그러지 마라고. 우연히 일어났고 용서를 할 만한 일이었으니까. 공연히 질투 때문에 미치지 말고."

"내 얘긴 진담이야. 지금부터 세상이 끝나는 날까지 난 너를, 제임스, 그리고 리지도 다시는 만나고 싶지 않아. 편지를 보내면 읽지도 않고 찢어버리고, 찾아오면 문을 닫아버리고, 길거리에서 만나도 모르는 체하겠어. 두 사람 다 다시는 내 앞에 얼씬거리지 마. 이러니까 가혹하다고 생각할지 모르겠지만, 자율적인 정의가 존재한다는 걸 곧 알게 될 거야. 넌 정의에 대한 얘기를 했는데, 제임스, 이게 정의야. 두 사람이 어떤 기계를 만든 셈인데, 그 기계는 이런 식으로 작동하지. 마음이 언짢아졌다면, 곧 두 사람이 서로 위로하리라는 걸 난 알아. 난 둘이서 같이 살기를 바라. 난 두 사람을 함께 연결 지어 생각하겠어. 어쨌든 내가 죽기를 기다릴 필요가 없으니까 지금 손을 마주 잡아도 좋아. 제임스는 운전을 무척 잘하니까 런던까지 줄곧 손을 잡고 가도 되겠지. 잘 가."

"찰스—."

제임스가 말했다.

나는 둑길로 가서 길을 건넜다. 벤틀리의 문이 조용히 닫히고 부르 릉거리며 시동을 거는 소리가 들렸다. 차가 멀어지면서 소리가 높아지 더니 길모퉁이를 돌자 잠잠해지기 시작했다. 그러고는 침묵이었다. 나 는 호주머니에 넣은 하틀리의 편지를 만지작거리며 텅 빈 집으로 들어 갔다.

편지는 당장 뜯어보지 않았다. 그것이 호주머니에 들어 있다는 사실 은 절대적인 위안이었다. 어쨌든 얼마 동안이라도 그렇게 느끼면서 두 려움을 쫓아버리리라. 나는 그것이 부적이나, 마력의 돌이나, 성스러운 반지나, 소중한 유물처럼 철저히 보호를 해주고, 다정하고 순수한 물체 로 당분간이나마 그대로 남아 있기를 원했다. 지금 나에게는 하틀리와 그녀의 더럽혀지지 않고 격리된 존재 이외에는 이 세상에서 남은 것이 하나도 없었기 때문이다. 그렇다. 제임스는 항상 내 일들을 망쳐놓았 다. 에스텔 숙모만 해도 그렇다. 아까 그에게 내가 에스텔 숙모에 대해 서 무슨 얘기를 했던가? 내가 한 말이 확실히 기억이 나지를 않는다. 내 머릿속은 감정으로 지끈거렸다. 손가락이 소중한 편지에 닿았다. 나 는 지금 당장 구원이 필요했다.

비록 상처를 아물게 하는 하틀리와 평화로움이 약물처럼 내 속으로 쏟아져 들어오는 동안에도, 마음의 다른 한구석에서는 조금 있으면 제 임스와 리지를 함께 보냈다는 데 대해서 무서운 후회와 서글픔을 느끼 리라고 생각했다. 나는 왜 그렇게 바보처럼 굴었을까? 그것은 제임스 가 비난했던 자아의 파괴, 단순한 파괴의 '불가피한' 충동이었다. 제임스를 보내고 리지는 잡아두었다가 나중에 그녀를 쫓아버릴 수도 있었다. 반 시간이면 가능했다. 그렇게 두 사람이 팔짱을 끼게 강요를 할 필요는 없었다. 하지만 나는 무서운 일을 치명적으로 확실하게 바꿔놓고 싶어서, 틀림없이 내가 미워한다고 생각함으로써 자신을 보호하던 하틀러처럼, 사태를 더욱 악화시키기를 원했다. 나는 다시는 주저하지 않게끔 확실히 해두기 위해서 그들을 함께 보냈고, 더욱 나 자신을 다짐해두었다. 그렇게 강제로 체면을 깎는다는 것을 제임스는 절대로 용서하지 않으리라. 리지와 제임스는 나를 위해서 계약된 자살처럼 서로 파멸을 시켰다. 심지어 나는 리지의 이마와 다음에는 자신의 이마에 권총을 갖다 대는 제임스를 불현듯 상상했다. 어떤 악마 같은 운명의 장난이 바로 그 두 사람을 만나게 했을까? 과거에 그들 사이에서 무슨 일이 있었거나 없었거나 나는 절대로 알아내지를 못할 터이며, 런던에 도착하기 훨씬 전에 리지의 머리카락은 제임스의 어깨를 덮어버리리라. 이런 함정에 내가 빠지다니. 하지만 사실은 내가 현명했다. 여기서는 죽음만이 처방이었다. 그들은 둘 다 내 삶에서 사라졌다.

집은 이상하고 괴이할 정도로 고요했다. 오랫동안 내가 이 집에 혼자 있지 못했음을 깨달았다. 찾아온 사람이 정말로 많기도 했다. 길버트, 리지, 페리, 제임스. 타이투스도. 넥타이와 커프스단추와 단테의 사랑의 시집 따위 소중한 것들을 담은 그의 작은 플라스틱 가방은 버림받은 개처럼 아직도 서재의 한쪽 구석에 처박혀 있었다. 밥 아크라이트의 말이 생각났다. 타이투스는 절벽에게 패배를 당하기를 거부했다. 그는 붙잡고 매달리려고 거듭거듭 애를 썼으며, 그럴 때마다 힘차고 조용한 파도가 그를 떼어놓았다. 그러다가 지치고 절망적이 되었을 때 더욱 힘센 파도가 그를 바위에다 밀어 던졌다. 나는 부엌으로 들어가서 페리의

265

위스키를 조금 따랐다. 열린 문으로 바다에서 산들바람이 불어왔고, 위쪽 층계참에서 구슬 커튼이 딸그락거리는 소리가 들렸다. 나는 식탁에 앉았다. 시계를 보았다. 6시가 다 되었다. 제임스와 리지는 도중에 차를 세우고 저녁 식사를 하리라. 제임스는 틀림없이 훌륭한 식당을 알고 있으리라. 그들은 찻길에서 벗어난다. 바에 앉아서 메뉴를 훑어본다. 충격에서 회복이 되어 그들은 해방감을 맛본다. 이제는 숨길 필요도 없고, 손을 잡고 있는 장면을 누가 봐도 걱정이 없다. 아 하느님, 그곳은 위험하니까 수영을 하지 마라고 타이투스에게 얘기만 했더라면, 물이 불 때는 나가면 안 돼. 애야 사람을 잡는 바다니까, 파도가 거칠면 수영을 하지 마라. 하지만 과거는 다시 돌아오려 하지를 않았고, 꿈에서처럼 다시 살 수도 없었다. 꿈속에서는 타이투스가 이제는 영원해진 삶의 찬란함을 지니고 돌아다녔다. 어떤 때에는 그가 죽은 꿈을 꾸었으며, 잠이 깨면 기쁨을 느꼈다. 나는 하틀리의 편지를 꺼내 이마에 대고는 파멸과 적막감에서 구해달라고 그녀에게 빌었다.

봉투를 보았다. 생각해보니 하틀리에게서 편지를 받아본 지도 40년이 넘었다. 그렇지만 그녀의 글씨는 한눈에 알아보았다. 좀 작아지고 덜 깨끗하기는 해도 글씨는 거의 그대로였다. 나는 그녀의 편지들을 모두 오랫동안 간직했지만, 너무 자주 읽었더니 (약이 올랐던지) 짜증이 난 김에 몽땅 없애버리고는 후회를 했다. 물론 나는 그녀가 썼을 만한 편지에 대해 벌써 몇십 가지 상상을 해보았다. '찰스, 안녕, 난 당신을 다시는 만날 수가 없어요.' 아니면, '벤이 떠나버렸는데, 난 어떻게 하나요?' 아니면, '당신한테로 가겠으니 내일 차를 준비시켜주세요.' 나는 이 지역의 택시 전화번호를 벌써 확인해서 전화 옆에다 놓아두었다. 봉투를 만져보니 짤막한 편지 같았다. 좋은 징조일까? 아무튼 두서없이 결론도 짓지 않고 하소연만 늘어놓은 편지는 아니다. '난 당신을 사랑하지만 그이와 헤어질 수는 없어서 어쩌고 저쩌고'가 여러 장이나 계속되는 그런 편지. 어쨌든 그것은 아니다. 하틀리가 정말로 결심을 한 것일까? 만나면 타이투스에 대해서 우리는 무슨 얘기를 할 것인가? 그것이 모든 것의 결판을 낼지도 모르니, 압도적인 문제이다. 그를 나에게로 데려다주더니 물에 빠뜨려 죽인 운명은 얼마나 이상하고 가혹한가. 하틀리와 함께 그의 죽음을 애도할 때가 한 번이라도 있으려나? 그 슬픔은 어떠할 것이며, 우리에게 어떤 영향을 주려는가? 그래서 나는 편지를 뜯지 않고 머뭇거렸다. 하지만 그녀가 실제로 편지에 쓴 내용은 내가 상상했던 것과는 전혀 달랐다.

실제로는 별로 시간이 많이 흐르지 않았다. 위스키는 그만 마셨다. 사실은 그런 술을 싫어한다. 방마다 모두 들어가보며 집을 한 바퀴 돌았다. 다락방에도 올라가서 지붕에 뚫린 구멍을 보았다. 그 방은 아직도 무척 눅눅했다. 리지와 길버트가 구멍 밑에다 물통을 두 개 가져다놓았다. 둘 다 물이 찰랑찰랑 고였다. 물통을 그냥 두고 나왔다. 무엇을 찾기라도 하는 듯 집 안을 뒤져대면서도 줄곧 하틀리의 편지가 염두에서 떠나지를 않았다. 침대에 몸을 던지고는 무슨 이상한 물건을 몰래 즐기려고 마침내 비밀 장소로 간 어린아이처럼 나는 편지를 뜯기 시작했다. 희망의 장난을 끝내도록 나에게 박차를 가한 것은 만일 하틀리를 쉽게 데리고 가려면 당장 택시를 예약해야 좋으리라는 생각이 들었기 때문이었다. 그리고 마지막 순간에 벌써 너무 오래 지체했는지도 모른다는 생각이 들어서 마음이 조급해졌다.

그러더니 정말로 절대적인 전율이 뒤따랐다. 이빨이 덜덜거렸고, 떨리는 우둔한 손가락이 봉투를 찢고, 편지를 폈다. 다음에는 몸을 일으켜 빛이 더 밝은 창가로 달려가야만 했다.

찰스,

우리를 찾아와서 차라도 같이 들었으면 무척 기쁘겠어요. 금요일 4
시면 적당하겠고, 달리 연락이 없으면 그때 오시는 걸로 알겠어요. 꼭
오시기를 바랍니다.

메리 피치 드림

어떻게 반응을 보여야 할지를 느끼거나 생각할 수가 없어서 나는 이
편지를 보고 어안이 벙벙해졌다. 이것이 좋은 것인가, 아니면 나쁜 것
인가? 만나자고 했지만 '우리'라고 그랬다. 내가 아무 짓도 하지 않기
를 바랐다면 하틀리도 스스로 가만히 있는 것이 상책이었다. 하지만 편
지를 보냈다. 그것은 무엇을 의미하며, 그 깊은 의미는 무엇일까? 금요
일이라면 내일이다.

나는 얼굴을 붉히고 바르르 떨며 편지를 노려보고는 그 뜻을 이해하
려고 애썼다. 나는 별로 눈치가 빠르지 못했다. 그것이 하틀리가 보낼
만한 진짜 편지가 아님을 깨닫는 데도 시간이 좀 걸렸다. 편지에는 '메
리 피치'라고 서명을 했다. 그녀가 쓰기는 했어도 내용은 진심이 아니
었다. 그것은 남편에게 보이기 위해서, 아니면 아마도 그가 부르는 대
로 받아쓴 편지일 수도 있었다. 하지만 그렇다면 이 편지는 무엇을 의
미하는가? 그녀가 교묘하게 설득을 해서 내가 찾아오도록 동의를 받아
내었을까? 하지만 그녀가 어떻게 설득을 해내었으며, 어떤 일이 벌어
지기를 바랐을까? 나를 보기 위해서, 다만 내 얼굴이나마 보기 위해서
하틀리는 벤과 싸워 나를 초청하도록 했을까? 그리고 내가 찾아가면

그녀가 무슨 암시를 줄 것인가? 아니면 이것은 그녀가 강제로 협조를 해야 했던 무서운 복수를 위한 계획이나 함정일까? 만일 타이투스의 죽음을 내 탓이라고 벤이 생각했다면, 그는 지금 양심의 가책과 나에 대한 원한으로 반쯤 미쳐 있을지도 모른다. 이제야 그는 자기가 타이투스를 얼마나 사랑하는지를 깨닫고, 나를 증오함으로써만 마음이 편해질지도 모른다. 벤을 탓함으로써 내가 타이투스의 죽음에 대한 위안을 찾았듯이. 그렇다면, 비록 함정이라 할지라도, 나는 서슴지 않고 나서리라.

나는 자꾸만 편지를 들여다보고, 이리저리 뒤집어보고, 무슨 숨은 뜻이라도 있을까 해서 심지어는 환한 곳에다 비춰보기까지 했다. 약속 시간을 고쳐놓았다. 처음에는 6시라고 썼다가 4시로 바꿨다. 그것은 무슨 의미가 있을지도 모른다. 벤이 보는 앞에서 그가 부르는 대로 6시라고 썼다가 봉투에 넣기 직전에 그 시간이면 벤이 없을 테니까 황급히 4시라고 고친 것이다. 그 시간에는 나를 함정에 빠뜨리기 위해 어떤 사람이나 무엇을 구하러 그가 집을 비우는가? 그러니까 결국 그녀는 혼자 있게 될지도 모른다. 그리고 그녀는 벤이 너무나 무서워서, 그에게로 돌아가기가 무서워서, 나와 함께 있기가 무서워서 바위로 도망을 쳤던 그날 밤처럼 내 품에 왈칵 안길지도 모른다. 그때 그녀는 스스로 나를 찾아왔다. 그것이 하나의 증거, 중요한 증거였다.

그러자 나는 그녀가 혼자 있다가 '날 멀리 데려가요'라고 얘기할 경우를 생각해보았다. 차가 있어야 한다. 희망과 두려움이 싸움을 벌이는 가운데, 나는 차가 있지만 하틀리가 없어서, 도피의 상징은 마련되었어도 공주님이 없으면 얼마나 비참할까 하는 상상을, 절망적이고도 비참한 상상을 했다. 하지만 희망을 믿고 그에 따라 계획을 세워야 하겠기에 나는 택시 운전사에게 전화를 걸어 내일 4시부터 마을 교회 바깥에다 택시를 대기시켜달라고 부탁했다. 그런 다음에는 가능성이 훨씬 많아지기라도 한 듯 기분이 무척 좋아졌다.

이때쯤에는 9시가 넘어서 나는 잠을 자기로 작정했다. 포도주를 마시고 꿀과 빵을 좀 먹은 다음에 수면제를 들었다. 자리에 눕자 제임스를 잃어버렸다는 생각이 났다. 그리고 그를 잃은 까닭이 그의 죄, 그가 얘기하던 '잘못'보다는 리지와 함께 검고 커다란 차를 타고 가버렸기 때문인 것처럼 여겨졌다. 내가 파멸로 보낸 셈이다. 그와 내가 우리 사이에 그토록 교묘하게 쌓아올린 울타리를 뚫고 나가, 다시 사촌으로 돌아간다는 것은 이제 절대로 불가능했다. 우리는 영원히 갈라졌다. 그리고 서로 그토록 위태로웠던 우리에게 이런 일이 전에 벌어지지 않았다는 사실이 왠지 이상했다.

이튿날은 4시까지 시간을 보내는 문제가 닥쳤다. 처음에는 그것이 해결할 수 없는 문제만 같아서 나는 초조함으로 미쳐 소리를 지르며 날뛰고만 싶었다. 하지만 하틀리와 관계가 있는 사소한 일들로 끊임없이 바뀌 움직여서 심한 고통이 없이 겨우겨우 시간을 보냈다. 하틀리가 내 용모의 세세한 구석까지 신경을 쓰리라고는 상상이 가지 않았으며, 어쨌든 아무리 지저분하고 초라한 상태라도 나는 항상 남의 눈에 빠지지는 않을 사람이라서 그러면 오히려 겉치레처럼 생각되기는 했지만 나는 몸을 좀 가꾸었다. 셔츠를 좋은 것으로 하나 골라 빨아서 햇볕에 내다 말렸다. 가벼운 검정 저고리와 깨끗한 양말을 꺼냈고, 예쁘고 멋진 넥타이를 골랐다. 머리를 감고는 말끔히 손질했다. 요즈음 수영은 하지 않아도 머리가 약간 뻣뻣하고 소금기가 배었기 때문이었다. 혹시 당

270

장 도망을 쳐야 할지 모르는 일이어서 작은 옷가방을 꾸리는 것이 좋다
는 생각에 가슴이 마구 두근거리면서 짐을 챙겼다. 점심에는 입맛이 있
어서가 아니라 필요성을 의식해서 식사를 충분히 했고, 술은 입에 대지
도 않았다.

점심을 먹은 다음에는 집 주위를 돌아가며 창문들을 모두 닫고 손질
했다. 다락방의 물통은 물을 쏟아버린 다음에 다시 지붕의 구멍 밑에다
놓았다. 아래층으로 내려와 작고 빨간 방으로 들어간 나는, 타이투스가
죽기 전에 썼지만 여태껏 전해주지를 못했던, 벤이 나를 죽이려고 했으
며 '출몰하면서' 내가 어떻게 해서든지 하틀리와 함께 조용한 은둔 생
활을 하도록 계획을 세우고 있다는 내용의 긴 편지가 담긴 봉투가 압지
밑에 부분적으로 가려 책상에 놓여 있는 것을 언뜻 보았다. 페리의 고
백과 타이투스의 죽음 때문에 그 편지는 상당히 많은 부분이 때늦은 얘
기가 되어버려서 괴로움을 느끼고 찢어버리려고 했지만 우선 읽어봐야
겠다고 작정했다. 이 편지를 다시 읽는다는 것은 웬일인지 그날의 섬뜩
한 상황의 한 부분 같았다. 첫 부분의 웅변적인 내용과 그것이 지닌 중
요한 설명을 그냥 버리기가 아까워서 타이투스와 벤에 관한 마지막 두
장만 없애버렸다. 그러고는 다른 종이에다 '이 편지는 전에 썼지만 전
해주지를 못했어요. 자세히 읽어봐요. 난 당신을 사랑하고 우린 같이
있게 됩니다'라고 썼다. 내 전화번호도 덧붙여 적었다. 새 봉투에 넣어
봉해서는 편지를 호주머니에 넣었다.

옷가방을 가지고 일찍 마을로 나가서는 상점에서 수표를 바꿨다. 면
도날과 함께 하틀리가 사용하는 것과 똑같은 종류의 분과 크림을 샀다.
아직 채 3시 반도 안 되었기에 교회 쪽으로 걸어 내려갔다. 두려움과
희망으로 속이 울렁거려서 당장 토하거나 졸도를 할 것 같았다. 따로

할 일도 없어서 미리 왔다면서, 택시는 벌써부터 기다리고 있었다. 내가 올 때까지 기다리라고 택시 운전사에게 일러두었다. 그는 웃으면서 말했다.

"세 시간 동안이나요?"

내가 말했다.

"그래야 할지도 모르죠."

교회 묘지로 들어간 나는 멍청이의 무덤을 보고는 타이투스에게 이 무덤을 꼭 보여주겠다고 마음먹었던 일이 생각났다. 교회 안으로 들어가 숨을 몰아쉬며 앉아 있다가 갑자기 이러다가는 늦을지도 모른다는 생각이 불현듯 들어서 밖으로 뛰어나가 언덕을 서둘러 올라갔다. 무더운 날이었지만 바닷바람이 많이 불었다.

집까지 올라간 나는 복잡한 빗장이 달린 파란 대문에 손을 얹고 걸음을 멈추고는 숨을 돌렸다. 온갖 빛깔의 커다랗고 화려한 장미꽃들이 햇빛을 받으며 팔랑거렸다. 나는 가방에 넣으려고 했던 하틀리의 화장품이 담긴 종이 봉투와 택시에 두려고 했던 옷가방을 그대로 들고 있음을 깨달았다. 그때 무섭고도 끔찍한 소리가 나서 나는 피가 얼어붙었고, 감정이 격해져서 숨이 차올라왔다. 집 안에서는 트레블 리코더(플루트의 한 종류)와 알토 리코더가 〈푸른 옷소매〉를 함께 연주하고 있었다.

지금 리코더 이중주를 들으리라고는 정말로 기대하지를 못했기 때문만이 아니었다. 하틀리와 나에게는 〈푸른 옷소매〉가 옛날에 우리의 주제곡이나 마찬가지였다. 나는 리코더가 하나 있어서 그 곡을 열심히 연주했고, 우리는 그녀 부모의 낡은 피아노로 그 곡을 더듬더듬 치기도 했다. 우리는 서로 이 노래를 불러주었다. 그것은 우리의 주제곡이요,

272

사랑의 노래였다. 만일 리코더 하나가 지금 그것을 연주했다면 나는 당장 그것을 희망의 비밀 신호로 여겼을 것이다. 하지만 두 개의 리코더라면……. 그것이 의도적인 모욕이고, 일부러 과거를 더럽히려는 행동일 가능성도 있을까! 아니다. '그녀는 그냥 잊어버렸을 것이다.'

이 모두가 내 손가락이 대문을 여는 동안에 머릿속을 스쳐갔다. 나는 천천히 마당으로 들어갔다. 음악이 중단되었고 개가 신경질적으로 짖기 시작했다. 마음을 가다듬으며 문으로 걸어가는 사이에 이미 새로운 생각들이 떠올랐다. 〈푸른 옷소매〉에 대한 모독은 아무 의미도 없었다. 아마도 그는 이 노래를 좋아했고, 그녀로서는 그가 좋아하지 못하게 말릴 길이 없었으리라. 리코더 연주도 아무 의미가 없었다. 만일 도망을 칠 계획이라면 그녀는 보통 때처럼 행동하려고 조심을 해야 한다. 아니면 혹시 그 곡은 나에게 보내는 무슨 신호일까? 하지만 그녀가 혼자 있지 않다는 사실은 벌써 분명해졌다. 초인종을 눌렀지만 개 때문에 그럴 필요도 없었고 미친 듯 짖어대는 소리에 초인종은 들리지도 않았다.

하틀리가 문을 열었다. 그녀는 의기양양하게 머리를 뒤로 젖혔지만, 그냥 불안해서 그랬는지도 모른다. 그녀는 미소를 짓지 않고 나를 노려보았고, 그녀의 입술이 벌어졌고, 나는 화끈거릴 만큼 얼굴을 붉히며 눈이 접시만큼이나 휘둥그레졌음을 의식하며 그녀를 마주 노려보았다. 어쩐지 그녀 뒤의 거실 열린 문에 벤이 있으리라는 육감이 들었다. 이 순간에 몰래 무슨 얘기를 하려고 계획을 세웠더라도 우리는 둘 다 마비가 되었기 때문에 불가능했으리라. 코가 길고 검정 얼룩이 박힌 하얗고 날씬한 콜리가 하틀리의 발치로 와서 계속 짖어대었다.

시끄러운 속에서 나는 "안녕하세요"라고 말했고, 하틀리는 "와주셔서 고마워요"라고 말했다.

나는 안으로 들어갔다. 현관에도 꽃병이 몇 개 있어서 장미꽃 냄새가 무척 늙은 여자의 방에서 나는 것 같은 들큼하고, 병적으로 까다로운 집의 후덥지근한 냄새와 뒤섞였다.

하틀리가 "조용히 해!"라고 말하자 개는 짖다가 말고 내 몸의 냄새를 맡으려고 킁킁거리며 꼬리를 쳤다. 거실에서 벤이 말했다.

"들어오쇼."

나는 더 안으로 걸어 들어갔다. 창밖으로는 비탈진 풀밭과 아지랑이 속에 잠긴 푸른 바다가 내다보였는데, 아름다운 경치가 이토록 스산해 보이기는 이때가 처음이었다. 두 개의 리코더는 널찍하고 하얀 창턱의 쌍안경 옆에 놓였다.

"앉으세요."

하틀리가 말했다. 오늘 그녀는 산뜻해 보였다. 그녀는 머리를 점잖게 틀어 올렸고, 파랗고 하얀 줄무늬가 진 블라우스 위에다 수수하고 파랗고 낙낙한 여성복을 걸쳤다. 그녀는 더 젊고 건강해 보였다. 그녀가 말했다.

"여기 앉으시겠어요, 아니면 저기 앉으시겠어요?"

전에 몸이 빠졌던 의자를 피하고 나무 손잡이가 달린 나지막한 의자에 앉았다.

세공 찻잔 세트가 작고 동그란 탁자와 접시대에 놓였다. 버터를 바른 빵과, 핫케이크와, 잼과, 샌드위치와, 얼린 케이크가 있었다.

"차를 타 오겠어요"라고 말하더니 하틀리는 나와 벤을 남겨놓고 부엌으로 사라졌다.

아직도 서 있던 벤은 개를 데리고 수선을 피웠다.

"처피!"

보아하니 그것이 개의 이름이었다.

"처피, 이리 와. 착하구나. 그럼 앉아. 앉으라고."

처피가 앉고 벤도 자리에 앉고 나니까 하틀리가 차를 가지고 돌아왔고, 처피가 다시 일어섰다.

"좀 데우지그래."

벤이 말했다.

하틀리는 찻주전자를 흔들고는 "괜찮아요"라고 말했다. 그러고는 나에게 "우유하고 설탕은요?" 하고 물었다.

"예, 고마워요. 둘 다 넣어요."

"우유를 먼저 넣어도 상관없죠? 샌드위치는요? 잼을 발라 뭘 먹겠어요? 케이크는 집에서 만든 거지만, 우리 집에서 만든 건 아녜요!"

하틀리는 차를 따랐다.

"샌드위치면 되겠어요. 여긴 경치가 좋군요."

나는 감정이 복받쳐 의식을 잃을 지경이었으므로 그 말은 자동적으로 튀어나온 얘기였다.

"예, 좋죠." 벤이 말했다. 그는 말을 덧붙였다. "좋아요."

그러더니 처피에게, "앉아! 착하기도 하지" 하고는 개에게 샌드위치 한 조각을 주었다.

"그러면 버릇이 나빠져요!"

하틀리가 말했다.

"아모른 농장에서 데리고 온 개로군요?"

아직도 기계적으로 내가 말했다. 그러자 내가 그 사실을 알고 있어도 괜찮은지 걱정이 되었지만, 그런 것은 상관이 없다는 생각도 들었다.

"예, 거기서 개를 치죠." 벤이 말했다. "웨일스 콜리 종인데, 훌륭한

275

놈들예요. 하지만 이 녀석은 길이 안 들어서 양 떼를 못 봐요. 안 그러냐, 처피야? 이 녀석아, 넌 바보 같은 양 떼는 취미가 없겠지?"

처피가 다시 벌떡 일어나서 꼬리를 쳤다.

나는 옷가방을 내 옆 마룻바닥에 놓고 그 위에다 하틀리의 화장품과 내 면도칼을 넣은 종이 봉투를 얹었다. 컵을 내려놓고 나는 가방을 열어 봉투를 넣고 닫았다. 혹시 벤이 봉투를 보고 속에 무엇이 들었는지 눈치를 챘을까 봐 걱정이 되었다. 벤과 하틀리가 나를 지켜보았다.

"당신 동생을 만나서 즐거웠죠."

벤이 말했다.

하틀리는 내 집안 사정을 자세히 얘기했을 리가 없었다. 괴물들에게는 가족이 없다.

"사촌예요."

"아, 예, 사촌이죠. 어디 소속인가요?"

"영국군 소총대요."

"녹색 재킷이군요."

"녹색 재킷이죠."

"아직도 당신 집에 머물고 있나요?"

"아뇨, 런던으로 돌아갔어요."

"나도 직업군인이 되고 싶었어요."

벤이 말했다.

"평화시에는 꽤 따분할 거예요."

하틀리가 말했다.

"나도 그러고 싶었죠." 벤이 말했다. "군대에 가면 진짜로 사람들을 사귀게 된답니다. 발이 넓어지니까. 그래도 집에서 지내는 것도 좋죠."

"아주 좋아요."

"집은 어때요?"

"비가 새더군요."

"비가 참 심했죠."

"샌드위치 더 드세요." 하틀리가 말했다. "이런, 그걸 아직 안 잡수셨군요."

나는 샌드위치를 움켜쥐었다. 꼭 잡았더니 오이가 빠져 마룻바닥에 떨어졌다. 나는 샌드위치를 호주머니에 넣으려고 했다. 내가 말했다.

"정말 슬퍼요. 정말 슬프게 되었어요. 정말로……."

"타이투스 말이군요." 벤이 말했다. "예. 우리도 슬퍼요."

잠깐 침묵을 지키고 나서 그가 말을 덧붙였다.

"어쩔 수 없는 노릇이죠."

"비극이었어요."

하틀리가 말했다. 그녀는 무슨 결정적인 서술을 하듯 그 말을 했다.

나는 계속 어쩔 줄을 몰랐다. 우리를 모두 어떤 공통된 감정으로 끌고 들어가고 싶었고, 진실되지 못한 예절의 관습적인 절차를 끝내고 싶었다. 하지만 적당한 말이 떠오르지 않았다. 내가 말했다.

"내 잘못 같아요. 난…… 난 절대로……."

"물론 당신 잘못이 아녜요." 하틀리가 말했다. "지나간 일예요. 얘기를 해봤자 아무 소용도 없어요."

"그래요, 얘기를 해봤자 소용이 없죠." 벤이 말했다. "전쟁터에서도 그래요. 무슨 일이 벌어져도 그냥 밀고 나가야 하죠. 그래야 하는 거 아니겠어요?"

하틀리는 무릎에 두 손을 놓고 앉았다. 얘기를 하면서도 그녀는 나를 쳐다보지 않았다. 거북한 듯 몸을 뒤채면서 그녀는 부드럽고 말끔한 머리카락을 만지작거렸다. 립스틱은 바르지 않았고, 햇볕에 그은 얼굴에는 화장을 한 흔적이 없었다. 줄무늬 진 블라우스의 단추를 풀어 햇빛에 탄 목과 쇄골이 드러났다. 그녀는 우리가 다시 만난 이후 그 어느 때보다도 훨씬 매끈하고, 깨끗하고, 건강해 보였다.

벤 역시 만사가 잘 돌아가는 태도였다. 그는 굵은 줄무늬가 있는 깨끗한 셔츠와 거기에 짝을 맞춘 넥타이 차림이었다. 그는 헐거운 갈색 하복 저고리와 연한 갈색 바지에 새것처럼 보이는 캔버스 신발을 신었다. 셔츠를 입은 배는 꽉 잡아맨 가죽 허리띠 위로 마음놓고 불러 나왔다. 학생처럼 짧은 머리는 매끄럽게 빗었고 면도를 말끔하게 했다. 얼굴에는 몽롱한 차분함이랄까, 묘한 표정을 띠었다. 눈꺼풀은 약간 늘어졌고 짧은 윗입술은 까다로운 사람처럼 안으로 당겨 팽팽했다. 벤도 나를 쳐다보지 않았다. 여기까지 얘기를 하는 사이에 그는 샌드위치를 여러 개 먹었다.

"그런 것 같아요."

벤의 질문에 대답해서 내가 말했다.

"냅킨을 드리겠어요." 하틀리가 말했다. "손에 잔뜩 묻었군요."

그녀는 서랍에서 종이 냅킨을 하나 꺼내 나한테 주었다.

"여기서 겨울을 지내실 생각예요?"

벤이 물었다.

그들은 분명히 타이투스 얘기는 그만할 모양이었다.

나는 그들을 탓할 수가 없었다. 왜 그들이 나에게 감정을 노출한다는 말인가? 그들 나름대로 그 죽음을 극복해야 한다. 우리 사이에서 그 얘기가 나오고 끝이 났으므로 그들은 안심을 했다. 아마도 그것이 만나

자는 이유였는지도 모른다.

"예. 난 여기서 사니까요."

"돈 많은 사람들이 그러듯이 당신이 프랑스나 마데이라나 어디로 겨울을 지내러 갈 줄 알았죠."

"아닙니다. 어쨌든 난 부자가 아니고요."

"여긴 지독하게 추운데요."

"저거 봐요. 앉은 꼴을 봐요!"

앞발을 얌전히 꼬고 뒷다리를 길게 쭉 뻗고 앉아 있는 처피를 가리키며 하틀리가 말했다. 개가 혼자 기분이 좋아서 올려다보았다.

"너 정말 웃기는 녀석이구나."

벤이 말했다. 처피는 그렇다고 꼬리를 흔들었다.

"개를 키우시겠어요?"

하틀리가 나한테 물었다.

"아뇨. 그럴 생각 없어요."

"고양이 파로군요?"

벤이 말했다.

"뭐요?"

"고양이 파라고요."

"아, 뭐, 아녜요."

"검역은 귀찮아요." 벤이 말했다. "여섯 달이라니."

"검역…… 이라뇨?"

"그래요." 벤이 말했다. "우린 오스트레일리아로 떠납니다. 영국에서는 더는 겨울을 보내지 않게 되죠. 처피를 데리고 왔을 때는 그렇게 오래 걸리리라고는 생각지 않았는데, 그렇다고 널 두고 갈 수야 없겠

279

지, 이 녀석아?"

"오스트레일리아로, 그러니까…… 아주 떠나요?"

"예."

나는 하틀리를 쳐다보았다. 그녀는 차분한 보랏빛 눈을 크게 뜨고 미소를 머금고는 나를 마주보더니 일어서서 찻주전자를 가지고 부엌으로 나갔다.

"오스트레일리아로요?"

"예, 왜 다들 안 가는지 모르겠어요. 날씨도 좋고, 먹고살기도 돈이 덜 드는데. 제기랄, 이왕 그곳으로 가니 다시 젊어졌으면 좋겠어요."

"오스트레일리아에 가면 벤은 연금을 탈 수 있어요."

찻주전자를 들고 다시 들어오며 하틀리가 말했다.

"거기 가본 적 있어요?"

벤이 물었다.

"예." 내가 말했다. "몇 번 갔죠. 기막힌 나라예요."

"시드니 항구, 시드니 오페라하우스, 값싼 포도주, 캥거루, 코알라, 땅, 벌써 근질근질합니다."

"언제 가시나요?"

벤의 컵을 만지작거리는 하틀리를 쳐다보며 내가 말했다.

"당장 가는 건 아니고, 다섯 주나 여섯 주 후죠. 누이도 만나야 하고 처리할 일이 많으니까요. 오래전부터 계획은 있었지만, 아들이 죽었으니 훨씬 간단하게 되었죠."

"하지만…… 그러니까 처음부터 그럴 계획이었군요?" 나는 하틀리의 시선을 잡으려고 애썼다. "내 얘긴, 오스트레일리아로 갈 계획을 하려면 시간이 꽤 걸릴 텐데, 여길 떠나실 생각이 있다는 건 몰랐고, 얘기를 안 해주셔서 무척 놀랐습니다."

이 말은 하틀리에게 한 것이었다.

"나도 믿기가 어려웠어요." 애매하게 미소를 지으며 그녀가 말했다. "꿈만 같아요."

"파란 바닷물 위에서 커다란 조가비처럼 미소를 짓는 그 오페라하우스를 보면 믿게 될 거야."

벤이 말했다.

다섯 주나 여섯 주 후에 떠난다면 오스트레일리아 계획은 내가 하틀리를 마지막으로 본 다음에 세워지지는 않았다. 왜 그녀는 나에게 얘기를 하지 않았을까? 나한테 얘기를 하지 않다니, 정말 놀라운 일이었다. 하지만 그렇게 되리라고는 그녀도 믿지 못했으리라. 그리고 만일 나하고 도망을 칠 결심을 하려고 애쓰던 중이었다면 그녀는 얘기를 할 까닭이 없었으리라. 나는 계속해서 그녀를 노려보았지만, 애매한 미소를 지은 다음에는 그녀가 시선을 피했다.

그녀는 벤에게 말했다.

"그렇게 오랫동안 떨어져 있어도 처피가 우리 얼굴을 잊지 않을까요?"

"물론이지! 어떠냐, 처피, 응?"

"차를 더 드시겠어요?" 하틀리가 나에게 말했다. "핫케이크 같은 거라도 드시겠어요?"

나는 차를 꿀꺽 마시고는 잔을 넘겨주었다. 호주머니에 미처 넣지를 못했던 짓눌려 터진 샌드위치도 조금 먹었다. 낯선 나라에 가서 무슨 조용하고 이해하지 못할 장난의 제물이라도 된 사람처럼 나는 완전히 당황하고 얼이 빠졌다. 이해가 가지를 않았다.

"보아하니 당신도 어디로 떠나는 모양이군요."

내 가방을 가리키며 벤이 말했다.

"아, 런던에서 하루만 지내려고요. 곧장 돌아와서 여기서 있을 거예요."

"난 런던은 견딜 수가 없어요." 벤이 말했다. "너무 시끄럽고, 사람도 우글거리고, 거지 같은 외국 사람들이 와서 상점을 바닥내고 말이죠."

"그래요." 내가 말했다. "이때쯤이면 관광객이 꽤 붐비죠."

나는 차를 다 마셨다.

"자, 송별회까지야 안 되더라도 우리가 떠나기 전에 또 만나게 되겠죠."

나더러 가라는 뜻을 분명히 암시하는 투로 벤이 말했다.

"아, 틀림없이 다시 만날 겁니다." 내가 말했다. "내일이면 난 마을로 돌아올 거예요. 여행 계획도 없으니까 항상 집에 있겠어요. 그럼 이제 가봐야겠군요. 차 잘 마셨어요."

나는 몸을 일으켰다. 멍청이 같은 처피가 또다시 짖기 시작했다. 나는 벤에게 어물어물 손을 흔들어주고는 가방을 집어 들고 문으로 향했다. 하틀리가 내 뒤를 따라왔다. 벤은 처피에게 소리를 지르더니 우리가 나온 다음에 개가 쫓아나오지 못하게 거실 문을 닫았다. 앞문에서 나는 잠깐 동안 하틀리와 단둘이 남았다.

"하틀리, 당신은 오스트레일리아로 가지 않는 거죠?"

개가 시끄럽게 짖어서 내 말이 들리지를 않았다.

그녀는 머리를 젓고, 손을 흔들고는 시끄러워 얘기를 하기가 불가능하다는 말을 하려는 듯 입을 열었다.

"하틀리, 당신은 가면 안 돼요. 지금 나하고 갑시다. 언덕 밑에다 택시를 대기시켜놓았어요. 가요, 지금 뛰어요. 나하고 달아나서, 런던이나 당신이 좋아하는 어디로나 가요. 봐요, 이 편지는 당신한테 쓴 건데, 모든 것을 다 설명했어요."

나는 제정신이 아니었다. 호주머니에서 '조용한 삶'에 대한 편지를 꺼내 그녀의 파란 드레스 스커트 호주머니에다 쑤셔 넣었다.

벤이 거실 문을 열고 빠져나왔다. 처피가 아직도 짖어대면서 안에서 문을 발로 긁어대는 소리가 들렸다. 벤은 우리 쪽을 힐끗 쳐다보더니 문을 열어두고 부엌으로 들어갔다.

나는 한 발자국 뒤로 물러서면서 하틀리의 노출된 팔뚝을 잡아 끌어당기려고 했다. 그녀는 블라우스 소매를 걷어 올려서 팔이 어린 소녀처럼 부드럽고 따뜻했는데, 팔은 아직 늙지 않았다. 우리는 둘 다 문 바로 바깥에 서 있었다.

"하틀리, 하나뿐인 내 사랑, 지금 당장 나하고 가서, 언덕을 뛰어 내려가 택시를 타요."

그녀는 머리를 설레설레 흔들고는 팔을 잡아뺐다. 그녀는 "그럴 수가 없어요"라는 소리처럼 들리던 무슨 말을 했다. 망할 놈의 개가 아직도 짖어대었다.

"내가 보내주지 않을 테니까 당신은 오스트레일리아로 갈 수가 없어요. 벤은 보내고 당신은 남아요. 봐요, 택시는 저 아래 교회 옆에 있어요. 난 교회로 가서 한 시간, 두 시간 동안 기다릴 테니까 구실을 대고 내려오면 우린 당장 떠날 수 있어요. 짐을 꾸리는 걱정은 말고 그냥 와요. 하틀리, 저 남자하고 여기 남지 말아요. 행복을 선택하고, 나에게로 와요."

나는 다시 그녀의 팔을 잡았다.

그녀는 울음을 터뜨리려는 듯 나를 쳐다보았지만, 눈물은 나지 않았다. 그녀가 한 걸음 뒤로 물러서자 내가 놓아주었다.

"하틀리, 나한테 얘기를 해요……."

그녀가 하는 말을 나는 겨우 알아들었다.

"당신은 아직 이해를 못 하는군요!"

"하틀리, 내 사랑, 나한테로 와요. 난 당신을, 교회에서 두 시간 동안 당신을 기다리겠어요. 아니면 내일 집으로 찾아오든지요. 난 아무 데도 가지를 않으니까 집에 있겠어요. 당신은 날 사랑하고, 그날 밤 날 찾아왔고, 그런 얘기들을 했어요. 절대로 늦지 않았으니까, 너무 늦지는 않았으니까, 와야 해요……."

태양과 장미꽃들이 눈부셨다. 벤은 현관으로 되돌아왔고, 하틀리 머리 뒤 그늘에 선 그가 눈에 띄었다. 한순간 그녀의 얼굴은 고통의 가면 같았지만, 사실은 달라지지 않았을지는 몰라도, 다음에는 공허하고 멍해 보였다. 커다랗고 눈물이 나지 않던 그녀의 눈은 공허했다.

처피가 짖는 소리보다 더 크게 벤이 말했다.

"자, 그럼, 잘 가요."

나는 뒷걸음질을 치고 돌아서서는 대문으로 걸어갔다. 대문을 나와서 나는 뒤를 돌아다보았다. 그들은 문간에 서서 손을 흔들었다. 나도 손을 흔들어주고는 언덕을 걸어 내려가기 시작했다.

교회에 두 시간 이상을 앉아 있었지만 그녀는 오지를 않았다. 나는 택시 운전사에게 요금을 주고는 걸어서 집으로 갔다.

그러니까 나에게는 다섯 주의 시간이 있었다. 아직 패배는 하지 않았다. 하기야 벤이 부엌에서 듣고 있는데 하틀리가 무슨 말을 하겠는가? 그녀는 무슨 말을 했고, 나는 무슨 말을 했던가? 벌써 기억이 희미해진다. 어쨌든 그녀는 편지를 받았고, 편지를 보면 분명해진다. 편지는 그녀가 생각하도록 초점을 마련해주리라.

도대체 무슨 목적으로 차를 마시라고 불렀을까? 그것은 틀림없이 벤의 제안이었다. 아마도 벤은 내가 생각했던 것보다 훨씬 똑똑하고 교활한지도 모른다. 그는 자기가 있는 자리에서 조용히 하틀리가 나를 만나고 마지막으로 점잖게 작별을 하도록 일을 꾸몄다. 영리한 생각이었고, 인간적이라고까지 하겠다. 하지만 이가 안 들어가는 꾀였다. 하틀리가 오스트레일리아로 가기를 원하지 않는 것이 빤했고, 모두가 벤의 수작이었다. 그는 언제 그런 계획을 세웠을까? 내가 마을에 나타났다는 것을 처음 알았을 때인가, 아니면 그보다 전인가? 어쨌든 하틀리는 가지 않으리라. 그녀는 마지막 순간에 구조선으로 뛰어들 것이다.

나는 저녁이면 술을 마시는 버릇이 들었다. 아무튼 나흘이 지났는데, 물론 포도주이기는 하지만, 나흘 저녁 술에 취했다. 나는 술병을 앞에 놓고 오래오래 부엌에 앉아서 한여름 빛이 완전히 사라질 때까지 늦도록 생각에 잠겼다. 또다시 기다리고, 기다리며 생각에 잠길 시간이었다. 물론 아무 사건도 없었고, 전화도 오지 않았고, 편지도 없었다. 하지만 계시가 있을 터이니, 하틀리나 신들이 그 계시를 보내주리라.

날씨는 계속해서 더웠다. 바다는 에메랄드가 줄지어 얼룩 무늬를 새기는 보랏빛 보석 같은 모습을 되찾았다. 첫날처럼 바다는 나를 향해 반짝거렸다. 커다랗고, 한가하고, 황금과 상아로 만들어낸 듯한 구름 몇 덩어리가 바닷물 위로 유유히 떠다니며 빛을 내뿜었다. 나는 너무 울적해서 그 구름들을 물끄러미 바라보며 나를 에워싼 경이를 음미하지 못하는 나 자신을 이상하게 생각했다. 하지만 너무나 눈이 멀었기에 보려고 애를 쓰지도 않았다. 가끔 물개들을 찾아보았지만 하나도 눈에 띄지 않았다. 수영을 하러 갈 마음도 내키지 않았으며, 이러다가 다시는 수영을 못 할 것 같았다.

나는 타이투스 생각을 하지 않으려고 애썼다. 그런 노력이 나로 하여금 술을 마시게 했는지도 모른다. 나는 끈질기게 내 생각을 그에게서 멀리 하거나, 아직 살아 있는 다른 문제들의 한 부분으로서, 다른 각도로 다른 면과 연결 지어 생각했다. 나는 초조하고 불쾌해서 그를 머릿속에서 몰아내고는 만일 조금만 더 오래 그를 잊어버릴 수 있다면 결국 죽음의 슬픔을 이겨낸 자들의 냉정한 세계로 다시 돌아갈 수 있으리라고 희망을 품었다. 나에게도 문제들이 있었고 나는 이겨내야 했다. 지금은 죄의식과 상실의 고통으로 마음을 낭비할 때가 아니었다. 그래서 나는 타이투스와, 그가 죽었다는 사실은 생각하지 않았다. 머릿속에서 물을 뚝뚝 흘리며 자꾸만 일어서려고 애쓰는 회색 그림자를 나는 무자비하고 난폭하게 몰아내었다. 때로는 마치 어디엔가 그가 있어서 내 생각을 손짓해 부르고, 관심을 끌고, 슬퍼하지 않으려는 나를 서운하게 생각한다는 기분이 들기도 했다. 나는 다른 문제들에다 머리를 바쁘게 썼다. 하지만 물을 줄줄 흘리는 모습은 웬일인지 나에게서 떠나지를 않았다.

제임스와 리지 생각을 했다. 두 사람 가운데 누가, 왜 나한테 얘기를 하자고 결심했을까? 내 짐작으로는, 특히 불쾌하게도 토비 엘스미어에게 들킨 다음에 리지는 신경이 곤두섰는데, 그때쯤에는 상실하게 될지도 모를 것이 너무 컸기 때문이리라. 그녀는 나에 대한 옛사랑에 사로잡혔고 내가 지쳐서 떨어질 때가 되었다는 생각이 들 만한 근거도 있었다. 그녀의 사랑은 불안하고 굶주렸다. 내가 곧 그녀에게로 돌아가리라고 생각한 그녀는 '안전'하기를 원했다. 집요하고 불안한 죄의식은 그녀가 위험을 각오하면서까지 정직해지기를 요구했다. 사랑의 기나긴 궤도에서 그녀는 나와 가장 가까운 거리에 이르렀다. 다가오는 위대한 순간을 위해서 그녀는 깨끗해지고, 고백으로써 순수해지고, 발각이 될까 봐 두려운 비밀이 하나도 없기를 바랐다. 그녀는 제임스와 어울리면 얼마나 지치도록 정신적으로 시달릴지를 알지 못했으리라. 그는 알았다. 하지만 그 무렵에는 상황이 주체하지 못할 정도로 발전되었고, (나는 그렇게 믿어졌지만) 그는 일이 눈앞에 닥치자 그것이 애초에 그녀의 생각이었음을 부인하고, 그녀로 하여금 얘기를 하도록 해줌으로써 신사다운 척하려고 했다. 조심스러운 거짓은 그토록 끔찍한 결과를 가져오게 된다. 하틀리가 내 얘기를 하기가 두려웠듯이 리지는 제임스에 대한 얘기를 하기가 무서웠으니, 그렇다, 여자들이란 천성이 그래서, 하틀리, 리지, 로시나, 리타, 지인, 클레멘트, 모든 여자들은 거짓말을 했다……. 클레멘트가 나에게 얼마나 많은 거짓말을 했을는지는 하느님밖에 모른다. 나로서는 전혀 알 수가 없다.

나는 무더운 여름 석양을 받으며 부엌에 앉아, 머리가 빙빙 돌 때까지 포도주를 마시고, 등잔이나 촛불도 켜지 않고, 언제까지나 완전히 어두워지지 않는 하늘과 열린 문의 희미한 직사각형을 배경으로 윤곽을 드러낸 포도주병을 쳐다보며 머나먼 과거를 회상했다. 그리고 나는 리지가 아니라 에스텔 숙모가 〈피카르디의 장미〉를 노래하는 목소리를 들으며 눈부시게 찬란했던 그녀의 존재와, 한때 그녀가 나에게 불러일으켰던 모든 기쁨과 고통을 되새겼다. 아, 젊음과 아름다움은 사라지고 다시는 볼 수가 없게 된다.

그리고 내가 클레멘트와 로시나와 지인과 프리치와 다른 곳에서 지내던 그 오랜 세월에 걸쳐 괴로워하고 죄를 지었던 늙고 지친 얼굴과 이상하게 같으면서도 같지가 않은 하틀리의 순수하고 진실한 얼굴과 자전거를 탄 모습을 생각했다. '슬프도다, 내 사랑아, 내가 그대를 그토록 오랫동안 사랑하고 즐겨 당신을 꿈꾸었대도, 나를 매정하게 버리는 것은 그대의 잘못이다.' 하틀리의 선량함을 믿으며 흘러간 여러 해 동안 나는 너무나 많은 것들을 바쳤다. 하지만 나는 그 성상을 항상 고이 간직했던가? 젊음 또한 무정하고, 인간은 살아가야 한다. 그녀가 돌아오거나 찾아낼 수 있으리라는 희망을 모두 상실하고 난 다음에, 나는 그렇다면 그녀를 보내주자는 안타까움 속에서 얼마 동안을 살았다. 그리고 이제 나는 클레멘트와 그녀에 대해서 나누었던 대화를 추억의 깊은 바닷속 동굴로부터 건져내었다. 그렇다, 나는 클레멘트에게 하틀리 얘기를 했었다. 그리고 클레멘트가 말했다.

"이봐, 그 여잔 낡은 장난감을 보관하는 통 속에나 넣어두지그래."

지금 어두운 방에서 얘기하듯 그 말을 하는 클레멘트의 힘차고 낭랑한 목소리가 내 귓전에 울린다. 그래서 나는 얼마 동안 하틀리를 잊었었다. 그다음에는 클레멘트에게 그녀 얘기를 다시는 하지를 않았다. 그것은 꼴불견이었고, 클레멘트는 꼴불견을 용서하지 않았다. 클레멘트는 그녀를 잊었으리라. 하지만 나는 잊지를 않았고, 하틀리는 내 마음속에 씨앗처럼 파묻혀 다시 자랐고, 세월이 흐름에 따라 순수해졌다.

그 이미지를 얼마나 많이 내가 '만들어내었느냐' 하는 것이 나에게는 이제야 아주 분명해졌지만, 그것이 허구라고는 생각되지 않았다. 그것은 거의 시금석 같은 특별한 종류의 진실이나 마찬가지여서, 내 생각은 구체적이면서도 동시에 진리가 되었다. '그렇다면 그녀를 보내주리라'는 것은 자포자기의 회한 같은 거짓이었다. 이상하고도 광기에 가까운 내 정성은 그 자체가 결국 보람이 되었다. 세월이 흐름에 따라 나는 하틀리의 이마에서 주름살을 지웠고 사랑스러운 눈을 맑게 했으며, 모호하고 괴로운 이미지는 부드러워져서 빛의 원천이 되었다.

하지만 지금은 어떻게 되었나? 나는 벤과 하틀리가 그토록 말끔해 보이고 핫케이크와 오이 샌드위치와 얼린 케이크가 있던 니블레츠의 괴이한 거실을 머릿속에 그려보았다. (나에게 손을 흔들어준 다음에 벤은 돌아가서 케이크를 큼직하게 한 조각 잘랐을까?) 거기에는 소름 끼치는 평화로움이 있었다. 콜리 개까지 갖춘 작고 예쁜 집의 행복하고 착실한 부부는 정말로 원시적인 한 장면을 보여주었다. 그들은 예술이 그 소재에 '살'을 붙이듯 내 기억 속에서 살이 붙어서 실제보다 훨씬 살이 붙고 매끄러워졌다. 그들은 내가 전에 보았을 때보다 훨씬 건강하고, 보기 좋고, 잘생겨 보였다. 왜 그랬을까? 무엇이 그들에게 그 차분하고 만족스러운 분위기를 부여했을까? 타이투스의 죽음 때문이라는 무서운 대답이 내 머릿속에 떠올랐다.

나는 하틀리가 나에게로 도망을 와서 그녀의 불행에 대한 얘기를 해주고, 그녀를 구원하려는 희망으로 내 마음을 가득 채웠던 '증거'를 보여준 날 그녀가 한 말이 생각났다. 그녀는 타이투스 앞에서 억지로 벤의 편을 드느라 그녀의 내적인 존재가 깨어져 갈라지고, 그녀의 성실성이 파괴되었다고 말했다. 그리고 나는 그녀가 고뇌하며 회개하는지, 아니면 그저 파멸을 당했을 따름인지 궁금하게 생각했다.

"모든 뼈마디가 부러져서 아직 일어설 수는 있지만 온몸이 깨어진 듯, 모든 것이 깨어졌고, 이제는 온전치가 못해서, 사람이라고 할 수는 없겠죠."

그 가혹한 여러 해 동안에 타이투스에 대한 그녀의 동정심이 정말로 파괴되었을지도 모른다. 나는 그녀의 말이 생각났다.

"가끔 난 그 애가 우릴 미워한다고 느꼈어요……. 가끔 난 그 애가 차라리 죽기를 바랐어요."

죄의식이라는 짐은 깊고 느린 분노가 없더라도 견디기가 너무 벅차다. 하틀리가 스스로 주장을 해서 어느 날 집으로 데려온 타이투스는 그녀의 결혼 생활과 삶을 파멸시켰다. 하지만 타이투스 자신이 이제는 구원자인 셈이어서, 그녀의 죄의식을 걸머지고 사라졌다. 비난하는 의식은 없어졌다. 벤은 남몰래 안도감을 느끼며, 그녀는 그와 더불어, 훨씬 은밀하게 남몰래, 본능적으로, 맹목적으로, 그와 안도감을 나누리라. 살인이 끝났으니 그들은 둘 다 기분이 훨씬 좋아졌으리라. 이제 죄의식은 사라지기 시작하리라. 그러니까 어떻게 보면 타이투스의 죽음은 숙명적이고, 어떤 면에서는 벤이 결국 그를 정말로 죽인 셈이다.

물론 이것은 술에 취해 멋대로 한 생각이지만, 그의 죽음을 받아들이던 그들의 자포자기뿐 아니라 냉혹한 안도감을 나는 올바르게 이해한 셈이었다. 그리고 물론 그의 죽음이 그들의 삶에 너무나 괴이하게 맞아 들어간다고 해석하려고 애쓰면서 나는 나 자신의 죄의식과 양심의 가책을 씻어버리려는 교활한 노력을 의식했다. 우리를 짓밟는 바로 그 숙명을 정당화해야만 된다는 듯 거의 어떤 종류의 설명으로라도 가능하다면 우리는 죽음과 상실의 공포를 곧 덮어버리지 않는가.

오스트레일리아의 도망도 이제는 역시 깨끗한 양심을 가지고 구상할 수가 있으리라. 타이투스를 잃은 상태에서 하틀리가 어찌 영국을 떠난다는 생각을 받아들일 수가 있었겠는가? 그녀는 그것을 수락했을까? 아닐지도 모른다. 아마도 그렇기 때문에 그것이 그녀에게는 '꿈처

럼' 여겨졌을지도 모른다. 타이투스와 거북하고, 순진하고, 짤막한 대
화에서 그녀는 틀림없이 오스트레일리아 계획은 얘기하지 않았으리라.
아무튼 나에게는 얘기를 하지 않았다. 그것이 나에게는 좋은 징조로 여
겨졌다. 그녀는 벌써부터 머물기로 작정했기 때문에 얘기를 하지 않았
으리라.

　타이투스는 그녀가 '몽상가'라고 말했다. 생각을 거듭할수록 그녀의
얘기에서 거짓의 가능성이 점점 커졌다. 그녀의 의식은 벤과 타이투스
때문에 다시는 꿰어 맞출 수 없도록 부러진 뼈처럼 갈라졌고, 진실을
향한 그녀의 방향감각은 길을 잃었다. 그러니 이제는 내 이상이 어디에
있는가? 이상한 일은 마치 하틀리 자신이 하틀리에게 빛을 비추듯, 아
직도 빛의 원천이 있다는 것이었다. 나는 그것을 모두 받아들이고 감싸
주며, 어떻든지 간에 내가 사랑하는 것은 그녀였다. 내 인생에서는 죄
없는 사랑을 가르치는 곳은 하나뿐이었고, 스승도 오직 하나였다. 이렇
듯 사람들은 그들 자신의 삶이 다르고 비밀스러운 길을 가더라도, 전혀
모르는 사이에 오랜 세월에 걸쳐 다른 사람들의 삶에 광명을 준다. 그
런가 하면 사람이란, 반쯤 잊었거나 한 번도 만나지 못한 어떤 사람의
마음속에서, 페레그린의 말마따나, 괴물이나 암이 되기도 한다.

　그런 사람이 결국은 대상을 잃게 된다고 하지만, 무슨 일이 있더라
도 그 대상을 정말 상실할 수 있을까? 죽은 자를 사랑하기가 쉽지 않다
고 우리는 생각하지만, 어떤 사랑은 죽음에 패배하지 않는다. 하지만
사랑을 더 솜씨 좋게 패배시키는 고통과 방법 들이 있다. 내 사랑을 증
오로 바꿔놓을 그녀의 배반이나 저버림 때문에 드디어 나는 하틀리를
완전히 잃을 것인가? 나는 그녀를 냉정하고, 추악하고, 무정한 마녀로
여기게 될까? 나는 절대로 그렇지 않다고 느꼈으며, 그것을 달성이나

소유의 한 형태라고 느꼈다. 제임스의 말마따나 '개의 이빨이라도 진실로 숭배하면 빛을 낸다'. 하틀리에 대한 내 사랑은 그 자체가 거의 목적이나 마찬가지였다. 몸을 비틀고 돌아서며 무슨 짓을 하더라도 이제 그녀는 나에게서 도피할 수가 없었다.

내 생각은 항상 이렇게 높은 수준에 이르지는 않았다. 언뜻 로시나가 머리에 떠오르자 나는 프리치가 보았다면 '눈에서 빛이 나고 뒤가 구리다'고 할 만큼 이상하게도 여유만만한 벤의 모습이 머릿속에 떠올랐다. 그것은 참혹한 죽음을 자유의 길이라고 참으며 받아들이거나, 파도에 비친 오페라하우스를 기대했기 때문일까? 우리가 하틀리를 되돌려보내던 끔찍한 날 전날 밤을 로시나는 어디서 지냈을까? 편지를 전하러 갔을 때 그 집에서 여자가 얘기하는 소리를 들었다던 길버트의 말이 생각났다. 로시나는 벤을 '위로하러' 가겠다고 그랬었다. 그것은 악의에 찬 장난일 수도 있었다. 그런가 하면 로시나는 capable de tout(만능)이었다. 만일 벤과 로시나 사이에 '무슨 일'이 있었다면, 그의 묘하고 만족스러운 태도뿐 아니라 하틀리에 대한 훨씬 개방된 자세와, 내가 찾아간 것과 일 분쯤 계속된 문간에서의 대화를 너그럽게 용납한 이유를 그것이 설명한다. 벤이 죄의식을 느끼고 숨겨야 할 어떤 짓을 해주었거나, 아니면 잘난 체하는 연예계의 잡년보다는 우스꽝스럽고 늙은 그의 아내가 더 훌륭함을 깨닫게 함으로써 로시나는 하틀리에게 좋은 일을 했는지도 모른다. 아무리 따져봐도 사실 이런 생각들은 불미스럽다. 하지만 속된 호기심의 수준에서 본다면 때로는 그런 생각이 더 높은 그리움의 강렬함에서 해방을 시켜주었다.

그러자 로시나가 아직도 레이븐 호텔에 있으며, 그냥 찾아가서 그녀에게 물으면, 비록 거짓말을 한다고 하더라도 무엇인가 알아낼 수 있으리라는 생각이 들었다.

　언제 하틀리가 찾아오거나 '신호'를 보낼지 모를 일이어서 집을 떠
나기가 물론 마음이 내키지 않았지만, 모험을 하기로 작정하고 문에다
'H. 기다려요. 곧 돌아옵니다'라는 쪽지를 붙여놓고는 길을 나섰다. 갑
자기 들이닥치면 조금쯤 유리할 것 같아서 미리 호텔에다 전화를 걸지
않았다. 전화를 걸면 로시나는 교묘한 거짓말을 지어낼 시간을 얻게 된
다. 그리고 나를 보고 갑자기 기뻐하는 그녀에게서 자그마한 위안을 얻
고 싶기도 했다. 필요한 정보뿐 아니라, 아무리 잡년이더라도 다정한
여인이 주게 될 포근함을 맛보고 싶었기 때문이었다. 무기력한 기다림
과 잡념이 벌써 부담이 되었던 시기에는 목표나 산책까지도 마음이 산
란해지는 '일'이었다. 하틀리가 아무런 신호도 보내지 않는다면 나는
머지않아 다시 행동을 취해야 한다. 그렇기는 해도 로시나를 만나 물어
보면 도움이 될지도 모른다.

　무덥고 찌푸린 날씨였으며, 레이븐 만의 작은 파도에는 작고 하얀
거품이 바람에 밀려 깡충거렸다. 여름철에도 음산한 겨울의 감각을 지
니는 음울하고 차갑게 짙푸른 빛깔을 지닌 바다는 불안하게 술렁였다.
하늘도 추워 보여서, 아주 하얗고 빨리 흘러가는 촘촘한 구름들 사이에
서 창백하고 싸늘하게 파란 빛깔이었다. 낯익은 길을 따라 걸어가노라
니까 햇빛이 났다 사라졌다 했고, 만의 둥글고 큰 바위벽들은 놀랄 만
큼 다양하게 괴이한 모습으로 불쑥불쑥 튀어나왔고, 그림자가 시커멓
게 들어갔고, 눈부시게 노란 이끼옷과 해초의 해묵은 얼룩으로 반점을
이루었으며, 빛이 닿지 않는 곳에서는 다시 조용하고 희미해졌다.

　나는 호텔에 이르렀다. 넥타이를 매지 않았다고 쫓겨난 날 이후로

그곳에 간 적이 없었다. 안으로 들어가니 유쾌하고 아늑하게 장식을 한 앞쪽 홀에 햇빛이 비추었고, 더는 치장을 하고 싶지 않은 슈러프 엔드의 누추함과 추악함을 본 다음이라 이곳이 정말로 깨끗하고 말끔하다는 생각이 들었다. 바위들 사이에서 자라는 담자색 당아욱과, 분홍바늘꽃과, 수령초와, 야생 취어초를 가득 꽂은 커다란 꽃병과, 야하고 밝은 빛깔의 안락의자들이 있었다. 별로 냉정하지 않은 종업원이 오더니 무슨 일로 왔느냐고 나에게 물었다. 나는 조금 걷어 올린 더러운 바지와 낡고 파란 셔츠 차림이었지만, 으리으리한 안락의자가 있는 곳이더라도 그 정도면 검열에는 합격할 만했다.

"실례지만 미스 밤버가 아직 호텔에 묵고 있나요?"

그는 약간 묘한 눈초리로 나를 쳐다보더니 말했다.

"아르빌로우 부처는 휴게실에 계십니다."

맙소사! 나는 그가 가리키는 문으로 걸어갔다. 만이 환히 내다보이는 널찍한 휴게실에는 창가에 앉아 바깥을 내다보는 두 사람 이외에 아무도 없었다. 내가 들어가자 그들은 시선을 돌렸다.

"찰스!"

"이런, 우리가 좋아하는 재미있는 분께서 오셨구먼! 여보게, 찰스, 우린 자네가 오기를 기다렸지. 안 그래, 로즈?"

재미있어하며 악의를 드러내는 두 얼굴이 나를 향했다.

"안녕." 내가 말했다. "두 사람이 다시 같이 있는 걸 보니까 반갑구먼. 내가 술 한잔 살까?"

"아냐, 아냐." 페레그린이 소리쳤다. "술은 우리가 내겠어! 웨이터, 웨이터! 어제 우리가 마신 그 샴페인과 잔을 세 개 부탁해요."

"런던으로 돌아갔나, 아니면 곧장 이곳으로 왔어?"

나는 페레그린에게 물었다.

"아냐." 그가 말했다. "난 그냥 술에 빠져 슬픔을 잊어보려고 여길 들렀는데, 사팔뜨기 잡년이 마침 있더구먼."

"그래서 서로 왈칵 품에 안겼겠구먼."

"당장 그러지는 않았어." 로시나가 말했다. "우선 즐거운 장난부터 벌였지. 페레그린이 꽤 공격적이었어. 자동차 유리창 때문에 꽤 기분이 나빴나 봐."

"유리창이 마음에 걸리기는 했지만, 그건 다분히 상징적이었어." 페레그린이 말했다.

"고마워요, 웨이터."

"내가 따게 해줘." 로시나가 소리쳤다. "난 샴페인 병을 따길 좋아하지."

병마개가 날아가고 황금빛 거품이 일었다.

"찰스!"

"고마워. 건강을 빌겠어, 아르빌로우 부부."

"사실 우린 이걸 믿기가 어려워." 로시나가 말했다. "우린 행복해. 적어도 난 행복하지. 당신도 행복해, 페레그린?"

"이 이상한 기분은 틀림없이 행복감이라고 믿어. 찰스, 잘되길 바라. 자네의 괴상한 군인 사촌은 아직도 여기 있나?"

"아냐. 갔어."

"그러니까 자넨 영원히 충실한 리지와 한가하게 노닐겠구먼."

"아냐, 그녀도 갔어."

"혼자 남았어?" 로시나가 말했다. "수염 난 여잔 어쩌고?"

"뭐, 부부가 떠난다고 그러더군. 어쨌든 '수염 난 여인의 추구'도 포기했어. 그건 짤막한 정신적 탈선이었나 봐."

"다들 그렇게 생각했지." 페레그린이 말했다. "축하하네."

"런던으로 돌아갈 거야?"

"내일. 여기가 좋고 음식도 훌륭하기는 하지만. 텔레비전 일거리가 생겼어. 우리가 차로 태워다 줄까?"

"아냐, 그만둬. 그럼 둘이서 정말로 다시 규합하는 거야?"

"그래." 로시나가 말했다. "모든 것이 제자리를 다시 찾았어. 우린 서로 완전히 잊은 적이 없고, 앞으로도 절대로 그런 일이 없을 거야. 아주 간단한 얘기지. 하지만 찰스, 무엇이 나로 하여금 갑자기 진실을 깨닫게 했는지 알아?"

"뭐야?"

"당신을 죽이던 페레그린!"

"뭐, 그러려고만 했지." 페레그린이 말했다. "나도 겸손해야 하니까."

"그게 뭐 그렇게 신기하기에?"

내가 물었다.

"글쎄, 모르겠지만 신나더군. 따지고 보면 당신은 죽어 마땅했어. 다른 죄가 하나도 없더라도, 우리에게 한 짓을 생각하면 말야."

"그 얘긴 그만두지."

내가 말했다.

"아, 우린 너무 기분이 좋아서 당신 죄목을 주워섬기지는 않을 테니까 걱정은 마. 하지만 페레그린이 당신을 그 구멍으로 밀어 넣었다는 건 재미있고도 신나는 거야. 그이가 당신을 용서했다는 생각을 하면 난 항상 못마땅했으니까. 당신이 빠져 죽었더라면 훨씬 심미적이었을 텐데."

"왜 안 죽었는지를 난 모르겠어."

페리가 말했다.

"그건 아주 그림 같고 본격적인 폭력의 작품이었어. 사실 난 점잖고 직선적인 면에서 약간 야수성을 지닌 난폭한 남자를 좋아해. 당신은 한심한 불한당이지만, 찰스, 근본적으로 나약한 사람이지. 왜 내가 당신한테 애착을 가졌었는지 모르겠어. 인간으로서의 매력이 아니라 권력에 대한 당신 자신의 환각이 사람들을 매혹시킨 것 같아. 당신의 사기에 넘어간 거지. 남자로서는 당신이 나약한 존재라는 걸 난 이제야 알게 되었어."

"난 말랑말랑한 장난감처럼 착하고 약한 사람이 되는 게 좋아. 한데 둘이서 정말 다시 결혼할 거야? 그렇게까지야 안 하겠지? 결혼 생활이 지옥이며 세뇌라고 자네 입으로 그래 놓고 말야, 페레그린."

"같은 사람하고 두 번째 결혼을 할 때는 달라. 다들 그래야 해."

"하지만 파멜라는 어쩌고?"

"아, 소식 못 들었나? 팜은 마커스 헨티와 꺼져버렸어. 그 친구는 농부님이 되셨다네. 장원 생활이라면 팜에게는 더할 나위 없이 어울릴 거야."

"그래서 난 앤지에게 수작을 벌이기 전에 페레그린을 붙잡기로 했지!"

"맙소사!"

페레그린이 말했다. 그들은 요란하게 웃었고, 페리의 커다랗고 주름진 얼굴은 햇볕에 타고 샴페인에 취해서 새빨갰다. 로시나는 버릇대로 페레그린의 의자 팔걸이에 걸터 앉아서 하얀 드레스를 추어올리고는 노출된 긴 다리를 흔들었다. 그녀는 그에게로 몸을 숙이더니 코로 머리카락을 쓸어주었다. 그들은 둘 다 나에게 눈을 찡긋하고는 서로 엄숙하게 쳐다보더니 또다시 한바탕 웃어대었다.

"프리치의 〈오디세이〉에서 페레그린도 역을 하나 얻기 바라." 내가 말했다. "늙은 놈팡이 역은 해낼 수 있겠지."

"아, 그건 끝났어."

로시나가 말했다.

"프리치가 생각을 고쳐먹었나?"

"아냐. 내가 생각을 고쳐먹었지."

"우린 에이레로 갈 거야."

페레그린이 말했다.

"에이레로 간다니?"

"그래. 런던데리로. 우린 웨스트 엔드 연예계는 신물이 났어. 우린 민중을 위한 연극을 하겠어."

"맙소사!"

"비웃지 마, 찰스. 이건 위대한 일의 시작이니까……."

"그럼 당신은 칼립소 역을 포기한 거야, 로시나?"

"그래."

그녀가 말했다.

내가 말했다.

"드디어 자네가 날 감동시켰구먼."

"어떤 위대한 일의 시작." 페레그린이 말했다. "우린 직접 희곡을 써서 지방 사람들에게 연기를 시킬 작정이야. 에이레 사람들은 천부적인 배우이고 폭파가 좀 되기는 했어도 멋지고 작은 극장이 하나 있으니까……."

"난 비웃는 게 아냐." 내가 말했다. "두 사람 다 용감하다고 생각하니까 잘되기를 바라. 아냐, 고맙지만 벌써 취해서 샴페인은 그만 들겠어."

"찰스는 술을 좋아하지 않지."

다시 자기가 마실 술을 따르며 페레그린이 말했다.

"이젠 내가 자네에게 더는 괴물로 생각되진 않겠지?"

내가 그에게 물었다.

"아냐." 그가 말했다. "자넬 바다로 밀어 넣었을 때 난 그 괴물을 죽여버렸어. 자네가 살아나서 정말 기뻐. 끝이 좋으면 다 좋은 거야."

"아, 하지만 언제가 끝이지? 난 가야겠어. 샴페인 잘 마셨네."

"내가 문까지 바래다줄게."

로시나가 말했다. 그녀는 벌떡 일어났고 나는 페레그린에게 거수경례를 한 다음에 그녀를 따라갔다.

로시나의 하얀 드레스는 아주 가벼운 옷감으로 만든 엉성한 선지자 여인의 겉옷 같아서 그녀 둘레에서 너울거리다시피 했다. 그녀는 두 팔을 벌리고 나래를 치더니 다시 몸에다 찰싹 붙였다. 우리는 밖으로 나와서 돌을 깐 길의 언저리에서 햇빛을 받으며 잠깐 멈춰 섰다. 로시나는 맨발이었다.

"그럼 당신하고 페레그린이 잘돼가리라고 생각해?"

"안 될 이유도 없지." 그녀가 말했다. "우리 사이에는 사실 질투 말고는 아무런 문제도 없었으니까."

"그건 큰 문제지. 항상 존재하는 문제야."

"글쎄, 그건 사랑의 한 표시겠지. 페레그린은 당신에 대한 집념에 사로잡혔고, 나중에는 단순히 나에게 분풀이를 하려고 파멜라와 결혼했어. 그리고 난 당신이 나를 빼앗아도 그렇게 소극적인 페레그린을 참을 수가 없었고, 그이가 나를 위해 싸워주기를 항상 바랐어."

"트로이의 헬렌 콤플렉스로구먼. 그건 상당히 흔한 거지."

"그리고 그이가 당신을 죽이려고 했다는 말을 듣고는……."

"그런 자랑을 했어?"

"당연하지―."

"그래, 행운을 빌어. 이봐, 로시나, 벤을 만나러 간다던 그날, 정말 갔었어?"

로시나는 사팔뜨기 눈으로 나를 빤히 올려다보았다. 그녀는 킬킬 웃더니 하얀 겉옷을 더욱 여미었다.

"그래."

"무슨 사건이 있었지?"

"뭐, 아무 사건도 없었어. 우린 기막힌 얘기를 나누었지."

"그만하면 사건이라고 할 수 있겠지. 무슨 얘길 했는데?"

"찰스, 당신은 질문이 너무 많아." 로시나가 말했다. "그리고 당신은 항상 공짜를 바라지. 하지만 한 가지 분명히 말해두겠는데, 그 수염난 여자는 복이 많아. 그 남자는 굉장히 매력적이야."

"저런―!"

나는 손을 저으며 돌아섰다. 정말 그런 일이 있었다면 나는 그 '기막힌 얘기'를 녹음한 테이프를 위해 무엇이라도 줄 수가 있었으리라. 그러자 벤과 하틀리가 섹스의 매력을 통해 서로 가까워졌을지도 모른다는 궁금증이 처음으로 들었다.

"찰스!"

하얀 겉옷을 마구 나부끼며 맨발로 풀밭 언저리를 밟으면서 로시나가 내 뒤를 따라 조금 뛰어왔다.

나는 기다렸다.

"찰스, 꼭 알고 싶으니까 얘기해. 오늘 여길 찾아온 건 나한테 자기를 제공하려는 이유에서였어?"

"당신은 질문이 너무 많아."

내가 말했다.

걸어가면서 나는 그녀가 유쾌하게 웃는 소리를 들었다. 영화의 역을 포기했다는 그녀의 얘기가 아닌 게 아니라 실감이 났다.

그날 저녁에는 구름이 끼더니 해가 사라지고 비가 내리기 시작했다. 그럴듯하게 6월의 흉내를 내던 변덕스러운 영국 날씨가 이제는 3월 노릇을 하기로 작정했다. 바다에서 찬 바람이 불어왔고, 뒤쪽 창문에는 누가 돌멩이라도 던지는 듯 빗발이 제멋대로 사납게 후드득거렸다. 집 안은 삐걱대고 쩔그럭거리는 묘한 소리가 가득했고, 구슬 커튼은 갑자기 한꺼번에 불규칙하게 딸그락 소리를 냈다. 에이레 스웨터를 찾아다니던 나는 서재 마룻바닥에 그대로 놓여 있던 이부자리와 방석 틈에서 결국 그 옷을 발견했다. 작고 빨간 방에서 불을 지피려고 했지만, 집 안에는 장작이 떨어졌고 바깥에 있던 나무는 젖어버렸다. 렌즈콩 수프를 먹고는 붉은 포도주를 잔뜩 마신 다음에 뜨거운 물병을 가지고 일찍 잠자리에 들었다.

이튿날 아침에도 비가 내렸지만 바람이 자서 덜 추웠다. 짙고, 끈끈하고, 진주처럼 회색인 안개가 집을 둘러싸서 둑길의 끝이 보이지를 않았다. 상당히 오랫동안 치우지 않았던 쓰레기통을 들고 길로 나가서 얼마 동안 귀를 기울이고 서 있었다. 보이지 않는 시골은 광활한 침묵이었다. 안개와 이슬비로 젖은 몸으로 다시 들어와서 크림 통조림과, 짓이긴 계란과, (빵이 떨어져서) 꿀을 바른 비스킷과 뜨거운 차 몇 잔을 죽에 곁들여 오랫동안 아침 식사를 했다. 다음에는 무릎을 깔개로 덮고 앉아서 호주머니에 손을 넣었더니 무엇인지 모를 물건이 손가락에 닿았다. 꺼내보니 그녀의 머리끈이었다. 무감각한 그 작은 물건을 응시하면서 그것을 무슨 징조라고 해석하려고 했지만, 초라하게만 보여 내 마음이 구슬퍼질 따름이어서 그것을 빨간 방의 장롱에 넣었다.

나는 다시 깔개를 덮고 상황을 분석하기 시작했다.

하틀리의 심리 상태를 상상하려고 애쓰는 동안 자꾸만 내 머릿속에 떠올라 나를 위로하며 분명해지던 사실은 그녀가 마지막 순간까지 기다렸다가 달려오기로 결심할지도 모른다는 것이었다. 벤은 오스트레일리아로 가게 내버려두자. 그것은 분명히 그녀가 아니라 그의 계획이고 소망이었다. 그녀는 정말로 배가 떠나려는 순간에 도망쳐서 그를 영원히 버릴는지도 모른다. 그러고는 로드 짐〔콘래드의 소설 속 주인공으로, 승객을 버리고 바다에 뛰어든 항해사〕처럼 그녀는 내 배로 뛰어들리라. 벤의 행동력은 갈 준비가 다 이루어졌을 때 절정에 이를 테니까 그까짓 년 알게 뭐냐고 생각하게 될지도 모른다. 그것은 그럴듯하고 착상이 훌륭한 가능성이었다. 하지만 나는 그것만 믿고 무기력하게 가만히 있거나, 하틀리에게서 다짐도 받지 않고 섣불리 그런 무기력을 견뎌낼 수가 있으려나?

나는 그녀에게 준 편지를 놓고 하틀리가 2, 3일쯤 더 생각할 여유를 주기로 결심했다. 나는 그녀가 편지를 가지고 있다는 것이 기뻤고, 그 편지가 상주하는 장난꾸러기 어린 요정처럼 내 편을 들어 그녀의 마음을 움직인다는 상상을 했다. 내 전화번호를 적어 넣기를 잘했다는 생각도 들었다. 보나 마나 지금쯤 벤은 더는 목공 강습을 받으러 다니지 않겠지만, 표나, 비자나, 돈을 받으러 나가느라고 틀림없이 때때로 집을 비울 터이며, 하틀리를 데리고 간다고 해도 그녀의 모든 행동을 감시하기는 불가능하다. 틀림없이 그녀는 짬을 내어 나한테 전화를 걸 수가 있으리라. 긴 말은 필요가 없다. '내가 갈 테니 기다리세요.' 그 말을 상상하니까 어려움을 이겨내는 데 도움이 되었다. 그리고 언제라도 전화가 올지 모른다는 가능성 때문에 내가 스스로 설정한 기다림의 짤막한 기간도 참을 만했다.

하지만 기다리고 기다려도…… 아무 일도 일어나지 않는다면……? 그러면 물론 아직은 구상을 해놓지 않았지만 무슨 묘안을 짜내어, 비록 벤과의 '대결'을 치르더라도, 하틀리를 꼭 만나야 한다. 숨바꼭질은 그만이다. 앞으로 있을 이 결정적인 대결은 때려부수기만 한다면 그 너머에서 내 목적이 달성되는 마지막 장애물이기 때문에 즐거운 흥분과 두려움이 뒤섞인 감정으로 내 마음을 가득 채웠다. 하지만 '때려부순다'는 것은 별로 마음이 놓이지 않는 과제였다. 최소한 나는 자신을 방어할 준비를 갖추어야 한다. 벤은 천성이 매우 난폭한 남자여서 심리적으로 상당히 유리한 위치에 있다. 그는 사람을 '치기'를 좋아하는지도 모른다. 그는 나보다 젊고, 힘세고, 몸집이 단단하지만, 이제는 뚱뚱하고 약간 신체 관리가 덜 된 반면에 나는 건강하고 재빠르다. 연극은 신체 단련을 요구하고, 나는 운동 선수처럼 세심한 관심을 가지고 항상 그 요구에 응했다.

자신을 방어하려는 생각에서 적절한 둔기를 찾으려고 슈러프 엔드를 뒤져보았다. 지금 당장이라도 하틀리가 아니라 벤이 찾아올지도 모른다. 벤을 죽인다는 생각은 내 머릿속을 완전히 떠나지 않았다. 이성이나 차분한 생각과는 달리, 그것은 기억의 자취처럼 내 마음속에 남은 깊은 자취 같았는데, 다만 이것은 미래와 관련이 있을 따름이었다. 그것은 일종의 '의도의 자취'이거나, 우리가 과거를 기억하듯 미래를 '기억'하는 사람의 머릿속에 존재할 만한 그 무엇이었다. 무척 터무니없는 얘기 같지만, 여기에서 내가 느낀 것은 합리적인 의도나, 예감이나, 심지어는 예상도 아니었다. 그것은 다만 내가 사실로 받아들여야 할 일종의 정신적인 상처였다. 아직은 계획을 세우는 일은 삼갔다. 나는 '쳐들어가는' 순간을 정당방위의 한 양상으로 막연히 그려보았다. 그리고 둔기를 찾아다녔다.

페리와 로시나를 만난 다음날의 저녁 늦게였다. 조금 전에는 레이븐 호텔로 가서 페레그린의 본보기를 따라 바에서 술에 빠져 슬픔을 잊어보려는 생각을 했었다. 나는 그저 휴가와, 신혼여행과 말다툼을 거치며, 자동차나 저당금 걱정을 하며 평범한 인간의 삶을 살아가는 평범한 사람들을 보고 싶었을 따름이다. 하지만 아르빌로우 부부가 아직 그대로 있을까 봐 걱정이었고, 그들을 다시 만나기 전에 오랜 공백 기간을 두는 것이 좋으리라고 생각했다. 언젠가는 런던데리의 멋지고 작은 극장으로 찾아가게 될지도 모르지만, 그러지 않을 확률이 더 컸다. 하틀리와 가까운 곳에 있다는 괴로움과 손님들의 위험하고 호기심이 많은 냉정함과, 우연히 프레디 아크라이트와 만날지도 모른다는 두려움 때문에 블랙 라이언으로는 가고 싶지가 않았다. 더구나 나는 전화통에 붙어 있어야 했다. 무기를 찾는 것은 적어도 소일거리는 되었다.

초니 부인이 다락방 뒤에 온갖 물건들을 남겨놓아서 낮에 찾아보았지만 헛일이었다. 쇠지레로 사용했던 듯싶은 기다란 쇳조각을 욕조 뒤에서 발견했지만 생각해보니 방수 외투 호주머니에 넣고 다니기에는 너무 크고 무거웠다. 물론 내 연장들을 살펴보았지만 한심할 정도로 몇 개 안 되어서, 나사못 드라이버는 있어도 끝은 없었고, 기껏해야 '여성용 망치'뿐이었다. 이제는 날이 어둑어둑해져서 촛불을 들고 온갖 물건들을 감춰두는 장소 같은 싱크대 밑의 공간을 찾아내었다. 손으로 더듬어서 축축하게 썩은 나무와 쥐며느리 집 사이에서 두툼하고 묵직한 금속 덩어리가 나왔는데, 꺼내서 보니 망치 대가리였다. 자루인지 손잡이인지, 아무튼 쥐고 대가리를 휘두르는 나무 부분은 따로 놓여 있었고, 나는 두 물건을 식탁에 올려놓았다.

바깥은 이제 거의 캄캄했고, 구름이 내려앉은 듯한 안개는 그나마 남은 석양빛조차 지워버렸다. 부슬비가 내렸고, 바람은 세지 않았지만 집은 혼자 흔들리고 기우뚱거리며 목선처럼 삐걱거리고 늘어나며 움직이는 것 같았다. 문틀이 흔들리고, 구슬 커튼이 딸그락거리고, 문이 덜컹거렸으며, 깡통처럼 고음으로 진동하는 소리가 나기에 좀 찾아보았더니 부엌에 걸린 앞문 초인종이었다. 나는 바다 저쪽의 배가 울리는 무적(霧笛) 비슷하게 길게 반복되는 바깥에서 들려오는 소리에도 놀랐다. 이상하게도 배가 별로 다니지 않은 이곳 바다에서는 무적 소리를 한 번도 들어보지 못했는데, 혹시 그것은 길을 잃고는 상상도 못 할 만큼 요란한 소리를 내며 바위에 부딪힌 배가 아닐까? 무적 같은 소리는 잠깐 끊겼지만, 민의 가마솥으로 밀려 들어갔다가 갑자기 다시 쏟아져 나오며 바닷물이 내는 규칙적이고 묘하게 철썩거리는 또 다른 소리가 들려왔다. 나는 어떤 이상한 종교에서 쓰는 의식 도구처럼 묘하게 서로 분리된 망치 대가리와 손잡이 사이 식탁에다 촛불을 내려놓았다. 가마솥에서 들려오는 공허하고 요란하며 규칙적인 소리에 귀를 기울이니, 힘차게 고동치는 심장처럼, 내 심장의 힘찬 고동처럼 들리다가는 일본 극장에서 사용하는 나무 딱딱이의 무섭게 점점 빨라지는 소리로 바뀌면서 내 몸속으로 스며들었다.

갑자기 무척 불안하게 느껴져서 나는 잔디밭으로 나가는 문을 잠그기로 작정했다. 촛불을 등지고 문으로 가던 나는 창밖의 광경을 희미하게 볼 수가 있었다. 집과 바위들 사이 문 근처에 서 있는 시커먼 그림자를 보고 나는 겁이 덜컥 나서 흠칫 멈춰 섰다. 다음 순간 나는 그것이 제임스임을 깨달았다. 우리는 유리창을 통해 서로 쳐다보았다. 문을 여는 대신에 나는 돌아서서 촛불을 집어 들고 석유 등잔을 찾으러 홀로 나갔다. 등잔에 불을 켜고 촛불을 불어 끈 다음에 등잔을 들고 부엌으로 되돌아갔다. 제임스는 컴컴한 부엌 안으로 들어와서 식탁에 앉아 있었다. 나는 등잔을 내려놓고 심지를 돋운 다음에 마치 그가 처음 보는 사람이거나 다른 사람으로 잘못 알았다는 투로 "아, 너로구나"라고 말했다.

"불쑥 나타나서 기분 나빠?"

"아냐."

나는 자리에 앉아 망치를 주무르기 시작했다. 제임스는 몸을 일으키더니 빗방울로 얼룩이 진 저고리를 벗어 털고는 의자 등받이에다 건 다음에, 셔츠 소매를 걷고는 다시 자리에 앉아 식탁에 팔꿈치를 괴고 나를 쳐다보았다.

"뭘 하고 있어?"

"이 망치를 고치는 중이야."

대가리에 손잡이가 제대로 맞기는 했지만 헐거워서 사용만 하면 빠져버릴 터였다.

"손잡이가 헐겁구먼."

제임스가 말했다.

"그건 나도 알아!"

"쐐기가 있어야 해."

"쐐기?"

"장작 부스러기를 끼워서 꽉 조여."

(집 안에는 웬일인지 장작 부스러기가 잔뜩 흩어져 있었으므로) 나는 나무 조각을 하나 집어 쇳덩이의 구멍에 조심스럽게 넣고는 손잡이를 끼웠다. 망치를 휘둘러보았다. 대가리가 단단히 박혀 있었다.

"그건 어디다 쓰려고 그래?"

제임스가 말했다.

"바퀴벌레를 짓찧어 죽이려고."

"넌 바퀴벌레를 좋아하잖아. 적어도 어릴 땐 그랬는데."

나는 몸을 일으켜 1리터짜리 스페인 붉은 포도주 병을 찾아내어 열어서는 술잔 두 개와 함께 식탁에 놓았다. 방이 추워서 캘러 가스 난로에 불을 지폈다.

"정말 우리는 재미있게 지냈지."

제임스가 물었다.

"언제?"

"우리가 어렸을 때."

나는 제임스와 재미있게 지냈던 때가 기억이 나지 않았다. 내가 포도주를 따랐고, 우리는 잠자코 앉아 있었다.

제임스는 나를 쳐다보지 않으면서 손가락으로 식탁에다 그림을 그렸다. 그는 난처해하는 것 같았는데, 처음으로 그가 약자의 위치에 처했다고 느낄지도 모른다는 생각에 나도 당황했다. 하지만 나는 그를 돕고 싶은 심정이 아니었다. 침묵이 계속되었다. 점점 더 퀘이커 신자들의 모임 같은 분위기가 되어갔다.

제임스가 말했다.

"바다의 소리가 들려?"

"그건 키츠가 즐기던 셰익스피어의 인용 구절이야."

나는 귀를 기울였다. 파도 치는 소리가 멈추었고, 대신에 커다랗고 규칙적인 파도가 바위벽을 기어 올라가 적시고는 물러서며 흐느끼는 소리가 들렸다. 바람이 심해진 모양이다.

"그래."

또다시 잠깐 침묵을 지킨 다음에 그가 말했다.

"먹을 거 없어?"

"채소 단백질 스튜가 있어."

"아, 좋아, 계란은 신물이 나."

우리는 포도주를 마시면서 얼마 동안 그대로 앉아 있었다. 제임스가 포도주에 물을 탔고, 나도 그를 따라 했다. 그러고 나서 나는 스튜를 데우려고 자리에서 일어났다. (보관하기가 쉽기 때문에 그날 아침에 스튜를 비상식량 삼아 만들어두었다.) 그러는 동안에 나는 사촌과 영원히 헤어지려고 애를 써서 짠 내 계획이 별로 효과가 없었음을 깨달았다.

"빵은?"

"그래, 부탁해."

"제기랄, 빵은 없고 비스킷뿐이구먼."

"아무거라도 좋아."

우리는 스튜를 먹기로 했다.

"언제 런던으로 돌아오겠어?"

그가 물었다.

"몰라."

"하틀리는 어떻게 되었지?"

"뭐가?"

"무슨 소식 없어?"

"없어."

"포기한 거야?"

"아니."

"만났어?"

"그녀와 벤과 함께 차를 마셨지."

"분위기는 어땠어?"

"점잖았어. 포도주 더 줄까?"

"고마워."

나는 제임스가 더 많은 질문으로 귀찮게 할까 봐 걱정을 했지만, 그는 흥미를 잃었는지 그러지를 않았다. 막연한 태도로 그가 말했다.

"보아하니 거의 다 끝나고 정신을 차린 모양이구나. 넌 욕망에 쫓겨 우리를 짓고는 텅 빈 그 속에다 그녀를 잡아 넣었어. 허영, 질투, 복수, 젊은 시절에 대한 네 사랑—이런 강렬한 감정들이 온통 그녀를 둘러쌌지만, 그런 것들은 초점이 맞지를 않아 그녀에게 닿지 않았지. 그녀는 그 안에 갇힌 포로처럼 여겨지지만 사실 넌 그녀를 전혀 해치지 못했어. 넌 그녀의 영상을, 인형을, 헛것을 놓고 굿을 한 셈이야. 얼마 안 있으면 넌 그녀를 사악한 유혹의 여인으로 보게 될 거야. 그러면 그녀를 용서하는 일밖에는 아무것도 남지가 않는데, 그것은 네 능력이 닿는 것이지."

"고마워. 하지만 사실은 난 그녀의 영상이 아니라 그녀를, 한심한 면까지도 모두 사랑해."

"그녀가 너보다 그를 더 좋아한다는 것도? 위대하구먼."

"아냐, 그녀의 마음속에 있는 것은 파탄이고, 주검이지."

"그래, 그 여자 마음속엔 무엇이 있는데? 아마 그녀는 네 추억과 죄의식으로만 연결이 되어 있을 거야. 그것으로부터 네가 해방시켜주자 고마웠겠지만, 네가 얼마나 따분한 인간이었던가 하는 그녀의 기억은 되살아났고, 그러자 그녀는 다시 무관심한 상태로 돌아갈 수 있었겠지. 치즈 없어?"

"제임스, 넌 정말이지 아무것도 몰라. 그리고 난 포기를 했거나, 네 말대로 거의 다 끝나고 정신을 차린 것도 아냐!"

"독신 생활을 하는 성직자처럼 혼자 살면서 모든 사람의 아저씨 노릇을 하는 게 네 팔자인지도 모르는데, 하기야 더 심한 종말도 있기는 해. 치즈 없어?"

"난 아직 종말을 맞지는 않았어! 그래, 치즈는 있어."

나는 치즈를 내놓고 포도주를 한 병 더 땄다.

"참." 제임스가 말했다. "리지에 대해서 내가 한 얘기는 믿어주었기 바라."

나는 잔을 채웠다.

"다 그녀가 생각해낸 얘기이고, 네가 신사 노릇을 했다고 믿어."

제임스는 잠깐 생각에 잠겼다. 나는 혹시 그가 얼마나 자주 만났는 지 따위 자세한 얘기를 하려나 보다고 생각했다. 아무래도 상관이 없을 것 같았다. 나는 그를 믿었다.

"상관없어. 널 믿으니까."

"그런 일이 있어서 미안해."

그가 말했다. 그 말은 꼭 사과라고는 할 수가 없었다.

"좋아. 이젠 됐어."

제임스는 다시 식탁에다 그림을 그렸고, 나는 다시 거북해졌다. 나는 어색하게 말했다.

"그럼 네 얘기나 해. 요샌 뭘 해?"

"난 떠날 거야—."

"아하, 여행을 떠난다고 그랬지. 산이 있고, 눈도 있고, 악마들이 상자에서 들락날락하는 곳으로?"

"모르지. 넌 바다 사람이고, 난 산 사람이야."

"바다는 깨끗하다. 산은 높다. 이거, 나 취했나 봐."

"바다는 그렇게 깨끗하지가 않아." 제임스가 말했다. "기생충에 시달리다 못해 돌고래들이 가끔 땅으로 뛰어 올라와 자살을 한다는 얘기 들었어?"

"그런 소리 하면 못써. 돌고래는 너무나 훌륭한 동물이야. 귀신이 씌었다고 해도 말이지. 아무튼 떠난다니 돌아오면 연락이라도 해줘."

"그러지."

"난 티베트에 대한 네 태도를 이해하지 못하겠어."

"티베트?"

"그래, 정말 이상해! 기껏해야 원시적이고, 미신적인 중세 독재 국가일 텐데."

"물론 원시적이고, 미신적인 중세 독재 국가였지." 제임스가 말했다. "누가 아니래?"

"넌 그렇게 생각하는 것 같지가 않아. 넌 그곳을 불교의 잃어버린 천국이라고 생각하지."

전에는 감히 제임스 앞에서 그런 얘기를 꺼내지 못했었는데, 아마 술 때문이었나 보다.

"난 그곳을 불교의 천국이라고 생각하지 않아. 티베트의 불교는 여러 면에서 철저히 부패했어. 그곳은 독특한 종교와 민족을 간직하고 놀랄 만큼 더럽혀지지 않은 나라이고, 고대 세계와 살아 있는 마지막 연결을 해주는 인간의 유적이었어. 그 모두가 무자비하고 무차별하게, 계획적으로 파괴가 되었지. 결과적으로 어떤 이득을 보든지 간에 그토록 냉혹하고 바른 과거의 파괴는 슬픈 일이야."

"골동품 같은 소릴 하는구먼?"

제임스는 어깨를 추슬렀다. 그는 등잔 둘레에서 매암을 도는 나방 몇 마리를 지켜보았다.

"이곳 나방은 멋지구먼. 정말 오래간만에 배버들나방을 구경하는 걸. 저런, 가엾게도 저 녀석은 끝장을 봤군. 창문을 닫아도 상관없겠지? 그러면 나방이 안 들어올 거야."

그는 재빨리 나방 두 마리를 잡아서 그들의 멋진 친구의 시체와 함께 바깥으로 내보내고는 창문을 닫았다. 비가 그쳤고 공기가 맑아졌다. 바람이 안개를 쫓아버렸다.

"그럼 넌 미신의 연구에만 관심이 깊었나?"

내가 말했다. 거북하기는 했어도 오늘 저녁에는 사촌이 상상도 못할 만큼 나에게 마음을 터놓고 있음을 깨달았다.

"결국 미신이라는 게 뭐야?" 두 잔에다 포도주를 더 따르며 제임스가 말했다. "종교가 뭐지? 어디서부터가 종교이고 어디서부터가 미신이야? 기독교에 대해서 누가 그 대답을 할 수가 있겠어?"

"하지만 난 네가 그저 배우는 입장이었지, 그러지를 않고……."

무슨 얘기를 하려고 했나? 난 질문을 명확하게 할 수가 없었다.

"물론 네가 '미신'이라는 어휘를 자꾸만 사용하는 것도 옳고, 그 개념은 필수적이지." 술이 얘기를 재촉하는 영향만 주는 것 같아 보이는 제임스가 말했다. "어디서부터 종교이고 어디서부터가 미신이냐고 내가 물었지. 난 모든 종교가 사실은 미신이라고 생각해. 종교는 예를 들면 자신을 달라지게 하거나 심지어는 파괴하는 어떤 힘이고, 그래야만 해. 하지만 그것은 독소이기도 해. 힘의 행사는 위험한 기쁨이니까. 지름길이 유일한 길이겠지만, 그것은 너무나 가파르지."

"난 종교를 믿는 사람이란 나약해서 강력한 무엇인가를 믿는다고 생각했어."

"사람들은 그렇게 생각하지. 숭배하는 자는 숭배의 대상에게 힘을, 상상이 아니라 참된 힘을 부여하는데, 그건 총명한 인간들이 생각해낸 가운데 가장 본체론적인 증거이고, 애매모호한 개념이지. 하지만 그 힘은 무서운 거야. 우리의 욕정과 애착이 우리의 신을 만들어내지. 그리고 하나의 애착이 사라지면 그 대가로 다른 애착이 뒤따라와. 우린 완전히 쾌락을 버릴 수는 없고, 다른 쾌락과 교환을 할 뿐이야. 모든 정신성은 마술로 타락하는 경향이 있고, 마술의 사용은 이성이 더 추악한 관습들로부터 순수해졌을 때에도 자동적인 인과응보를 불러오거든. 종교나 미신이나 그게 그거야. 그리고 정신세계에 조금이라도 서투르게 잘못 뛰어들었다가는 다른 사람들에게 악마만 불러다 줄 따름이고. 선을 행하는 악마들은 끝까지 남아서 나중에 못된 장난을 칠 수도 있으니까. 최후의 달성이란 마술 그 자체와, 네가 미신이라고 부르는 것의 목적에 대한 완전한 포기이지. 하지만 그것이 어떻게 이루어지나? 선은 힘을 포기하고 소극적으로 행동하지. 선이란 상상을 할 수가 없어."

보아하니 제임스도 취했나 보다. 내가 말했다.

"글쎄, 네 말을 반도 이해를 못하겠어. 난 고리타분한 기독교인이었는지도 모르지만, 선이란 항상 사람들을 사랑하는 것과 관계가 있다고 생각했는데, 그건 애착이 아닐까?"

"아, 그래." 내 생각에는 너무 초연할 정도로 제임스가 말했다. "그래……."

그는 자기가 마실 포도주를 조금 더 따랐다. 우리는 포도주를 한 병 더 따놓았다.

"애착을 다 버린다는 그 얘긴 나에겐 구원이나 자유보다는 죽음처럼 들려."

"글쎄, 소크라테스는 우리가 선을 행해야 한다고 했는데……."

제임스의 말투는 이제 까부는 것 같았다.

"하지만 너 자신 얘긴데 말야." 그에게 계속 얘기를 시키고 이 모든 몽롱한 형이상학적인 것들을 세속적인 각도로 바꿔놓고, 또한 그가 처음으로 수다스러워진 김에 내 호기심을 충족시키려는 생각에서 내가 말했다. "네가 너무 숨기는 게 많아서 누구를 사랑했는지는 하느님께서나 아시겠지만, 너도 사람들을 사랑하지 못하라는 법이야 없겠고, 누군가 사랑을 했겠지. 넌 동양의 친구를 하나도 나한테 소개하지 않았어."

"그 사람들은 한 번도 나를 찾아오질 않아."

"아냐, 찾아오지. 언젠가 네 아파트먼트의 뒷방에 앉아 있던 빼빼 마르고 수염을 기른 친구가 있었어."

"아, 그 사람." 제임스가 말했다. "뭐, 그저 툴파였어."

"툴파라니, 무슨 하잘것없는 종족의 한 사람이라는 소리겠지! 툴파 얘기가 나왔으니까 말인데, 네가 굉장히 관심이 있었고 산에서 죽었다고 토비 엘스미어가 얘기하던 그 셰르파는 뭐지?"

제임스는 잠깐 침묵을 지켰고, 나는 얘기가 너무 지나쳤다는 생각이 들었지만 침묵을 깨뜨리지는 않았다. 바다는 훨씬 조용해졌지만 아직 소리가 들렸다.

"아, 좋아." 드디어 그는 얘기를 하더니 다시 입을 다물었지만, 분명히 무슨 얘기를 할 것 같아서 나는 기다렸다.

"별로 할 얘기는 없어." 좀 실망스러운 노릇이었지만 그가 말했다. "어쨌든 얘기는 하겠어. 너도 알겠지만 어떤 불교인들은 죽을 때까지 계속되기도 하는 세속적인 애착이 인간을 굴레로 묶어놓고, 자유를 찾지 못하게 방해한다고 그러지."

"아 그래, 그 굴레."

"영혼의 인과응보라는 굴레야. 하지만 그건 시시한 얘기지."

"이제 생각이 나는데 내가 환생을 믿느냐고 물었더니 네가 말하길……."

"그 셰르파의 이름은 밀라레파였어." 제임스가 말했다. "하기야 그게 진짜 이름은 아니었고, 내가 꽤 좋아했던 시인의 이름을 따서 그렇게 불렀지. 그 사람은 내 하인이었어. 우린 같이 여행을 떠나게 되었지. 겨울이었고, 고지대의 협곡들은 눈이 잔뜩 쌓여서, 사실 여행을 하기란 불가능할 지경이었는데……."

"군대 일 때문에 하는 여행이었나?"

"우린 그 협곡을 통과해야 했어. 너도 알지만 인도와 티베트 같은 곳에서는 사람들이 배우게 되는 재주가 있는데, 잘 배우고 열심히 노력만 한다면 누구나 그 재주를 익힐 수 있지."

"재주라고?"

"그래, 알겠지만, 뭐냐면—인디언의 밧줄 묘기 같은, 별게 다 있지."

"아, 그런 재주 말이구나."

"그래, 그런 재주가 뭐냐 이거지? 얘기했지만, 온갖 종류의 사람들이 다 그걸 배울 수 있고, 사람들이 하는 일이란 꽤 힘들기는 하지만 그건 관계가 없는 것이……"

"무엇과 관계가 없어?"

"그 가운데 한 가지 재주는 정신력을 집중해 체온을 올리는 거야."

"어떻게 하는데?"

"원시적인 나라에서는 쓸모가 있는 건데, 시속 8킬로미터로 48시간을 걸으며 쉬지도 않고 먹거나 마시지도 않는 능력 같은 거야."

"그건 아무도 못 해."

"그리고 정신력으로 체온을 유지한다는 건 겨울 여행에는 확실히 도움이 되지."

"웬체슬라스〔보헤미아의 왕〕처럼 말이지!"

"난 그 골짜기를 지나가야 하는데, 밀라레파를 데리고 가기로 결정했어. 눈 속에서 밤을 지내야 하는 여행이었는데, 그를 꼭 데리고 갈 필요는 없었어. 하지만 우리 두 사람이 다 살아나기에 충분한 체온을 내가 발산할 수 있다고 생각했지."

"가만 있어! 그러니까 정신력 집중으로 네가 체온을 올릴 수 있었다는 얘기야?"

"그건 재주라고 그랬잖아." 제임스가 짜증스럽게 말했다. "선행이나 뭐 그런 것하고는 아무 관계도 없는 거야."

"그런데—?"

"골짜기의 꼭대기에 도착하자 우린 진눈깨비를 만났어. 난 별일 없으리라고 생각했지. 하지만 그렇지가 않았어. 두 사람을 지탱할 만한 열기가 없었지. 밀라레파는 그날 밤 내 품에 안긴 채 죽었어."

"세상에."

나는 더 할 말이 생각나지를 않았다. 나는 마음이 혼란했고 무척 취해서 졸렸다. 아득한 곳에서 들려오는 것처럼 제임스의 목소리는 얘기를 계속했다.

"그는 나를 믿었어……. 내 허세가 그를 죽였지……. 잘못에 대한 대가는 자동적이야……. 어떤 잘못이라도 그냥 흘려버리지를 않으니까……. 난 그를 꼭 붙잡아주지를 못하고, 놓아버린 셈인데……. 가눌 수가 없어서…… 굴레라는 건……."

이때쯤에 나는 식탁에 머리를 얹고 조용히 잠이 들었다.

잠을 깨니 날이 밝았다. 아직 해는 솟아오르지 않았지만, 새벽의 맑은 회색빛이 부엌을 밝혔고, 포도주가 얼룩진 식탁과, 흐트러진 접시와 먹다 남은 치즈가 보였다. 바람은 자고 바다는 조용했다. 제임스는 가고 없었다.

나는 벌떡 일어나서 잔디밭으로 뛰어나가며 불러보았다. 그러고는 다시 부르면서 집 안으로 뛰어 들어왔고, 다음에는 앞문을 지나 둑길로 나갔다. 삭막하고 고요한 회색빛 속에 바위들과, 길과, 막 차를 타려는 제임스의 모습이 드러났다. 차의 문이 닫혔다. 나는 소리를 지르고 손을 흔들었다. 제임스는 나를 보고 창문을 내리더니 마주 손을 흔들었지만 벌써 시동을 걸었고 차가 움직였다.

"돌아오면 연락해!"

"그래. 잘 있어!"

그는 기분 좋게 손을 흔들었고, 벤틀리가 달려 나가 길모퉁이를 돌자 잠잠해졌다. 나는 천천히 집으로 돌아왔다.

심한 두통과 머리가 흔들거리는 의식을 느끼면서 나는 둑길을 걸어 들어왔는데, 제임스와 내가 포도주를 거의 다섯 병이나 마셨다는 것을 생각하면 놀랄 일도 아니었다. 눈앞에서는 점들이 떼를 지어 빠른 속도로 미끄러지며 돌아다녔다. 나는 안으로 들어가 부엌으로 가서 식탁에 다시 앉아 두 손으로 머리를 감쌌다. 물 한 잔과 아스피린을 어디서 찾아야 할지를 곰곰이 생각해본 다음에 그것들을 가지고 돌아와 앉아서 꾸벅꾸벅 졸았다. 해가 솟았다.

머리를 축 늘어뜨리고 목에서 심한 고통을 느끼며 식탁에서 다시 잠이 깨었다. 눈보라 속에서 얼어 죽는 이상한 꿈을 꾼 것이 생각났다. 그러자 티베트에서의 어느 여행에 대한 다른 얘기들도 잔뜩 머리에 떠올랐다. 굉장히 어지럽게 느끼며 몸을 일으키고는 위층으로 올라가 침대에 누워서 깊은 혼수상태에 빠졌다. 아침인지 오후인지, 현기증은 덜 심했지만 화가 치미는 기분으로 나중에 잠이 깨었다. 부엌으로 내려가 치즈를 좀 먹고는 다시 침대로 갔다.

그 후의 일들은 더욱 몽롱하다. 그날 꽤 오랫동안 잠자리에 누워 있었던 듯싶다. 밤중에 일어나 빛나는 달을 본 기억이 난다. 이튿날 아침에는 일찍 아래층으로 내려갔는데, 밤에 떠오른 생각인지도 모르겠지만 수영을 안 하며 지냈으니까 목욕을 해야겠다는 생각이 불현듯 떠올랐다. 낑낑대며 더운물을 위층으로 가지고 올라갈 것은 꿈도 꾸지 않았다. 하지만 이번에는 층계 밑에 처박아둔 초니 부인의 낡은 비데를 끌어내고 스튜 냄비에 물을 담아 가스 난로에다 끓이기 시작했다. 이 일이 반쯤 끝났을 때 가슴에서 날카로운 통증을 느끼고 기운이 쭉 빠졌다. 목욕은 포기를 하고 차를 좀 끓였지만 아무것도 먹지를 못했다. 속이 약간 불편해서 다시 침대로 갈 마음을 먹었다. 이제는 열이 있음을 확실히 알았지만 체온계가 없었다. 나는 침대에 누워 있었다. 침대는 태풍에 흔들리는 배의 그물침대처럼 느껴졌다. 희뿌연 머릿속에서 생각인지 환상에 채색을 했지만 내가 눈을 떴는지 감았는지를 확실히 알 수가 없었다. 중병이 아닌가 하는 생각도 들었다. 전화는 있었지만 의사가 없었다. 내가 '사고'를 당했을 때 새벽 2시에 왔던 의사를 부를까 하고 생각했지만, 어쨌든 그의 이름도 모르는 처지였다. 런던의 주치의에게 전화를 걸어 증상을 설명할까 했지만 증상이라야 신통치 않게 여기겠고, 런던 의사의 관심을 끌기는 전에도 힘들었던 실정이었다. 독감인지 뭔지는 몰라도 내가 바다에서 고생하다 살아난 이후에 제임스가 앓았던 병이 틀림없는데, 제임스의 병이 오래가지 않았다는 것으로 자위를 했다.

내 병이 더 오래간 듯싶다. 어쨌든 며칠 동안 널브러져 누워서, 움직이지도 않고, 식사도 할 수가 없었다. 개집으로 기어 나가보았지만 편지를 보낸 사람은 아무도 없었다. 은행이 며칠 놀았거나 체신 직원들이 파업을 일으켰는지도 모른다. 소식이 없었어도 별로 걱정을 하지 않았다. 병 때문에 다른 데 신경을 쓸 여유가 없었다. 열심히 세우던 계획이라도 되는 듯 얼마 동안 병에만 신경을 쓰느라고 다른 일은 염두에 없었다. 걱정도 그만두었고, 예상했던 대로 병은 낫기 시작했다. 걸음을 옮길 때마다 쉬지 않고도 아래층으로 걸어 내려갈 수가 있었으며, 배고픔을 느끼자 마음이 놓였다. 비스킷 몇 개를 맛있게 먹었다.

그날인지 다음날인지는 몰라도, 힘이 나고 더 정상적인 기분을 느낄 때 전화가 아침에 울렸다. 이제는 그 이상한 소리도 별로 생소하지가 않았다. 조급하게 하틀리 생각을 하던 참이라 날카롭고 요란한 전화 소리를 듣자 당장 "왔구나" 하고 혼잣말을 했다. 나는 고꾸라지면서 서재로 달려갔다. 전화기를 잡았다가 떨어뜨리고는 다시 집어 들었다.

"여보세요."

"나예요, 찰스."

리지였다.

전화기를 책 위에 놓고는 마음을 진정시키고 정신을 가다듬으려고 애썼다. 하틀리 생각에 아랫배에 비참할 만큼 통증이 왔는데, 그 통증은 사라지지 않을 것 같았다. 이제는 만사가 조급했다.

"미안해, 리지, 가스를 끄느라고 그랬어."

"찰스, 어디 아파요?"

"그래, 아프면 안 되나? 뭐 독감에 걸렸는데, 이젠 많이 회복되었어. 별일 없어?"

"네, 나 블랙 라이언에 있어요. 찾아가도 되겠어요?"

"아냐. 거기 있어. 내가 가서 만나지. 몇 시야? 내 시곈 며칠 전에 죽어버렸어."

"열 시쯤 되었나 봐요."

"문은 열었나?"

"무슨 문요? 아, 술집 말이군요. 아뇨. 하지만 당신이 도착할 때쯤에는 열어놓았을 거예요."

"곧 갈게."

리지의 목소리를 듣자 나는 집에서 뛰쳐나가고 싶은 광적인 욕망을 갑자기 느꼈다. 부엌으로 달려 들어가서 싱크대 위의 작은 거울에 내 모습을 비춰보았다. 앓는 동안에 면도를 하지 않아서 역겨운 수염이 불그레하게 돋았다. 살을 베며 면도를 하고는 머리를 빗었다. 잔뜩 구겨진 저고리와 지갑도 찾아내었다. 물에 젖은 듯한 태양이 빛났지만 날씨는 차가웠다. 집에서 뛰어나가 둑길을 넘어 마을 쪽으로 발걸음을 돌렸다. 하지만 피로감이 밀어닥쳐 온몸을 감싸고 소용돌이를 치는 것 같아서 뛰어가는 짓은 곧 그만두었다. 조심스럽게 호흡을 하며 상당히 느린 걸음으로 걸었는데, 그제서야 혹시 제임스가 리지더러 나를 찾아와보라고 귀띔을 하지 않았나 하는 생각이 들었다. 그래도 개의치 않고 생각도 더는 하지 않게 된 나 자신이 스스로 흡족스러웠다. 마을 길거리로 접어들자 가장 먼저 눈에 띈 것은 블랙 라이언 바깥에 세워놓은 길버트의 노란 폭스바겐이었다.

"찰스!"

내가 오는 것을 보고 리지가 마주 달려왔다. 술집 문간에서는 길버트가 히죽거리고 있었다. 이 연극에서 내가 맡은 역은 무엇일까? 나는 마음이 놓였고, 꿈속에서 대사가 기억이 나지는 않지만 즉흥적으로 둘러댈 줄 아는 사람처럼 미소를 지었다.

"어이, 리지, 반갑구나. 거기 길버트도 정말 반갑고!"

"찰스, 잔뜩 야위고 창백하군요."

"걱정해줘서 고마워. 병을 앓았지."

"누워 있어야 하는 거 아녜요?"

"아냐, 괜찮아. 두 사람을 갑자기 만나니 정말 기쁘구먼."

"안녕하세요, 찰스."

앞으로 나서면서 길버트가 말했다. 그의 잘생기고, 소심하고, 주름이 잔뜩 진 얼굴에는 초조하고, 죄의식을 느끼고, 금방 좋아하는 개의 표정이 나타났다. 쓰다듬어주기만 하면 그는 뛰어오르고 짖어대리라.

"찰스가 무척 아픈가 봐요."

"지금도 전염이 되는 건 아니겠죠?"

"아냐, 아냐."

"우린 바깥에 나와 앉아 있었죠." 리지가 말했다. "햇볕이 상당히 뜨겁네요."

"정말 반가워."

"뭘 갖다 드릴까요, 찰스?" 길버트가 말했다. "아녜요, 아녜요, 당신은 앉아 계시고, 내가 갖다 드리겠어요. 사과술은 어떨까요, 너무 달콤한가요?"

"그래, 좋아, 고마워. 그래, 리지, 만나니까 정말 반갑고, 당신은 아주 즐거운 표정이구먼."

리지도 그렇다고 내가 말했지만, 어떤 여자들은 정말 추한 모습에서 정말 아름다운 모습까지, 놀랄 만큼 용모가 잘 변한다. 리지는 오늘 아름다운 쪽이어서, 바람에 꼬불꼬불한 머리카락이 작은 다발을 이루며 나부끼고, 무언극에서 토실토실한 남성 역의 주연을 맡은 여배우처럼 젊고 환해 보였다. 그녀는 검정 바지 위에다 파랑과 초록 줄무늬가 진 긴 셔츠를 입었다. 그녀의 얼굴은 미안해하면서도 장난스러운 자신감이 가미되었지만 길버트와 마찬가지로 개처럼 어쩔 줄을 몰라 하는 표정이 드러났다.

우리는 술집 바깥의 기다란 나무 의자에 앉아 마주 쳐다보았는데, 나는 애매하게 미소를 지었고 그녀는 눈을 반짝이며 긴장해 있었다. 나는 대중 앞에 노출된 적이 없었던 기분이었지만, 사람이라고는 별로 많지가 않았다.

내가 말했다.

"전화를 걸어줘서 고마워. 그냥 들렀다 가는 길인가? 지금은 손님을 맞을 기분이 아니라서 묵었다 가라고 청하지 못해도 양해를 해줘."

"아녜요, 아녜요, 우린 길을 떠나야 하고, 길버트는 에든버러에서 누굴 만날 예정이죠. 연극제에 출품하는 연극이 있어서—."

"그만해도 무슨 얘긴지 알겠어."

"오, 찰스, 절 용서해주시겠죠?"

"무얼 말야, 리지?"

"글쎄, 용서는 하시는 거죠?"

"필요하다면 그러겠지만, 난 영문을 모르겠어. 당신은 정말 비밀깨나 좋아해! 아, 길버트가 술을 가지고 오는구먼."

리지와 길버트는 양해를 얻기 위해 찾아왔을 따름이었다. 그들은 용서한다는 증명서를 받기만 하면 당장 그것을 머리 위로 흔들고 까불며 달아나려는 두 어린아이들처럼 미소를 짓고 앉아서 나를 빤히 쳐다보았다. 그들은 내가 그들을 사랑하고, 그들의 행복에서 얼룩을 제거해주기를 바랐다. 이렇게 거의 공식적인 방문을 하기에 앞서서 그들은 이 문제를 놓고 얼마나 조심스럽게 의논을 했을까. 이제 그들은 내 눈에 어린아이들처럼 보였고, 나는 바다로 온 이후에 두드러지게 나이가 들었는지, 늙었다는 기분을 느꼈다.

나는 리지를 잃었지만, 언제, 어떻게 잃었던가? 아마도 처음에 그녀를 붙잡을 것을 그랬나 보다. 아니면 그녀는 길버트를, 아니면 길버트의 생활을 정말로 더 좋아했을지도 모른다. 아니면 제임스와 함께 쫓아버렸을 때 내가 그녀에게 어떤 면에서 너무 겁을 많이 주었나 보다. 리지는 두려움이 아니라 안락함과 행복을 원했을지도 모르는데, 그것을 탓할 수는 없다. 그리고 제임스가 우리 사이에 장애물을 만들었다는 것도 나는 알았다. 비록 제임스와는 정말로 '아무 일도 없었을지도' 모르지만, 그것만으로도 충분했다. 그는 새끼손가락만 대어도 내 일을 모두 망쳐놓는다. 제임스가 항상 더 인기를 독차지한다는 내 어린애 같은 생각은 지울 수가 없을지도 모른다. 물론 제임스에게는 악의가 없었다. 하지만 거짓말 자체는 치명적인 과오였다. 제임스는 잃지 않았을지도 모르지만 나는 리지를 잃었는데, 전에는 그러고 싶었기 때문에 내가 효과적으로 그녀를 '풀어놓았다'. 그리고 그녀를 풀어놓은 이유가 하틀리 때문이었음을 거의 고통스러울 만큼 기억했다. 그리고 하틀리 때문에 1초도 더 있기가 힘들어서 나는 오늘 아침 집에서 뛰쳐나왔다. 기다리기로 한 기간은 앓는 사이에 다 지났고, 이제는 끝났다. 리지의 전화는 행동을 취하라고 노골적으로 내린 신호였다. 나와 그리고 하틀리를 위한 때가 되었다.

그런데 나는 리지에게 미소를 짓고 앉아 있었으며, 우리가 미소를 짓기는 했어도, 그리고 그녀는 어떤 일이 있었는지를 깨닫지 못해서 그녀가 아직도 나를 붙잡거나 불잡지 않거나, 나를 차지하거나 차지하지 않거나, 모든 일이 잘될 수 있을지도 모른다고 상상하며 희망을 품고 순진하게 미소를 짓는지도 모르겠지만, 유대는 깨어졌다. 나는 혼자 살면서 모든 사람의 아저씨 노릇을 할 팔자인지도 모르겠다던 제임스의 말이 생각났다. 내가 말했다.

"그래, 찰스 아저씨를 만나니까 반갑지?"

그들은 웃었고, 나도 웃었고, 우리는 모두 웃었고, 리지는 내 손을 꼭 쥐어주었다. 나는 그들에게 행복해지는 허가를 해주었으며, 그들이 얼마나 기쁘고 고맙게 여기는지가 역력했다. 나 이외에는 모든 사람들이 눈에서 광채가 나고 신이 나는 듯싶었다.

사과술은 너무 달고 상당히 독해서 취기가 오르는 것 같았다. 잘린 목을 누가 접시에 담아 내오듯 거의 엄숙할 정도로 타이투스의 생각이 머리에 떠오르자 유쾌한 척하기가 쉬워졌다. 제임스가 타이투스에 대해서 무슨 얘긴가 했는데 생각이 나지를 않았다. 인과응보가 사람을 죽인다. 운명은 공정하다. 그날 리지가 지른 비명이 생각났다. 어쩌면 타이투스 때문에, 그녀가 나를 탓했기 때문에, 모두가 너무 견디기 힘들었기 때문에 나는 리지를 잃었는지도 모른다. 원인들의 거미줄은 얼마나 촘촘히 짜였는가. 리지는 지금 즐거워서 소리를 지른다. 하기야 그녀는 살아야 하고, 우리 모두가 살아야 한다. 타이투스는 우리와 잠시 머물렀던 낯선 사람이었다.

우리는 옛 친구들처럼 부담 없이 얼마 동안 잡담을 했다. 길버트는 영원히 계속될 기세인 텔레비전 연속극에서 좋은 역을 맡았다. 그들은 집을 새로 단장할 계획이었다. 리지는 병원의 시간제 일자리로 되돌아갔다. 나더러 저녁을 먹으러 들르라고 했다. 그들은 하틀리 얘기를 전혀 하지 않았고, 그런 배려 깊은 태도는 비록 그들이 한 얘기가 믿기 어렵기는 해도 그들과 나의 이별에 결재를 하는 듯싶었다.

나는 시간을 물어보고 호주머니에서 손목시계를 꺼내 리지의 시계와 맞추었다. 그들은 가야겠다고 말했고 나는 차가 있는 곳까지 그들을 배웅했다. 리지는 포옹이라도 하기를 원했지만 나는 그녀를 쓰다듬어주고는 서둘러 쫓아버렸다. 길버트는 나에게 키스를 하고 싶었던 것 같다. 그들이 무언가의 종말인 것처럼 나는 손을 흔들어주었다. 그러고는 방갈로로 올라가는 길과 교회가 있는 쪽으로 길거리를 따라 걷기 시작했다. 거의 길모퉁이에 이르렀을 때 뒤에서 누가 내 어깨를 건드렸고, 나는 놀라서 돌아섰다. 첫눈에는 무척 낯설어 보이는 여자였다. 곧이어

상점 여주인임을 알아보았다. 그녀는 드디어 신선한 살구를 구해다 놓았다고 알려주기 위해서 내 뒤를 따라 뛰어왔다.

언덕을 올라가기 시작한 나는 무척 지치고 몸이 무겁게 느껴졌다. 앓고 난 다음에 하루 더 쉬었어야 했나 보다. 사과술을 그렇게 많이 마시지 말았어야 했나 보다. 리지와 길버트가 내 힘을 빨아내어 그들의 활력에, 세계를 바꿔놓고 살아날 수 있는 능력에 흡수시켰는지도 모른다. 그들은 나의 일부를 빼앗아가서 그들 자신의 목적을 위해 사용하리라. 그렇듯 다른 사람들이 내 본체를 먹고살 수 있다는 사실을 나는 기쁘게 생각해야 할지도 모른다.

나는 옷도 안 입고 준비도 안 된 기분이었지만 필연성의 손이 나를 놓아주지 않았다. 이것은 또다시 기회를 달라고 애걸하고 매달리며 뒤로 미룰 대결이 아니었다. 무거운 몸이 저항하지 못할 만큼 짓누르는 쇳덩이처럼 느껴졌다. 하지만 어떻게 할 것인지 분명히 알 수가 없었다. 둔기도 없었고 택시도 없었다. 하지만 절망이 넘치는 축복받은 자리에, 여태껏 한 번도 이르지 못했던 곳에 이르렀다.

나는 정원들과 꽃들과 대문들을 둘러보며 올라갔다. 집들이 저마다 얼마나 다른지를 깨달았다. 어떤 집은 앞문에 타원형 색유리를 달았고 어떤 집은 현관에 제라늄을 내놓았고, 또 어떤 집은 다락방에 지붕창을 내었다. 짜증스러울 만큼 복잡하고 작은 빗장이 달린 니블레츠의 파란 대문에 다다랐다.

앞쪽 창문들은 이상하게도 커튼을 닫아놓았다. 초인종을 눌렀다. 소리가 달랐다. 집이 비었다는 사실을 나는 얼마나 빨리 깨달았던가? 큰 침실의 커튼 사이로 가구가 모두 없어졌음을 보고 나는 그 사실을 확인했다.

무슨 이유에서인지 다시 앞문으로 간 나는 몇 번 초인종을 더 눌러보고는 버림받은 집 안에서 되울리는 종소리에 귀를 기울였다.

"저, 실례지만, 피치 부처를 찾으시나요?"

"예."

나는 앞치마를 두르고 옆집 앞마당 울타리 너머로 몸을 내미는 여자에게 말했다.

"떠나는 건 알았지만, 가기 전에 만나고 싶었죠."

"집을 팔았어요. 개도 데리고 갔답니다. 물론 개는 검역을 받아야 하죠."

"언제 떠났나요?"

그녀가 날짜를 알려주었다. 그들은 나를 만난 다음 당장 떠나버렸다. 그러니까 그들은 떠나는 날짜를 속인 것이었다.

"엽서를 받았죠." 의기양양해진 여자가 말했다. "오늘 아침에 도착했어요. 보시고 싶으세요?"

그녀는 엽서를 가지고 나와 나에게 보여주었다.

한쪽에는 시드니 오페라하우스가 있었다. 다른 쪽에는 하틀리의 글씨로 "방금 도착했는데, 시드니는 여태껏 본 어느 도시보다도 아름답고, 우린 너무 행복해요"라고 적혀 있었다. 벤과 하틀리 두 사람이 나란히 서명했다.

"카드가 정말 예쁘군요."

나는 엽서를 그녀에게 돌려주었다.

"예, 그렇기는 하지만, 난 영국으로도 만족예요. 친척이신가요?"

"사촌이죠."

"어쩐지 피치 부인하고 비슷하게 생겼구나 생각했어요."

"만나지 못하게 돼서 섭섭하군요."

"주소는 알 수가 없는데, 사람이란 떠나면 그만 아녜요?"

"아무튼 대단히 고맙습니다."

"당신에게도 편지를 쓰겠죠."

"그럴 거예요. 그럼 안녕히 계세요."

그녀는 집으로 돌아갔고 나는 다시 길로 나섰다. 장미는 벌써 돌보지를 않아 죽은 꽃들로 뒤덮였다. 흙에 반쯤 파묻힌 보기 드문 돌멩이가 눈에 띄어서 집어보았다. 그것은 내가 하틀리에게 주었고, 그 무서웠던 날 플라스틱 가방에 다시 넣어 가지고 왔던 하얀 무늬가 앉아 알록달록한 분홍빛 돌멩이었다. 나는 돌을 호주머니에 넣었다.

나는 집을 돌아 뒷마당으로 가서 경치가 내다보이는 창밖 테라스에 서서 안을 들여다보았다. 여기도 커튼을 남겨두었고 닫아놓기는 했지만 그 사이로 빈 방을 볼 수가 있었다. 문은 홀 쪽으로 열렸고 앞문의 안쪽과, 중세 기사의 그림이 걸렸어서 색이 바랜 벽지를 볼 수 있었다. 집 안으로 들어가고 싶은 욕망이 미칠 듯 치밀었다. 하틀리가 쪽지나, 적어도 뜻 깊은 어떤 흔적을 남겨놓았을지도 모른다.

뒷문이 잠겼고 거실 창문들도 단단히 닫혔지만, 부엌 창문이 조금 움직였다. 다른 물건은 하나도 남기지 않은 정원의 헛간에서 나무 상자를 가져다가, 울타리 구멍으로 내다보려고 타이투스가 올라섰던 것처럼 딛고 올라섰다. "넌 상자를 딛고 올라섰지." "그래요, 상자 위에 올라섰어요." 나는 창문을 떼어내고는 틈바구니로 손가락을 넣었다. 그러자 안에서 제대로 걸지 않은 창문이 열렸고, 나는 발을 안으로 걸칠 수가 있었다. 잠시 후에 나는 감정이 격해 숨을 몰아쉬며 부엌 안에 서 있었다. 무서운 침묵이 집 안에 깔렸다.

별로 깨끗하지 않은 부엌은 텅 비었고 수도꼭지에서는 물이 샜다. 창문으로 새어 들어온 바람에 마룻바닥에서 작은 보풀 뭉치들이 굴러다녔다. 식료품실을 열어보니 선반에는 벌써 곰팡이가 피었다. 거실을 돌아다니고는 두 침실로 들어갔다. 손수건이나 핀 하나, 아무것도, 내 사랑의 추억거리가 하나도 없었다. 목욕탕으로 들어가서 욕조의 얼룩을 보았다. 그러자 마침내 흥미를 끄는 무엇이 눈에 띄었다. 벽까지 깔린 리놀륨 깔판의 가장자리 저쪽에 작고 하얀 선이 보였다. 허리를 굽혀 그것을 잡아당겼다. 리놀륨 밑에 편지를 밀어 넣어 숨겨놓았다. 조심스럽게 끌어내어 보았다. 내가 하틀리에게 보낸 편지였는데, 뜯어보지를 않았다. 가끔 그런 일이 있듯이 뜯어보았지만 편지가 저절로 도로 붙어버린 것이나 아닐까 잠깐 살펴보았다. 그렇지가 않았다. 전혀 뜯지를 않았다.

편지를 호주머니에 넣으려다가 그만두었다. 나는 그것을 네 조각으로 찢어서 변기에 쑤셔 넣고는 쇠줄을 당겼다. 되돌아가서 부엌 창문을 닫고 앞문으로 나왔다. 옆집 여자가 못마땅한 눈으로 쳐다보더니 앞쪽 창문을 열고는 언덕을 내려가는 나를 노려보았다.

아래까지 다다라서 오른쪽으로 돌아 마을 길거리로 접어든 나는 갑자기 나를 향해 오는 낯익은 사람의 모습을 보았다. 알기는 하지만 만나기 싫은 사람이라고 느꼈는데, 곧 그가 프레디 아크라이트임을 알아보았다. 피하기가 불가능했다. 그는 벌써 나를 보고 쫓아왔다.

"애로우비 선생님!"

"이런, 프레디 아냐!"

"아, 애로우비 선생님, 항상 보고 싶었는데 이렇게 만나다니 너무나 기쁩니다! 여기 계시다는 건 알았어요. 전 성신 강림 축일 때 내려왔는데, 뵈었으면 하다가 다행히도 지금 만났군요!"

"그래, 프레디, 참 오래간만이야. 어떻게 지냈고, 지금은 뭘 해?"

"밥이 얘기하지 않던가요? 전 배우예요!"

"배우라고? 잘됐구먼!"

"전 항상 배우가 되고 싶었어요. 그랬기 때문에 선생님 밑에서 일을 했지만, 그건 소설 같아서 절대로 이루어지지 않으리라고 생각했죠. 그리고 선생님을 위해 일하는 것이 즐거웠고, 런던도 돌아다니고 사방을 돌아다녀서 굉장히 신이 났어요. 그러다가 선생님이 떠나신 다음에 '나라고 해서 못 할 게 뭐 있나?' 하는 생각이 들었고, 그러다가 배우 조합 신분증이 나왔고, 별로 젊지는 않았지만 선생님을 위해서 일을 했다는 게 항상 도움이 되었어요. 항상 나에게 행운을 가져다주었어요, 애로우비 선생님. 그 시절에 선생님은 저한테 너무나 친절하셨고, 무척 격려를 해주셨죠. '무엇을 할 것인지 결정을 하면 달라붙어야지, 프레디, 의지력만 있으면 되는 거야!' 그 소리를 저한테 한두 번 하신 게 아녜요."

나는 그 말을 한 기억이 없었고, 어쩌다가 재수 없게 별수 없이 꺼냈더라도 그것은 누구라도 한 번 이상은 할 소리 같지가 않았지만, 프레디가 그토록 감미로운 추억을 간직하고 있다니 기쁜 일이었다. 우리는 바닷가 길로 연결된 좁은 길까지 걸어 내려갔다.

"정말이지 좋은 시절이었어요, 애로우비 선생님. 사보이에, 코노트에, 리츠에, 칼튼에〔이름난 호텔들〕, 안 가본 데가 없어요! 칼튼은 물론 없어졌지만, 아직도 런던이 세상에서 가장 좋은 도시고, 저도 이젠 꽤 여러 곳에 가봤답니다. 파리, 로마, 마드리드에 일거리가 있어서 갔었죠. 얼마 전에는 더블린에서 영화에 출연했는데, 거기서 술깨나 마셨죠!"

"무대에서는 무슨 이름을 쓰지?"

"아, 본명을 그냥 쓰는데, 프레디 아크라이트라고 해야 저 같아서요. 중요한 역은 하나도 못 맡은 셈이지만, 한순간도 빼놓지 않고 다 즐거웠어요. 다 선생님 덕택인데, 저한테 무척이나 친절하셨고, 격려도 무척이나 많이 해주셨고, 그런가 하면 누구나 '아, 당신은 애로우비와 친하죠'라고 얘기하는데, 예, 아니라고 할 수도 없고, 그래서 굉장히 덕을 봐요. 정말 만나뵈니 기쁘고, 애로우비 선생님, 정말 하나도 늙지를 않으셨네요. 선생님, 이곳에 와서 사시다니 꿈만 같고, 아시겠지만 전여기 출신이어서, 아모른 농장에서 태어났고, 우리 아저씨와 아주머니는 아직 거기서 살아요. 이제는 은퇴하셨죠."

"그래."

"전 연극에서 은퇴한다는 건 상상도 못 하겠어요. '연예인이 최고야'라는 말이 맞아요! 하지만 요새도 런던에 오시는 길이 있으면 우리만나는 게 어때요? 같이 사는 제 친구를 소개하고 싶은데, 맬버른 파네트라고, 아세요? 모르십니까? 하지만 알게 되겠죠. 무대 디자인을 하는 사람예요."

"여기서 또 만나게 되겠지……."

"너무 지껄여대서 미안한데요, 블랙 라이언에 가서 공짜 술 좀 마시는 거 어떻습니까?"

"아냐, 난 이쪽 길로 가는데, 어서 가봐야 해. 만나서 아주 반가웠고, 프레디, 그렇게 자네 일이 잘된다니 그것도 기뻐."

"대리인을 시켜 신문 기사를 보내드리겠어요."

"그래주면 고맙겠고, 행운을 비네."

"하느님의 축복을 받으시고, 애로우비 선생님, 정말 감사합니다."

나는 손을 흔들어주고 오솔길을 따라 걸어 내려갔다. 나는 어떤 사람들의 꿈속에서는 악마가 되어 활개를 치고 돌아다니지만, 프레디 아크라이트의 마음속에서는 틀림없이, 그럴 만한 자격도 없으면서, 고마운 신의 모습을 갖추고 있었다.

집에 도착했을 때는 아직 2시도 못 되었다. 깡통에 담긴 채로 진한 콩소메〔맑은 수프〕를 먹으려다가 곧 포기했다. 아스피린 두 알을 먹고 위층으로 올라가서 침대에 누워 모진 충격이나 슬픔을 느끼는 사람이 흔히 바라듯, 빨리 의식이 없어지기를 잔뜩 기대했지만, 오히려 일종의 지옥으로 빨려 들어갔다.

질투보다도 더 심하면서도 쓸모가 없는 정신적인 고통이 있다면 그것은 아마도 후회일 것이다. 상실의 고통까지도 그보다는 덜 가혹한데, 물론 지금의 내 경우처럼 그 고민들은 자주 한데 어울린다. 내가 얘기하는 후회는 회개가 아니다. 나는 순수한 형태의 회개를 한 번도 경험하지 못한 것 같고, 아마도 그것은 순수한 형태로는 존재하지 않는지도 모른다. 후회에는 죄의식이 포함되어 있지만, 그것은 고통스러운 아픔을 달래줄 줄 모르는 무기력하고 희망도 없는 죄의식이다.

사실 나는, 아직은, 하틀리 생각을 할 수가 없었다. 충격이 너무 컸거나, 아니면 너무 심한 고통으로부터 벌써 지레 겁이 나서 도사리는지도 모를 일이었다. 그리고 또한 그녀의 젊은 시절에 지녔음 직한 온화한 태도로 그녀가 옆으로 물러난 셈이기도 하다. 그녀는 내 의식 속에서 콧노래라도 부르는 듯 항상 함께 있었지만, 나는 그녀에게 신경을 집중하지는 않았다. 나는 그녀와의 마지막 싸움에서 때때로 쉬고 싶었는데, 이제는 갑자기 그녀가 나를 상당히 무료하게 만들었다. 하지만 그녀가 사라진 종국이 남긴 공백을 타이투스가 채우러 돌아왔으며, 내 죄의식과 슬픔을 그 나름대로 자극했다.

마무리 짓지 못한 조건들로 에워싸인 후회의 공포. 나는 그 스스로 쓸모없음을 깨닫지 못하는 행복의 끈질긴 환상의 번식을 가눌 수가 없었다. 나는 타이투스를 런던으로 데리고 가고, 배우 학교에 보내고, 그는 친구들과 함께 나를 만나러 몰려오고, 그를 데리고 멋지고도 긴 휴가를 가고, 나는 그를 사랑하고 돌봐주리라. 어째서 나는 이것을, 타이투스를 소유함이, 그에게 초조하고 어설프고 책임감이 있는 아버지 노릇을 하는 것이 중요했으며, 두서없이 꾸린 무척 많은 것들과 더불어 신들이 정말로 나에게 보낸 선물임을 당장 깨닫지 못했을까? 나는 터무니없는 망상이 아니라 그것을 붙잡았어야 했다. 나는 타이투스 역시 꿈속의 아이여서 희미해지고 사라져버리리라는 로시나의 예언 같은 말이 생각났다. 어째서 나는 그를 붙잡고, 우리 사이에 하나의 현실을 이룩하고, 그에게 온 정성을 쏟고, 무자비하며 가능성을 잉태하지 못하는 바다에서 멀리 데리고 가지를 않았던가? 물론 길버트와 다른 사람들은 비꼬아 웃어대었겠지만, 그랬다면 그들이 틀렸다. 비록 이상한 형태이기는 했어도 부자라는 거룩한 관계가 이룩되어서, 성스러운 도덕적 유대가 나로 하여금 타이투스의 보호자와, 스승과, 하인이 되며 나를 위해서는 아무것도 요구하지 않게 만들었으리라. 이것은 이상적인 생각이었는지도 모른다. 나는 폭군 같고 질투를 했을 수도 있겠지만, 절대자는 알아볼 능력이 있으므로 타이투스에 대한 신념을 간직했으리라. 하지만 마구 몰려드는 이런 생각을 하고 있노라면 항상 바다의 눈부신 빛과 더불어, 물을 줄줄 흘리며 눈을 반쯤 뜨고 입술의 언청이 흠집을 내보이면서 축 늘어져 누운 타이투스의 시체가 머릿속에 떠올랐다.

나는 그가 영원히 존재하지 않는다는 사실을 이해하기가 거의 불가능한 것으로서 경험했다. 그는 너무나 짧은 기간만 나와 함께 있었고, 처형자나 죽음을 찾아오듯 나를 찾아왔다. 다른 가능성들도 무척이나 많은데 어떤 이상한 우연의 장난이 그로 하여금 약을 올리고 굽이치며 사람을 죽이는 바다로부터 몸을 끌어올리려고 거듭거듭 애를 쓰다가 그 가파른 바위의 밑둥에 부딪히게 했던가? 나는 그에게 경고를 하고, 그 첫날 그와 함께 물에 뛰어들지를 말았어야 했는데, 그의 젊음이 너무나 좋았고 나 또한 젊은 체했기 때문에 나는 그를 죽게 했다. 그는 나를 믿었기 때문에 죽었다. 내 허영심이 그를 죽였다. 그것은 인과응보의 문제였다. 잘못에 대한 대가는 자동적이다. 내가 소홀했기 때문에 그는 죽었다. 이런 생각이 오가는 사이에 나는 마침내 기분 나쁜 혼수 상태의 잠으로 빠져들어갔으며, 잠이 깨자 하틀리가 떠났다는 것을 잊어버리고는 그녀를 다시 찾아오는 계획을 세우던 옛일을 다시 시작했다.

시계가 또 죽었지만 하늘은 저녁이어서 오렌지빛 구름이 잔뜩 덮였으며, 아주 차갑고 아주 새파란 구멍이 여기저기 뚫렸다. 아래층으로 내려가 차를 좀 만든 다음에 포도주를 마시기 시작했다. 하틀리 생각을 했지만, 고통이 나를 미치게 만들지 알아보려고 실험을 하듯 조심스럽게 생각해보았다. 생각을 하고 받아들여야만 했다. 나는 빈 집과 시드니에서 보낸 엽서를 보았다. 이제는 얇은 커튼 뒤로 물러난 듯 흐릿해지고 젊어진 얼굴로 나를 쳐다보는 그녀를 응시했다. 그녀는 나더러 괴로워하라고 조용히 말했다. 이 고통이 자리 잡을 커다란 공간이, 고요하고 커다란 터가 있었다. 이제는 계획을 하거나, 달성하거나, 긴박할 것이 하나도 없었다. 그대가 내 삶에 다시 나타나서 그토록 무섭게 되살려 놓은 그대에 대한 내 사랑은 어찌 하나? 나는 그녀에게 물었다. 나를 만족시켜주지를 않을 바에야 그대는 왜 돌아왔는가? 제대로 기능을 발휘하지 못할 내 사랑의 쓸모없고 커다란 기계로 이제 나는 무엇을 하겠는가? 내 사랑아, 나는 이제 그대를 위해 더는 아무것도 할 수가 없다. 이제는 신성을 모독할 수 없게 된 성역으로 여기며 이 사랑을 간직하고 사는 것이 내 운명일지도 모른다. 독신 생활을 하는 성직자처럼 혼자 살면서 모든 사람의 아저씨 노릇을 하며 나는 열매를 맺지 못하는 이 사랑을 내 비밀의 성당으로 삼아야 하리라. 그렇다면 나는 소유를 않고 소용이 없어도 사랑할 능력을 익혔으며, 그것은 바다로 멀리 떠나왔을 때 성취하려고 꿈꾸던 은둔자의 신비주의일까?

날이 어두워지자 나는 등불을 켰다. 나방들이 못 들어오게 창문을 닫았다. 시드니로 가는 비행기를 타려는 생각을 한 번도 하지 않았다는 사실이 신기하다고 막연하게 느껴졌다. 벤이 시드니에서 살겠다고 그랬는지는 기억이 나지 않았지만, 오스트레일리아도 그렇게까지 넓지는 않으며, 그곳에는 여자를 찾겠다면 기꺼이 나서서 도와줄 친구들도 있었다. 찾아다니고, 수소문을 하고, 광고를 내면 된다. 무척 바쁜 일이 되리라. 하지만 나는 포기했고, 그러지 않으리라는 사실이 어쩐지 분명하게 여겨졌다. 멀찌감치서 얌전하게 그녀를 따라다니며, 아직도 내가 곁에 있음을 자꾸만 그녀에게 알려줄까? 그러면 나는 얼마나 무서운 유령처럼 될 것인가. 아니다, 나는 포기를, 지금 생각해보니 그녀의 마지막 도피 직전에 나는 예언자처럼 이미 포기를 했다. 차를 대접받은 그 기막힌 날 이후에 왜 나는 그녀가 전화를 걸리라고 상상하면서 멀거니 앉아 기다리기만 했을까? 나는 그녀가 정말로 전화를 걸리라고 생각했던가? 나는 정말로 마지막 순간에 그녀가 내 배로 뛰어내리리라고 상상했나? 분명히 그때쯤에는 그녀가 뛰어내릴 능력이 없음을 나는 알았으리라. 그리고 고뇌에 차서 두 손으로 감싼 머리를 이리저리 흔들며 나는 생각했다——아, 어떻게 해서든지 우리 두 사람을 위해 꿈이 이루어졌었더라면 얼마나 좋았으랴. 하틀리가 내 동생이었더라면 나는 아주 행복하게 그녀를 돌보았을 터이며, 아주 다정하게 보살펴주었으리라.

나는 아무것도 먹을 생각이 없었다. 음식에 대한 욕망도 없었고, 다시는 먹고 싶을 것 같지도 않았다. 술에 취하고 속이 뒤틀려서 나는 결국 위층으로 올라갔다. 어디선가 들어오는 바닷바람에 구슬 커튼이 짤그랑거렸다. 갈기갈기 찢어진 구름들 사이로 작은 달이 달려갔는데, 그 속도에 나는 현기증을 느꼈다. 그녀는 천성이 사랑하는 것이어서, 다른 대상도 없었으니 벤을 사랑하지 않을 수가 없었는지도 모른다. 그녀는 타이투스를 사랑하고 싶었지만, 타이투스에 대한 그녀의 사랑을 벤이 파괴했고, 그럼으로써 그녀까지도 파괴했다. 내가 본 것은 조가비, 껍질, 죽은 여인, 죽은 물건이었다. 그렇기는 해도 그것은 내가 그토록 애타게 들어가 살고, 삶을 다시 불어넣고, 아끼고 싶은 것이었다. 수면제를 세 알 먹었다. 잠이 들면서 나는 읽지는 않으면서도 왜 그녀가 편지를 간직했는지 궁금한 생각이 들었다. 왜 그녀는 내가 틀림없이 찾아낼 수 있게끔 돌멩이를 정원에다 두었을까? 그렇다면 이것들은 희망을 주려는 암시였던가?

이튿날 아침에는 꽤 늦게 일어나서 전화로 알아보았더니 시간이 9시 반이었다. 두통이 났다. 부엌으로 들어가 물이 반쯤 그대로 고여 있는 비데로 몸을 수그렸다. 반은 판석에, 반은 잔디밭에 겨우 욕조의 물을 쏟고는 다시 층계 밑에다 넣었다. 비스킷을 좀 먹으려고 했지만 이상하게 축축하고 흐물흐물했다. 빵도 없었고 버터와 우유도 없었다. 어쨌든 배는 고프지가 않다. 가게에 갈까 생각했지만 무슨 요일인지 확

336

실히 알 수가 없었다. 멀리서 교회 종소리가 들려온 것 같으니까, 일요
일인가 보다. 런던으로 돌아가야 하는 것이 아닐까 막연한 생각을 해보
았다. 하지만 그곳으로 가야 할 뚜렷한 동기가 없었다. 만나고 싶은 사
람도 없었고, 할 일도 없었다.

길로 나가서 날씨를 살펴보았다. 길버트가 갖다 놓은 바구니 속에 편
지가 몇 통 눈에 띄었다. 파업인지 휴가인지 무엇인지는 몰라도 보아하
니 끝난 모양이었다. 물론 하틀리에게서는 편지가 없었지만 리지에게서
는 왔다. 편지들을 작고 빨간 방으로 가지고 들어가 탁자에 앉았다.

찰스, 우리가 만난 일을 생각하면 마음이 언짢아요. 당신은 너그럽고
다정했지만, 난 혼자 당신을 만나고 싶었으니까요. 그렇게 웃어댄 거 생
각하면 소름이 끼쳐요. 속으로는 무슨 생각을 하셨나요? 웬일인지 내가
잘못한 것 같은데 당신이 날 바로잡아주세요. 사랑해줘요, 찰스, 많이.
당신 편지를 받은 이후로 접종이라도 받은 것처럼 내 마음속에서는 당
신에 대한 사랑이 되살아났는데, 난 절대로 '치료'가 되고 싶지는 않고,
바보같이 사랑에 '빠지는' 게 아니라, 이제라도 제대로 당신을 사랑하고
싶어요. 사랑에 '빠지는' 행위보다는 사랑 그 자체가 문제예요. 이제는
더는 이별도 없고, 야비한 소유욕이나 중상 따위는 잊기로 해요, 찰스.
우리는 이제 젊지 않으니까, 영원히 평화를 누리기로 해요. 부탁예요.

리지

추신—곧 런던으로 우릴 찾아오세요.

'우릴' 찾아오라는 초청으로 끝내다니, 가히 감동적인 편지로구나!

그리고 "내가 잘못한 것 같은데 당신이 날 바로잡아주세요"는 또 무슨 소리인가. 리지답다. 다른 편지를 뜯었다. 로즈메리 애쉬에게서 온 것이었다.

찰스 보세요,

시드니와 내가 헤어지기로 했다는 슬픈 소식을 알려드리려고요. 그이가 이혼을 하자는군요. 애들 때문에 다 평화롭게 처리를 하는데, 아이들은 별로 개의치도 않는 것 같아요. 우리 직업상의 위험성이지만, 물론 젊은 여배우 때문이고—시드니가 미쳐버린 건 그 사건과, 대서양을 넘나드는 분위기 때문이겠죠. 일시적일지도 몰라서 희망은 버리지 않았지만, 희망은 너무나 괴롭군요. 귀국을 할 예정인데, 꼭 만나고 싶어요. 예쁘고 평화로운 바닷가 집으로 당신을 찾아갈까요? 내가 필요한 건 바로 그거니까요.

가득한 사랑과 함께
로즈메리

이상적인 결혼도 그 정도에서 끝장이다. 독신자 아저씨가 입을 승복을 손질하기 시작해야 하려나 보다. 또 다른 편지를 뜯었는데, 안젤라 가드윈이라는 서명을 쉽게 읽을 수는 있어도 누가 보낸 편지인지 생각이 곧바로 나지 않았다.

친애하는 찰스에게,

저예요. 그리고 잘 들으세요. 당신은 늙은 것들하고 그러실 필요가 없어요. 젊은 여자를 구할 수 없다는 생각이 들어서 그러시나요? 하지만 당신은 나이처럼 늙어 보이지는 않아요. 당신은 나를 가질 수도 있으니까, 리지 셰러나 로시나 밤버 같은 쭈그렁바가지들하고 그럴 필요가 없어요. 적어도 똑똑하기는 해서 로시나가 꽤 좋고, 팜이 나간 후로는 집 안도 훨씬 말끔하니까 내가 당신을 도피처로 삼으려고 이런다는 생각은 하지 마세요! 지난 몇 달 동안 난 생각을 많이 했고, 사람도 많이 달라져서, 드디어 나 자신을 파악하게 된 듯싶어요. 난 내 주체성에 대해서 생각해봤답니다. 어떻게 살아야 할지를 아직 모르지만 물론 연극을 싫어하니까, 그것 때문에 내가 이런다는 생각도 마세요! 난 수학을 잘해서 물리학자가 될까 하는 생각으로 가을에 케임브리지 시험을 쳐요. 어쨌든 난 꿀리지 않는 인간이 될 거예요. 이 편지를 보낸 이유 말예요? 천재적인 생각이 떠올랐기 때문이죠. 페레그린을 만나러 오신 날 난 (물론) 문에서 엿들었는데, 당신인지 그가 했는지는 잊어버렸지만 아무튼 당신이 무척 아들을 바란다는 얘기를 했고, 웬일인지 그 말은 내 머릿속을 떠나지 않았어요. 그래서 떠오른 생각이죠. 내가 낳아드리면 어떨까요? 난 욕심이 없으니까 당신이 데리고 키워도 좋아요. 난 가끔 찾아가 보거나 그러면서요. 난 아직 아이 때문에 속박되긴 싫으니까 유모를 두면 돼죠. 더구나 난 케임브리지에서 꽤나 바쁠 테니까요. 그리고 물론 난 결혼을 하자는 게 아녜요. 결혼은 훨씬 뒤에 하거나, 아주 안 할 작정이죠. 그러니 원하시는 걸 그냥 가지시면 되잖아요? 우리 문명에서는 사람들이 그렇게 살지 못하는 게 탈이어서, 굶주리는 사람들보다는 오히려 코앞에 놓인 속마음의 욕망을 움켜잡을 용기가 없는 게 문제예요. 내 얘길 하겠는데, 나이는 열일곱, 건강은 최고로 좋아요. 아직 처녀인데, 그 울타리를 넘겨줄 사람으로는 누군가 특별한 인물, 사실은 당신을 원해요. 사진을 동봉하겠는데, 내가 얼마나 달라졌는지 아실 수 있을 거예요. 어때요, 찰스? 이건 진지한 얘기예요. 적어도 당신을 사랑한다는 점이 그렇고, 원하신다면 난 언제라도 당신 거예요.

안젤라 가드윈

봉투에서는 꽤 예쁘고 이지적으로 보이며, 눈이 크고 얼굴은 환하고, 부드럽고 내성적이고, 아직 영글지 않은 젊은 여자의 천연색 사진이 나왔고, 나는 그 사진을 자세히 살펴보았다. 편지는 구겨서 장작이 타고 남은 보드라운 재 속에다 쑤셔 넣었다. 다른 편지도 여럿이었지만 더 읽고 싶지가 않았다.

무서운 바다가 어떤 상태인지를 보려고 밖으로 나갔다. 잔잔하고 매끄러운 바닷물이 기름처럼 바위들 사이로 미끄러졌다. 민의 가마솥까지 나가서 다리 위에 섰다. 썰물 때여서 미친 듯 서둘러 소용돌이를 치고 쏟아져 나가는 바닷물이 거품을 일으키며 하얗게 분출되어 잔잔한 바다로 빨려들어가면 가마솥은 비게 된다. 밑을 내려다보았다. 정말로 깊었고, 벽은 아주 가파르고 미끄러웠다. 이 세상의 어떤 힘도 그 구멍에서 빠져나올 수가 없었다. 하지만 나는 나왔고, 살았으며, 수영을 하면서 놀던 가엾은 타이투스는 죽었다. 나는 탑이 있는 곳까지 바위를 넘어가서 층계를 내려갔다. 매끄러운 물이 솟고 가라앉았지만, 파도는 너무 심하지 않고 적당했으며, 철 난간은 물까지 뻗어 내려갔다. 나는 캘리포니아의 높은 뜀판에 올라서거나, 에이레의 사람을 죽일 만큼 차가운 바닷물로 뛰어들기 전에 가끔 느꼈던, 성적인 경련에 가까운 두려움과, 생명의 팔락이는 불꽃을 몸으로 느꼈지만, 아직 마음속에는 별로 그 감각이 전달되지 못했다.

벅찬 감정에 몸을 떨며 나는 옷을 벗어던지고 바다로 걸어 들어갔

다. 차가움의 충격과, 다음에는 따스함, 그리고 조용한 파도가 부드럽
고도 힘차게 밀어 올리는 움직임은 나에게 걷잡을 수 없는 행복감을 불
어넣었다. 내 마음속으로 죽음의 의식을 항상 전해준다고 의식하게 된
독특한 감각과 바다의 고독을 느끼며 나는 헤엄을 치고 돌아다녔다. 그
때 내가 죽고 싶었다거나 물에 빠져 죽을지도 모른다고 생각했다는 얘
기가 아니다. 힘찬 내 팔다리는 움직이는 물에 호응을 했고, 호흡은 쉬
웠으며, 머리 위에는 하늘이 푸르고 태양은 어디에나 가득했고, 다가오
는 파도가 이룬 가까운 수평선을 보면 꼭대기가 바람에 채찍질을 당하
는 듯싶었고, 바닷물은 힘차면서도 부드러웠다. 파도는 나를 가지고 장
난을 쳤다. 나는 춥다고 느껴질 때까지 수영을 하고 떠다닌 다음에 밖
으로 기어나와 옷을 들고 발가벗은 채 집으로 돌아갔다.

  바다는 나에게 배고픔을 되찾아주었고, 점심때가 되자 남은 콩소메
를 데우고, 비엔나소시지 통조림과 독일식 김치 통조림을 땄다. 내일
런던으로 떠날 결심을 반쯤 했다. 혹시 아직도 떠나지 않았을는지도 모
를 제임스에게 전화를 걸려고도 막연히 생각을 했으며, 그의 전화번호
를 찾아 전화통 옆의 기록판에 적어놓기까지 했다. 택시 운전사에게 전
화를 걸어 일찍 떠나는 기차를 타게 해달라고 부탁해야겠다고 반쯤 마
음을 먹었다. 태양은 뜨거웠어도 수영을 한 다음이라 약간 추워서 하얀
에이레 스웨터를 입었다. 가방을 꺼내 옷을 몇 벌 챙기기 시작했다. 여
행을 하는 동안 읽을 책을 찾으러 서재에 들어가보기까지도 했다. 흔히
생활 계획에는 독서가 포함이 되어 있었어도 슈러프 엔드에 도착한 이
후로 책이라고는 펼쳐보지도 않았다는 사실이 생각났다. 책들을 들춰
보았다. 제임스가 책들을 훑어보았고, 타이투스는 책을 베고 잤다. 무
시무시하고 몰두를 할 만한 책이 필요했다. 외설까지도 읽기가 좋은 때

였겠지만, 나는 정말로 외설은 참을 수가 없다. 결국은 죽음과 도덕적 파멸의 또 다른 얘기인 《비둘기의 날개》[난해하기로 이름난 헨리 제임스의 소설]를 골랐다.

낮이 다 지나가고 저녁이 되었지만 제임스나 택시 운전사에게 아직 전화를 하지 않았다. 아침 일찍 떠날 결정을 내리기에는 너무 늦었다고 판단했다. 택시 운전사에게 내일 전화를 걸고 나중 기차를 타야겠다. 런던에 가면 무엇을 할지는 생각을 해보지 않았다. 아파트먼트를 정리 하고 커튼을 주문하나? 그런 일들은 다른 세계에 속했다. 저녁에는 날 씨가 더웠지만 쓸쓸한 기분이 들어 작고 빨간 방에 불을 지피고는 로즈 메리와 앤지의 편지와, 이지적이고 내성적인 소녀의 사진을 태워버렸 다. 저녁 식사를 불가로 가지고 가 앉아서 《비둘기의 날개》를 읽으려고 애썼지만, 멋지고 웅장한 첫 부분은 내 관심을 사로잡지 못했다. 아직 환해서 등잔이 없어도 볼 수가 있었다. 멍한 눈으로 얼마 동안 앉아서 바다가 밀려오는 소리와 내 가슴이 고동치는 소리에 귀를 기울였다. 약 간 졸린, 혼수 상태 같은 기분이 들었다. 수영을 했더니 확실히 달랐다. 타이투스를 생각했다. 그러자 나는 물에 빠져 죽은 사람이라는 생각이 들었고, 민의 가마솥에서 다시 살아난 그날 밤 이 방의 마룻바닥에서, 이글거리는 불 앞에서, 어째서 내가 아직도 살아 있는지를 고맙고도 신 기하게 생각하며 잠들었던 일이 기억났다. 그리고 그곳에 누워 몸이 온 전한지를 확인하려고, 따스함을 느끼며 팔다리를 조심스럽게 움직이던 내 모습이 눈에 보이는 것 같았다.

눈꺼풀이 좀 무거워졌고, 환각인지 기억의 영상인지를 나중에는 분 간할 수 없게 된 무엇인가를 나는 분명히 '보았다'. 그것은 기억처럼 불쑥 내 앞에 나타났다. 나는 소용돌이 치는 물구덩이로 떨어지던 무서운 일과, 내 죽음에 대한 '의식'과, 희미한 빛 속에서 푸른 빛깔로 보이던 내 머리 위의 물을 막연하게 오락가락 생각하던 중이었다. 그러자 내 머리가 바위에 부딪히고 암흑이 휩싸이기 직전에 보았던 또 다른 무엇이 생각났다. 나는 이상하고 작은 머리와, 무시무시한 이빨과, 검고 반원을 그린 목을 옆에서 보았다. '거대한 바다뱀은 실제로 나와 함께 가마솥 속에 있었다.'

눈을 번쩍 뜬 나는 숨을 몰아쉬고 가슴은 마구 두근거리면서 주변을 둘러보았다. 모두 그대로여서 불은 타오르고, 뜯지 않은 편지들이 탁자에 흩어져 있고, 잔에는 마시다 남은 포도주가 반쯤 차 있었다. 분명히 잠이 들지는 않았었다. 나는 다만 무슨 이유에서인지 완전히 잊어버렸던 무엇인가를 기억해내었을 뿐이다. 의사가 얘기했듯이 진탕의 결과로 기억의 궤적을 잃어버려 망각했던 것이다. 하지만 지금 나는 아주 가까이서 내 위로 몸을 세워 희미한 빛 속에서 잘못 보았을 리가 없이 머리와 목이 잠깐 하늘을 배경으로 드러내며 시커멓고 몸을 튼 것이 기억났다. 기억력 속에서 나는 초록빛으로 반짝이는 눈도 보았다. 그 광경은 1초, 아니면 몇 초 동안만 지속이 되었어도 의심할 여지가 없을 만큼 분명했다. 그리고 다음 순간에 머리를 부딪혔다.

하지만 아니다, 내가 의식을 잃기 직전에 또 무엇인가 기억해내야 할 일이 있었다. 하지만 무엇, 무엇이었을까? 흥분과 공포로 몸을 떨면서 머리를 감싸고 앉아 기억을 더듬느라고 괴로워했다. 내가 파악하기를 기다리며 내 시야의 바로 바깥에서 기다리는 아주 중요하고 놀라운 무엇이, 기억되기를 고통스러울 만큼 기다렸지만, 알 수가 없었다. 나는 소리를 내어 신음을 하고, 몸을 일으켜 부엌으로 들어갔다 나오고, 포도주를 조금 더 마시고, 눈을 감았다가 떴다. 어떤 순간적인 접근을 파괴하거나, 흔들리거나, 굳어버릴까 봐 감히 건드리지도 못하듯 조심스럽게 나는 내 마음을 살펴보았다. 하지만 숨은 것은 나오려고 하지를 않았고, 나는 그것을 지금 놓치면 영원히 사라져서 무의식의 깊고 완전한 암흑 속에 가라앉으리라는 무서운 생각이 들었다. 바로 지금, 마지막으로 한 번이라도, 그것은 부풀어 올라 표면으로 떠오르려는 참이었다.

어쩌면 필수적이고 결정적인 기억이 갑자기 되살아오기를 아직도 바라기는 했지만, 몰두는 중단했다. 다시 탁자에 앉아 바다뱀을 생각하며 엘에스디에 대한 내 이론들을 되새겼다. 몸을 튼 괴물을 보기도 했을 뿐 아니라 만지기도 했는지를 기억해내려고 애썼다. 파도 속으로 가라앉으며 '물에 빠져 죽는' 생각은 기억이 나도, 그 동물을 본 것 이외에는 내 마음의 상태가 전혀 생각이 나지를 않았다. 기억하는 데 혹시 도움이 될지도 모르니까 가마솥을 조사하러 나가볼 생각도 했지만 날이 다 저물어서 감히 용기가 나지 않았다. 겁도 났고, 확실히 죽음의 공포에 충격도 받았다. 등불을 켜려고 했지만 웬일인지 그러지를 못했다. 촛불을 몇 개 켜놓고 돌아가며 앞문과 뒷문을 잠그고는 작고 빨간 방으로 되돌아갔다.

방으로 되돌아온 나는 바로 정면에서 마치 내 눈이 갑자기 좁고 새로운 파장에 고정이 된 듯, 땅바닥에서 몇십 센티미터 올라와 조그만 턱을 이루며 판벽널이 끝나는 천장 바로 아래 하얀 나무 판벽널이 갈라진 틈을 보았다. 판벽널들 사이에는 틈이 상당히 많았고, 어떤 틈바구니는 페인트로 덮여 어느 정도 막히기도 했다. 이 틈바구니는 꽤 짧아서 깊이가 20센티미터쯤 되었고, 무엇이 꽂혀 있어서 하얗게 조금 밖으로 튀어나왔다. 기억이 나서 현기증을 느끼고 갑자기 숨이 가빠지며 나는 방을 건너가서 종이 쪽지를 뽑아내었다. 그것은 '물에 빠져 죽은' 다음에 다시 깨어나 밤중에 무슨 일이 있어도 잊으면 안 될 아주 중요한 내용을 써놓은 종이 쪽지였다. 종이를 손에 들고 있으면서도, 바다뱀과 무슨 관계가 있다는 짐작이 얼핏 들기는 했지만 내가 무엇이라고 써놓았는지 기억이 나지를 않았다. 종이를 펼쳐 읽어보니 이런 내용이었다.

지금 글을 쓰는 동안에도 잊어버리고 있는 중이니까 증거를 삼기 위해 빨리 이것을 써놓아야 한다. 제임스가 나를 구했다. 그는 어떻게 해서였는지 곧장 물로 내려왔다. 그는 내 겨드랑이에 손을 넣었고, 나는 승강기를 탄 것처럼 떠오르는 기분이었다. 바위의 가파른 벽에 몸을 붙이고 나를 향해 밑으로 몸을 수그리는 그를 보았는데, 다음에 내가 떠올랐고 그는 나에게 몸을 붙였으며 우리는 함께 올라갔다. 하지만 그는 아무것도 딛고 올라서지를 않았다. 어느 순간에는 그가 박쥐처럼 바위에 달라붙었다. 그러더니 그는 물 위에 그냥 서 있었다. 그러고는

글은 거기서 끝났으며 알아볼 수 없이 끼적거린 글씨로 흐지부지 이어졌다. 숨을 몰아쉬며 탁자에 앉아 나는 그 글을 처음부터 끝까지 몇 차례 읽었고, 그러자 내 마음의 표면을 건드리던 시커먼 것이 터져나오면서 그 장면을 기억할 수가 있게 되었다. 그 기억은 뱀에 대한 내 기억과는 달랐다. 그것은 리지가 노래를 부르거나, 죽은 타이투스가 누워 있거나 하는 기억처럼 생생했는데, 다만 그것은 불가능한 것에 대한 기억이었다.

이제 나는 그가 '박쥐처럼' 가파른 바위에 달라붙었다거나 '승강기를 탄 것처럼' 위로 올라왔다는 표현으로 무슨 얘기를 하려고 했는지 아주 분명하게 생각났다. 그것은 시퍼런 파도가 나를 덮친 다음의 일이

었는데, 내 머리가 수면 위로 올라왔고, 내가 입으로 물을 뿜으면서 소리를 지르려고 애쓰던 기억이 난다. 그러자 무릎을 꿇은 자세로 무슨 동물처럼 벌써 바위를 반쯤 내려온 제임스를 보았다. 박쥐라는 인상은 별로 옳은 얘기가 아니고 오히려 도마뱀 같았는데, 문제는 그가 사람처럼 손이나 발로 어디에 매달리며 기어 내려오지를 않고 무슨 짐승처럼 매끄러운 표면을 내려왔다는 점이다. 그에게로 내가 손을 뻗었던 기억이 나지만, 물이 제멋대로 내 몸을 병마개처럼 휩쓸어대었다. 어쨌든 나는 너무나 물을 많이 먹어서 숨도 못 쉬고 발버둥도 치지 못할 지경이었다. 특히 뚜렷하게 생각이 나는 것은 그 순간에 제임스 자신도 물에 빠진 사람처럼 흠뻑 젖었으며, 날뛰는 바닷물이 그의 머리 위로 쏟아져내렸다. 희미하게나마 남은 의식 속에서 나는 제임스도 빠져 죽는다고 느꼈다. 하지만 웬일인지 절망은 느끼지 않았다. 그러더니 소용돌이를 치는 물로 곧장 내려오던 제임스는 송충이처럼 바위에서 몸이 떨어졌다. 끈끈하고 부착력을 지닌 무엇이 일부러 몸을 떼는 인상이었다. 그는 내가 내미는 손을 잡지 않고 내 위로 몸을 수그렸고, 내가 글로 써놓았듯이 내 몸에 닿던 손의 '감촉'을 느낄 수 있었는데, 다음에는 '승강기를 탄 것' 같은 이상한 기분이 들었다. 끌어올리거나 잡아당기느라고 애를 썼다는 기억은 전혀 없다. 나는 제임스와 같은 높이까지 올라갔고, 우리 두 사람의 몸이 밀착되었다. 따뜻하다는 감각이 있었고, 내가 의식을 잃은 것은 그 순간이었다.

하지만 그렇다면 나는 머리가 부딪히지도 않았고 진탕을 일으키지도 않았다는 얘기인가? 뒤통수를 만져보니 말랑말랑하게 부어오른 혹이 뚜렷하게 느껴졌다. 물론 전에 머리를 부딪혔지만 의식을 잃지 않았을 수도 있다. 그렇다면 정말로 보았을 경우에, 나는 언제 뱀을 보았을까? 그리고 제임스도 뱀을 보았을까? 그런데 어째서 내가 기억을 해두려고 써놓은 글에는 뱀에 대한 언급이 없을까? 그리고 글이 끝나는 부분에서는 무슨 얘기를 하려고 했나? 물론 뱀을 본 직후에 머리를 부딪혔다면, 비록 제임스의 구조는 기억했어도 글을 쓸 때는 뱀을 잊어버렸을 수도 있다. 그리고 나는 어째서 그것 역시 잊었다가 이제 와서야 갑자기 기억이 났을까?

나는 굉장히 흥분한 상태로 벌떡 일어섰다. 제임스의 모험에 대한 내 기억은 분명히 착각이 아니었다. 그렇지 않고서야 그 소용돌이 속에서 내가 어떻게 빠져나왔겠는가? 오늘에 와서야 나는 어떤 인간의 힘으로도 나를 끌어올릴 수가 없고, 파도가 나를 바위 꼭대기로 밀어 올리지도 않았다는 결론을 얻었다. 사촌은 그가 너무나 초연하게 '재주'라고 표현했던 그런 힘을 써서 나를 구했다. 제임스가 그런 '재주'로 살려보려고 했던 셰르파의 얘기가 다시 생각났다. 그때 나는 '정신력 집중으로 체온을 높인다'는 제임스의 얘기를 의심했던가? 나는 그 문제를 별로 생각해보지 않았다. 아주 평범한 각도로 그 얘기를 이해할 수도 있으리라. 눈 속의 천막에서 자루에 들어가 두 남자가 서로 부둥켜안고 체온을 올리려다가 한 사람이 죽는다. 제임스가 무엇을 하려고 했든지 간에 실패를 했다는 사실이 나에게는 흥미로웠고 자극이었다. 어떤 괴이한 동양의 은둔자가 체온을 조절하는 방법을 알아내었다는 주장 자체는 이제 별로 믿기 어렵지는 않았다. 하지만 가파른 바위를 기어 내려오고, (지금 내가 기억하듯이) 소용돌이를 치는 파도 속에서 겨드랑이에 두 손을 넣고 체중이 75킬로그램이나 나가는 사람을 5미터나 10미터 들고 올라왔다는 것은 회의적인 서양인으로서는 믿어지지 않는 얘기였다. 하지만 나는 그것을 기억했다. 그리고 글로 써놓은 증거도 있다. 그리고 무척 이상한 무슨 일이 벌어졌다.

나는 다시 책상에 앉아 호흡을 가다듬으려고 애썼으며, 내 생명을 구하느라고 사촌이 어떤 신비한 힘을 사용했다는 생각을 하니 갑자기 가장 순수하고 부드러운 기쁨이 마음에 가득 차서 하늘이 열리고 하얀 빛이 마구 쏟아지는 기분을 느꼈다. 나는 다나에〔소낙비로 변신해 내려온 제우스의 아이를 임신하여 페르세우스를 낳았음〕 같은 기분이었다. 마지막으로 제임스와 얘기를 나눈 다음에 그와의 사이에서 새롭고 마음을 터놓는 관계가 이루어졌다고 느낀 것은 지금의 감정을 예시하는 섬광에 지나지 않았다. 묘하고도 우스꽝스러운 얘기지만 나는 정말 재미있구나! 하는 생각도 들었다. 그리고 제임스의 얘기가 생각났다.

"정말 우린 재미있게 지냈지!"

그리고 나는 그에게 고맙다는 말을 하며 웃고 싶었다.

시계를 보았다. 11시가 조금 지났을 뿐이어서 전화를 걸기에 너무 늦은 시간은 아니었다. 벅찬 감정에 숨이 막혀 소리를 치며 촛불을 들고 서재로 뛰어갔다. 제임스의 전화번호를 돌렸다. 그에게 무슨 얘기를 할지는 생각도 해보지 않았다. 잊지 말고 바다뱀을 보았는지 꼭 물어봐야겠다고 생각했다. 전화가 울리고 또 울리는 동안에 내 흥분은 실망으로 바뀌었다. 벌써 티베트로 떠났을까? 아니면 그저 저녁에 외출을 해서 어떤 군인과 클럽에서 식사를 하는 중일까? 맙소사, 나는 그의 생활에 대해서 너무나 아는 것이 없다. 아침에 다시 전화를 건 다음 런던으로 가겠다고 마음을 먹었다.

다시 부엌으로 가서 뒷문을 열었다. 아까 느꼈던 싸늘한 두려움은 완전히 사라졌다. 잔디밭으로 나갔다. 집 안은 컴컴하고 서늘했지만, 바깥은 환했고 바람은 따뜻했다. 바깥에서 잠을 잘 생각으로 서재에서 방석을 모으고 위층에서 담요와 베개를 가지고 내려왔다. 전에 잔 적이 있는 바닷가로 올라가서 잠자리를 폈다. 그러고는 작고 빨간 방의 창문에서 촛불이 아늑하게 깜박이는 집으로 되돌아갔다. 희미하고 어둑어둑해지기는 했지만 하늘은 커다랗고 뾰족뾰족하게 빛나는 개밥바라기 이외에는 별들이 광채를 발산하지 못할 만큼은 환했다. 나지막하게 걸린 반달은 치즈처럼 파리한 빛깔이었다.

제단에서처럼 포도주 잔과 거의 빈 병의 양쪽에 촛불을 켜놓은 작고 빨간 방으로 들어갔다. 나는 나머지 포도주를 따르고 자리에 앉아 생각에 잠겼다. 기억을 더 많이 되살려보려고 애썼다. 분명히 다른 사람들은 이상한 점을 전혀 눈치채지 못했다. 페레그린은 나를 밀어버린 다음에 그냥 걸어갔다고 그랬다. 그는 무척 취해서 무슨 일이 있었는지를 정확히 몰랐으리라. 다들 얘기를 들었을 때쯤에 나는 이미 바위에 누워 있었고, 제임스는 나를 살려내려고 애쓰는 중이었다. 제임스가 그 후에 곧 쓰러져서 자리에 누워 앓았기 때문에 나는 그에게 제대로 물어보지 못했다. 그는 왜 지쳤을까? 상상도 못 할 방법으로 내려오느라고, 육체적·정신적 힘을 소모해가며 나를 구해내느라고 그렇게 되었나? 나는 "사람들이 하는 일이란 꽤나 힘들기도 하지만"이라고 하던 제임스의 말이 생각났다. 제임스가 기운이 빠져서 몸을 가누지 못한 것도 이상한 일이 아니다. 그리고 또…… "난 그를 꼭 붙잡아주지를 못하고 놓아버린 셈인데"라는 말도 했다. 그날 밤 내가 잠이 들 때 제임스는 누구에 대한 얘기를 하고 있었을까? 셰르파나 아니면…… 타이투스였나? 어떻게 바로 그 무렵에 타이투스가 나를 찾아왔을까? 왜 제임스는 그렇게 꼬집어서 타이투스의 이름을 물었을까? 이름은 길이다. 그리고 왜 타이투스는 제임스를 '꿈속에서' 봤다고 그랬을까? 제임스는 항상 잃

349

은 것을 찾아내는 사람이었다. 그는 마음의 촉각을 뻗어 타이투스를 찾아 이곳으로 데려다가, 내가 바다에서 떠오른 다음 이상하게도 제임스가 병에 걸렸을 때 끊어진 인정의 실로 묶어놓은 듯 줄곧 돌보아주고 있었을까? 타이투스의 죽음에 대한 제임스의 반응은 마치 자신의 잘못이었다는 듯 "그런 일이 있어서는 안 되는 건데"였다. 하지만 그것이 그의 잘못이라면 내 잘못이기도 하다. 죄악의 무자비한 인과응보가 존재하니, 어떻게 보면 타이투스는 페레그린에게서 내가 로시나를 빼앗았기 때문에 죽었다. 그리고 물론 제임스의 헛된 생각이 셰르파를 죽였듯이 내 헛된 생각은 타이투스를 죽였다. 두 경우에 다 우리의 약점이 우리가 사랑하는 것들을 파괴했다. 그리고 지금 나는 제임스가 한 또 다른 말이 생각난다. 종교나 미신이나 그게 그거야. 그리고 정신세계에 조금이라도 서투르게 잘못 뛰어들었다가는 다른 사람들에게 악마만 불러다 줄 따름이고, 선을 행하는 악마들은 끝까지 남아서 나중에 못된 장난을 칠 수도 있으니까. 제임스가 나를 구하는 데 도와준 그런 악마들 가운데 하나가 제임스가 쓰러진 틈을 타서 타이투스를 붙잡아 어린 그의 머리를 바위에 찧었을까?

이것은 너무나 미친 생각이었으며, 그 뜻하는 바가 너무 소름 끼치게 무서워서 나는 그만 생각하고 자야겠다고 작정했다. 무슨 일이 있어도 잠을 자야만 할 것 같았다. 이 모든 얘기를 제임스에게 하고, 혹시 벌써 떠났다면 편지를 써야겠다는 강렬한 충동을 느꼈다. 하지만 어떻게 주소를 알아내며, 일정한 주소가 있기나 하려나? 사실 나는 그를 아는 사람이라고는 토비 엘스미어 이외에 아무도 몰랐으며, 토비는 제임스의 행동이나 생활 방식을 전혀 모르거나 희한해하는 듯싶었다. 무슨 군대 사령부나 국방부로 찾아가서 물어볼까? 물론 그들은 "전혀 모른다"고 하리라.

포도주는 다 마셨고, 불은 붉은 얼룩만 무겁게 남은 잿더미로 변했다. 나는 깊은 한숨을 짓고는 제임스와 내가 거북하고 난처한 친척이나 거의 적에 가까운 사이가 아니라 친구로 지냈을 수도 있을 낭비된 기나긴 세월을 생각해보았다. 나는 책상으로 손을 뻗어 뜯지 않은 편지 뭉치를 뒤적이며 낯익은 글씨가 없는지 살펴보기로 했다. 물론 제임스에게서 온 편지가 있었다면 한눈에 찾아내었으리라. '젊은 여배우' 얘기를 그 나름대로 설명한 시드니의 편지가 있을지도 모른다. 런던 소인이 찍히고 틀림없이 영어를 쓰는 솜씨가 서투른 사람이 'C. 애로우비 씨' 앞으로 보낸 편지가 눈에 띄었다. 피곤하고 따분한 호기심에서 그 편지를 집어 뜯어보았다. 이틀 전에 발송한 그 편지의 내용은 이러했다.

친애하는 애로우비 선생님,

슬픈 소식을 전하게 되어서 미안합니다. 선생님 전화번호를 알아낼 수가 없었습니다. 하지만 선생님이 이 종이에 적힌 번호로 전화를 하셔도 무방합니다. 슬픈 소식이란, 선생님의 사촌 제임스 애로우비 씨가 방금 사망을 하셨습니다. 전 그분의 의사입니다. 선생님이 그분의 사촌이고 상속자이며 제가 사망을 통지해야 한다는 쪽지를 남기셨더군요. 그래서 이 편지를 씁니다. 당신에게만 알려드리고 싶은 것도 있습니다. 애로우비 씨는 아주 평온하게 돌아가셨습니다. 저더러 오라고 전화를 하셨는데, 제가 도착했을 때는 벌써 돌아가신 다음이었고, 문을 열어두었더군요. 미소를 짓고 의자에 앉아 계셨어요. 이 얘기를 해드려야겠습니다. 우연이 아닌 우연 때문에 저는 그분의 의사가 되었습니다. 저는 인도 사람이고, 데라둔 출신입니다. 처음 만났을 때 저는 애로우비 씨가 아는 것이 많은 사람임을 알아보았습니다. 아마 선생님은 이해를 하실 겁니다. 저는 그분을 찾아가면서 무슨 예시적인 생각이 떠올랐는데, 도착을 하니까 그것이 무엇인지 알게 되었습니다. 북부 인도에서 저는 그런 죽음들을 보았는데, 이 얘기를 하는 까닭은 너무 걱정을 하지 마시라는 뜻에서입니다. 애로우비 씨는 모든 것을 달성하고 행복하게 돌아가셨습니다. 저는 사망 원인을 '심장마비'라고 확인서에다 썼습니다. 하지만 그렇지가 않아요. 죽음의 순간을 자유롭게 선택해서 육체에 폭력을 가하지 않고도 단순히 의지력만으로 죽는 사람들이 있습니다. 그분은 그랬습니다. 저는 그분에게 경배를 했습니다. 그분은 조용히 돌아가셨고, 스스로 생각의 힘에 의해 의식을 단절시켰습니다. 그러니까 훌륭하게 돌아가신 겁니다. 제 말을 믿으십시오. 선생님, 그분은 해탈을 하셨습니다.

전화를 걸어주시면 언제라도 선생님을 돕겠습니다. 당신의 참되고 복종하는 벗인,

P. R. 창

나는 편지를 다시 처음부터 끝까지 읽었고, 무섭고도 싸늘한 침묵이 엄습해서 동상처럼 오랫동안 꼼짝도 않고 앉아 있었다. 이상한 그 편지가 장난이나 실수라는 생각은 들지 않았다. 제임스가 죽었다는 것은 의심하지 않았다. 그는 조용히 죽었으며, 육체에 이성의 힘으로 조심스럽게 약간 눌러 끊임없이 깜박이는 의식을 영원히 멈추게 했다. 나는 움직이기가 두려운 듯 웅크리고는 꼼짝도 않는 깊은 슬픔을 느꼈다. 그러고는 여태껏 알지 못했던 묘하고 새로운 감각을 느꼈는데, 그것이 고독임을 깨닫는 데는 시간이 좀 걸렸다. 마침내 나는 제임스가 없이 혼

자였다. 그가 사촌이 아니라 쌍둥이 형제인 것처럼 이 세상에서 그의 존재에 나는 얼마나 많이 의존했던가.

시계를 보니 자정이 다 되었다. 내일은 정말 런던으로 가야겠다. 그리고 무슨 일이 있었으며, 사람들이 그를 어떻게 했을까 궁금하게 생각하며 절망적이고 슬픈 혼란을 느꼈다. 공허한 미소를 짓고 죽은 채로 제임스는 의자에 그냥 앉아 있을까?

침대로 가려고 몸을 일으킨 나는 바위에다 잠자리를 마련해놓았다는 사실이 생각났다. 그곳으로 가기로 했다. 바깥은 밤이 따뜻했고 여기저기 흩어진 별들과 희미한 얼룩처럼 반원을 그린 은하수가 겨우 보일 만큼만 어두웠다. 하지만 하늘은 가볍게 펼쳐진 듯 보였고, 한여름이 다 되었다는 생각이 났다. 이제는 아주 익숙해진 바위로 별로 위험하지 않게 찾아갈 수가 있었지만, 한 곳에서는 미끄러져 발이 웅덩이에 빠졌다. 웅덩이 물은 따뜻했다. 딱딱한 잠자리를 찾아내고는 구두는 벗었어도 셔츠와 바지를 입은 채로 누웠다. 머리를 괴고는 검은 선과 은빛 선을 드러내는 수평선을 쳐다보았다. 천천히 움직이는 뱃전에서처럼 바로 밑에서 바닷물이 찰랑거렸다.

제임스는 왜 갔으며, 왜 지금 떠나기로 결심했을까? 내가 알지 못하는 어떤 긴박한 까닭이라도 있었나, 아니면 그것은 내가 전혀 파악하지 못하는 사촌의 존재가 지닌 운명의 커다란 수레바퀴에서 한 부분이었나? 온갖 미친 추측이 자꾸만 머리에 떠올랐다. 리지와 무슨 관계가 있을까? 어림도 없다. 아니면 타이투스? 그의 죽음이 자신의 탓이라는 생각에서 타이투스에 대한 회한으로 시달렸을까? 그러자 제임스가 정말로 타이투스를 전에 알았으며, 아마도 타이투스에게 매력과 몸가짐을 가르치고 단테의 시집을 주었던 미지의 인물이 아닐까 하는 추측까지도 하게 되었다. 하지만 그런 기만은 진지하게 상상하기가 어려운 일이었다. 그리고 바다 위 하늘을 쳐다보며 누워 있던 나는 황금빛 위성이 하늘을 가로질러 천천히 조심스럽게 여행을 시작하는 것을 보았는데, 그것은 차분한 마음으로 여행하는 영혼처럼 보였다. 제임스는 여행을 떠난다고 했었다. 죽음이 그의 여행이었다. 그것은 그의 마지막 '재주'였다.

아니다, 이 '떠남'은 어떤 평범한 현재의 원인과도 결부를 할 수가 없다. 제임스의 결정은 다른 존재의 양식에, 다른 정신적인 모험과 실패의 역사에 속했다. 제임스가 이해하기에는 어떤 '잘못'이 셰르파의 죽음을 야기했든지 간에 그것은 더 일반적인 어떤 상태에 속했으리라. 종교는 힘이고, 힘이어야만 하지만, 그것은 독소이기도 하다. 힘의 행사는 위험한 기쁨이다. 아마도 제임스는 어쩌다가 마술로 몰락한 정신성을, 길을 잘못 들어선 신비주의의 부담을 덜고 싶었을 따름인지도 모른다. 내 생명을 구하기 위해서 그의 '힘'을 사용했어야만 했기 때문에 역겨움에 사로잡혔던가? 그것이 마지막 승부였고, 결국 그것은 사실 내 잘못이었나? 결국 나는 배은망덕한 부담이요, 위험한 애착이 되고 말았는가? 여기에서 나는 제임스의 마지막 방문이 혹시 지니고 있었을 의미를 구슬프게 이해했다. 제임스는 나하고 화해를 하려고 찾아왔지만, 그것은 내가 아니라 자신을 위해서였고, 유대를 완성시키는 것이 아니라 깨뜨리고 말았다. 그는 그것이 우리의 마지막 대화임을 알았고, 그랬기 때문에 그는 그토록 너그럽고, 여유가 있고, 전례가 없을 만큼 솔직하고 다정했다. 그는 타협을 위한 어떤 평범한 욕망이 아니라, 마음을 산란케 하는 마지막 걱정거리를 떨어버리기 위해서 찾아왔다. 하찮은 사촌에 대한 죄의식과 불안감이 아마도 오래전부터 염두에 두었

354

을 듯한 완전한 떠남의 조건을 흐려놓았는지도 모른다.

그 단절이 어떻게 행해졌을지 나는 궁금했다. 그는 죽음의 순간에 찾아오고, 인간이 거기에서 당장 은덕을 입는 '실제'의 환상에 흡입이 되었을까? 그는 기꺼이 그 만남을 찾아갔고, 이상한 해탈의 낙원으로 가서, 지금은 그것이 무엇을 의미하는지는 모르지만, '벗어난' 상태에 이르렀을까? 아니면 아킬레스의 망령처럼 힘없이 고통을 받으며 어떤 연옥에 갇혀 나로서는 상상도 안 가는 죄들을 씻고 있을까? 그는 지금 괴물들이 우글거리는 시커먼 바르도에서 방황하며 그가 한때 알았고 악마들 때문에 겁에 질린 사람들의 허깨비를 만날까? 그 죽음의 잠에 서는 이 속세의 괴로움을 떨쳐버리고 잠깐 휴식을 취하는 동안에 어떤 꿈들이 우리를 찾아올지 모른다. 바르도는 어떻게 벗어나는가? 제임스 가 한 얘기가 생각나지 않는다. 왜 설명을 해달라고 내가 한 번도 청하 지 않았나? 그는 집요한 어떤 공포의 형태로 그곳에서 그의 이성이 창조한 못된 유령인 나를 만나게 될 것인가? 그런다면 그가 해탈을 이 룬 다음에 나를 잊지 말고 연민과 자비를 지니고 찾아와 진실을 알게 되기를 나는 기도했다. 어떤 결과가 오더라도.

조용히 찰싹거리는 바다 소리를 듣고 이런 슬프고도 이상한 생각에 잠겨 누워 있노라니까 별들이 점점 더 많이 나타나서 두드러졌던 은하 수를 삼키며 하늘 전체를 가득 채웠다. 그리고 머나먼 그 황금의 바다 에서는 별들이 소용없이 쏘아대고 떨어져, 몇십억의 황금빛 점들이 뒤 엉키는 속에서 그들의 운명을 찾아갔다. 그리고 얇은 커튼이 하나씩 하 나씩 사라지면서 나는 젊은 시절 마술 같은 오데온스 극장에서처럼 별 들의 뒤에 있는 별들의 뒤에 있는 별들을 보았다. 그리고 나는 천천히 조심스럽게 안팎이 뒤집히는 우주의 부드럽고 광대한 속을 보았다. 나는 잠이 들었고, 잠 속에서 노랫소리가 들려오는 것 같았다.

　잠을 깨니 새벽이었다. 몇십억의 별들은 사라졌고 하늘은 부옇게 안
개가 낀 아주 엷은 푸른 빛깔이었고, 거대한 하나의 반원을 그리며 시
원하고도 차분한 빛을 머금었으며, 해는 아직 떠오르지 않았다. 아직도
어떤 색깔이라고 분간하기 어려운 바위들이 뚜렷하게 드러났다. 바다
는 아주 잔잔하고, 회색빛으로 반들거렸고, 잔물결조차 없었으며, 수평
선은 지극히 가늘고 뽀얀 선으로만 나타났다. 떠도는 혹성이 소리 없이
숨이라도 쉬듯, 완전하면서도 조심스러운 침묵이 흘렀다. 나는 제임스
가 죽었다는 사실을 기억했다. 한 사람의 첫사랑은 누구인가? 진실로
누구였던가.
　나는 정신을 가다듬고 무릎을 꿇고 앉아서 이슬에 젖은 베개와 담요
를 털었다. 그때 무엇이 바위의 바로 밑에서 솟아나와 육지로 기어오르
려는 듯 고요한 침묵 속에서, 바닷물에서 갑자기 철썩거리는 이상하고
도 요란한 무서운 소리를 들었다. 잠깐 동안 두려움에 휩싸인 나는 돌
아서서 바닷가로 몸을 내밀었다. 그러자 내 밑에서 개처럼 생긴 젖은
얼굴로 신기한 눈으로 위를 올려다보며 손이 닿을 만큼 바위에 가까운
곳에서 헤엄을 치는 물개 네 마리가 눈에 띄었다. 나는 물이 흘러내리
는 콧수염과, 밝고 호기심이 어린 동그란 눈과, 유연하고 매끄러운 의
연함을 지닌 축축한 물개들의 등을 내려다보았다. 그들은 얼마 동안 몸
을 비틀고 장난을 치며, 줄곧 나를 올려다보면서 물을 마시고 꾸르륵거
렸다. 물개들을 지켜보고 있는 동안에 나는 그들이 나를 찾아와 축복을
내리려는 은총의 사자임을 조금도 의심하지 않았다.

삶은 계속되고

모든 정열이 소모된 다음 마음이 평온해진 순간에 물개와, 별과, 설명과, 체념과, 타협과, 모든 것에서 찬란하고 희미하고, 애매하고, 더 높은 의미를 찾아내는 장면에서 이 소설이 끝나야 한다는 것은 의심할 나위가 없다. 하지만 삶이란 예술과 달라서, 반전이 일어나고, 해답에 회의를 불러오고, 짜증스럽게 들쑥날쑥 제멋대로 미적거리는 면이 있으므로 행복하거나 조용하게 영원히 살아가기가 불가능하게 만들기 십상이어서, 이것이 책의 형태를 갖춘다면 얼마 안 있다가 불쑥 틀림없이 끝나리라는 것을 알면서도 또다시 일기라는 형식을 통해 조금 더 얘기를 계속할 생각이다. 사실 실질적으로 서술할 것이 전혀 없을 만큼 하찮은 행사이기는 했지만, 특히 제임스의 장례식 얘기를 해야겠다는 생각도 들었다. 그리고 또한 이 기회를 빌려 마무리가 덜 된 것들을 매듭지어야 한다는 생각도 했는데, 물론 마무리를 지어야 할 새로운 문제들이 자꾸만 나타나게 마련이어서 제대로 매듭을 짓는다는 것은 어려운 일이다. 세월은 바다와 같아서 모든 매듭을 풀어놓는다. 사람들에 대한 판단은 절대로 궁극적일 수는 없어서, 정리를 하다 보면 또다시 재고의 필요성이 나타난다. 우리를 위로하기 위해서 예술이 무슨 거짓말을 하든지 간에 인간 관계란 막연한 추측과 풀린 매듭에 지나지 않는다.

이 글을 쓰는 지금은 8월인데, 영국인이 상상하는 프로방스의 노란

8월이 아니라, 길거리 끝의 템스 강에 바람이 불어대는 평범하고 시원한 런던의 8월이다. 그렇다. 나는 제임스의 아파트먼트에서 살고 있다. 법적인 관점에서는 내 아파트먼트이지만, 물론 이곳은 사실 제임스의 집이다. 나는 감히 아무것도 바꾸지를 못하겠고, 아무것도 섣불리 옮겨 놓지를 못한다. '미신'의 우상들이 나를 둘러쌌다. 용기를 내어 너무 이상한 '주물'들은 찬장에 넣었고, 홀에 걸어놓은 유리 장식품은 짤그랑 거리는 소리가 잠에 방해가 되어 떼어 내렸다. 하지만 속에 악마가 갇혀 있고 장식이 요란한 나무 상자는 아직도 까치발에 그냥 걸려 있다. (제임스는 그 속에 악마가 들어 있다는 것을 한 번도 부인하지 않았다. 내가 물어보면 그는 미소만 지었다.) 제임스의 유언장에 언급되지 않아 기분이 나쁜 것 같아 보이던 토비 엘스미어에게 한 개를 주기는 했지만, 수많은 불상들은 제자리에 그대로 두었다. 유언장에는 내가 모든 것을 상속하며, 제임스보다 내가 먼저 사망하는 경우에는 영국 불교 협회로 넘어가게 되어 있었다. 협회에도 불상을 하나 주었다.

부동산업자에게서 오늘 또다시 조심스럽고 갈피를 잡기 어려운 편지가 왔다. 슈러프 엔드는 팔려고 내놓았다. 별들의 밤과 물개들이 찾아온 아침 이후로 하룻밤도 그곳에서 더 지내지를 않았다. 가져올 짐을 챙기는 동안은 레이븐 호텔에서 지냈다. 방에서는 탑은 보였지만 집은 보이지 않았다. 습기 때문인지 다른 이유에서인지 집을 살 사람이 하나도 나서지를 않는다. 열쇠를 보관하는 아모른 농장의 아크라이트 부부는 지붕을 수리하겠다고 그랬지만 부동산업자의 얘기를 들으니 고치지 않았단다. 제임스의 유언장이 넉넉히 살아갈 만큼 남겨주었기 때문에 다행히도 돈은 급히 필요하지가 않다.

앞에서 말했듯이 제임스의 장례식 얘기를 해야겠다. 어쩐지 이상한 공허감이 감돌았다. 천만다행으로 내가 장례식을 집행하지는 않았다. 블랙손 대령이 그 일을 맡았는데, 그는 장례식을 위해 나타났다가는 사라져버렸다. 의사의 편지를 받은 다음날 내가 런던에 도착했더니 블랙손 대령과 의사는 제임스의 아파트먼트에 있었다. 대령은 나한테 연락이 닿지를 않아서 자기가 장례식(火葬)을 주선했다고 설명했지만, 혹시 내 마음이 안 내키면…… 내 마음이 안 내킬 일은 없었다. 의사와 얘기를 나누고 싶었지만 그는 블랙손이 화장터로 가는 길을 나에게 설명하는 동안에 자취를 감추었다. '제임스'는 이미 '안식의 교회'로 옮긴 다음이었다. 나는 그를 찾아가지 않았다.

화장은 이틀 후 북부 런던의 어느 거대한 공원묘지에서 이루어졌다. 묘지의 붐비고 시끄러운 느낌을 거치고 나니 '명복의 공원'은 웬일인지 공허한 불안감을 주었다. 우아하지도 못하고 딱딱한 분위기였고, 직원들은 꽤 서둘러대며 '손님'을 처리하는 동안 우리더러 바깥에서 기다리라고 했다. 보아하니 착실한 대령이 예약한 우리 '구멍'은 쓸 만했다. 대령과 의사가 참석했다. 토비 엘스미어도 왔는데, 무척 안타까워했다. 전에는 (그리고 그 후에도) 나는 그와 제임스의 관계에 대해서 한 번도 생각을 해보지 않았지만, 어쨌든 까마득한 과거에 속하는 것 같았다. 제임스와 토비는 젊었을 때 군대 생활을 같이 했을 뿐 아니라 학교도 같이 다녔다. 토비는 학창 시절에 그를 흠모했던 모양인데, 그런 유대는 평생 계속되기도 한다. 매끈하게 검정 양복을 입은 남자가 네 사람 있었는데, 군인이라고 생각된다. 그들은 내가 누구인지 전혀 모르는 기미였고, 내가 몇 마디 얘기를 나눈 토비도 그들을 몰랐으며, 나와 얘기를 나눈 사람이라고는 토비뿐이었다. 몇 분 사이에 다 끝났다. 물론 기도는 없었고, 처량하고 맥 빠진 짤막한 음악과 묵념이 뒤따랐는데, 뒤에서 어떤 직원이 시끄럽게 문을 열자 그나마도 끝나버렸다. 나는 적절한 의식을 거행했으면 하는 아쉬움을 느꼈다. 하지만 내가 주선한 어떤 의식이라도 아마 제임스의 혼령이 못마땅하게 여겼으리라. 적어도 나는 훌륭한 음악과 더불어 그를 보내도록 해달라고 요구를 했어야 했다.

우리는 바깥 정원으로 나갔다. 블랙손 대령이 나와 악수를 했다. 모두들 뿔뿔이 떠나기 시작했다. 의사와 다시 얘기를 나누려고 했지만 그는 병원에서 자기를 기다린다고 했다. 사망 진단서 때문에 약간 불안해하는 것 같았다. 토비는 반쯤 진담으로 차를 태워주마고 했지만 내가 거절했다. 그 역시 혼자 있고 싶어 한다고 생각해서였다. 초라하고 처량한 뒷골목을 한참 동안 거닐다가 길을 잃어버렸다.

제임스가 슈러프 엔드를 찾아와서 보낸 마지막 날 저녁에 내가 고치려고 애쓰던 망치를 방금 부엌 서랍에서 발견했다. 걱정이 되어서 그가 가지고 온 모양이었다. 부엌이 마음에 든다. 건조하고 널찍한 식료품실은 내가 도착했을 때 여전히 비어 있었다. 배터시 발전소도 내다보이는데, 저녁에는 아시리아의 기념비처럼 보인다. 셰퍼드 부시의 내 아파트먼트는 팔아버리고 가구를 이리로 좀 옮겼다. 슈러프 엔드에서도 내 물건들을 가지고 왔지만 초니 부인 것은 손을 대지 않았다. 로시나가 깨뜨린 이후 유리를 다시 끼우지 않은 현대 미술품 같은 타원형 거울이 탐났지만 참았다. 내 물건들은 대부분 제임스의 탈의실에 두었다. 그곳은 이제 제임스의 신전 속에 자리 잡은 찰스의 자그마한 성역이었다. 가끔 그곳에 들어가 앉아서 시간을 보낸다. 책들은 상자에 넣은 채 그대로 홀에 놓여 있다. 깨끗하게 걸었거나 말끔하게 접어놓은 제임스의 옷들을 건

드릴 마음이 아직은 내키지가 않아서 내 옷들은 대부분 가방 속에 들어 있다. 침실의 커다란 옷장은 다른 세계로 들어가는 입구 같다. 아파트 먼트에 있으면 마음이 편하지는 않아도 다른 곳에서 살 생각은 없다. 그가 여기 없다는 것이 가끔 믿어지지가 않는다. 어젯밤에는 그가 꼭 옆방에 있는 것만 같은 생각이 들어서 들어가 확인을 해야만 했다.

골더스 그린에 있는 그들의 자그마한 저택에서 금요일에 리지와 길 버트를 만났다. 나는 가끔 그들을 찾아가고, 그들은 하루 종일 요리를 하며 보내서 지저분한 냄새를 풍긴다. 길버트는 한없이 계속되는 한심 한 텔레비전 연속극에서 희극적인 주인공으로 이제는 꽤 성공했다. 그 는 난생 처음 유명해졌고, 길거리에서는 사람들이 다가와서 그를 만져 본다. 비평가들은 심지어 그를 윌프레드 더닝에 비유하지만, 그것은 어 림도 없는 소리다. 리지는 행복해 보인다. 그녀는 병원 일자리를 집어 치웠고, 살이 더 쪘다. 그들은 요즈음에도 언젠가 나하고 집을 같이 쓰 고, 내가 위층에서 살고 그들은 아래층에서 살며 내 '심부름'을 하겠다 는 얘기를 한다. 우리는 농담 삼아 그 얘기를 한다.

그들은 나를 늙은 병자로 취급하는가? 그들은 제임스의 아파트먼트 가 살기에는 소름 끼치는 곳이라고 생각한다. 물론 나는 그들을 이곳으 로 초청하지 않는다. 나는 어느 누구도 이곳에 초청한 적이 없다.

나는 독신 생활을 하는 성직자 아저씨의 역을 맡게 되는 것일까? 어 제는 앞에서 언급한 적이 없을지 모르지만 내 비서인 미스 카우프만을 데리고 나가 커피를 마시며 그녀의 늙은 어머니에 대한 슬픈 얘기를 들 어주었다. 그러고는 로즈메리 애쉬와 술집에서 점심을 먹으며 시드니와 메이벨 얘기를 다 들었다. 메이벨은 스무 살이다. 로즈메리는 아직도 시드니가 정신을 차리기를 바란다. 아이들은 캐나다를 좋아한다. 로즈메리의 생각에 그들은 이혼에 대해서 상당히 심각한 태도를 보인다. 슈러프 엔드에서 있었던 일에 대해 로즈메리가 별로 자세히 알지 못해서 다행이었고, 나는 내용을 얘기하지 않았다. 그녀가 들은 바로는 마을의 어떤 미친 여자에게 내가 시달렸고, 길버트의 남자 친구가 물에 빠져 죽었다는 것이다. 다행히도 그녀는 내 문제를 얘기하고 싶어 하지를 않았다.

지금은 저녁 늦은 시간, 아파트먼트이다. 축 늘어진 눈꺼풀 밑으로 그들이 피상적인 세계를 보지는 않겠지만, 불상들은 나를 쳐다보는 것 같다. 섣불리 하녀를 두고 싶지가 않아서 집 안은 점점 지저분해진다. 어설프게 청소를 좀 해봤지만 깨지기 쉬운 것들도 있어서 물건들을 옮겨놓지 않았다. 까치발에 걸린 악마 상자가 특히 조심스럽다! 제임스의 영혼이 점점 사라져감에 따라 이곳은 점점 더 박물관처럼 보이지 않는가? 내가 차지하는 면적은 늘어나지를 않는다. 부엌에서 식사를 하고는 거실에 있는 이 책상으로 다시 쪼르르 달려온다. 옷은 홀에서 갈아입는다. 잠은 더 큰 남은 방에서 잔다. 물론 제임스의 침대에서는 잘 용기가 나지 않는다. 제임스의 멋진 침실은 쓰지 않고 문을 닫아두었다.

적어도 이제는 책상을 차지해서 값진 옥으로 만든 동물들 가운데 내가 좋아하는 것들을 책상에다 모아놓았다. (다행히도 미스 카우프만이 아직도 도와줘서) 나한테 온 편지들은 내가 하틀리에게 주었던 바둑무늬가 났고 알록달록한 분홍빛 돌멩이와 제임스에게 주었던 파란 줄이 간 갈색 돌멩이로 눌러놓았다. 여기 도착했을 때 그 돌멩이를 발견한 나는 기뻤다. 이 돌멩이들을 가끔 만지작거린다. 에이블 삼촌과 에스텔 숙모가 춤추는 사진과, 젊어서 코델리아(리어왕의 막내딸) 역을 맡았을 때의 클레멘트 사진도 세워놓았다. 아버지와 어머니의 사진은 적당한 것을 찾아낼 수가 없었고, 물론 제임스의 최근 사진도 없다. 여행을 위한 그의 준비는 철저했다. 아파트먼트에서는 비밀스러운 서류가 하나도 없었다. (혹시 블랙손 대령이 하나라도 치우지 않았을까?) 낡은 편지나, 사진이나, 청구서 따위, 흥미로운 유품은 하나도 없었다. 유언장은 투자에 대한 거래 은행의 명세서와 함께 가느다랗게 한데 묶어놓았다. 제임스가 변호사와 접촉을 한 흔적이 없었다. 유언장은 직접 손으로 썼다. 두 증인은 교육을 받지 않은 사람들 같았다. 얼마 동안 나는 어리석게도 내가 읽도록 어디에 숨겨놓았을 편지를 찾아내려고 했다. 벽의 틈 바구니까지도 살펴보았다.

어젯밤 길버트와 리지가 연 조촐한 파티에서 나는 페레그린이 런던 데리 극장에서 성공을 거두었으며 에이레의 평화를 부르짖는 인물로 꽤 유명해졌다는 소식을 들었다. 로시나도 그에 못지않게 열성이며, 정치 의식이 생기고 권력에 미쳤다는 소문도 났다. 길버트는 프리치의 〈오디세이〉가 끝장났다고 말했다.

그렇다, 요즈음 나는 파티에 돌아다닌다. 런던에서 돌아다니며 평범한 사람처럼 먹고, 마시고, 떠들어댄다. 하기야 나도 평범한 사람이 아닌가? 바닷가의 외딴 동굴에서 펴보려고 했던 그 소중한 부적이 어디로 갔는지 궁금하다.

실제로 하는 일도 없이 하루 종일 바쁜 것을 보니 나도 늙었나 보다. 이 일기가 뒤를 졸졸 따라 다니는 길동무처럼 소일거리를 만들어준다. 끝내기 전에 어떤 (무엇을?) 명상적인 정리를 해야 한다는 초조감을 느낀다. 그 생각을 하면 몸이 도사려진다. 고통이 너무나 심하다. 나는 그 고통 얘기는 기록하지를 않았다.

앞 부분을 읽으면 내가 얼마나 지독한 이기주의자로 생각될까. 하지만 내가 그토록 유별난가? 우리는 이성보다도 훨씬 훌륭하며 비밀스럽고 생명력이 넘치고 바쁜 내성을 통해서 우리 자신의 자아 만족이 주는 광명에 의해서 살아가야 한다. 성자가 아니라면 우리는 그렇게 살아야 하는데, 성자가 존재하기나 할까? 제임스가 그 중 하나일는지는 모르지만 영적인 존재들은 있어도 성자란 존재하지 않는다.

자, 명상을 해봐야겠는데, 오늘은 그만두자. 이것이 끝난 다음에 나는 다시 글을 쓰게 될까? 클레멘트의 얘기를? 아니면 내 친구들이 그토록 필요하다고 친절히도 의견을 피력하던 연극계에 대한 책을? 아니면 그저 불가에 앉아 셰익스피어를 읽으며, 마술이 현실을 축소시켜서 요정들이 장난감으로 가지고 놀도록 작은 것들로 바꿔놓지를 않는 곳인 집에서 지낼까? 성자는 없을지 모르지만 자아 만족의 빛이 온 세계를 비춘다는 증거가 적어도 한 가지는 있다.

제임스에게 편지가 몇 통 왔지만 모두가 학자들이 보낸 것이었다. 보아하니 사촌은 유명한 동양학자여서 전세계의 식자층과 서신 왕래가 있었다. 영국 국립 박물관에 있는 어떤 사람에게 그 편지들을 보냈더니 그는 전화를 걸어와서는 제임스의 책들을 어떻게 처리하겠느냐고 물었다. 박물관 사람에게 책들을 구경하겠느냐고 물었더니 어제 찾아왔다. 아파트먼트에 있는 물건들을 모두 둘러보더니 그는 감격하고 탐이 나서 기절을 할 지경이었다.

제임스가 쓴 시들을 어떻게 해야 할지 모르겠다. 그렇다, 제임스의 시 말이다! 여태껏 나는 이 얘기를 하지 않았던 듯싶다! 그러니까 제임스는 어떤 면에서 그가 얘기했던 대로 군대에 들어가 시인이 된 셈이었다. 다른 물건은 하나도 없이 썰렁했던 꼭대기 책상 서랍 속에는 깨끗하게 타자로 정리했고 몇 꾸러미에 다다르는 원고가 들어 있었다. 틀림없이 '개인적인 유물'이었지만, 관련된 편지나 지시 사항이 하나도 없었다. 지금은 출판사를 차렸다고 내가 언급을 한 듯싶은 토비 엘스미어는 시가 있다는 소문을 어디서 듣고는 두 번 전화를 걸었다. 제임스가 그에게 언젠가 얘기를 했을지도 모른다. 그는 원고를 본 적이 없고, 나도 그에게 보여주지를 않았다. 사실 나는 그 원고가 난처할 만큼 형편없을까 봐 걱정이 되어서 읽어보거나 심지어는 훑어볼 용기조차 나지 않는다! 차라리 읽지 않고 없애버리고 싶다.

제임스가, 그것도 아주 빈번히, 인용했던 시 구절이라고는 '어떤 일이 있어도 우린 맥심총(수냉식 기관총)이 있고 놈들은 없다!' (1차 세계대전 때 영국 군인들이 자주 부르던 노래의 한 구절) 한 줄뿐이었다.

물론 이 수다스러운 일기는 가면이어서 질투와, 회한과, 두려움과, 되돌이킬 수 없는 도덕적 실패의 의식에 대한 내적인 소용돌이를 가리는 흔해빠지고 미소짓는 얼굴에 상당하는 문학적 형태이다. 하지만 거짓이란 위안을 줄 뿐 아니라 약간의 대용품 용기를 불어넣기도 한다.

사진과 함께 상냥한 제안을 되풀이하는 앤지의 편지를 또 받았다.

서서히 런던의 가을이 무르익는다. 가을이 무척 일찍 오는 듯싶다. 노랗고 빨갛고 환하게 얼룩진 플라타너스 잎사귀들은 눅눅한 보도에 자그마한 편지들처럼 붙어 있다. 콕스 오렌지가 상점에 나왔다. 식료품실 꼭대기 선반에 오렌지를 쌓아두었다. 나는 아침 저녁으로 길거리를 걸어 둑으로 내려가서 굽이치는 템스 강의 영원한 드라마와 배터시 발전소의 음산한 탑 위에 펼쳐진 요란한 하늘을 구경한다. 나는 기다린다. 페레그린은 평화를 위해 바친 공헌으로 무슨 상을 받기로 되어 있다. 로시나는 일거리가 생겨서 미국으로 갔다. 로즈메리와, 미스 카우프만과, 늙고 가엾은 페이비언과, 에라스무스 블리크라는 젊고 열광적인 배우와 점심식사를 했다. 물론 연극인들이 나더러 끊임없이 배운 옛 장난으로 되돌아오라고 귀찮게 군다는 얘기는 쓰지 않았다. 내가 관심이 없다는 것을 그들은 언제나 깨달으려나? 종이를 끼워서 전화 소리가 나지 않게 해놓았다. 꽤나 훌륭하다고 평이 난 블리크 씨의 최근 〈햄릿〉을 포함해서, 나는 연극 구경은 하나도 하지를 않았다.

클레멘트에 대한 책을 내가 언젠가는 쓸 수 있을지 궁금하다. 그녀에 대해서 썼을 지면을 이 책이 모두 빼앗아버린 기분이다. 그것이 얼마나 불공평하게 여겨지는가. 클레멘트는 내 삶의 현실이요, 영혼과 육체였다. 그녀는 나를 만들었고, 창조했고, 그녀는 나의 대학교였고, 짝이었고, 스승이었고, 어머니였고, 나중에는 아이였으며, 영혼의 친구였고, 절대적인 정부였다. 내가 결혼을 하지 않은 이유는 하틀리가 아니라 그녀 때문이었다. 하틀리를 찾아내기가 상당히 쉬운 일이었을 때도 찾지 않았던 이유는 분명히 그녀 때문이었다. 왜 나는 더 열심히, 더 오랫동안 노력을 하지 않았던가! 클레멘트가 말렸다. 기억 속에서는 행방을 감춘 하틀리에 대한 미친 듯한 갈망이 클레멘트 시절까지도 연장이 되었지만, 기억이 길을 잘못 인도했다. 어째서 클레멘트가 내 열병을 고쳐주지 못했다는 말인가? 처음 만났을 때의 클레멘트는 아름답고, 총명하고, 명성의 절정에 이른 눈부신 존재였고, 나는 늙었다고 생각했지만 아직 젊었다. 나는 스무 살이었다. 그녀는 서른아홉이나 마흔이었다. 맙소사, 그녀는 지금의 리지보다 젊었었다. 그녀를 처음 만났을 때 나는 어설프고, 멋도 없고, 무식한 풋내기 청년이었는데, 그녀가 나를 거들떠보기라도 했다는 것은 기적이었다. 나중에 나는 그녀를 냉정하게 대했고, 그녀의 소유욕에 짜증을 느꼈고, 그녀의 사랑은 귀찮게 여겨졌다. 나는 떠났고, 그녀가 떠났지만, 나는 항상 돌아왔고, 그녀도 항상 돌아왔다. 사실 우리는 한 번도 떠나지를 않은 셈이었고, 결국 그녀가 죽을 때 나는 다른 사람들을 모두 쫓아냈다.

클레멘트는 오랜 기간에 걸쳐 죽어갔다. 신문에는 몇 주일이나 그녀의 기사를 실렸다. 나는 그녀 옆에 누워, 나중에는 고통과 공포로 무척이나 쪼글쪼글해진 그녀의 얼굴을 매만져주었다. 내 손가락들은 지금까지도 그 보드라운 주름살과 소리 없이 고이던 눈물을 기억한다. 그녀는 폭풍 같은 소음 속에서 죽고 싶다고 말했으며, 며칠 동안 우리는 전축으로 바그너를 고음으로 틀어놓고 위스키를 마시며 함께 기다렸다. 그것은 기다림이면서도 기다림이 아니었으므로, 내가 기억하기에는 가장 이상한 기다림이었다. 우리가 함께 지냈던 분위기에는 강렬한 영원성이 감돌았다. 서로 상대방의 가슴에 손을 얹고, 서로 보살펴준다는 끊임없는 힘으로 우리가 극복해야 했던 두 개의 다른 예리한 공포가, 그녀의 공포와 내 공포가, 죽음에 대한 공포가 우리를 갈라놓았다. 우리는 지쳤고, 소음을 꺼버렸고, 흐느껴 울었고, 아직도 기다렸다. 나는 전에 클레멘트의 눈물을 얼마나 많이 보았으며, 얼마나 심한 역겨움을 느꼈던가. 이제 나는 그 눈물이 나를 성자로 만든다고 느꼈으며, 한달쯤 거의 그렇게 된 셈이었다. 결국 그녀는 내가 잠든 사이에 죽었다. 아침마다 나는 그녀가 죽었다고 예상했지만, 그녀는 숨을 쉬었고, 너무나 자그마하게 쪼그라든 그녀의 몸을 덮은 홑이불이 조금씩 규칙적으로 오르락내리락했다. 그러던 어느날 더는 움직이지 않게 된 그녀가 눈을 뜨고 얼굴이 달라진 것을 나는 보았다.

그녀의 죽음을 슬퍼하던 그 무렵은 죽음 자체에 대한 어둡고 공허한 공포 이외의 그 무엇이 있었다. 우리는 서로 고통을 풀어주려고 애쓰면서 함께 슬퍼했었다. 하지만 그때 같이 나눈 고통은 그녀가 영원히 없어졌다는 무섭고도 영속하는 시간의 고통보다는 훨씬 덜 심했다. 죽음이란 저마다 너무나 다르지만, 모든 죽음은 우리를 우리가 무척이나 희귀하게 들어가는 나라로, 우리가 오랫동안 추구했으며 곧 또다시 추구하게 될 것이 하찮음을 터득하게 되는 똑같은 나라로 이끌어간다.

나는 클레멘트의 죽음에 대해서 쓸 생각이 아니었다. 그런 글을 써서 나는 스스로 비참해졌고, 며칠이 지났는데도 아직 그 생각이 머릿속에서 떠나지 않는다. 물론 나는 그 슬픔을 상당히 빨리 극복했다. 그녀는 돈을 위해 나를 저버렸지만 결국은 빚만 지고 말았다.

전화가 울리지 않게 해놨더니 초대가 줄었다. 어쨌든 내가 런던으로 돌아왔다는 데 대한 사람들의 흥분이 이젠 식었다고 생각된다. 최근에는 집에서 포도주를 마시고 라디오로 아무 음악이나 들으며 저녁 시간을 보낸다. 전축이 있지만 이사를 하는 도중에 망가졌다. 쌀이나, 렌즈콩이나, 양념을 친 배추로 저녁 식사를 한다. 콕스 오렌지 씨를 먹고 꽤 취해서 일찍 잠자리에 든다. 나에게는 알코올 중독자가 될 기질이 없는 것 같다. 가슴에 통증이 오지만, 클레멘트 때문이 아닌가 생각된다.

제임스가 미쳤었는지 궁금하다. 처음으로 그런 의문이 들었다. 그 가능성이 여러 가지 일들을 설명해주지 않을까? 예를 들면 무슨 비정상적인 힘에 의해서 나를 그 소용돌이에서 건져내었다는 그의 환각을? 하지만 잠깐, 그건 내 환각이 아니었던가? 그럼 내가 미쳤나? 분명히 나는 취했고, 지금은 꾸벅꾸벅 졸고 있다. 잘 시간이 지났다. 불상들이 다가온다. 침대로, 침대로.

제임스 생각을 더 하다가 보니 방금 무엇인가 분명해진 사실이 있다. 그는 절대로 죽지를 않았고, 지하로 숨어버렸을 뿐이다! 이 모든 수수께끼는 정보국에서 꾸민 일이다! 당시에는 너무 흥분해서 나는 이 일이 모두 얼마나 수상한지를 깨닫지 못했다. 나는 제임스의 시체를 한 번도 보지 못했다. 내가 도착했을 때쯤에는 수상한 블랙손 대령이 벌써 일을 처리했고, '시체'는 치운 다음이었다. 시체를 누가 확인했는지도 나는 전혀 알아보지를 않았다. 지극히 초조해하던 인도인 의사는 분명히 영국 정보국에 매수를 당했다. 그의 편지는 사람을 당황시키는 걸작이었다. 나는 그 편지에 너무나 놀라고 혼란해져서 무슨 일이 벌어지는지 지극히 묘한 상황을 따져보지도 않았다. 마지막으로 만났을 때 제임스는 건강이 더할 나위 없이 좋았다. 의지력으로 자살을 했다는 것은 그가 물을 밟고 죽었다는 사실만큼이나 터무니가 없다. 생각해보니 아파트먼트에서는 그의 여권이 발견되지를 않았다. 지금 사촌은 어디에 있을까? 연옥이나 열반의 세계가 아니라, 군용 야크를 타고 눈이 째진 첩보원을 만나러 눈 덮인 약속 장소로 향하고 있으리라.

앞의 글을 쓰고 나서 나는 근처 길거리에서 서성거리는 동양인 몇 사람을 보았다. 나를 제임스로 잘못 알고 노리는 자들이 아니기만 바란다. 그 툴파 원주민은 틀림없이 정보원이었기 때문에, 내가 그를 보았을 때 제임스가 그렇게 못마땅해했으리라.

페레그린이 런던데리의 폭력주의자들에게 살해되었다는 놀라운 소식을 방금 들었다. 믿어지지가 않는다. 나는 그의 행동을 희극적이라고만 생각했었음을 이제야 깨달았다. 어떤 사람들은 평생을 희극처럼 살아간다. 죽음만이 희극적이 아닌데—그렇다고 해서 비극도 아니다. 순수한 두려움인 슬픔과 더불어 공허한 공포가 다시금 나를 엄습하지만, 사실 나는 페리가 아니라 다른 사람들, 나 자신의 죽음을 슬퍼하고 있다. 가엾은 페리. 그는 용감했다. 그를 조금이라도 사랑했다고는 생각하지 않지만, 나를 죽이려고 시도했다는 데 대해서 나는 그를 존경하고, 그 묘한 파도만 아니었더라면 그는 성공을 했으리라. 그토록 중요하게 여겨지던 제임스에 대한 괴이한 환상은 머리가 부딪혔기 때문에 생긴 결과였으리라. 나는 재수가 좋아서 살아났다.

가톨릭과 프로테스탄트의 고위 성직자들로부터 페레그린에 대한 찬사가 많이 터져나왔다. 그는 대단한 순교자가 되었다. 페레그린 아르빌로우 평화 재단의 설립이 추진되고 있다. 순교자의 영광을 온몸에 받기 위해 캘리포니아에서 돌아온 로시나는 미국에서 많은 기금을 모으는 중이다. 리지는 페리가 죽기 전에 다시는 돌아오지 않을 생각으로 로시나가 그와 헤어졌다고 그러지만, 그것은 악의에 찬 낭설일지도 모른다.

페리의 죽음이 가져다준 충격은 묘하게도 제임스의 죽음에 대한 내 확신이 훨씬 부당하게 여겨지도록 만들었다. 위에서 전개한 내 이론은 지극히 타당하고 그럴듯하기는 하다. 다만 나는 그것을 믿고 싶은 생각이 적어졌다. 아마도 나는 그가 죽었고, 오랫동안 내 마음을 괴롭히던 영혼이 마침내 잠들었다고 믿고 싶었는지도 모른다. 따지고 보면 이상한 점도 없다. 제임스는 심장마비로 죽었다. '동양인'들도 알고 보니 복스홀 브리지 로드에 있는 인도 식당의 웨이터들이었다.

그렇다, 나는 사촌 제임스가 살아서 티베트에 있다고는 믿고 싶지 않으며, 마찬가지로 하틀리가 살아서 오스트레일리아에 있다고도 믿고 싶지가 않아서, 가끔 그녀가 정말로 죽었다고 믿게 될 때도 있다.

페레그린은 문을 열자마자 총탄 세례를 받고 쓰러졌다. 결국 그는 영웅답게 죽었다.

미스 카우프만과 점심 식사를 할 예정. 로즈메리와 의논을 하려고 시드니가 도착했다. 로시나는 트라팔가 광장의 집회에서 연설을 했다. 리지와 나는 텔레비전에서 길버트를 본다.

너무나 경쾌하게 에스텔 숙모와 춤을 추는 에이블 삼촌은 마치 오직 사랑의 힘으로만 그녀를 들어 올리듯 아주 가볍게 그녀의 어깨에 손을 댄다. 그는 보호를 하듯, 그녀는 절대적인 신뢰감을 나타내며, 그들은 서로 정열적으로 쳐다본다. 카메라가 잡아서 미래로 전해주는 그 덧없는 순간에 그들은 왈츠를 추고 있었을까? 그녀의 발은 마룻바닥에 거의 닿지도 않는 듯싶다.

아버지는 내가 영원히 되지 못할 인물, 신사였다. 에이블 삼촌도 신사였을까? 별로 그렇지 못했다. 제임스는? 어울리지 않는 질문이다.

제임스는 내가 하틀리가 아니라 내 젊은 시절을 사랑한다고 말했다. 클레멘트는 내가 하틀리를 찾지 못하게 말렸다. 전쟁은 내가 어릴 적에 사랑했던 여인과 결혼할 수 있는 평범한 세계를 모두 파괴했다. 그녀가 사는 곳으로 가는 기차가 없었다.

방금 토비 엘스미어와 술을 마시며 취해서 저녁을 보냈는데, 창피한 생각이 든다. 토비는 제임스가 '약간 속물적'이고 '비밀을 지니지 못한 스핑크스'라고 말했다. 나는 반박을 하지 않았다. 제임스를 깔아뭉개는 얘기를 들으면서 나는 약간의 만족감을 느끼기까지 했다. 엘스미어는 아직도 제임스의 시를 원하지만 나는 주지 않을 터이며, 그 시를 한 줄이나마 읽어보지도 않았다. 제임스가 20세기의 가장 위대한 시인이라고 할지라도 인정을 받으려면 더 기다려야 한다. 내가 죽은 다음까지 기다려야 하리라.

제임스는 나더러 하틀리에 대한 사랑을 되살려보고, 그러면 동화에서 시계가 12시를 칠 때처럼 모든 것이 산산조각이 나고 사라져버리리라고 말했다. 그것은 필연적인 수수께끼이며, 되살린 사랑이란 옛 회한을 제거하는 도구에 지나지 않는다는 말인가? 나는 페리에게서 로시나를 빼앗고 싶었듯이 벤에게서 그녀를 빼앗기를 원했을 따름일까? 물론 타이투스의 죽음은 하틀리를 얻기가 불가능하게 만들었고, 적어도 그 냉혹한 교훈과 인간의 허영심의 노출은 남았다. 그리고 이제 나는 처음에조차 그녀를 내가 얼마나 정말로 사랑했는지 회의를 느끼지 않는가? 슬픈 사실은 하틀리가 별로 이지적이지 않다는 점이었다. 다시 생각해보니 멋도 없고, 재치도 없고, 즐거움도 없으니 우리는 얼마나 즐겁지못하고 따분한 부부가 되었을까? 그 모든 즐거움들을 나는 클레멘트에게서 배웠다. 그렇다면 어머니가 에스텔 숙모를 싫어했기 때문에 나는 따분함을 선으로 잘못 알았다는 얘기인가?

왜 갑자기 난 이 모욕적 얘기들을 써놓았나? 늦은 밤의 허튼소리다.

항상 그녀 생각을 하면서도 나는 오랫동안 미루면서 하틀리 얘기를 쓰지 않았는데, 따지고 보면 할 말이 별로 없을 것 같기도 하다. 적어두지는 않았지만 며칠 전에 오스트레일리아로 간다는 얘기가 단순한 장난이라는 생각이 갑자기 '빤해졌다'. 오스트레일리아로 간다는 얘기를 왜 하틀리는 전에 하지 않았을까? 그것은 그곳으로 가지 않을 것이기 때문이었다. 벤은 마지막 순간에 그런 계획을 둘러대었다. 출국을 할 때가 되었는데 개를 산다는 것은 아주 이상하지 않은가? 한 패거리인 옆집 여자가 그토록 재빨리 꺼내 보여준 시드니에서 온 엽서는 오스트레일리아에 있는 친구의 도움을 얻으면 쉽게 속일 수가 있다. 벤은 완전히 나를 쫓아버리고 심지어는 멋도 모르고 정반대 방향으로 찾아가게 해놓고는 순순히 말을 듣는 아내를 본머스나 리탐 세인트 앤스로 빼돌리기로 마음먹었는지도 모른다. 어쩌면 얼마 후에 그들은 내가 떠난 것을 아크라이트 사람들에게서 알아낸 다음 니블레츠로 돌아갈지도 모른다. 그러면 나는 어떻게 하나? 마을로 돌아가서 형사 노릇을 더 하나? 모든 사람들이 다 거짓말을 하지는 않으리라.

하지만 그러고 싶은 충동은 사라졌다. 나는 다른 사람의 삶이 지닌 신비를 파괴적으로, 그리고 헛되이 침범했으며, 결국 그런 짓을 끝내야 한다. 그들이 시드니나 리탐 세인트 앤스 어느 쪽으로 갔느냐 하는 것은 사실 관계가 없다는 결론을 나중에 내렸다. 그리고 나 때문에 그토록 복잡한 계략을 꾸몄다는 생각은 터무니없게 여겨졌다.

정말 오스트레일리아에 갔다면, 그들은 언제 그런 결정을 내렸을까? 벤은 정말로 내가 타이투스의 아버지라고 믿었나? 그랬다면 그는 난폭한 사람치고는 굉장한 자제력을 보이며 행동했다. 그는 나를 쓸모 있는 구실로 여겼는지도 모른다. 당시의 복잡했던 상황으로 미루어보아 벤이 나를 죽이려고 했다는 얘기를 제임스에게 한 것이 잘한 일이어서, 살인을 하려는 내 의도를 눈치챈 그는 페리에게서 자백을 받기로 결심했었다. 나는 한 번이라도 정말 벤을 죽일 생각이었나? 아니다, 그 것은 다 자위를 하기 위한 환상이었다. 하지만 그런 환상도 '사고'를 유발시킬 수는 있다.

왜 나는 하틀리가 죽으려는 의지에 사로잡혔다고 상상했을까? 그녀는 낡은 구두만큼이나 질기게 살기를 원하는 여자였다.

만일 이 일기가 하틀리에 대해서 내가 어떤 결정적이고 해명하는 선언을 '기다린다'면, 아무리 기다려봐도 소용이 없으리라. 이것은 물론 내 생활의 자세한 기록은 아닐 터이며, 지금까지 있었던 일과 관계가 없는 사건이나 사람들은 빼놓았다. 나는 또한 이 명상록에다 날짜도 적지 않았다. 시간이 흘렀고 지금은 10월이어서, 낮에는 서늘하고 태양이 눈부시며, 북쪽 하늘은 짙푸르고, 다른 해들의 가을이 남긴 짤막한 추억들이 언뜻언뜻 떠오른다. 버섯 철이라서 나는 맛없고, 작고, 어린 버섯이 아니라 큼직하고, 시커멓고, 물컹물컹한 진짜 버섯을 실컷 먹었다. 핫케이크도 상점에 나왔고, 어둑어둑한 오후와 안개와 성탄절의 반짝이들과 흥분을 가져다주는 너무나 낯익은 런던의 겨울이 벌써부터 기다려진다. 그리고 아무리 불행할지언정 나는 과거에 다른 불행한 가을에도 틀림없이 마찬가지였겠지만, 그런 자극에 나도 모르게 반응을 보이지 않을 수가 없다.

클레멘트에 대해서 그런 얘기를 쓰고 난 이후로 나는 그녀를 그리워하게 되었다. 고통을 '무엇무엇이 그립다'와 일치시키다니 묘한 일이다. 길거리에서 버스를 타거나, 내가 내려오는 동안 에스컬레이터로 올라가거나, 택시로 뛰어들어 사라지는 클레멘트가 자꾸만 눈에 보인다. 아마 바르도가 이럴 것이다. 맙소사, 그녀가 그곳에 있다면 얼마나 고생을 할까! 애착에 대한 얘기라면, 클레멘트는 1만 년은 계속될 고뇌가 머릿속에 가득 차 있다.

물론 나는 전에 쓴 '모욕적인 얘기들'을 믿지 않는다.

하틀리라기보다는 그녀의 영상, 그녀와 똑같은 사람, 내 마음속의 하틀리를 움켜쥔 내 손을 풀어주기 시작한 것이 언제였을까? 내가 손을 놓게 된 것은 여름을 되돌이켜보며 내 행동과 생각이 미친 사람 같았다고 깨닫게 된 지금인가, 아니면 그 전이었나? 로시나가 나에 대한 그녀의 욕망은 사랑이 아니라 질투와, 분노와, 후회로 이루어졌다고 하던 얘기가 생각난다. 하틀리에 대한 내 욕망도 마찬가지가 아니었을까? 모든 계획과 집념의 목적은 결국 그녀가 잔인하고 탐욕스러우며, 반쯤은 의식적으로 말썽을 피우는 마녀여서 내 헌신을 받을 가치가 없고, 역겨움과 함께 마음 놓고 버릴 수 있는 인간임을 깨닫기 위한 것이 아니었을까? 제임스는 내가 그녀가 사악한 유혹자임을 깨달은 다음 용서하게 되리라고 말했다. 하지만 그녀를 용서하지 않음이 결국은 나 혼자서 벌이던 이 심리적인 장난의 목적을 쫓아버리지 않을까? 나는 정말로 그것이 오래전부터 누적된 원한과 미친 듯이 소유하려는 질투의 충동으로 이루어진 거짓된 사랑임을 나 자신에게 설명하려는 단순한 목적으로 내 사랑을 되살렸을까? 오래전부터 나는 그토록 원한이 깊었던가? 기억이 나지 않는다. 정말 이상하게도 하틀리는 내 영상의 끌어당기는 힘을 감소시키기 위해서 내가 그녀를 미워한다고 생각했어야만 했다고 말했다. 먼 옛날을 되찾으려고 헛되이 애쓰면서 이런 생각을 하고 있으려니까 그 무렵에, 적어도 내가 클레멘트의 포로가 된 다음에 느낀 감정은 그녀를 열심히 찾지를 않았으며 충분히 괴로워하지 않았다는 일종의 죄의식처럼 여겨졌다. 제기랄, 내가 그렇지 않다고 부인을 함으로써 클레멘트를 괴롭게 만들기는 했어도 나는 틀림없이 그녀를 사랑했다! 그 무렵에는 하틀리를 찾아낼 수 없다는 사실이 나에게 안도감을 주게 되었다는 말인가? 일기를 적어놓지 않았으므로 알 수가 없고, 비록 적어놓았다고 해도 나는 믿지 않을지도 모른다. 나는 과거의 역사 시절에 있었던 사건들의 정확한 순서를 기억하지 못한다. 우리가 그런 것들을 기억하지 못하고, 우리의 자아인 기억력이 왜소하고, 제한되고, 과오를 범한다는 사실 또한 우리가 지닌 영성(靈性)이나 이성처럼 우리에게는 중요한 한 부분이다. 그것은 영성과 이성의 참된 본질이다.

원인이야 무엇이든지 간에, 무엇인가 끝났음이 확실하다. 그녀에 대한 두 번째의 새로운 내 사랑, 내 '2회전'은 환각이 없었더라도 내가 그녀를 너무나 가련하고, 파멸을 했으면서도 내가 아낄 수 있는 그 무엇이며, 내가 매달릴 수 있고 잡아줄 수도 있는 그 무엇이고, 실제로 완전히 잃었듯이 그녀를 완전히 잃게 되더라도 광명의 원천이 될 수 있다고 생각했던 결정의 순간에는 숭고하게 여겨졌다. 그 광명이 지금은 어찌 되었다고? 그것은 사라졌고, 기껏해야 늪에서 본 깜박이는 불빛이며, 내 위대한 '등불'은 하나의 망상이 되었다. 그녀는 가버렸고, 아무것도 아니며, 나에게는 더는 그녀가 존재하지를 않으니, 결국 나는 헬렌의 망령을 위해 싸운 셈이다. On n'aime qu'une fois, la premi re(사랑은

377

단 한 번, 첫사랑뿐이도다). 그 어리석은 프랑스의 속담 때문에 나는 얼마나 많은 허망한 짓을 저질렀던가! 무척이나 조용하고도 자동적으로 모든 것들을 바꿔놓는 시간의 무자비한 힘은 얼마나 많은 변화를 가져왔는가? 나는 타이투스의 죽음이 하틀리의 마음을 어떻게 바꿔놓았는지를, 그녀 마음속에 살아남은 그가 얼마나 그녀의 마음을 바꿔놓았는지를 앞에서 얘기했다. 그렇기는 하지만 웬일인지 그녀를 탓하지는 않았다. 오히려 모든 것을 서서히 침식시키고, 그녀의 잘못이 없었어도 그녀를 위해서, 나를 위해서 우리가 영원히 헤어지게끔 만들었던 어떤 악마적인 더러움이 그녀에게서 나타났다. 이제 나는 지저분하고, 추레하고, 더럽고, 늙어서 추악하게 영원히 일그러진 그녀의 모습을 본다. 얼마나 부당하고 잔인한가. 그녀에게는 잘못이 없는데도. 아무리 따져봐도 내 잘못뿐이다. 나는 나 자신의 악마들을, 질투의 바다뱀을 풀어놓았다. 하지만 이제는 '그녀가 어떻더라도 내가 사랑하는 것은 그녀이다'라는 용감한 신념은 힘을 잃고 사라졌으며, 모든 것이 사소하고 이기적인 무관심 속에서 희미해졌으며, 거의 모든 인간이 다른 모든 인간을 고의적으로 하찮게 여기듯, 나도 그녀를 은근히 하찮게 여기고 있음을 안다. 진심으로 흠모하는 몇 안 되는 사람들까지도 우리는 가끔 남모르게 비웃으며, 토비와 내가 제임스에게 그랬듯이 희한할 만큼 굶주린 자아의 왕성한 식욕을 만족시켜주기 위해서 남을 깔보게 된다.

하지만 물론 고통은 남는다. 우리는 종이 울리면 침을 질질 흘리는 조건반사의 존재이다. 이 설정된 조건은 우리에게서 가장 두드러진 또 하나의 숙명이다. 연상에 의해서 무엇이라도 손상을 시킬 수가 있으며, 연상의 힘만 넉넉하다면 세계라도 암흑으로 바꿔놓게 된다. 개가 짖는 소리만 들으면, 고통으로 잔뜩 주름이 지고 이상하게 멍해지던 내가 마지막으로 본 하틀리의 얼굴이 다시 눈앞에 떠오른다. 마찬가지로 바그너의 음악만 들으면, 죽어가면서 그녀 자신의 죽음을 서러워하던 클레멘트를 기억한다. 지옥이나 연옥에서는 다른 고통을 일부러 더 많이 만들어낼 필요가 없다.

바쁜 한 주일. 미스 카우프만과 점심 식사를 하며 그녀의 어머니를 편안하고 값비싼 양로원에 보내버리기로 결정하다. 보아하니 비용은 내가 대게 생겼다. 결국 나는 성자가 되는가? 로시나와 술 한잔. 그녀는 정치에 투신할 생각이다. 연설을 해서 사람들에게 영향을 주기가 쉽다고 그녀가 말했다. 앨로이시어스 불과 윌 보아스를 만나다. 그들은 나더러 자기들 극단에 들어오라고 했다. 거절. 도리스의 한심한 개인전에 갔다. 로즈메리와 점심 식사를 했는데, 메이벨 건은 해결이 나리라고. 앤지에게서 또 편지. 케임브리지로 반스테드 부처를 찾아갔더니 행복하고 성공적인 결혼 생활과 똑똑하고 잘생긴 아이들 자랑을 늘어놓더라고. 리지와 길버트와 저녁 식사. 길버트는 '올해의 연예인'으로 지명되었다. 윌프레드 얘기를 했고, 길버트는 꽤나 겸손한데, 겉으로만 그러는지도 모른다.
　리지 얘기를 해야겠다. 앞에서는 내가 그녀를 불공평하게 다루었다. 하지만 그녀가 보낸 편지들은 간직했는데, 편지를 간직한다는 것은 항상 의미가 있다. (도대체 하틀리는 왜 내 편지를 간직만 하고 읽지를 않았을까? 아마 빨리 그것을 처분하고만 싶었는지도 모른다. 나도 경험이 있지만 긴 편지는 빨리 처분하기가 항상 힘들다.) 앞에 기록해놓은 리지의 편지들을 다시 읽었다. 그때는 그 편지들이 단순히 노골적이고 자신을 기만하는 허튼소리로만 여겼다. 지금은 오히려 감동적이고, 현명하다고까지 생각된다. (클레멘트 이후로는 처음으로 나를 흠모하는 사람들이 부족함을 느껴서인가?) 길버트가 너무 바쁘고 유명해졌기 때문에 리지와 단둘이 만날 시간이 더 많아졌다. 요즈음에는 그녀와 자주 점심식사를 하고, 드디어 그녀가 요리를 하지 않도록 설득해놓았다. 거의 어떤 우정에 있어서도 이것은 중요한 발전이다. 우리는 함께 있으면 조용하고 즐겁다. 많이 웃고 농담을 하며, 심각한 얘기는 하지 않는데, 리지의 웅변은 그녀보다도 내 머릿속에서 더 힘차게 울리는지도 모른다.

'당신에 대한 내 사랑은 조용히 가라앉았어요. 난 그것이 들끓는 용광로로 변하기를 원하지 않아요. 나는 고통을 감수했고, 더 고뇌를 할 필요가 있었다면 더 많이 고뇌를 했을 거예요. 다정함과, 절대적인 신의와, 의사소통과, 진실, 나이가 들면 이런 것들이 점점 중요해져요. 사랑이란 희귀한 것, 어떻게 해서든지 사랑은 낭비하지 말아요. 우리는 한심한 소유욕과, 격정과, 공포가 없이, 마침내 자유로운 속에서 서로 사랑할 수는 없을까요? '사랑에 빠지는 것'보다는 사랑 자체가 중요해요. 이제는 더는 헤어지지 말아요. 우리는 이제 젊지 않으니 영원히 평화롭게 지내요. 날 사랑해줘요, 찰스, 많이.'

그녀가 얘기했던 대로 리지와 길버트는 정말로 행복하게 같이 살았는데 나는 그녀가 첫 편지에서 한 말을 믿지 않았다.

"웬일인지 갑자기 모두가 간단하고 순수해졌어요."

그의 명성은 그 사실에 아무런 변화도 가져오지 않았다. 그것이 내가 자주 그녀와 단둘이 만날 기회를 마련해주는데, 그는 그것이 기분 좋은 모양이었다. 텔레비전에서 그가 거둔 성공은 다른 승리들도 가져다주었다. 9월에 그는 앨 불이 연출한 새 연극에 출연하기 위해 얼마동안 에든버러 연극제에 가 있었다. 영국 대중의 사랑을 받아 의기양양해진 그는 옛날보다 나를 훨씬 두려워하게 되었다. 리지도 마찬가지다. 호랑이는 늙고 발톱이 빠진 신세가 되었나? 어쨌든 아무런 노력도 없이 아무 말도 오가지 않고, 어떤 종류의 개인적인 대화도 없으며, 성관계에 대한 어떤 문제도 없이 리지는 옛날처럼, 그렇게 되기를 원한다고 그녀가 말했던 대로 내 아이, 내 시종, 내 아들이 되었다. 그러니까 이 얘기에서 적어도 한 사람은 바라던 바를 성취한 셈이다.

그녀는 사랑의 노예가 될까 봐 나에게 돌아오길 무서워한다. 그녀는 한 인간에 대한 다른 인간의 괴롭고도 무서운 의존심을 두려워했다. 그 두려움이 그녀에게서 없어졌다는 사실을 내가 서운해했던가? 내 마음속엔 사악한 폭군이 들어앉았다. 리지가 어떻게 견뎌냈을까? 아마도 그녀 역시 그녀의 사랑을 변모시키기 위해서 그 사랑을 부활시켰고 다시금 괴로워했는지도 모른다. 다만 내가 실패한 반면에 그녀는 성공한 듯싶었으며, 나는 사랑을 파멸로 이끌었지만 그녀는 완성시켰다. 나는 그녀의 사랑을 순화시키는 숙명적인 시련이었을까? 너무나 고상한 생각이다! 어쩌면 여름의 공포가 어떤 계기를 주었고, 리지는 지쳤나 보다. 우리는 모두 서로 악마가 될 가능성을 지니고 있지만, 어떤 가까운 인연은 이 숙명에서 숙제가 된다. 리지와의 내 관계는 아무런 공훈이나 내 의지가 없이 어떤 은총을 받아서 그렇게 구제된 것 같다. 내 생각에 우리는 둘 다 지쳤고, 함께 있음으로써 휴식을 얻는 것이 즐거운가 보다.

우리는 애무와 키스를 하지만 그 이상의 욕망은 없다. 처음에 얘기했듯이 현대의 영웅과는 달리 나는 섹스가 강하지를 않다! 나는 섹스가 없이도 지낼 수가 있으며, 지금도 그렇게 지내지만 아무렇지도 않다. 되돌이켜보건대 나는 현대의 영웅이 정말로 부끄러워할 고백을 해야겠다. 나는 그렇게 많은 정사를 누리지는 않았고, 내가 끌어들이는 데 성공한 여자들은 잠자리에서 나를 항상 즐겁게 하지는 않았다. 물론 나를 가르친 클레멘트처럼 예외는 있다. 지인도. 하틀리와는 어땠을까?

리지와 나는 제임스 얘기를 전혀 하지 않는데, 그것은 상관없는 일처럼 생각된다. 마치 그가 그녀를 알았다는 사실이 우리 두 사람의 기억에서 지워진 것 같다. 그렇기는 해도 피해가 없는 어떤 점에서 제임스는 나를 리지에게서 떼어놓았고, 우리의 관계를 그가 거세했다. 어쩌면 바로 그것이 우리에게 평화로움의 원천을 마련해준 공짜로 굴러들어온 은총일지도 모른다. 우리의 우정을 방해하던 악마들은 모두 죽어버렸다. 나는 그것들을 아쉬워하지 않는다. 가끔 리지와 내가 마주 보고 미소를 지을 때면 그녀도 똑같은 생각을 하고 있지나 않은지 궁금해진다.

슈러프 엔드의 부엌에서 목욕을 하려고 했을 때 처음 겪었던 가슴의 통증이 재발했다. 의사를 만났지만 '바이러스' 때문이라고만 했다.

가끔 나는 멍하니 앉아 누구에게 돈을 물려줄까 생각을 한다. 지금부터 나눠주기 시작해야 될 것 같다. 불교 협회에 수표를 보냈고, 아르빌로우 평화 재단에도 돈을 보냈으며, 조금 있으면 곧 결혼을 하게 될 에라스무스 블리크는 내 너그러움에 놀라게 되리라. 그의 〈햄릿〉은 지금도 공연 중이지만 나는 아직 구경을 하지 않았다. 동양의 물건들은 모두 영국 국립 박물관에 넘겨줄 생각이고, 책들은 지금 가져가도 좋다. 그리고 제임스의 시는 토비에게 주겠다. 왜 이렇듯 조급하게 정리를 할까? 곧 죽으리라고 상상하기 때문인가? 꼭 그렇지는 않지만—그래도 바닷물로 떨어질 때 육체는 아니지만 영혼이 상처를 입은 것 같다. 제임스는 영혼의 상처로 죽었을까? 나는 아주 건강하고, '노인'이 되었다고는 생각하지 않지만, 사람들이 나를 노인처럼 취급하는 것을 의식하겠는데, 그것은 아마도 나 자신에 대한 스스로의 생각이 겉으로 드러나기 때문인지도 모른다. 그들은 나에게 화분이나 닭고기 젤리 통조림 따위 선물을 주면서 별일 없느냐고 묻는다. 내가 별일 없느냐고? 로즈메리는 수프를 담는 사기 그릇을 나한테 주었다.

어젯밤 BBC 퀴즈에 나온 어떤 사람은 내가 누구인지를 몰랐다.

어제 앞의 글을 쓸 때 약간 싱숭생숭했나 보다. 사실은 케임브리지의 이른바 대학 '축제'에 참석하고 나서는 약간 속이 느글거렸다. 그런 기분일 때 마구 돈을 주어버려서는 안 되겠다. 하지만 영국 국립 박물관에다 지금 책들을 가져가도 좋다는 얘기를 해버렸다. 제임스의 물건을 주어버리는 것이 좀 불손하다는 기분이 들기는 하지만 그것은 괜찮으리라. 그렇다면 나는 그가 당장이라도 돌아올 것 같다고 생각하는가?

이 글을 쓰면서 나는 다른 손으로 슈러프 엔드에서 내가 수집한 돌멩이들 가운데 제임스가 골라낸 파란 줄이 앉은 갈색 돌을 만지작거린다. 내가 이곳으로 왔을 때 그것은 책상 위에 놓여 있었고, 그가 자주 만졌을 것 같아서, 그 돌을 만지면 어쩐지 그의 손을 만지는 기분이 든다. (얼마나 감상적인 망상인가.) 나는 감정을 억제해가면서 돌을 가지고 장난을 한다. 사람들을 사랑한다는 것, 그것은 애착이 아닐까? 나는 쓸데없이 괴로워하고 싶지는 않다. 그와 더 친하지 못했다는 것을 나는 후회하고 마음이 아프게 생각한다. 우리는 정말로 친했던 적이 없었으며, 나는 바보처럼 그를 시기하고, 초조하게 그를 경계하고, 그가 전혀 눈치채지도 못했을 경쟁의식 때문에 혼자 몸이 달아서 내 삶을 많이 소모했다. 그가 성공하지 못하면 나는 기뻐했고, 그보다 잘난 것 같아서 나 자신의 성공은 소중히 여겼다. 그에 대한 의식은 기를 죽이려는 욕망과, 시기와, 불안과, 두려움이었다. 그런 의식이 사랑을 품거나 이룰 수 있을까? 우리는 자신감과, 용기와, 너그러움이 없었고, 그릇된 위엄과 영국인의 과묵함 때문에 서로 거리가 멀었다. 지금 나는 홍수에 떠내려간 다리의 일부처럼, 제임스의 죽음과 더불어 나에게서 무엇이 없어졌다는 기분을 느낀다.

하틀리의 두 번째, 그리고 첫 번째 도피에 대한 완전히 새로운 견해가 방금 머리에 떠올랐다. 그 비슷한 암시를 나는 제임스에게서 받은 것 같다. 내가 그녀를 미워하고 탓한다고 생각함으로써 "자신을 보호"했다고 얘기하면서 하틀리는 "항상 죄의식을 느꼈다"고 덧붙여 말했다. 다 끝난 일이고 "마음속에서 죽어버리게 해야 한다"고 느꼈다는 말을 그녀가 했을 때, 나는 이 분노하고 가혹한 나의 영상을 그녀가 지어낸 까닭은 옛사랑과 내가 아직도 발산할 수 있는 매력을 지니고 살아가기가 그녀에게는 너무나 고통스러워서 마비시켜버리고 싶었기 때문이라고 상상했다. 하지만 근본적인 유대는 전혀 사랑이 아니라 죄의식이 아니었을까? 집요한 죄의식은 세월을 이겨내고 마음의 상처를 입은 자의 유령을 살려놓을 수가 있다. 그런 죄의식은 잊혀진 사랑까지도 불러일으킬 능력이 있는가? 어쩌면 그 오랜 공백 기간에 하틀리 자신은 그녀가 나에 대해서 느끼는 그토록 심한 고통이 무엇이었는지를 몰랐으리라. 갈라질 수 없는 우리의 삶과 헌신적인 맹세를 배반하고 나에게서 도망을 치기는 무섭고도 힘든 일이었으리라.

"쉽지는 않았지만 방법은 그 길뿐이었으니까 난 그렇게 가버릴 수밖에 없었어요."

그 배반의 충격은 우주의 최초 폭발처럼 그녀의 마음속에서 계속 진동을 일으켰을까? 분명히 밝힐 기회는 없었지만 그녀가 느낀 감정이 충격, 죄의식, 사랑—정확히 무엇이었는지를 그녀가 어떻게 알 수가 있었겠는가?

그러다가 내가 다시 나타나서, 나는 그녀를 증오하거나 탓하지를 않았고 원한이 없이 계속해서 사랑했다는 사실을 충분히, 갑자기 밝혀주었다. 그녀가 느낀 첫 감정은 고마움이었고, 이 안도감과 더불어 사랑의 인식이 되살아났으리라. 타이투스 문제로 나를 찾아온 날 밤 그녀가 느낀 감정은 그것이었을지도 모른다. 페리와 나의 경우에서 알게 되었지만 사람이란 흔히 죄를 범했기 때문이 아니라 비난을 받기 때문에 죄의식을 느낀다! 상상하던 비난이 제거되자 하틀리는 처음에 고마움과 애정을 느꼈다. 하지만 죄의식과, 그것이 우리의 관계에 불어넣은 폭발적으로 진동하는 강렬함은 희미해지기 시작해서, 그보다 깊이 파묻혔던 나에 대한 그녀의 감정이 표면으로 드러났다. 어쨌든 나를 떠나기는 무척 어려웠으며 무척 긴박한 동기가 있었을 터이다. 스톡 온 트렌트에 사는 숙모에게도 도망을 치려면 대단한 용기가 필요했다. 그녀는 왜 갔을까? 나는 사랑했지만 그녀는 그렇지 않았기 때문에, 그녀는 나를 별로 좋아하지 않았기 때문에, 내가 너무 이기적이고, 너무 잘난 체하고, 그녀의 말을 빌면 '너무 휘어잡으려고' 했기 때문이었다. 나는 전혀 존재하지도 않는 비밀의 사랑을 부활시키겠다는 생각으로 줄곧 나 자신을 망상으로 몰아넣었다. 죄의식에서 풀려난 다음에는 옛날에 구제를 해주었던 불만이 그녀에게로 되찾아왔고, 과거에 그녀로 하여금 떠나버릴 수 있게 해주었던 나에 대한 철저하고 근본적인 무관심을 되찾았으며, 다른 곳에서 삶의 희망을 되찾기로 했다. 그리고 그 다른 곳에서 곧 그녀는 내가 그녀에게 줄 수 없었던 섹스에 눈을 떴을지도 모른다.

이것은 너무나 악몽 같은 추측이다. '나로서야 알 길이 없지'라고 느끼는 것이 더 좋겠다.

영국 국립 박물관 사람들이 와서 동양 서적들을 가져갔다. 그들은 다른 물건들을 탐내며 쳐다보았다. 한 사람은 악마 상자를 살펴보려고 했는데 내가 소리를 지르며 쫓아가서 말렸다. 이제는 썰렁하게 남은 제임스의 다른 책들은 주로 역사와 유럽 언어들로 된 시집들이었다. (밀라레파의 작품은 찾을 수가 없다. 이탈리아 시인일까?) 소설은 없고, 내 책들을 좀 풀었지만 하찮고 쓸쓸해 보이며, 그 빈 공간을 절대로 채우지 못하리라. 이곳은 알라딘의 궁전처럼 서서히 무너져버릴 것인가?

남편이 쿠르드(서아시아에 사는 호전적인 유목민)인가 뭔가, 무슨 시시한 군주여서 이란에 사는 지인이 나더러 찾아오라는 편지. 나는 아직도 crime passionnel(치정 사건)의 제물인 모양이다.

하느님 덕분에 드디어 슈러프 엔드가 슈바르츠코프 박사 부부에게 팔렸다. 어떻든 그곳에서 그들이 나보다는 재수가 좋기를 바란다.

로시나에 대한 최근 소문에 따르면 그녀는 정신과 여의사와 로스앤젤레스의 계곡에서 산다. 백치 같은 윌 보아스가 작위를 받았다는 얘기를 들었다. 나는 그런 '영광'을 탐낸 적이 없어서 속이 편하다.

어젯밤에는 하틀리가 물에 빠져 죽은 꿈을 꾸었다.

앤지에게서 또 편지.

리지와 하틀리 얘기를 했는데, 중요한 얘기는 없었어도 마음은 살며시 부드럽게 열어놓은 듯 편안하다. 타이투스가 한 말인지도 모르지만 나는 하틀리가 '몽상가'라고 비난했는데, 나 자신은 얼마나 한심한 '몽상가였던가. 나는 꿈을 꾸던 마술사였다. 되돌이켜보면 나는 현실에서는 눈을 돌리고 얼마나 나 자신의 꿈이라는 교과서를 읽고 파고들었는지를 깨닫게 된다. 우리의 사랑이 참된 세계의 한 부분이 아니라던 하틀리의 말이 옳았다. 그것은 발붙일 곳이 없었다. 하지만 놀라운 점은 어디에선가 내 마음을 스스로 달래느라고 거의 엉큼할 만큼 나는 그녀를 거짓말쟁이로 여기기로 결심했다는 것이다. 괴로운 애착의 짐에서 벗어나기 위해서 나는 스스로 보호하려는 인간 자아의 특성이며 반쯤 의식적인 교활함에서 그녀를 초라하고 신경질적인 못된 여자로 간주하기 시작했고, 내가 일종의 영적인 자비로 상상하려고 애쓰던 이 타락한 연민은 내 도피의 간이역이었다. 나는 아직도 악몽 속에 나타나는, 그 한심하고 창문도 없는 방에서 포로가 되어 흐느껴 우는 광경을 견딜 수가 없었다. 내 사랑의 상상력은 참된 하틀리를 포기하고는 맹목적으로 '무엇이나 다 받아들인다'는 지극히 추상적인 개념에서 위안을 찾았다. 그것이 돌파구였다.

우리가 얘기를 나누는 중에 리지가 말했다.

"물론 결혼 생활은 겉으론 끔찍해 보여도 아주 괜찮을 때도 있어요."

그래, 그렇다. 하지만 나에게는 증거가 있지 않은가? 물론 내가 엿들었으며, 하틀리가 "미안해요, 미안해요, 미안해요"라고 거듭거듭 말했던 얘기를 리지에게는 한 번도 하지 않았다. 벤은 전혀 민간인 생활에 적응하지 못했다. 그는 아르덴의 포로수용소에서 많은 사람들을 죽이고 훈장을 탔다. 불필요한 잔인성 얘기가 있었다. 사람을 죽이는 데도 남들보다 뛰어난 자들이 따로 있다. 하틀리는 벤의 난폭함에 대해서 거짓말을 했다고 그랬지만, 바로 그 말이 충성과 근거 없는 두려움에서 나온 거짓말이 아닐까? 두려움의 냄새를 우리를 식별할 수가 없는가?

그런 추측이 어떤 결론으로 이어지며, 어떤 각도에서 그것이 정당함을 내세울 수 있겠는가? 사랑의 상상력 앞에서 문이 닫혔다. 기억의 착오와 한계성은 완전한 조화를 불가능하게 만들었다. 하지만 하틀리는 내가 처음에 생각했듯이 나를 잃은 데 대해서 가끔 안타까움을 느꼈다는 것은 의심할 나위가 없다. 그녀가 나에게로 도망을 왔다는 것은 꿈이 아니었다. 그날 밤 내가 껴안았던 것은 유령이 아니었다. 그리고 그날 밤 그녀는 나를 사랑하노라고 말했다. 그녀가 '최초의 후회'를 또다시 느끼리라는 내 생각은 지나치게 착상이 좋았다. 진리를 찾으려고 노력하다 보면 사람이란 지나치게 똑똑해지기도 한다. 때로는 베일에 가린 얼굴을 그냥 존중해야만 한다. 물론 이것은 사랑의 이야기이다. 그녀는 나의 베아트리체가 될 수 없고, 나는 그녀에게 구원을 받을 수도 없었지만, 그것이 가당치도 않거나 쓸데없는 생각은 아니었다. 그녀에 대한 내 연민은 계략이나 교만이 아니었고, 이제는 내 삶의 주요 부분이 아니지만 끊임없이 지니고 있는 허탈하고 무지하고 조용하고 초연한 추억거리로서 끝까지 남아 있으리라. 과거는 과거를 파묻고 침묵으로 끝나야 하지만, 그것은 눈을 뜨고 휴식하고 의식을 지닌 침묵일 수도 있다. 아마도 제임스가 얘기했던 최후의 용서는 이것이었나 보다.

어젯밤 꿈속에서 Eravamo tredici를 노래하는 소년의 목소리를 들었다. 잠이 깬 다음에도 pima-poma-pima-poma라는 바보 같은 후렴이 아직도 아파트먼트 안에서 울리는 것 같았다. 타이투스가 아직 살아 있다면 이 모든 재산에 대해 난 얼마나 다른 생각을 하고 있을까. 책을 좀 더 풀다가 호화판 단테의 사랑의 시집이 우연히 눈에 띄었다.

인간의 허영과, 질투와, 탐욕과, 비겁함은 다른 사람들을 함정에 빠뜨리기 위해 얼마나 수많은 치명적 원인들의 구덩이를 파놓는가. 바다로 갔을 때 내가 세상을 등진다고 상상했다는 것이 이상하다. 하지만 인간은 한 형태로 권력을 내주며 다른 형태로 그것을 다시 움켜잡는다. 어떻게 보면 제임스와 나는 똑같은 문제를 지니고 있지 않았을까?

제임스가 한 얘기들이 자꾸 생각나지만, 그래도 놀라운 속도로 그 말들을 나는 잊어가고 있다. 그의 책들을 치웠더니 아파트먼트가 으스스해 보인다. 겨울이면 이곳은 꽤 추울 것 같다. 벌써부터 낮은 공허하고 노랗다. 정신력 집중으로 체온을 올리는 방법을 꼭 배워야겠다.

다시 의사를 찾아갔지만 이상한 곳이 없다고 말했다. 이 모든 '지혜'가 육체적인 붕괴의 첫걸음이 아닌가 의심스럽다. 하루 종일 비가 내려서 집 안에만 있었다. 지금 마련해놓은 쌀과, 렌즈콩과, 콕스 오렌지 씨로 겨울을 날 수 있겠다. 전화는 아직도 소리가 나지 않게 해놓은 채다. 결국 나는 뜻했던 대로 애착이 없이, 이제는 완전히 홀로인가? 역사는 끝났는가?

인간은 스스로 변화를 일으킬 수 있을까? 그럴 것 같지가 않다. 비록 변화가 있다고 해도 그 범위는 백만 분의 1밀리미터밖에 안 되리라. 가엾은 혼령들이 가버리면 평범한 의무와 평범한 관심만이 남는다. 인간은 조용히 살면서 자질구레한 좋은 일들을 하며 아무도 해치지 않을 수도 있다. 당장은 내가 할 만한 자질구레한 좋은 일이 전혀 생각나지 않는데, 내일은 하나쯤 생각이 날지도 모른다.

오늘은 안개가 아주 심하다. 오늘 아침에 템스 강으로 내려갔더니 건너편이 보이지를 않았다. 날씨가 추워지니까 건강이 좋아지는 기분이다.

상점들은 벌써부터 성탄절 준비를 한다. 피커딜리로 걸어가서 치즈를 잔뜩 샀다. 집으로 오니 런던으로 올 계획인 프리치가 보낸 길고 마구 감정을 쏟아놓은 전보가 기다리고 있었다. '네오 발레'라고 일컫는 것의 연출을 나더러 맡으라는 얘기였다. 〈오디세이〉가 다시 시작되었다.

미스 카우프만을 데리고 〈햄릿〉 구경을 가서 재미있게 보았다. 아주 입맛이 당기는 초청을 일본에서 받았다.

전화가 울리게 종이를 빼놓자마자 당장 앤지가 나왔다. 금요일에 같이 점심 식사를 하기로 약속했다.
프리치는 내일 도착한다.

그렇다. 물론 나는 나 자신의 젊음을 사랑했다. 에스텔 숙모를? 꼭 그렇지는 않다. 한 사람의 첫사랑이란 누구인가?

맙소사, 그 망할 놈의 상자가 마룻바닥으로 떨어졌다. 옆 아파트먼트에서 누가 망치질을 하는 바람에 상자가 까치발에서 떨어지고 말았다. 뚜껑이 열렸고, 무엇인지는 몰라도 안에 들어 있던 것이 분명히 빠져나왔으리라. 악마가 우글거리는 인간 삶의 순례에서 이제 다음에는 어떤 일이 벌어지려나?

〈끝〉

작품 해설

5월의 바닷가 외딴집, 한없는 공간 속에서 흘러간 과거를 관조하는 한 폭의 서정시적인 풍경과 더불어 시작되는 이 소설은, 주인공 찰스 애로우비가 써나가는 회고록과 일기를 엮어놓은 특유한 형식을 취하며 전개된다.

이곳 조그만 곶〔串〕 위에 오직 한 채 쓸쓸하게 서 있는 낡은 집으로 이사를 온 찰스는 이미 60세를 넘은 나이로 독신 생활을 계속해온 노인이다. 고립된 세계에 고독한 노인이 한 사람, 무너지는 파도에 깊이 침식된 해안선, 곶에 에워싸인 조그만 후미, 폐허가 된 탑, 꼬불꼬불 뻗어나간 벼랑길, 절벽을 깎아낸 듯한 길, 고깃배도 드나들지 않는 쓸쓸한 선착장, 마을의 술집과 교회로 뻗어나간 오솔길—이러한 고딕적이고 폐쇄된 풍경으로 이루어진 묵직한 무대에 오직 한 사람의 등장인물이 나오고, 우리는 서서히 그의 내면세계로 몰입한다.

찰스 애로우비는 배우 겸 연출가로서 연극계의 원로적 존재였던 인물이다. 그의 권세를 따를 자가 없었으며 그는 명성도 한껏 누렸다. 남자나 여자나 모두들 그에게 아첨하려고 몰려들었다. 화려한 무대는 그대로 찰스의 호화로운 인생을 장식하는 터전이었다. 그러한 찰스가 육십이 지나자 갑자기 무대를 버리고 동료를 떠나 느닷없이 은둔 생활로 들어간다. 파란이 넘치던 지난날의 삶을 통해 이 세상이라는 것을 생각해보기 위해서이다. 그리고 그의 회고록은 이기적인 과거의 삶에 대한 참회의 발자취이다. 그는 세상의 영화가 얼마나 덧없으며, 인생이 무대라면 인간은 악마에 쫓겨 우왕좌왕하는 배우 같다는 생각에 사로잡힌다.

그렇기 때문에 찰스는 오직 이곳 바다의 침묵과 고독을 유일한 벗으로 삼아 해변이나 황야에서 발견되는 동식물에서 위안을 받고 자연이 다듬어낸 돌에 감동하는 칩거 생활을 찾는다. 그러나 찰스의 과거가 뜻밖의 사건들을 유발하고, 지금까지의 자기 본위였던 삶을 반성하려는 목적이 밀려나버릴 듯싶은 상황이 전개된다. 머독은 이런 상황 설정에서 어쩌면 인간의 행위란 어떠한 결과를 싣고 돌아오게 될지 모르면서 먼 바다를 향해 항구를 떠나는 배와 같다는 얘기를 하는지도 모른다. 과거의 행위 하나가 어떤 결과를 가져오고, 참으로 사소한 하나의 행위가 실로 엄청난 결과를 가져오고, 그 결과는 또 새로운 행위를 부르면서 증식을 계속하는 그런 연쇄 반응을 머독은 행위의 인과관계라고 나름대로의 방정식을 제시한다.

어수선하게 사람들이 나타났다 사라지고, 생각지도 못한 사건이 연속적으로 얽히고, 희극적 상황이나 비극적 상황이 폭탄 장치처럼 배치되어 복잡한 줄거리가 더욱 뒤얽히며 전개된다. 그리하여 도저히 수습할 수 없을 것 같은 혼란이 찰랑거리며 허용 한도에 차올랐다가 우연이나 기교에 의해서 보기 좋게 한 점으로 수렴되어 종결(denouement)로 향하게 된다. 환상이나 맹집(妄執)이나 이기주의나 폭력이나 기만이 소용돌이치는 무시무시한 갈등의 암운 속에서 어느 사이에 진실의 빛이 비쳐들 것 같은 틈이 구름들 사이에 나타난다. 진실을 비추는 계시가 내려질 듯한 전조가 느껴진다.

　찰스 애로우비의 조용한 생활은 과거의 망령처럼 꼬리를 물고 그의 앞에 나타나는 지난날의 여인들에 의해서 혼란에 휘말리고 뒤엎어지며 거의 붕괴 직전에 이른다. 과거의 악령에 사로잡힌 그는 미친 듯이 출구를 찾아 허우적거린다. 그것은 《블랙 프린스》(1973년)의 주인공 피어슨이 해변의 별장을 빌려 거기서 고독을 구세주 삼으려 하지만 과거의 저주스런 속박 때문에 조금씩 그 계획이 무너진다는 상황과 상당히 비슷하다.

　찰스 애로우비가 한 걸음만 내딛으면 도달할 파멸의 발자국 앞에서 가까스로 멈춰 설 수 있었던 것은, 신으로부터가 아니라 바다에서 내려진 계시 때문이었다(여기에 이 소설에서 바다가 지니는 중요한 역할이 있다).

　바닷가로 과거의 여자들이 밀려오자 찰스의 이기주의가 한꺼번에 드러나게 된다. 아직 옛날 그대로인 찰스는 리지나 로시나에게 거의 무의식적으로 지난날처럼 제왕 행세를 한다. 제왕이 자신의 왕국을 멋대로 선택하고 결정할 수 있듯이 찰스는 자기의 생활을 멋대로 선택하고 결정하며, 더구나 자기 혼자의 문제이므로 어떠한 일도 할 수 있다고 생각한다.

　이 소설에서 로시나가 지적하듯 찰스의 과거는 마술사의 생활이었다. 신문에서는 그를 '폭군', '깡패', '권력에 사로잡힌 괴물'이라고 불렀다. 찰스의 과거는 폭군의 이기주의와 무법자의 폭력과 괴물의 마술로 엮였다. 그 희생자는 로시나를 비롯한 많은 여자들이었다.

　찰스가 셰익스피어 연극에 야심을 불태운 이름난 마술사였다는 것, 그가 맡은 역이 〈템페스트〉의 '프로스페로' 역이었다는 것, 또 그 희곡에 대한 언급이나 인용을 볼 수 있다는 것, 찰스의 연극관, 인생관이 세익스피어의 그것을 매우 닮았다는 것 등에 의해서 《바다여, 바다여》는 〈템페스트〉의 구상을 밑에 깔았다고까지는 할 수 없어도 어쩐지 그러한 연상을 일으키는 작품이다.

《바다여, 바다여》에서는 '찰스=프로스페로'라는 방정식의 성립은 어렵지만, 미란다(〈템페스트〉의 여주인공)는 찰스의 마음에서 한시도 떠난 일이 없는 첫사랑 하틀리라고 할 수 있다. 그리고 작품 여기저기에 삽입된, 때로는 무서운, 때로는 아름다운 바다의 풍경 묘사는 에어리얼의 아름다운 노래처럼 여겨진다. 마법의 지팡이를 꺾어버리고 마법의 책을 바다에 내던지고 마법에서 손을 떼고 평화로운 생활로 들어가려고 하는 프로스페로는 바로 찰스이다. 그리고 하틀리의 출현 때문에 고적한 바닷가에서는 무서운 사건들이 꼬리를 물고 일어난다. 찰스의 생활은 리듬이 깨지고 내면의 평화도 파괴된다.

하틀리는 찰스가 60여 년 평생에 오직 한 번, 몸과 마음을 다 기울여 사랑한 여자였다. 하틀리와의 사랑은 누가 뭐라고 해도, 어떠한 장애가 앞을 가로막고 있어도 이루어지지 않으면 안 될 사랑이다. 리지도 로시나도 저마다 매력이 있는 여자였고, 찰스 역시 한때 그들에게 열중했고 그런대로 서로 몸과 마음을 주고받은 일도 있었다. 그러나 이제는 리지와 로시나는 완전히 찰스의 과거에 묻혀버렸다. 지난날 그때그때의 따뜻한 살결을 생각해내면 거기에는 위안보다는 권태나 짜증이 따르게 된다. 리지도 로시나도 찰스에게는 상대적으로밖에는 존재하지 못했다. 그러나 하틀리는 달랐다. 하틀리는 절대적이었고 지금도 그렇다. 하틀리는 현재의 역사다.

이것이 찰스에게는 하나의 저주스러운 속박이었다. 머독은 이 비극적 상황을 희극이라고 말하고 싶었을 것이다. 어디로 굴러가나 인생은 어리석은 일, 우스꽝스런 일의 연속이 아닌가. 슬픈 일도 불행한 일도 조금 뒤로 물러나서 다시 보면 만사가 우습게만 보인다. 거기에 머독의 쓸쓸한 맛이 담긴 영국인의 지혜가 있다. 사물을 초연한 마음으로 멀리서 관조하는 지혜 말이다.

찰스와 하틀리는 동갑내기 어린 시절 친구였다. 그리고 열두 살 때 두 사람의 의식 속에서 계시적인 사랑이 싹튼다. 두 사람은 서로 사랑하고 서로의 마음속에서, 서로를 통하여, 서로에 의해서 존재한다. 하틀리는 찰스의 삶에서 오직 하나뿐인 진실한 빛, 진실을 밝히는 빛이다. 그는 그 빛을 잃고 영혼의 어둠 속에 남는 것을 두려워한다.

그들은 열여덟 살이 되면 결혼할 작정이었다. 그러나 그녀는 갑자기 행방을 감춘다. 찰스는 신문광고까지 내면서 하틀리의 행방을 찾았으나 모든 노력은 헛수고로 돌아간다. 사람들은 찰스를 사랑에 미친 남자라고 생각하고, 이윽고 하틀리가 결혼했다는 소식이 전해진다.

하틀리의 출현을 찰스는 소중하게 간직해온 사랑의 기적이라고 믿고, 아득한 옛사랑의 샘이 맑게 흘러오는 것을 느낀다. 찰스는 하틀리의 지난날을 알아내는 것과 현재 하틀리의 결혼 생활이 어떤지를 밝혀내는 일에 열중한다. 그것은 하틀리가 그에게서 떠나간 다음 행복했던가, 그리고 지금도 행복한가 하는 한 점에 초점이 맞추어진다.

하틀리는 연하의 남자와 결혼했다. 그 남자는 전쟁 중에는 포로수용소 생활도 했다. 찰스의 눈에는 군인 출신의 덩치 큰 벤이 거칠고 세련되지 못한 인간으로만 보인다. 아무리 생각해도 하틀리에게 어울리는 짝이 못 된다. 질투심 많은 벤은 지금도 아내가 찰스와 밀회를 거듭하고 있다고 의심한다.

찰스는 하틀리가 불행했고 지금도 불행하다고 결론짓는다. 그 불행으로부터 그녀를 구출하지 않으면 안 된다. 벤으로부터 떼어놓아 자기 옆에 잡아두지 않으면 안 된다. 찰스는 이제 그 한 가지 일에 몰두한다. 그리고 그로테스크하며 거의 출구가 없는 멜로드라마가 전개된다. 하틀리는 찰스가 집요하게 접근하면 할수록 그에게서 도피하려고 애쓴다. 따라서 찰스가 그녀를 구출할 계획을 밀고 나가면 결국 그는 하틀리를 불행에 빠뜨리고 비탄으로 몰아넣게 된다. 그러나 집념에 사로잡힌 찰스는 그것을 깨닫지 못한다. 하틀리의 애원도 듣지 않고 분별없이 돌진만 계속한다.

어느 날 밤 찰스는 누가 떠미는 바람에 절벽에서 바다로 떨어진다. 기적적으로 살아나고 경상을 입는 정도로 그치고 말았으나, 그가 미처 충격을 진정시키기도 전에 하틀리의 아들이 물에 빠져 죽는다. 연속 살인 사건의 범인은 도대체 누구인가? (이 작품은 추리소설적 분위기가 짙다.) 찰스는 벤이 한 짓이 틀림없다고 생각한다. 그래서 자기도 모르게 벤을 죽여버리고 싶다는 충동을 느낀다. 찰스는 질투에 사로잡혀 광증에 빠져든다.

《바다여, 바다여》의 작중 인물은 누구나 질투에 사로잡혀 이성을 잃어간다. 이 소설은 질투에 관한 현상학적 고찰이라고 할 수도 있겠다. 머독은 사랑과 질투를 같은 현상의 두 표현이라고 생각한다. 질투는 사랑에서 생겨난다고 머독은 썼다.

리지는 찰스를 사랑하면서 그가 지난날 동거했던 연상의 여자 클레멘트를 질투한다. 찰스의 연인이 되려면 연적이 여러 사람 생기는 것은 당연했다. 찰스 때문에 결혼 생활이 파탄난 로시나의 경우에는 질투가 폭력 사건을 일으킨다. 그러나 질투심이 가장 심한 인물은 벤과 찰스다. 찰스의 질투심은 그의 사촌동생 제임스와 리지에 의해서 노출된다.

제임스는 찰스보다 나이가 적은데도 어려서부터 위압감을 느껴 늘 피하고 싶은 존재였다. 제임스는 언제나 뛰어나고 모범적인 남자였다. 군인으로서 세계 각지를 여행했으며 첩보원으로 티베트에서 오래 근무했고 동양 미술 수집가로도 이름이 알려져 있었다. 그는 동양의 사생관 (死生觀)에 공감을 느껴 불교로 개종했다. 이런 인물 설정을 보면 머독은 동양철학에도 관심을 느껴 무엇인가 중대한 지반을 마련하는 중인지도 모른다.

찰스는 제임스와 리지에게서 두 사람이 사실은 벌써 오래전부터 서로 알고 있었다는 뜻밖의 말을 듣게 된다. 혼자의 점유물로만 생각하고 있었던 여자가 사촌과 아는 사이라는 말에 찰스는 질투를 드러낸다. 리지가 찰스의 근황을 알아내기 위해서 지금까지 여섯 번 제임스를 만난 일이 있으며, 단지 그것뿐이었다고 아무리 설명한들 벌써 기계처럼 움직이기 시작한 찰스는 눈앞의 진실이 보이지 않는다. 이런 식으로 찰스는 끝까지 참다운 하틀리의 모습을 못 본 채 구원이 없는 집념에 사로잡힌다.

이러한 독단을 수정하는 계기가 된 것이 절벽에서 떨어진 사건이었다. 둔한 빛을 띠고 있는 밤바다 위로 밀려 떨어졌다는 이상한 체험 속에서 계시의 순간이 찰스를 찾아온다. 죽음에 직면하여 지금까지 보이지 않던 무엇이 보이기에 이른다. 갑자기 밀려 떨어져 정신을 잃기까지 찰나의 순간에 찰스가 본 것은 이상하게도 바다뱀이었다. 그것은 머리 위에 부서지는 파도와 마찬가지로 분명하게 찰스의 기억에 남는다. 바다뱀은 엘에스디를 복용한 경험도 있고 엉뚱한 꿈을 자주 꾸는 찰스의 환각이었는지도 모른다. 그러나 그렇지 않았다. 분명히 바위에 머리를 쾅 부딪혀 의식을 잃기 직전에 찰스는 가까운 곳에서 검은 몸을 틀고 앉아 있는 괴물 같은 바다뱀을 보았다. 찰스는 특히 그 순간에 초록빛으로 빛나던 뱀의 눈을 기억하고 있다. '눈이 초록빛인 괴물'은 질투를 상징한다. 죽음의 직감이 의식을 스쳐간 추락의 순간에 찰스는 '질투라는 바다뱀'을 목격한다.

절벽 사건의 충격이 진정된 다음 어느 날 밤, 가끔 그러듯이 찰스는 낭떠러지 위 풀밭에 침구를 펴놓고 드러누운 채 머리 위에 반짝이는 밤하늘을 바라보며 부드러운 바다 소리에 귀를 기울인다. 그러자 자아가 정화되는 순간이 찾아온다.

밤하늘은 거대한 동굴이고 거기에 반짝이는 영원의 무수한 별은 찰스를 진실로 이끄는 빛의 원천이었던 것이다. 별들은 스스로의 운명을 찾아 조용히 흘러 떨어진다. 창공을 덮고 있던 얇은 비단 베일이 한 장한 장 조용히 벗겨지고 '별의 저편에 있는 별의 또 그 저편의 별'이 마법처럼 눈에 보이게 된다. 광대한 우주의 심장이 드러나는 순간이다. 이처럼 신비주의적이라고도 할 수 있는 우주적 체험은, 머독의 말을 빌려 부연한다면, "말로 이러쿵저러쿵하기도 불가능한, 뭔가 순수한 체험이며 마치 거대한 공간에 풀려나서 자기 자신이 아닌 어떤 존재가 되어버린 느낌"이다.

이튿날 아침 찰스는 지금까지 보이지 않던 것이 정말로 눈에 보이는 새로운 경험을 한다. 그는 바닷가로 온 뒤로 이 근처 바다에는 물개가 산다는 마을 사람들 말을 듣고 그 물개를 열심히 찾는다. 바다뱀과 아울러 물개는 찰스의 머리에서 떠나지 않는 또 하나의 생물이다. 그런데 그때까지 전혀 찾아볼 수 없었던 물개의 모습이, 더구나 한꺼번에 네 마리나 그가 있는 바위 바로 밑에 나타난다. 보였다기보다 그에게 네 마리가 찾아왔다고 해야 옳을 것이다.

이윽고 찰스는 이번 여름 자신의 행동과 생각이 광적이었음을 인식한다. 그리하여 하틀리에 대한 그의 욕망은 사랑이 아니라 질투와 불만과 분노에서 연유한 감정임을 깨우치게 된다.

육십이 넘은 찰스의 인생에서 여름이 끝났다. 폭풍처럼 거세었던 계절도 어쩔 수 없이 조용한 가을을 맞이하려고 준비한다. 원인을 알 수 없는 마음의 아픔이 되살아나 찰스는 불길한 예감에 사로잡힌다. 황혼에 젖어드는 찰스의 인생에 이번에야말로 진정한 아늑함과 신뢰와 평화가 찾아올지도 모른다. '악마에 사로잡힌 인생이라는 나그네 길'에서 다음에는 무슨 일이 일어날지 모른다는 불안감을 남기면서 찰스는 시간이 이 바다처럼 어떠한 어려운 문제도 해결해주리라 중얼거리며 조용히 무대를 떠나간다……

《바다여, 바다여》로 영국에서 가장 손꼽는 '부커 문학상'을 1978년도에 수상한 아이리스 머독(Iris Murdock)은 1919년 에이레 더블린 출생으로, 옥스퍼드와 케임브리지에서 고전문학과 철학을 공부한 지성인 여성 소설가이며, 그 사상적 배경이 묵직하게 작품의 밑바닥에 깔려 있다.

이 책의 번역을 위한 텍스트로는 영국 Chatto & Windus 출판사에서 1978년에 펴낸 *The Sea, The Sea* 제3판을 사용했음을 밝힌다.

옮긴이

옮긴이 **안정효**

서강대학교 영문과를 졸업하고
《코리아 헤럴드》,《코리아타임즈》,《주간여성》기자,
한국 브리태니커 편집부장,《코리아타임즈》문화체육부장을 지냈다.
가브리엘 가르샤 마르케스의《백년 동안의 고독》으로 번역 활동을 시작해
저지 코진스키의《페인트로 얼룩진 새》,《대지》,《바람과 함께 사라지다》,
《뿌리》를 비롯해 현재까지 150여 권의 책을 번역했다.
《은마는 오지 않는다》,《하얀전쟁》,《미늘》,《헐리우드키드의 생애》등의 소설을
집필했으며《악부전》으로 김유정문학상을 수상했다. 그 외에《가짜영어사전》,
《번역의 공격과 수비》,《헐리우드 키드의 20세기 영화 그리고 문학과 역사》,
《지압장군을 찾아서》,《글쓰기 만보》등의 저서가 있다.
그의 소설은 영어, 일본어, 독일어, 덴마크어로 번역 출판되었다.

바다여 바다여 2

1판 1쇄 발행 1983년 4월 30일
4판 1쇄 발행 2024년 12월 16일

지은이 아이리스 머독 │ 옮긴이 안정효
펴낸곳 (주)문예출판사 │ 펴낸이 전준배
출판등록 2004. 02. 11. 제 2013-000357호 (1966. 12. 2. 제 1-134호)
주소 04001 서울특별시 마포구 월드컵북로 21
전화 02-393-5681 │ 팩스 02-393-5685
홈페이지 www.moonye.com │ 블로그 blog.naver.com/imoonye
페이스북 www.facebook.com/moonyepublishing │ 이메일 info@moonye.com

ISBN 978-89-310-2419-7 04800
ISBN 978-89-310-2365-7 (세트)

• 잘못 만든 책은 구입하신 서점에서 바꿔드립니다.

♣문예출판사® 상표등록 제 40-0833187호, 제 41-0200044호

(뒷면 계속)